KB121234

간섭의
이유

간섭의 이유

2018년 5월 18일 초판 1쇄 인쇄
2018년 5월 24일 초판 1쇄 발행

지은이 조해윤
발행인 이종주

기획 편집 이은정 주종숙
경영 지원 배진경
마케팅 김정수

발행처 (주)로크미디어
출판등록 2003년 3월 24일
주소 서울시 마포구 성암로 330(상암동) DMC첨단산업센터 3층 14호
Tel (02)3273-5135 Fax (02)3273-5134
홈페이지 rokmedia.blog.me
E-mail romance@rokmedia.com

ⓒ 조해윤, 2018

값 10,000원

ISBN 979-11-294-7025-6 03810

이 책의 모든 내용에 대한 편집권은 저자와의 계약에 의해
(주)로크미디어에 있으므로 무단 복제, 수정, 배포 행위를 금합니다.

작가와의 협의에 의해 인지는 생략합니다.
잘못된 책은 구입처에서 바꾸어 드립니다.

간섭의 이유

조 해 윤 장 편 소 설

자정을 조금 남긴 시각.
시계를 확인하고 기지개를 켰다. 여전히 책상 한 구석에 자리를 잡고 있는 학회 초청 명단이
마음에 걸리긴 했지만, 피할 수는 없다는 생각을 굳히기로 했다.

ㄹㄱㄱ
ROCOCO

Contents

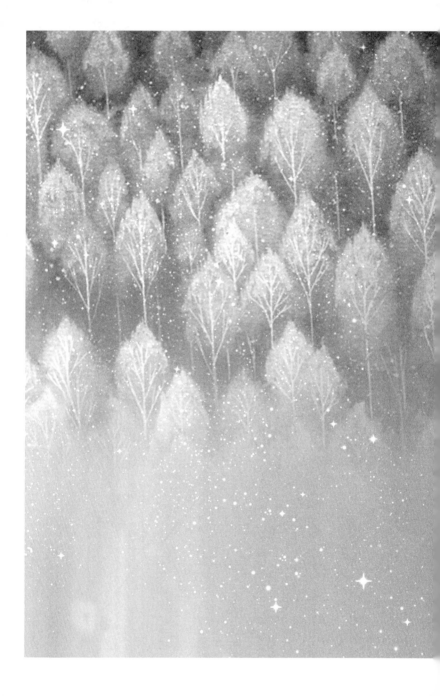

가로등 불빛이 물기를 가득 머금은 공기에 어슴푸레 빛나다 부서지는 어둑한 하늘. 낮에 퍼부었던 소나기는 그쳤지만 군데 군데 물웅덩이가 고여 있었고, 쌀쌀한 듯 시원한 바람은 걸음 을 재촉하는 혜현을 계속해서 따라왔다.

여름보다는 가을 냄새가 물씬 풍기는 밤이었다.

미처 다 읽지 못한 책의 페이지가 못내 마음에 걸렸지만 혜 현은 집으로 가는 발걸음을 더욱 재촉하였다.

옷 몇 가지, 이불, 책상만 덩그러니 놓여 있는 방은 혜현에 게 휴식의 공간이라기보다는 도피의 공간에 가까웠다. 하루 종 일 몇 만 자를 넘나드는 활자들과 씨름하다 보면, 살풍경한 곳 이더라도 집으로 가 그대로 널브러져 눈을 감는 것이 유독 간 절해지는 때가 있었다.

7

오늘이 바로 그런 날이다.

연구실의 에어컨을 끄고, 불을 끄고, 문을 잠글 때까지만 해도 지겹게 달라붙던 두통이 신기하게도 싹 사라진 것을 느끼며, 혜현은 아주 잠시 웃었다.

낮에는 드문드문 보였던 무리들도 자취를 감춘, 밤 11시의 캠퍼스를 혜현은 재빠르게 걸어갔다.

이제 일주일 후면 발랄하고 풋내 나는 얼굴들이 이곳을 가득 메울 것이다. 방학 중에는 그래도 조용해서 좋았는데. 새 학기가 다가온다는 건 혜현이 처리할 업무 또한 많아진다는 것을 의미했다.

송 교수는 다음 학기부터 학과장을 맡을 예정이라고 했다. 혜현은 지도교수인 송 교수 밑에서 2학기 동안 조교로 일하고 있다.

한 학기에 500만 원에 육박하는 등록금을 충당하고자 시작한 일이었지만, 그 대가는 때때로 혹독했다. 송 교수는 학과 내에서 가장 많은 일을 맡고 있었고, 그 일은 그대로 혜현이 떠안아야만 했다.

눈코 뜰 새 없이 바쁜 대학원 생활이었지만 혜현은 그래도 나쁘지 않다고 생각했다.

어렸을 때부터 돈을 쓰기보다는 아끼는 데 익숙했던 혜현은 매달 나오는 적은 연구비를 생활비 삼아 서울 살이를 견뎌 내고 있었다.

'교수님, 퇴근하셨나.'

무심코 올려다본 7층의 송 교수 연구실에는 아직 불이 켜져 있었다.

송 교수가 철야를 하며 논문을 쓰거나 밀린 작업을 하는 건 흔한 일이었다. 아주 가끔은 새벽에 걸려 온 송 교수의 전화 때문에 학교로 달려간 적도 있었다. 평소보다 더 피곤한 하루를 보낸 혜현은 오늘만큼은 그런 일이 없기를 간절히 바랐다.

인적 드문 캠퍼스가 맞은편에서 달려오는 자동차 헤드라이트로 한순간 밝아진 것은 그때였다.

혜현은 반사적으로 길 가운데에서 한쪽으로 비켜났다. 꽤 커 보이는 자동차는 점점 속도를 줄이더니 교수연구동 근처에 정지했다.

'이 시간에 누구지?'

호기심이 인 혜현은 멈춰 서서 자동차를 관찰했다. 차 문이 열렸고 누군가가 내렸다. 키가 꽤 큰 걸로 보아 남자 같았다. 정체불명의 남자는 이곳의 사정에 밝은 듯 전혀 망설임 없이 교수연구동의 출입문으로 뚜벅뚜벅 걸어갔다.

'교수님이었나 보다.'

흥미가 떨어졌다. 얼른 집에 가서 잠이나 자야겠다는 생각으로 혜현은 다시 발걸음을 옮겼다. 자정이 다 되어 가는 시각에 누군가가 교수연구동으로 들어가는 일은 결코 일상적인 일이 아니었지만, 그렇다고 '있을 수 없는 일'이 일어난 건 아니었다.

하지만 혜현은 모르고 있었다. 혜현이 멈춰 서서 지켜본 자리는 가로등 밑이었고, 교수연구동의 문 앞에 멈춰 선 남자가 멀어져 가는 혜현을 잠시 지켜봤다는 사실을.

※

9월의 첫날, 개강을 맞이한 캠퍼스는 유난히 떠들썩했다.

삼삼오오 모여서 조잘거리는 학부생들 사이를 지나 혜현은 송 교수의 호출에 바삐 걸음을 움직였다. 새 학기가 시작하자마자 업무가 밀려올 것이 아득하기도 했지만, 혜현은 송 교수 덕분에 별다른 돈 걱정 없이 대학원을 다니고 있는 거나 마찬가지였다.

똑똑똑.

"네, 들어오세요."

50대 중반인데도 이미 머리가 하얗게 센 송광연 교수는 큰 안경을 코끝에 걸친 채 타이핑을 하는 중이었다. 혜현은 송 교수를 향해 꾸벅 인사를 했다.

"안녕하세요, 교수님."

"아, 그래. 앉아."

혜현은 주로 접객용으로 사용되는 소파에 앉았다. 오늘은 뭔가 이상했다. 송 교수는 성격이 급한 터라 보통 혜현을 세워 둔 채 업무 지시를 내리곤 했다.

송 교수에게 '앉아'라는 말을 들어 본 게 언제였던가. 아마 입학하고 나서 처음으로 송 교수와 1대 1로 대면했던 때일 것이다.

그때 처음으로 조교 제의를 받았다. 그 이후로는 소파에 앉아서 송 교수와 대화한 기억이 없었다.

그만큼 드문 상황이었다. 송 교수가 오늘 할 말은 보통의 것과 다를 것이 분명했다.

"자네, 조교 한 지 얼마나 됐지?"

"1년…… 됐습니다."

"아직도 사정이 좀 그런가?"

꼬장꼬장하고 고지식했지만, 등록금을 마련하기 어려운 사정을 헤아려 일부러 혜현을 조교로 두고 있던 송 교수였다. 혜현의 마음 한구석에서 왠지 모를 불길함이 모락모락 피어오르기 시작했다.

"이번 학기에 논문을 한 편 내야 하는데, 석사생보다는 박사생하고 함께 작업을 해야 할 것 같아서. 그렇게 되면 이번 학기 연구비 지급이 조금 곤란해져."

심장이 쿵 하고 내려앉았다. 머리를 한 대 얻어맞은 듯한 표정으로 송 교수를 바라보는 혜현의 시선을 그는 헛기침을 하며 피했다.

혜현은 힘없이 고개를 떨어뜨렸다. 연구비가 끊기면 당장 월세 하며 생활비를 어떻게 충당해야 할지 아득해졌다.

"그래도, 제가 할 수 있는 일은 없을까요? 박사 선생님 보조 연구라도……."

"그렇게 되면 학교에서 나오는 연구비를 나눈다거나 해야 할 거야. 이건 교수 소관이 아니고 본인들끼리 상의할 문제이지."

그동안의 배려는 여기까지라고 못을 박는 말투였다. 혜현은 할 말을 잃었다. 온갖 생각이 뒤죽박죽 섞여 머리를 어지럽혔다.

차분히 생각하자. 지금 당장 할 일은 무엇인가. 송 교수와 더 말해 봤자 소득은 없다. 자신이 지금 할 일은…… 송 교수와 함께 일한다는 박사생을 찾아가는 것이다.

"그럼 그 선생님은 누구……?"

똑똑똑.

혜현이 말을 채 이어 가기도 전에 노크 소리가 들렸다. 혜현은 마음이 다급해졌다. 자리에서 일어나기 전에 송 교수에게 대답을 들어야 했다.

"아, 마침 왔네. 오늘부터 학교 나오는가? 내 수업 듣지?"

"네, 교수님."

혜현은 문이 열리고 들어온 남자에게로 시선을 돌렸다. 20대 후반에서 30대 초반으로 보이는 걸 봐서 학부생은 아닌 듯했다.

교수라고 하기는 너무 젊어 보였고, 송 교수의 제자라고 하기에는 처음 보는 얼굴이었다. 말끔한 슈트를 입은 남자는 송 교수에게 꾸벅 인사했다.

"아, 둘은 처음 보나? 어차피 이제 자주 보게 될 거니까."

혜현은 엉겁결에 자리에서 일어나 남자를 향해 살짝 고개를 숙였다. 남자 역시 말없이 가벼운 묵례를 했다. 허공에서 둘의 시선이 잠시 마주쳤으나 혜현이 먼저 송 교수에게로 몸을 돌렸다.

"교수님, 그럼 저는 가 보겠습니다."

혜현은 바로 뒤돌아서서 송 교수의 연구실을 나왔다. 본능이 말하고 있었다. 이름도 모르는 저 남자가 송 교수와 같이 일하는 사람이라는 것을.

아무리 논문을 쓰고 열심히 일해도 자신은 그저 그런 수많은 석사생 중에 하나일 뿐이다. 아주 잠시 눈물이 나올 것 같았지만 혜현은 이내 고개를 세차게 흔들었다. 고작 이런 일로 울고 있으면 어떡할 거야. 정신 차리자.

혜현은 아까의 남자에게 말을 붙일 기회를 만들어야겠다고 생각했다. 송 교수의 연구실 문을 뚫어져라 바라보며 입술을 잘근잘근 깨물던 혜현은 갑자기 문이 벌컥 열리자 화들짝 놀라며 한 발 뒤로 물러섰다.

"아직 안 가셨군요."

남자가 살짝 미소를 지었다.

아까는 경황이 없어 제대로 보지 못했지만, 찬찬히 올려다보게 된 남자의 외모는 꽤 준수했다. 어디서 많이 본 얼굴 같기도 했다. 마치 요즘 인기 있는 남자 연예인이 다섯 명쯤 뒤섞인 것 같은 느낌이었다. 그중에서도 살짝 속 쌍꺼풀이 진 눈매가 눈에 띄었다.

"아, 네."

"아까 통성명도 못 했네요. 이름이?"

"박……혜현이요."

"아. 박 선생님."

선생님, 이라는 호칭이 묘한 울림을 주었다.

학부를 졸업하자마자 대학원에 온 혜현의 나이는 선배는 물론이고 동기들 사이에서도 어린 편에 속했다. 나이 대가 제각각인 원생들끼리는 '선생님'이라는 호칭을 쓰는 것이 보통이었지만 혜현이 '선생님'으로 불린 적은 없었다.

자신보다 나이가 많은 선배들이나 동기들에게 선생님이라는 말을 듣는 것도 왠지 어색해서 '혜현 씨'라고 불러 달라 요구했었다. 혜현을 향해 '선생님'이라고 한 건 이 남자가 처음이었던 것이다.

"박 선생님, 지금 나한테 엄청 골 나 있는 거 아닙니까?"

"아니, 아니에요!"

난데없이 맞닥뜨린 날벼락 같은 상황이 조금 원망스러웠을 뿐, 사실 남자에게는 별 감정이 없었다. 오히려 자신이 연구를 도와줘도 되겠느냐는 당돌한 '부탁'을 해야 하는 입장이었다.

혜현은 자신도 모르게 당황해서 목소리가 높아져 버렸다.

남자가 피식 웃었다. 왠지 얼굴이 달아오르는 것을 느꼈다. 남자가 검지를 세워 입에 가져다 댔다.

"여기 교수동이잖아요. 조용히 합시다. 일단 내려가요."

성큼성큼 걸어가 엘리베이터의 버튼을 누른 남자의 뒤를, 혜현은 어쩔 수 없이 따라갔다.

이윽고 남자와 단둘이 타게 된 엘리베이터 안. 혜현은 둘 사이에 흐르고 있는 어색한 공기가 참을 수 없이 갑갑했다.

"저, 성함이……?"

마치 있는 힘껏 참고 있는 숨을 토해 내듯 제멋대로 말이 튀어나와 버렸다.

"이제야 물어보네요. 김이준이라고 합니다. 선생님은 날 모를 겁니다. 사정이 있어서 1년 동안 휴학했다가 이제 복학해요. 박사 3학기입니다."

3…… 2…… 1. 띵.

엘리베이터가 멈추고 문이 열렸다. 혜현은 얼른 엘리베이터에서 내렸다. 이쯤에서 적당히 어떻게든 이준과 각자 갈 길을 갈 참이었다.

미처 정신을 가다듬을 새도 없이 함께 송 교수의 연구실에서 내려와 버리는 바람에, 이 남자를 만나 이야기를 나누어야 했던 이유를 어느 사이엔가 까맣게 잊었던 것이다.

머릿속에 이 자리를 벗어나고 싶은 생각밖에 없었던 혜현은 서둘러 먼저 인사를 건네기로 했다.

"그럼……."

뜻하지 않은 만남이었다. 김이준. 처음 보는 낯선 사람, 그것도 잘 모르는 대학원 선배.

그리고…… 뭔가 하나 더 있었는데…….

"아, 저기……!"

"이제 어디로 가시는지?"

본래의 목적을 떠올린 혜현의 말을 가로챈 건 이준이었다.

"……도서관이요."

사실 도서관에 갈 계획 같은 건 없었지만, 떠오르는 대로 말을 하다 보니 아무 생각 없이 도서관이라는 단어가 튀어나와 버렸다.

"그럼 도서관은 이따 가면 어떻겠습니까?"

"네? 그게 무슨……?"

깜짝 놀라는 혜현과 달리, 이준은 아무렇지도 않은 듯 뜻 모를 한마디를 던져 놓은 채 조금 전과 같은 미소를 지었다.

둘은 인문학관 내에 있는 크지 않은 카페에 왔다. 할 말이 있다며 이리로 오기를 청한 쪽은 이준이었다.

혜현은 잠시 고개를 갸웃했지만, 사실 자신도 할 말이 있었기에 군말 없이 이준을 따랐다.

개강을 맞이한 학생들의 여파로 평소보다 목소리를 높이지 않으면 대화가 어려울 정도로 시끌시끌했다. 주문하기 전에 먼저 자리를 잡지 않으면 착석이 어려울 것 같았다.

어떻게 해야 하나 망설이는 혜현에게 이준이 먼저 말을 걸었다.

"마실 건 어떤 걸로?"

"아…… 카페라떼요. 따뜻한 걸로요."

"먼저 여기 앉아 계세요."

"고맙습니다."

좁은 2인용 테이블 앞에 앉은 혜현은 자신도 모르게 음료를 주문하는 이준의 뒷모습에 눈길이 따라갔다.

이준은 꽤 친절한 사람 같았다. 하지만 '친절하다'라는 단어만으로는 정의할 수 없는 또 다른 무언가가 있었다.

무엇일까. 혜현은 생각에 잠겼다. 말투와 태도, 표정이 모두 마치 자로 잰 것같이 각이 진 느낌인데, 어떤 사람일까. 오늘 처음 봤는데 왜 이 사람을 따라 여기까지 와 버린 걸까.

"여기 있습니다."

"……감사해요."

이준이 테이크아웃 컵을 혜현의 앞에 내려놓았다. 홀더와 스트로까지 끼워져 있는 컵을 보며 혜현은 속으로 적지 않게 놀랐다. 생각보다 섬세한 구석이 있는 사람인 것 같았다.

"송 교수님 연구 도와 드렸죠? 지난 학기까지."

"네, 그렇죠."

혜현은 태연하게 대답했지만 힘이 쭉 빠졌다.

이제 과거형이 되었다. 의미심장한 질문을 던져 놓고 아무것도 모른다는 듯이 태연하게 커피를 마시는 저 남자의 속내는 대체 무엇인지 도통 알 수가 없었다. 이제 어떤 의구심마저 뭉게뭉게 피어오르기 시작했다.

"송 교수님으로부터 이야기는 들었습니다. 그분이 워낙 원칙대로 하시는 분이라 선생님 기분을 좀 상하게 했을지도 모르는데……. 그냥 늘 해 왔던 대로만 하면 됩니다. 나 좀 도와주고."

"네?"

"선생님 혼자 하던 일을 저랑 같이 하는 겁니다. 논문에 이름 올리는 건 박사과정 한정이라 힘들겠지만. 연구비도 그대로 선생님이 받고."

"정말이에요?"

돌덩이처럼 무겁게 혜현을 짓누르던 문제 하나가 해결되는 순간이었다. 하지만 이준의 다음 말에 붕붕 떠오르고 있던 혜현은 다시 착 가라앉고 말았다.

"대신 조건이 있습니다."

조건이라. 그럼 그렇지. 어떤 일이든 언제나 그만한 대가를 치르게 되어 있는 법이었다.

혜현은 애써 태연하게 물었다.

"뭐예요, 그게?"

"나랑 노는 겁니다. 재밌게."

지금 이 남자가 뭐라고 말을 한 거야?

입을 반쯤 벌리고 벙찐 표정으로 그를 바라보고 있자, 이준이 고개를 살짝 미소를 머금었다.

마치 '나중에 식사 한번 같이 합시다'와 같은 평범한 문장을 말한 것과 같이 태연한 이준을 멍청하게 보기만 하는 중에도, 혜현의 머릿속에 제일 먼저 빠르게 지나가는 생각은 '이 남자가 미쳤나'였다.

이준을 처음 만난 지 1시간도 채 되지 않은 때에 들은 말이었다. 거기에다가 함께 '논다'라는 단어는 아무리 생각해도 이 자리에서 나올 만한 단어는 아닌 것 같았다.

"그게 무슨 의미인가요?"

혜현은 겨우 정신을 차리고, 딱딱한 표정으로 한마디를 던졌다.

일부러 말에 가시를 세운 채였다. 어쩌면 지금 이준은 자신을 얕잡아 보고 있을지도 모른다. 아니면 아주 우습게 여기고 있거나.

"내가 휴학을 좀 오래 해서 학교에 아는 사람이 별로 없어요. 같이 밥도 먹고, 차도 마시고, 그런 거. 혼자 학교 다니면 심심하잖습니까. 선생님은 안 그래요?"

"저는 여기 들어오고 쭉 혼자 다니고 있어요. 바쁘게 지내느라 심심할 겨를이 없어서 잘 모르겠네요. 한가하게 '놀' 시간도 없고요."

혜현은 일부러 '놀'에 힘을 주어 말했다.

굳이 '논다'라는 단어를 언급한 의중을 좀처럼 알 수 없었지만, 놀림을 받고 있을지도 모른다는 생각에 슬슬 화가 났다.

뭣 하러 이런 남자에게 비굴해져 가며 부탁을 하려고 했을까. 이제 이준의 모든 것이 마음에 안 들기 시작했다. 이준이 관자놀이를 긁으며 멋쩍은 표정을 지었다.

"그러니까, 친하게 지내자는 이야기였는데."

"친하게 지내자는 이야기를 그런 식으로 하세요? 초면인데."

"이상한 사람 아닙니다, 나."

혜현이 눈썹을 추켜올렸다. 이상한 사람 아니라고 하는 사람치고 정상적인 사람은 못 봤는데요, 라는 말이 목구멍까지 치밀어 올랐지만 라떼 한 모금과 함께 겨우 꿀꺽 넘겨 버렸다.

왜 이렇게 날카로워졌을까. 젠틀하다고 생각했던 이 남자의 이미지가 '같이 놀자'는 말에 박살 나서? 혜현 자신도 알 수 없는 일이었다.

"그냥 가볍게 농담처럼 던진 겁니다만…… 기분이 상했다면 미안합니다."

"아니에요. 그냥 좀, 갑자기, 놀라서."

사실 내뱉고 나서 보니 필요 이상으로 말이 세게 나간 것도 같았다.

어쨌거나 혜현에게 득이 되는 제안을 해 준 사람이었다. 그것도 혜현 자신이 이준에게 부탁할까 망설였던 일이다. 거기에다가 이준의 사과까지 받고 있자니 마음 한구석이 불편해졌다.

낯선 사람에게 날부터 세우는 버릇 아직도 못 고쳤구나. 혜현은 작게 한숨을 쉬고 커피가 반쯤 남은 테이크아웃 잔을 한 손에 든 채 일어났다.

"처음 뵙는 분한테 실례가 많았네요. 앞으로 논문 업무 관련해서 연락 주시면 그때 또 뵐게요. 제가 일이 많아서요. 죄송하지만 이제 일어나 봐야 할 것 같아요. 그리고…… 제안 감사해요. 이만 가 보겠습니다."

"어떻게 연락을 합니까? 난 선생님 번호도 모르는데."

혜현은 아차 싶어 꾸벅 고개를 숙이고 돌아서려던 발걸음을 멈추었다.

이준이 미소를 띤 채 핸드폰을 내밀었다. 혜현은 순간 얼굴이 달아오르는 것 같았지만, 이내 컵을 내려놓고 이준의 핸드폰을 받아 들어 애써 태연한 태도로 열한 자리 번호를 톡톡 눌렀다.

"그럼……."

혜현은 이준이 뭐라 말할 새도 없이 다시 한 번 고개를 숙이고 바로 뒤돌아섰다.

멀어져 가는 혜현의 뒷모습을 바라보던 이준의 얼굴에 잠시 복잡한 표정이 어리는 것 같더니 이내 지워졌다. 혜현이 자신도 모르게 놓고 간 카페라떼가 차갑게 식어 가고 있었다.

✼

'혼자 학교 다니면 심심하잖습니까. 선생님은 안 그래요?'

이준과 헤어지고 도서관으로 향하는 중에도, 책을 몇 권 골라 열람실 책상 앞에 앉을 때에도 이준의 그 말은 계속해서 혜현의 머릿속을 어지럽게 유영했다. 억지로 책장을 넘겼지만 활자들이 눈에 들어올 리가 만무했다.

정곡을 찔린 것 같았다.

혜현은 스스로 외롭다는 생각을 사치라고 생각하며 지내 왔다. 물론 이야기를 할 상대는 혜현의 주변 어디에나 있었다. 가깝게는 혜현의 연구실원들부터, 송 교수와의 식사 자리에서도 어떠한 종류의 '대화'는 항상 이루어졌다.

문제는 그것들이 언제나 목적을 지닌 언어들이라는 것에 있었다.

학과, 과제, 논문. 쳇바퀴를 도는 듯이 굴레 안에서 빙빙 맴도는 질문과 대답들에도 혜현은 늘 웃으며 응대했고, 그 과정 속에서 쌓이는 피로감을 애써 모른 척했다.

타 대학 출신이라는 자격지심 또한 내내 혜현의 마음을 무겁게 짓눌렀다.

혜현이 속한 응용서사학과. 이름도 생소한 이 학과는 한재대학교 대학원 과정에만 개설되어 있다.

기호학, 시나리오, 대중문화 텍스트 등 모든 종류의 '서사'를 다루는 학과였기에, 학부에서 다양한 전공을 한 학생들이 모여 있는 곳이기도 했다. '무슨 전공이었어요?'라는 질문은 응용서사학과만의 첫 인사와도 같았다.

이 질문은 '한재대 무슨 과 나왔어요?'의 뜻과 일맥상통하기도 했다. 그만큼 타 대학에서 학부 과정을 마친 이가 드문 학과 내의 분위기를, 혜현이 비집고 들어왔던 것이다.

국내에서 다섯 손가락 안에 드는 한재대의 대학 순위, 특성화된 국내 유일의 전공.

구성원들은 이러한 이점을 잘 알고 있었고 그 자부심 또한 대단했다.

대학원에 개설된 과목은 학부 과정의 과목과 연계되는 것이 대부분이었고, 한재대의 학부를 졸업하고 바로 석사과정으로 입학하는 것이 일반적이었다. 다른 전공에 비해 자대 출신 학생들의 비율이 높은 것도 이러한 이유에서였다.

이 때문에 타 대학 출신이 혜현이 송 교수의 조교가 된 사연에 대해 뒷말이 나오지 않을 수가 없었다.

그럼에도 혜현은 모든 귀를 닫고 묵묵히 할 일을 했다. 드러내 놓고 혜현에게 적대감을 표시하는 사람은 아무도 없었다.

사무적이고 적당한 태도, 그것만으로도 트러블 없는 평탄한 인간관계를 만들기에는 충분했고 이는 그들이 혜현을 대할 때 취하는 자세가 되었다. 겉으로 보기에는 아무 문제가 없는 것처럼 보였다.

하지만 눈에 보이지 않는 소외는 은밀하게 이루어지고 있었다. 타 대학 출신으로 학교 사정에 익숙하지 못한 혜현은 원생들이 이미 알고 있는 갖가지 정보를 뒤늦게야 접하는 일이 태반이었다.

누군가는 일부러 혜현을 배제하기도 했고 누군가는 혜현을 챙기는 것을 미처 생각하지 못하기도 했다. 예의를 차리는 은근한 따돌림, 그것은 가해자를 미워할 수조차 없도록 만들어버렸다.

결국 혜현은 언제나 웃어넘기는 편을 택했다.

겉으로는 웃으며 매일 결의를 다지듯 학교에 갔다. 학교에 대해서는 직접 부딪치며 하나씩 배워 나갔다.

필사적으로 수업을 듣고 과제를 했다. 여기에 송 교수가 지시하는 업무와 연구보조 일까지 온 힘을 다했다.

혜현이 한재대 대학원에 오게 된 계기는 학부 시절 수강했던 교양과목이었다.

인문학이 좋아서 택했지만 사실 졸업 후 취업이 쉽지 않은 전공이라 고민이 많았다. 혜현은 하고 싶은 공부도, 보장된 미래도 놓치고 싶지 않았다. 그 답이 교양과목의 참고도서에 있었다. 인문학에 기반해 여러 분야와의 접목이 가능하다는 것을, 생각보다 더욱 다방면으로 활용할 수 있다는 것을 그 책으로 처음 알았다.

참고도서의 저자 목록에서 송 교수의 이름을 발견하고 마음을 굳혔다. 아직 보편화되지 않은 특수한 전공이었지만 그 때문에 더욱 전문성을 확보하고 싶었다.

게다가 대학원 입학할 때쯤, 그녀에게 교수라는 새로운 목표가 생겼다. 따라서 그가 있는 한재대에서의 학위가 필요하다고 믿었고, 그 믿음과 목표가 굳건한 의지가 되어 혜현을 버티게 했다.

늘 이방인이었던 타 대학 출신인 자신에게 먼저 말을 걸어온 사람. 이전에 혜현은 이준에 대해 어떠한 바도 들은 것이 없었다.

'나랑 노는 겁니다, 재밌게.'

김이준은 어떤 사람일까.

어디에선가 본 얼굴 같기도 했지만, 그것은 이미 구면이기 때문이라기보다는 이준의 외모 탓이 큰 것 같았다. 이목구비의 생김새에 탓할 부분을 좀처럼 찾을 수 없는, 그는 잘생긴 사람이었다.

특히 속 쌍꺼풀이 살짝 진 가로로 긴 눈매가 이준의 매력을 더했다. 많은 여자들이 이상형으로 꼽을 만한 외모의 소유자.

그런 사람이 박사과정을 이수하고 있다면, 휴학 중인 사람이라 하더라도 원생들 사이에서 한 번은 언급이 되었을 법도 했다.

하지만 아무리 지난 일을 되짚어도 혜현은 이준에 대한 이야기들을 기억해 낼 수 없었다. 기억하지 못하거나, 애초부터 알지 못했거나.

어쨌든 혜현이 김이준이라는 남자를 알기 위해서는 한 가지 방법밖에 없었다.

바로 직접 부딪치기.

그것이 과연 어떤 결과를 가져올지는 알 수 없었다. 이준이 어떤 사람인지도 전혀 알지 못한 채 연구보조 일을 하겠다고 마음먹은 것부터 이미 혜현은 스스로 그와 엮이는 길을 택한 것과 다름없었다.

김이준, 그는 무슨 생각으로 자신에게 먼저 연구보조를 제안했을까.

단순히 송 교수의 조교라는 이유로? 그것만으로는 설명이 되지 않는 무언가가 분명히 있었다. 혜현은 열심히 머리를 굴렸지만 왠지 점점 더 미궁 속으로 빠져 들어가는 느낌이었다.

어쩌면 김이준, 그 남자는 나를 이미 알고 있었을지도 모른다.

여기에까지 생각이 닿은 혜현은 자신도 모르게 화들짝 놀라고 말았다.

처음부터 젠틀하게 자신을 대하던 이준의 태도에 왠지 모르게 안심했다가 '같이 놀자'는 말에 일순간 경계했던 혜현의 속내를, 이미 이준은 다 간파하고 있던 것이 아닐까. 첫인상과 달리 생각할수록 더 알 수 없어지는 남자였다.

책상 위에 올려 둔 핸드폰에 눈길이 절로 갔다. 이준의 핸드폰에 자신의 번호만 입력하고, 통화 키를 누른다는 것도 잊고는 바로 뒤돌아섰다.

이준이 자신을 어떻게 알게 되었는지, 왜 굳이 그녀에게 그런 제안을 했는지 알고 싶었지만 혜현은 이준에게 먼저 연락할 수 없는 상황이었다.

줄곧 검은색이던 핸드폰 화면에 문자메시지 수신 알림이 뜬 것은 그때였다.

[김이준입니다. 연구실에 안 계시네요.]

연구실? 이 남자가 내 연구실도 알고 있단 말이야?

더 생각할 것도 없었다. 혜현은 읽는 둥 마는 둥 했던 책들을 그대로 놔둔 채 잰걸음으로 열람실 출입구로 향했다.

열람실의 문을 여는 것과 동시에 통화 버튼을 누르고, 혜현은 한편으로는 불안한 마음으로 또 한편으로는 단단히 벼르는 마음으로 핸드폰을 귀에 가져다 대었다.

— 네, 김이준입니다.

"박혜현이에요. 아까 이야기가 다 끝나지 않은 것 같아서요."

— 사실은 저도 그렇게 생각해서 연락을 드린 겁니다.

"아, 먼저 말씀하세요."

— 제가 지금은 일이 있어 당장 만나서 말하기는 곤란하고, 선생님 연구실 책상에 둔 게 있으니 일단 그걸 보고 연락을 주시죠.

"아, 네."

— 그거 드리려고 연구실에 잠깐 들른 겁니다. 급하게 가 볼 일이 있어서, 미안합니다. 이만 끊겠습니다.

"여보세요? 김 선생님?"

통화가 끊겼다.

상대방의 응답을 들을 수 없는 핸드폰에 허, 하고 헛웃음이 흘러들어 갔다.

예의는 있는 대로 차리는 척하면서 자기 할 말만 하고 끊는 남자라니.

이준이 괘씸했지만 별수 없었다. 혜현은 거의 달리다시피 연구실로 바쁘게 향했다.

몇 분 뒤, 이마에 송글송글 맺힌 땀을 손등으로 찍으며 혜현은 자신의 자리에 있다는 '그것'의 정체를 확인했다.

제일 먼저 눈에 띈 것은 어떠한 표 같은 것이 프린트되어 있는 A4용지였다. 저게 뭐지?

가까이 다가가 들여다보자 용지에는 강의 시간표가 프린트되어 있었다.

웬 시간표? 의아해하며 과목명과 교수의 이름을 확인한 혜현은 믿을 수 없다는 듯이 눈을 휘둥그레 떴다.

혜현은 시간표가 프린트된 A4용지를 한 손에 들고 한달음에 학과 사무실로 달려갔다. 아까 흘린 땀이 채 식기도 전이었다.

"혜현 씨? 무슨 일이에요?"

학과 조교로 근무하는 선희가 땀범벅인 채로 들어온 혜현을 보며 의아하다는 듯이 물었다. 혜현은 숨을 가쁘게 몰아쉬며 입을 떼었다.

"그, 이번에 복학하신 박사 김이준 선생님, 이번에 강의 맡으세요?"

"어떻게 알았어요? 확정된 지 얼마 안 됐는데."

선희가 눈썹을 추켜올렸다.

"이번에 우리 과, 학부도 개설하려는 움직임이 있잖아. 그거 물밑 작업 하느라 생긴 교양과목이 있는데 강사가 공석이었거든."

"아……."

"송 교수님이 김이준 선생님 추천해 줘서 그렇게 된 걸로 알고 있어요."

"그럼 이 시간표도 맞아요?"

"뭔데요?"

선희가 혜현이 내민 종이를 들여다보았다.

"응, 맞아요. 김이준 선생님 강의 시간표네요."

성의껏 대답하는 것 같으면서도 의구심이 가득한 눈길을 미처 숨기지 못하는 선희의 얼굴을 신경 쓸 새도 없었다. 금세 복잡해진 머릿속에서 갖가지 생각들이 뒤엉켰다.

혜현은 개강 첫날부터 자신에게 일어난 이 모든 일을 어떻게 정리해야 하는지 도무지 감을 잡을 수가 없었다.

상황은 점점 더 알 수 없게 돌아갔다. 이준이 강의를 맡는다면 혜현이 할 일은 단순 연구보조에서 끝나지 않는 것을 의미했다. 이 분야에서의 연구논문과 강의는 밀접한 연관이 있었고, 결국 혜현은 어쩔 수 없이 이준의 강의에까지 관여하게 될 것이다.

얼굴도 본 적 없는 사람에게 이 모든 일을 함께하자고 하는 것이 가능할까.

조금씩 피어오르던 의문은 확신으로 변했다. 혜현은 핸드폰 통화기록에서 이준의 번호를 찾아 눌렀다.

무미건조한 신호음이 고막을 울리기를 여러 번, 이준은 여전히 응답이 없었다.

"안녕하세요. 박혜현입니다. 여쭤 볼 것이 있으니 시간이 될 때 전화 부탁드립니다."

하는 수 없이 메시지를 보내 놓고 연구실로 돌아와 책상 앞에 앉았지만, 혜현은 아무것도 손에 잡히지 않았다.

업무도 공부도 좀처럼 진척이 되지 않는 몇 시간을 허비한 끝에, 이준에게서 전화가 걸려 왔다. 혜현은 심호흡을 하고 전화를 받았다.

"여보세요."

– 김이준입니다. 시간도 그렇고 하니 함께 식사라도 하면서 이야기해도 괜찮을까요.

고개를 돌려 내다본 창밖은 벌써 어두컴컴해지고 있었다. 혜현에게는 어떻게 지나갔는지도 모를 하루였다.

그제야 점심도 못 먹었다는 사실을 깨달았다. 타이밍 좋게 배에서 꼬르륵 소리가 울렸다.

눈앞에 먹음직한 음식이 보기 좋게 차려져 있었지만 무슨 일인지 혜현은 전혀 손을 댈 수가 없었다.

몸은 밥을 달라고 아우성치고 있는데, 이준의 얼굴을 마주하고 나서는 목에 무언가가 걸린 것 같은 기분이 계속 이어졌다.

혜현이 이준을 따라온 곳은 학교 후문 근처의 일본 가정식 식당이었다. 학생들을 상대로 장사하는 곳이라기보다는 데이트하는 연인들을 겨냥한 듯 아기자기한 인테리어로 꾸며 놓은 곳이었다.

"드세요."

"네."

혜현의 앞에 냅킨을 깔고 수저를 놓아 주며 이준이 한 번 더 권했지만, 혜현은 물끄러미 자신 앞에 놓인 가라아게 정식을 바라볼 뿐이었다.

"······김이준 선생님."

막 수저를 들려던 이준이 혜현의 목소리에 멈칫하고 다시 내려놓았다.

이준을 똑바로 바라보는 혜현의 눈빛은 음식은 아랑곳없이 오직 이준에게만 용건이 있다고 말해 주는 것 같았다.

"네."

"저를 어떻게 아셨어요?"

"그야, 송 교수님 조교시니까. 말씀을 들었습니다."

"저는 선생님 제안이 감사하고, 제 입장에서 다행스러운 일은 맞는데······ 사실 잘 모르겠어요. 선생님 도와 드리고 연구비 받는 거, 사실 굳이 제가 아니어도 되잖아요."

"음."

틀린 말은 아니라는 듯 이준이 작게 고개를 끄덕였다.

"송 교수님만으로는 박 선생님을 납득시킬 순 없나요?"

"네. 저는 선생님에 대해서 들은 바가 없고, 하다못해 선생님이 그동안 쓰신 논문도 본 적이 없는데. 어떻게 도움을 드려야 할지도 아직 감이 안 잡히고······."

"잠깐, 잠깐만요. 그러니까 선생님이 하고 싶은 말씀이 뭡니까. 내가 왜 선생님과 함께 일하고 싶은지, 내가 뭘 믿고 그러자고 하는지, 그게 궁금하다는 거죠?"

"……말하자면요."

혜현이 조그마한 목소리로 대답했다. 이준은 잠시 말없이 혜현을 응시하다가, 이내 입가에 미소를 띤 채 말했다.

"말했잖아요. 논문이며 강의며, 뭐 그런 것도 그렇지만, 나는 선생님이랑 재밌게 놀고 싶다고. 아, 논다는 단어는 실례했습니다. 여하튼, 그러면서 더 가까워지자고요."

"네? 그 말은……."

"박혜현 선생님. 궁금했어요, 당신이. 오래전부터."

사뭇 진지한 얼굴로 힘주어 말하는 이준이었다.

✻

그해 여름은 유난히도 더웠다.

6월이었는데도 폭염이 기승을 부리는 날씨에 기말고사를 앞둔 학생들은 축축 늘어졌고, 교수든 학생이든 모두 종강만을 기다리는 분위기가 학교 내에 짙게 퍼져 있었다.

이준은 활기가 사라진 캠퍼스에서도 유독 눈에 띌 만큼 바삐 움직이는 사람이었다. 이준 역시 종강만을 기다리는 것은 같았지만, 석사 논문의 막바지 퇴고와 밀리고 밀린 조교 업무까지 해야 할 일이 산더미였다.

기말고사 마지막 날, 학생들은 기운이 있는 대로 빠진 것 같으면서도 해방감이 드리운 얼굴로 시험 장소인 강의실에 앉아 있었다.

이준이 서류 봉투에 담긴 문제지와 시험지를 들고 강의실

앞문으로 걸어 들어오자, 벽 쪽에 앉아 있던 여학생 몇몇이 그를 힐끔거리며 수군대는 소리가 들려왔다.

학부생들 사이에서 이준은 유명했다. 물론 그 이유는 이준의 잘생긴 외모 탓이 컸다. 대놓고 호감을 표시하는 여학생들도 있었지만 이준은 그들에게 관심을 둘 여력이 없었다.

"시험 시작하겠습니다. 보던 것 다 넣으세요."

학생들이 주섬주섬 책상을 정리하는 동안 이준은 문제지와 시험지 뭉치 사이에서 석사 논문 출력본을 꺼냈다. 오늘 내로 검토를 끝내고 송광연 교수에게 최종 확인을 받을 생각이었다.

송 교수는 학부생들의 시험에 늘 직접 들어와서 감독을 하곤 했지만, 필참해야 하는 세미나의 일정이 갑작스레 변경되는 바람에 이준이 시험 감독을 맡게 된 것이었다. 안 그래도 정신 없는 와중에 이준이 맡는 일이 하나 더 늘어난 셈이다.

문제지와 답안지를 배부한 이준은 교실 맨 앞에 서서 답안을 적어 내려가는 학생들을 지켜보면서도 틈틈이 자신의 논문을 들여다보았다.

시험을 보는 학생들은 40명 남짓. 공식적인 시험 시간은 1시간 30분.

아마 40분 즈음에 학생 한두 명이 시험지를 제출하기 시작하고 1시간이 될 때쯤 거의 모든 학생이 이 강의실을 벗어나 종강의 기쁨을 맛보고 있을 것이다.

송 교수의 시험은 대부분 서술형 답안이라 부정행위가 불가능했지만, 그리 까다로운 편이 아니라 시험을 치르는 데 오랜 시간이 소요되는 편이 아니었다.

그의 예상은 틀리지 않았다. 시험을 시작한 지 1시간이 지났을 때엔 강의실에 단 세 명의 학생만이 남아 있었다.

그중 뿔테 안경을 쓴 남학생은 더벅머리를 연신 긁적이다가 알아볼 수 없는 필체로 빼곡하게 적은 답안지를 제출하고 서둘러 강의실을 빠져나갔고, 그 근처에서 이따금씩 멍하니 앉아 있던 단발머리의 여학생은 곳곳이 빈 답안지를 이준에게 내밀고는 털레털레 걸어 나갔다.

이제 강의실에는 단 한 명의 여학생만 남아 있었다.

강의실 뒷문 쪽에 앉아 무언가를 쉴 새 없이 적어 내려가다가 수정테이프로 벅벅 지우기도 하고, 이마를 짚으며 얕은 한숨을 쉬기도 하는 그 여학생에게 이준은 자연스레 눈길이 갔다.

염색기가 전혀 없는 검고 긴 생머리를 한쪽 귀 뒤로 넘긴 채 여전히 바쁘게 펜을 놀리는 여학생.

송 교수의 강의는 3학년들이 주로 듣는 수업이었다. 아마 이 여학생의 나이도 그쯤 되었을 것이다.

골똘히 시험을 치르고 있는 이 여학생이 이준은 생소하기도 하고 신기하기도 했다. 그동안 더위로 지친 학교에서 좀처럼 볼 수 없었던 생동감을 여학생 혼자서 발산하고 있는 것만 같았다.

에어컨이 가동되는 소리, 여학생이 사각사각 글씨를 쓰는 소리만이 강의실을 메우고 있었다.

이준은 손목시계를 들여다보았다. 아무리 열심인 학생이라도 1시간 30분을 꽉 채우지는 않을 것이다.

다른 학생들이 그랬던 것처럼, 고개를 들어 강의실 앞쪽에 있는 시계를 확인하지도 않는 그 여학생에게 시간 정도는 일러 둬야 할 필요가 있다고 생각했다.

"시험 시간 25분 남았습니다."

침묵을 가른 이준의 목소리에도 여학생은 별 반응 없이 답안지를 적어 내려갈 뿐이었다.

이준은 보던 논문을 내려놓고 자신도 모르게 여학생을 관찰하기 시작했다. 이제 그 여학생에게 약간의 호기심이 일기까지 했다.

자신에게 한참 동안 눈길을 주고 있는 이준의 시선을 느낀 듯 여학생이 잠깐 고개를 들었다. 눈이 마주치자 이준은 밋쩍은 미소를 지었다.

여학생은 주위를 둘러보고는 강의실에 자신밖에 없다는 사실을 그제야 알아챈 듯했다. 얼굴에 당황스러운 표정이 어렸다.

"15분 남았어요."

"네……."

이준의 말에 들릴 듯 말 듯 한 목소리로 대답한 여학생은 몇 분의 시간이 좀 더 지나고 나서야 필기구와 가방을 정리하고 자리에서 일어섰다.

답안지를 제출하러 이준에게 다가오는 여학생은 왠지 무언가 망설여져 머뭇거리고 있는 표정이었다.

"시험이 많이 어려웠어요?"

마지막까지 남아 열심히 답안을 쓰고 있던 여학생이 왠지

모르게 대견하기도 하고, 자신의 학부생 시절도 생각난 터라
상냥한 어투로 말을 걸었지만 여학생은 여전히 잔뜩 긴장하고
있는 것 같았다.

"저, 그게……."

"열심히 답안을 썼으니까 교수님도 알아주실 거예요. 이제
제출하고 가면 돼요. 수고했습니다."

이준은 여학생이 답안지를 건네주리라 생각하고 손을 내밀
었다. 그러나 여학생은 여전히 답안지를 양손으로 쥐고 이준의
시선을 피하며 쭈뼛거리고 있었다.

"왜 그래요? 시간이 더 필요해요?"

"아니요, 저기…… 제가, 청강생인데."

그 순간 이준은 머리를 한 대 얻어맞은 것 같았다.

학부생들이 수강신청을 하지 못한 강의에 들어와서 수업을
듣는 것은 그렇게 드문 일이 아니었다. 하지만 출석이나 시험,
과제가 강제성이 없고 학점도 나오지 않다 보니 학기말이 다가
올수록 강의에 나타나지 않는 학생들이 태반이었다.

청강생이 시험을 본다는 것도 놀라운 일이었지만, 그것도
맨 마지막까지 남아 최선을 다해 답안을 작성하는 모습은 낯설
수밖에 없었다.

"청강생이 시험은 왜 봤어요?"

이준은 웃으며 장난기를 띤 말투로 물었다. 이준의 말에 귀
까지 빨개진 여학생은 눈을 내리깔았다.

"그야, 저도 한 학기 동안 강의를 들었으니까……. 그동안
배운 걸 정리하는 게 시험이라고 교수님이 말씀하셨기도 했

고……. 송광연 교수님께는 미리 말씀을 드렸는데, 조교님이 감독 들어오실 줄은 몰랐어요."

가까이서 본 여학생은 훨씬 앳된 외모를 지니고 있었다. 화장기가 전혀 없는데도 새하얀 피부가 눈에 띄었다.

송 교수님 강의를 듣는 학생이라면 학교에서 오다가다 한 번쯤은 마주쳤을 법도 한데, 이전에 본 적이 없는 얼굴이었다.

"음. 송 교수님이 뭐라 하시던가요?"

"시험을 보고 싶으면 일단 시험을 치르고, 답안지는 가져가라고 하셨어요. 그게 한 학기 동안 공부한 저만의 결과물일 거라 하시면서."

여전히 시선을 아래로 둔 채였지만 여학생은 우물거리는 것 없이 한 글자씩 분명하게 말을 이어 갔다. 이준은 왠지 송 교수님이 아끼는 학생일 거라는 생각이 들었다.

"뭐, 교수님이 그렇게 말씀하셨으면 그래야죠. 수고했어요. 가셔도 돼요."

그제야 여학생은 천천히 고개를 들어 이준을 바라보았다. 여학생의 얼굴이 점점 안도의 빛을 띠었다.

"감사합니다. 사실 오늘 교수님을 못 뵈어서 좀 걱정했어요. 조교님께 어떻게 설명을 드려야 할지 잘 모르기도 했고……. 혹시 조교님이 제가 거짓말한다고 의심하실까 봐, 그것도 좀…….."

"거짓말이야 내가 교수님한테 확인하면 금방 알 수 있죠. 그런데 학생은 무슨 과예요? 인문학부?"

송 교수는 공식적으로 한재대학교 대학원의 응용서사학과

소속 교수였지만, 이전에 속해 있던 인문학부의 학부 전공과목을 맡기도 했다. 오늘 이준이 시험 감독으로 들어온 것도 인문학부 강의였다.

이준은 인문학부 학생이겠거니 싶어 가볍게 던진 말이었지만 여학생은 흠칫 놀라며 또다시 이준의 시선을 피했다.

"······아니요."

"아, 그럼?"

"······."

여학생은 대답 없이 발끝만 바라보며 침묵을 지켰다. 무슨 과인지 묻는 게 그리 곤란한 질문이었나 싶어 이준은 괜히 어색해졌다. 하지만 시험을 치른 학생에게 이것저것 물어본 게 학생으로서는 부담이 될 수도 있겠다 싶었다.

"하하, 그냥 물어본 거예요. 심각해질 필요 없는데. 타과 학생인데 송 교수님 강의를 청강으로 들어올 정도면 이쪽에 관심이 많나 봐요."

"네······."

"내가 시간을 너무 많이 뺏었죠? 이제 진짜 가도 돼요."

"아니에요. 죄송합니다."

여학생은 90도가 될 정도로 인사를 꾸벅 하고는 강의실을 나갔다.

여학생이 떠난 강의실 문 쪽에 잠깐 시선을 두던 이준은 웬일인지 그 여학생의 답안지가 어땠는지 보지 못한 게 아쉬워졌다.

"야, 뭐냐? 송 교수님 시험인데 왜 이렇게 늦게까지 해?"

그사이 호영이 텅 빈 강의실로 들어와 이준의 어깨를 툭 쳤다.

이준보다 1년 늦게 대학원에 입학했지만 나이가 같은 둘은 친구처럼 지내고 있었다. 호영 역시 시험 감독을 마쳤는지 답안지 묶음을 한 손에 들고 있었다.

이준은 어깨를 으쓱하고는 학생들이 제출한 답안지를 정리하기 시작했다.

"여기로 오다가 봤는데, 마지막으로 여기 나가던 여자애 때문이야? 걔만 아니면 논문 퇴고할 시간이 늘어났을 텐데. 어쩌냐."

"그래 봤자 몇 분 차이인데, 뭘. 시험 보는 학부생을 어떻게 탓해."

호영이 의미심장하게 입꼬리를 올리곤 목소리를 낮추며 말했다.

"예쁘더라. 인문학부인가? 근데 처음 본다. 저 정도의 외모면 내가 모를 리가 없는데."

"타과 학생이래. 청강이고."

"아, 뭐야. 그럼 누군지 알 수가 없잖아."

"쓸데없는 소리 말고 여기 왔으면 이거 정리하는 거나 도와줘."

"자식, 까칠하기는. 알겠어. 이따 답안지 과 사무실에 내고 밥이나 먹자."

그럼 누군지 알 수가 없잖아.

호영의 말에 이준은 뒤늦게 깨달아 버렸다. 그 여학생의 이름조차도 모른다는 것을.

왜 진작 물어보지 못했을까. 짧지만 선명한 인상을 남긴 여학생의 정체를 더 알지 못한 게 못내 후회가 되었다.

이준은 여학생이 1시간 넘게 앉아서 사각사각 펜을 놀리던 빈자리를 아쉬운 표정으로 바라볼 수밖에 없었다.

시간은 빠르게 흘렀다. 이준은 석사 논문이 통과되었고, 그해 여름 졸업을 하며 바로 박사과정에 들어갔다.

크게 달라진 것은 없었다. 송광연 교수의 밑에서 일하는 것도, 익숙한 얼굴들과 함께 강의를 듣고 과제를 하는 것도 같았다.

그날도 평소와 크게 다르지 않았다.

펄펄 끓었던 무더위가 가고 가을 냄새가 물씬 나는 9월 말의 어느 날이었다.

교내 복사실에 맡겨 놓은 강의 자료를 찾아오라는 송 교수의 전화에, 이준은 프린트물 한 뭉치를 들고 수업이 한창인 강의실을 노크했다.

"아, 들어오게. 잠깐만."

송 교수는 강의실 앞쪽에 서 있는 여학생을 향해 손을 들어 올리고는 이준을 향해 손짓했다.

"김 선생은 이거 한 부씩 돌리게. 학생은 발표 계속하지."

이준은 발표문을 들고 있는 여학생에게 무심코 눈길을 돌렸다가 눈을 휘둥그레 떴다.

검고 긴 생머리에 하얀색 피부. 두 달 전 시험 감독을 하며 만난, 마지막까지 남아 있던 그 여학생이 분명했다. 긴장되는 듯 목을 잠시 가다듬는 여학생의 모습이 반가웠다.

하지만 지금은 송 교수가 시킨 일을 해야 했다. 여학생은 발표문에만 시선을 두고 있어 이준과 눈을 마주칠 수도 없었다.

"……네. 이번 발표를 맡은 박혜현이라고 합니다."

아무렇지도 않은 척 프린트물의 수를 헤아리던 이준의 손이 잠시 멈칫했다.

어쩌면 두 달 전에 이미 알았어야 하는 이름을 이제야 듣게 되었다. 자신도 모르게 슬며시 미소가 배어 나왔다.

✳

"역시. 선생님은 저를 알고 계셨군요."

혜현은 애써 태연한 척 말을 꺼냈지만 목소리가 조금씩 떨리는 것은 어쩔 수가 없었다. 그것을 놓칠 리 없는 이준이었다.

"네. 송 교수님으로부터 선생님 말을 듣기 전부터 알고 있었습니다. 그런데 박 선생님이 화가 나신 건지, 놀라신 건지, 지금 저로서는 잘 모르겠네요."

사실 혜현 자신도 무슨 감정인지 종잡을 수가 없었다. 만난지 단 하루밖에 되지 않았지만, 눈앞에 있는 이 남자가 자신을 괴롭히거나 방해할 이유로 접근하지는 않았을 거란 것쯤은 알수 있었다.

혜현이 가지는 의문은 단 한 가지였다. 이준이 왜 '오래전'이라는 단어를 썼는지, 왜 그때부터 자신을 궁금해했는지, 그 이유를 도무지 알 수가 없는 것이다.

"아니요. 의아해서요. 선생님이 말씀하신 대로라면 선생님이 휴학하셨을 때 저는 막 입학한 상태였어요. 선생님과 저의 접점을 찾으려 해도 도무지 모르겠는걸요."

"2년 전에 송 교수님 강의, 〈영상문화스토리분석〉 들으셨죠?"

이준은 이제 말할 때가 되었다고 생각했다.

물론 그가 기억하는 혜현은 그것뿐만이 아니었다. 자신을 기억하지 못하는 혜현에게 서운한 마음 같은 건 의외로 없었다.

첫 만남인 것처럼 먼저 이름을 물었던 것도 이준이었다. 그의 신경은 오로지 혜현을 다시 만날 수 있었던 지금의 상황에 몰두해 있었다. 이준은 혜현과의 재회가 무척 다행스럽기만 했다.

혜현은 전혀 예상도 못 한 말을 들은 듯 잠시 굳은 채 이준을 멍하니 바라보았다. 2년 전이면, 혜현이 한재대 대학원에 입학하기도 전이었다. 그리고 그때의 자신은…….

"네, 들었어요. 그 강의."

최대한 감정을 숨기며, 별일 아니라는 듯이 가볍게 대답하고 혜현은 살짝 웃었다.

아무도 모를 줄 알았던 그때의 일을 기억하는 남자를 마주쳐 버렸다. 그것도 앞으로 함께할 일이 많은 사람으로.

누가 뭐라 하는 사람은 없었다. 송 교수도 용인해 준 일이었다. 무작정 찾아가 강의를 들어도 되느냐고 간절하게 청하는 혜현을, 송 교수는 무시하지 않았다. 주저하며 타 대학 학생이라고 밝히는 혜현에게도 그러느냐며 한 마디 했을 뿐이다.

　그렇게 2년 전 봄과 가을, 혜현은 한재대에서 송 교수의 강의를 들었다. 혜현 스스로에게는 당당하고 떳떳했지만, 그렇게 생각하지 않는 이들도 적지 않았다.

　'쟤는 우리 학교 학생도 아니라면서. 왜 저렇게 나대?'

　학기말이 되어 갈 즈음 자신을 향해 대놓고 비아냥거리는 다른 학생의 목소리를 들었을 때, 혜현은 언제까지나 이방인의 입장으로 한재대에 올 수는 없다고 생각했다.

　하고 싶은 공부를 눈치 보지 않고 마음껏 할 수 있는 방법. 그것으로 선택하게 된 것이 한재대 대학원 진학이었다.

　"그때 제가 송 교수님 조교로 일하고 있어서, 그 강의 시험 감독을 하다가 선생님을 처음 봤습니다."

　혜현은 기억을 더듬었다.

　어렴풋이 기억이 나는 것도 같았다. 왠지 창피한 마음에 타학과 학생이냐는 질문에 제대로 대답도 못 하고 도망쳐 나왔었다.

　그 짧은 순간을 이준이 기억한다고 있다는 것이 놀라울 뿐이었다. 자신은 이준의 얼굴조차 가물가물한데. 이준이 먼저 말하지 않으면 결코 기억해 내지 못할 만남이었다.

　"저도 기억이 나요. 제가 타 대학 학생이라는 걸 결국 말하지 못했었죠. 그냥…… 그땐 부끄러웠어요. 우습죠."

　"아니요. 하나도 웃기지 않습니다. 그게 뭐가 웃긴 일이에요. 공부를 열심히 하는 게 뭐가 부끄러운 일입니까."

순간 혜현은 눈물이 왈칵 솟았다.

아무도 자신에게 이런 말을 해 준 적이 없었다.

대학원에 진학한 이상 공부에 몰두하는 것은 당연하다고 생각했고, 그것을 다른 사람들이 알아주리라는 기대 역시 하지 않았다.

그저 타 대학 출신이라는 색안경을 끼지만 않아 주었으면 하는 바람을 가지고 대학원에서의 1년을 보내 왔었다. 그런 혜현에게, 유난을 부린다고 손가락질하지 않은 사람은 이준이 처음이었다.

눈가에 눈물이 어린 것을 들킬세라 혜현은 얼른 물 한 잔을 따라 마셨다.

맞은편에 앉아 있는 이준의 눈에 혜현의 모든 행동이 그대로 들어왔지만 이준은 혜현이 부끄러워할까 봐 보지 못한 척했다.

생각보다 혜현은 훨씬 여린 사람이었다. 그렇게 필사적으로 학교에 다니고 공부하는 혜현에게는 무슨 사연이 있는 걸까.

2년을 돌아 드디어 정면으로 마주하게 된 인연이었다.

그 2년 동안에는 아직도 그녀가 모르는 이준과 혜현의 이야기가 더 있었다. 그 모두를 풀고 풀어서, 이준은 혜현과 함께 새로운 이야기를 써 내려가고 싶었다.

"음식 다 식겠어요. 배고프지 않아요?"

분위기를 풀어 보려는 듯 이준이 일부러 쾌활한 목소리로 입을 뗐다. 혜현은 다시 물을 한 모금 마시려다가 이준의 말에 물컵을 내려놓고 살짝 미소를 지어 보였다.

혜현이 미소를 지은 건 눈물을 보였다는 것에 대한 약간의 민망함, 그리고 멋쩍음이었다.

하지만 시종일관 딱딱한 태도를 보였음에도 불구하고 여전히 불편한 기색 없이 자신을 대하는 이준에 대한 고마움과 미안함도 뒤섞여 있었다.

"이제야 보네요."

"네?"

"박 선생님 웃는 거 말입니다."

이준의 말에 혜현은 금세 어색한 표정으로 돌아와 흘러내린 머리를 귀 뒤로 넘겼다. 그 모습을 보는 이준의 얼굴에 얼핏 웃음기가 어렸다.

"저기……."

"말씀하세요."

혜현이 머뭇머뭇하며 입을 열었다.

"……감사해요."

혜현은 이준과 눈을 한 번 마주치고, 시선을 아래로 내리깐 채 이어 말했다.

"사실 제가 사정이 좀 좋지 않아서…… 이번 학기부터 연구비 지급을 못 받는다는 말을 들었을 때 눈앞이 캄캄했거든요."

무슨 사연이 있을까. 궁금증이 일었지만 이준은 묵묵히 혜현의 말을 들었다.

"그래서 선생님께 부탁하러 간 거였어요. 송 교수님 연구, 도와 드리면 안 되겠느냐고……. 어찌 보면 처음 보는 분께 말도 안 되는 말을 하러 간 건데, 선생님이……."

"내가 먼저 선수를 쳤다, 그 말이죠?"

혜현이 고개를 끄덕였다.

"정말 감사해요. 사실 날벼락 같았거든요. 아르바이트라도 알아봐야 하나 싶었어요. 선생님 덕분에 이번 학기는 무사히 넘길 수 있을 것 같아요. 얼마나 다행인지 몰라요."

혜현의 얼굴이 이전보다 점점 밝아지는가 싶더니, 말을 마칠 즈음에는 이전보다 더 확연하게 활짝 웃는 표정으로 바뀌어 있었다.

"박 선생님."

"네?"

"웃는 거 보니까, 좋네요."

"아……."

"내가 그렇게 대단한 뭔가를 해 준 건 아닌데. 연구보조로 엄청 고생할지도 몰라요."

장난스럽게 던진 이준의 말에 혜현은 귀까지 빨개진 채 우물거렸다.

"아니에요. 저한테는 정말 큰 걱정이었는데…… 고생이라니요. 오히려 제가 도와 드릴 수 있게 되어서 다행이고, 감사한 걸요."

"아직 나랑 일을 안 해 봐서 그렇게 말하는 겁니다. 박 선생님이 도망갈 수도 있어요."

"아니에요. 열심히 할게요. 물론 제가 얼마나 도움이 될지는 모르겠지만 최선을 다할게요. 진짜 감사해요. 정말로요."

이준이 피식 웃었다.

"박 선생님한테는 농담도 못 하겠네요. 얼른 식사나 들어요."

"아…… 네."

이준의 말에 혜현은 그제야 잊었던 허기가 다시 몰려옴을 느꼈다. 수저를 드는 혜현을 바라보던 이준은 의미심장한 미소를 지었다.

그는 더 많이 알기를 원했다. 박혜현이라는 사람에 대해. 꽤 오랜 시간을 돌아 다시 이어진 인연을 단단하게 붙들고 싶었다.

"집까지 데려다줄게요."

"아니에요, 괜찮아요. 학교로 다시 들어가 봐야 해요."

식사를 마치자 날은 이미 어두워져 있었다. 후문 근처에 차를 세워 두었다며 자신의 차를 타자는 이준의 말에 혜현은 잠시 망설였지만 이내 고개를 끄덕였다.

조금 걸어간 곳에 그의 차가 있었다. 직접 차 문을 열어 주는 이준에게 조금 당황하며, 혜현은 조심스럽게 조수석에 올랐다.

혜현은 고급스러운 차 내부를 슬쩍 둘러보곤 내심 놀랐다. 자동차에 대해서 잘 알지 못하는 혜현이었지만 값비싼 외제 차일 거라는 것 정도는 짐작할 수 있었다.

차 안에서 풍겨 오는 가죽 시트 냄새, 은은한 방향제 냄새를 맡으며 혜현은 창밖으로 시선을 돌렸다.

정말 긴 하루였다. 송 교수에게 불려 간 것부터 이준을 만난

일까지.

"보통 학교에 몇 시까지 있어요?"

차창 밖으로 어지러이 지나가는 가로등 불빛을 멍하니 바라보던 혜현은 이준의 물음에 흠칫 놀라며 자세를 고쳐 앉았다.

"매일 달라요. 그래도 자정 전에는 들어가려고 하고 있어요."

"늦게까지 힘들겠네요."

"……선생님은 학교 매일 나오세요?"

"이제 그러려고 합니다. 복학도 했으니."

후문에서 인문학관까지는 차로 몇 분 걸리지 않았다. 이윽고 인문학관 앞에 차를 세웠고, 혜현은 이준을 향해 살짝 고개를 숙였다.

"고맙습니다. 저녁도 사 주시고……."

"원래 밥 먹자고 한 사람이 돈 내는 거예요."

이준이 미소 지으며 대답했다. 하얗고 가지런한 이가 혜현의 눈에 띄었다. 왠지 모르게 얼굴이 달아오르는 느낌에 혜현은 괜히 서둘러 차에서 내렸다.

"나중에 또 봐요."

조수석 창문을 열고 이준이 손을 흔들며 말했다. 혜현은 또한 번 고개를 숙이고는 먼저 뒤돌아섰다.

혜현이 건물 안으로 들어가자 그제야 차를 출발시키는 소리가 들려왔다. 혜현은 멈춰 서서 멀어져 가는 이준의 차를 잠시 바라보았다.

연구실로 향하며 혜현은 이준을 생각했다. 그에 대해서는 아직 알고 있는 부분보다 모르는 부분이 더 많았다. 자신이 기억하지 못하는 오래전 일을 기억하고 먼저 손을 내민 사람.

혜현을 향한 그의 관심이 어떤 종류의 것이든, 왠지 싫지 않은 기분이었다.

김이준, 그는 마주할수록 혜현 자신이 쌓아 둔 벽을 너무나도 쉽게 허물어 버리는 남자였다.

"아, 혜현 씨. 이제 오네?"

연구실에서 혜현의 옆자리에 앉는 미경이 말을 걸어왔다. 미경은 박사과정을 수료하고 한창 논문 작성에 몰두해 있어서 밤늦게까지 연구실에 있는 일이 잦았다.

"네, 선생님. 저녁 드셨어요?"

"먹었지. 혜현 씨도?"

"네. 지금 먹고 오는 길이에요."

"그런데 혜현 씨, 자기 연구실 자리 말이야. 별말 못 들었어?"

"연구실이 왜요?"

미경의 다음 말에 불길한 소식이 들려올 것 같아, 혜현은 잔뜩 긴장했다.

대학원 신입생은 매 학기마다 늘었지만 연구실은 그러지 못하는 게 현실이었다.

조교직을 맡거나 교수의 일을 도맡아 하는 학생 위주로 좌석이 배정되었고, 예기치 못한 공석이 생겨 혜현은 운 좋게 신입생 때부터 연구실에서 공부할 수 있었던 것이다.

"원래 혜현 씨 오기 전에 그 자리 쓰던 사람이 학교로 다시 돌아왔어. 아까 그 사람이 왔다 가기도 했고."

"아……."

마음이 쿵, 하고 내려앉았다.

새 학기가 되면 여러모로 상황이 바뀔 때가 있기 마련이지만, 연구실 문제까지 있을 줄은 몰랐다. 이제 학부생들처럼 도서관을 전전해야 하나 싶어 힘이 쭉 빠졌다.

"김이준 씨라고. 아, 혜현 씨는 잘 모르나?"

"김이준 선생님이요?"

이준의 이름을 듣는 순간 혜현은 자신도 모르게 크게 목소리를 내고 말았다. 미경은 의아한 눈빛으로 혜현을 쳐다보았다.

"혜현 씨도 알아? 둘이 만났어?"

"아, 네……."

"그래? 어떻게? 얘기는 됐어?"

미경이 흥미롭다는 듯이 물었다.

"그냥 뵙고 인사하기만 했어요."

"연구실 얘기는 안 하고?"

"네. 별말씀 없으셨어요."

"이상하네. 오자마자 자기 자리부터 찾을 사람인데."

"저기, 김이준 선생님…… 어떤 분이세요?"

"응?"

미경이 풋, 하고 낮은 웃음을 터뜨렸다.

"처음이네. 혜현 씨가 이런 걸 물어보는 거."

"아……."

혜현이 머쓱한 표정을 지었다.

"김이준 씨야 학과 내에서도 유명 인사지. 그런데 뭐 딱히 어떤 사람이라고 말할 것 있나? 혜현 씨도 봤다고 하니 알겠지. 집에 돈 많고 잘생겼고, 공부 건성으로 하는 것 같아도 논문 쓰는 것 보면 또 그것도 아니고. 왜, 관심 있어?"

"네? 아니에요."

"뭘 그렇게 놀라? 농담인데."

"하하……."

미경을 향해 어색하게 웃어 보인 혜현은 책을 펼쳤다.

이준과 엮인 일이 하나 더 늘어났다. 이준은 분명 연구실에 대해 이미 알고 있을 터였다. 생각해 보니 자신의 자리에 시간표를 올려놓은 것도 이준이었다.

그런데도 말을 하지 않은 이유는 무엇일까. 김이준에 대해 한 가지 아는 것이 생겼다고 생각하는 순간, 모르는 것이 하나 더 늘어 버린 느낌이었다.

❊

이준은 소파에 몸을 깊숙이 파묻었다.

그가 혼자 사는 오피스텔에는 가구가 그렇게 많지 않았다. 그 휑한 공간에는 오늘따라 먼지 한 톨도 없이 깨끗했고 모든 물품이 가지런히 정리되어 있었다. 본가에서 일주일에 두 번 보내 주는 이천댁이 다녀간 모양이었다.

피곤한 하루였다. 오랜만에 간 학교에 대한 인상은 낯섦보다 익숙함이었지만, 또다시 어딘가에 소속된다는 사실이 이준의 기분을 묘하게 만들었다.

거기에다가 자신이 스스로 등을 돌렸던 한재대다. 언젠가 돌아갈지도 모른다고 생각했지만, 그 시기는 생각보다 훨씬 앞당겨져 버렸다.

이준이 다시 만난 혜현은 2년 전과 비슷하면서도 또 달랐다.

그땐 마냥 순수하고 어려 보이는 학생이었다면 지금의 혜현은 좀 더 단단해지고 여문 모습으로 이준 앞에 나타났다.

타 대학 출신들을 배척하는 분위기가 만연한 이곳에서 혜현은 매일 버티며 지내고 있을 터였다. 안쓰럽기도, 대견하기도 한 마음이었다.

단지 그것뿐일까. 스스로에게 물어봐도 쉽사리 대답할 수 없었다. 확실한 것은 이준 자신이 혜현과 함께할 수 있는 시간을 더 벌고 싶어 한다는 것이었다.

그가 학교로 돌아온 이유는 송 교수의 전화 때문만이 아니라는 것도.

오피스텔에 깔린 정적을 깨고 전화벨이 요란하게 울렸다. '어머니'. 이준은 스마트폰 화면에 뜨는 발신인을 확인하고는 얕게 한숨을 쉬었다.

"여보세요."

- 이준이니? 너 학교로 복학했다며?

승주의 날카롭고 높은 목소리가 고막을 때렸다. 언제까지나 승주가 모를 수는 없다고 생각했지만 너무 일렀다. 이준은 한 손으로 이마를 짚었다.

"어떻게 아셨어요."

— 아들 일인데 내가 모르라는 법 있니? 아버지는 또 노발대발하신다. 언제까지 밖으로 나돌 거야?

"아버지가 제 걱정도 하세요? 아버지한테 아들은 형밖에 없는 줄 알았는데."

이준의 입에서 '형'이라는 단어가 나오자 핸드폰 건너편의 승주는 일순간 말을 잃었다. 하지만 곧 목소리를 낮춰 소곤소곤 속삭였다.

— 안 그래도 요즘, 아버지가 널 회사로 불러들일지 말지 고민하시는 것 같단 말이야.

"아니요. 전 관심 없어요. 제가 하던 일도 있고, 일단 학위부터 받을 거예요."

— 그럼 나는? 나는 어쩌란 말이니? 너라도 있어야 이 집안에서 내가 그나마 면이 서지.

"조금만 기다려 주세요. 얼른 교수로 임용돼서 면 세워 드릴 테니까."

— 얘가 끝까지…….

"이만 끊을게요. 편히 주무세요."

— 얘, 이준아!

이준은 서둘러 통화 종료를 누르고 깊게 한숨을 쉬었다.

기업가 집안, 그것도 이름을 대면 누구나 알 법한 기업을 거느린 아버지의 아들로 태어난 것은 축복이자 족쇄였다.

가진 게 돈밖에 없는 아버지 김 회장 덕분에 이준은 물질적으로 부족한 것 없이 자랄 수 있었다. 그러나 후계자 자리를 놓고 벌이는 친척들의 눈치 싸움과 견제에 이미 아주 오래전부터 질릴 대로 질려 버렸다.

이준은 이 은근하지만 피 말리는 경쟁에 참전할 생각을 애초에 접었다. 무슨 일이 있어도 아버지의 뒤를 잇는 일은 없을 거라고 다짐하며 살아온 삶이었다.

하지만 어머니 승주의 입장은 달랐다. 후처로 김씨 집안에 들어온 승주는 이준이 김 회장의 친아들이 아닐지도 모른다는 무성한 소문과 손가락질을 견디며 이준을 키워 냈다.

승주는 김 회장이 그랬던 것처럼 이준 역시 어마어마한 재력과 권력을 가진 사람으로 살길 바랐다.

이준이 본가를 나와 살겠다고 선언했을 때에도 승주는 끝까지 붙잡았다. 하지만 결국에는 그녀도 서른이 넘은 아들을 언제까지나 품에 끼고 살 수는 없다고 인정했다. 그 마음을 알았기에 이준은 본가에서 이천댁이 오는 것에 대해서는 뭐라 하지 않았다.

이준에게 아버지 김 회장은 늘 두려운 존재였다. 김 회장을 독대할 때마다 이준은 자신을 꿰뚫어 보는 것 같은 김 회장의 눈빛을 견디지 못해 시선을 아래로 떨구곤 했다.

김 회장으로부터 네 형만큼만이라도 해라, 라는 말만을 지겹도록 듣고 자랐다.

마구 엇나가는 아들은 아니었지만 형처럼 아버지의 뜻에 충실히 따르지도 않았다. 자신이 무얼 하든 못마땅한 눈을 하는 아버지를 견디고 또 견디며 아버지보다 더 잘난 사람이 되기를 꿈꾸었다.

그래서 공부를 했다. 돈만 만질 줄 아는 김 회장과는 다른 사람이 되고 싶었다. 이준이 대학원에 진학하고 싶다고 말했을 때의 김 회장의 얼굴을, 이준은 아직도 잊지 못했다.

놀라움과 혼란, 약간의 멸시. 뭐라 한 마디로 규정짓기 어려운 오만 가지 표정을 하고, 김 회장은 굳은 채 이준에게 한 마디도 하지 않았다.

이준이 김 회장의 얼굴을 정면으로 보고 말을 한 것도 그때가 처음이자 마지막이었다.

이준은 치열하게 사는 법을 잘 몰랐다. 약간의 반발심에서부터 시작한 공부도 생각보다 잘 맞았다.

책을 읽고 논문을 쓰는 일 역시 할수록 흥미로웠다. 석사학위도 수월하게 따냈고, 학비를 내는 문제에 대해서는 생각해본 적도 없었다. 그의 통장에는 몇 학기의 학비가 빠져나가도 크게 티가 나지 않는 액수가 잠들어 있었다.

그런 이준의 앞에, 이준과 전혀 다른 방식의 삶을 살아온 혜현이 나타났다. 그것은 가진 자가 지닐 수 있는 알량한 동정심이라기보다는 일종의 경외에 가까웠다.

'그래서 선생님께 부탁하러 간 거였어요. 송 교수님 연구, 도와드리면 안 되겠느냐고…….'

이준은 혜현이 짊어진 돈의 무게가 어느 정도인지 잘 가늠할 수 없었지만, 그것이 이준이 마음대로 재단할 종류의 것이 아니라는 것 역시 알고 있었다.

박혜현. 처음에는 스치는 인연일지도 모른다고 생각했던 그녀가 어느 사이엔가 그 앞에 우뚝 서 있다. 이준은 가능한 한 오래도록 혜현과 마주 보고 싶었다.

02.

　스무 명 남짓이 겨우 자리를 잡을 법한 작은 강의실. 대학원 강의 전용으로 활용되는 곳이었다.

　아무도 없는 강의실에 첫 번째로 들어온 사람은 혜현이었다. 혜현은 지난 강의의 흔적이 남아 있는 화이트보드를 지우고 창문을 열었다. 9월의 바람이 제법 선선했다.

　혜현과 같은 강의를 듣는 사람들이 하나둘씩 강의실을 채우기 시작했다. 이미 익숙한 사람들 속에 낯선 얼굴들이 몇 섞여 있었다. 이번 학기에 대학원에 새로 들어온 사람들처럼 보였다.

　혜현은 뒤이어 들어오는 낯익은 얼굴을 보자 순간 자신도 모르게 숨을 들이켰다. 혜현과 눈이 마주친 이준이 활짝 웃으며 손을 흔들었다.

혜현은 이준에게 마주 인사를 하며 스스로가 이상하다고 생각했다. 아니라고 생각하면서도 은근히 이준과 마주칠 것을 기대하고 있던 것 같다.

"이거랑 또 뭐 들어요?"

"정 교수님이랑 이 교수님 것도 들어요."

"어? 나도. 거의 매일 보겠네요. 참, 연구실은 계속 선생님이 쓰세요."

혜현이 눈을 크게 떴다. 안 그래도 그 문제가 손가락에 박힌 작은 가시처럼 계속 신경 쓰이게 하던 참이다.

"원래 선생님 자리라고 들었는데⋯⋯."

"괜찮습니다. 잘 쓰던 사람 자리를 내가 다시 뺏을 수도 없는 일이고."

손을 휘휘 내젓는 이준에게 혜현은 또다시 감사하다고 말할 수밖에 없었다. 왜 자꾸 이 남자에게는 고마워할 일만 생기는지 알 수 없었다.

이윽고 송 교수가 들어왔다.

송 교수의 강의 방식은 단순했다. 두 명 정도가 팀을 이루어서 주제에 맞는 발제를 하고, 이것을 학기말에 소논문으로 제출하는 것을 성적평가로 대체했다. 사실 혜현은 혼자 하는 것이 편했지만 송 교수는 수강인원이 10명을 넘어가면 팀 작업을 권장했다.

오리엔테이션 형식으로 강의의 개괄을 설명한 교수는 다음 시간까지 알아서 두 명씩 팀을 정하라는 말을 끝으로 일찍 수업을 끝냈다.

다른 학생들이 가방을 챙기는 동안 이준이 혜현에게 다가왔다.

"같이 하실래요? 과제."

"아, 그럼 저는 감사한데……."

"선생님한테 내가 무임승차하는 것일 수도 있어요. 가요."

혜현은 얼떨결에 이준을 따라 나왔다.

자신이 다른 생각을 할 사이도 없이 이 남자는 언제나 자신에게 먼저 다가온다.

이상한 건 그런 이준이 더 이상 싫지 않다는 것이었다. 처음 만났을 때 있는 대로 이준을 경계했던 그 마음은 온데간데없이, 이준이 먼저 함께하자고 말해 준 것이 다행이라는 생각마저 들었다.

미경은 이준에 대해 '집에 돈이 많다'고 했었다. 브랜드나 명품에 대해 잘 알지 못하는 혜현이 봐도, 이준이 입은 옷이나 손목에 찬 시계는 모두 값이 나가 보이는 것들이었다.

한눈에 봐도 자신과는 너무 다른 환경에서 자라 온 사람. 대학원에서 마음을 터놓을 수 있는 사람을 만날 수 있다면 좋겠다고 늘 생각했는데, 때마침 이준이 나타났다. 그럼에도 혜현은 여전히 이준을 대하기가 조심스러웠다.

"선생님이 날 어렵게 생각하지 않았으면 좋겠어요."

"네? 아니에요, 그런 거."

별안간 들려온 이준의 말에 속마음을 들킨 것 같아, 혜현은 일부러 더 크게 동작을 하며 손을 내저었다. 이준은 그런 혜현을 보며 피식 웃었다.

"좋네요. 오랜만에 돌아온 학교에서 이렇게 말할 사람이 있는 게."

이준과 나란히 걸으며, 혜현은 아무 대답도 하지 않았지만 들리지 않을 정도의 목소리로 가만히 말했다.

저도, 선생님을 만날 수 있어서 좋아요.

＊

이상했다. 마치 폭풍 전야 같았다.

혜현은 며칠이 지나도 송 교수가 자신을 불러 이런저런 업무를 지시하지 않자 왠지 모르게 불안해졌다.

아, 내가 일중독이었나. 혜현은 비교적 한가해진 자신을 내버려 두지 못하는 스스로에게 웃음이 나왔다.

그렇게 며칠이 지났다. 오늘도 혜현은 송 교수의 강의를 들으러 발걸음을 옮겼다. 강의실에 들어서자마자 먼저 앉아 있던 이준이 언제나처럼 혜현을 향해 손을 흔들었다.

누군가를 마주치는 것을 기대하게 되고, 또 당연하다는 듯이 친근한 인사를 나눌 수 있는 것. 함께 일상적인 이야기를 하고, 마주 보며 식사를 할 수 있는 것. 그것도 이곳 한재대라는 공간 안에서.

누군가에게는 지극히 평범한 일들이 혜현에게는 새로운 경험의 연속이었다. 혜현은 이준을 바라보며 밝게 웃었다.

"일찍 와 계시네요."

"아, 이따 학부 애들 강의할 거 준비하느라 조금 일찍 왔어요."

"어떠세요? 학부 강의."

"글쎄요. 아직 학기 초라. 일단 팀 과제 내 주기로 했어요."

"팀플이요? 애들 그거 되게 싫어할 텐데."

"그래도 그게 강의 활용해서 논문 쓰기 편하니까 어쩔 수 없지요. 박 선생님이 날 도와줄 테니까 크게 걱정은 안 하지만. 그렇죠?"

"아…… 그럼요."

잠깐 잊고 있었다.

이준과 처음으로 만나게 된 계기. 논문작성 보조를 하는 조건으로, 이준은 혜현에게 자신의 몫으로 할당된 연구비를 준다고 말했었다. 자연스럽게 친해진 것이 아닌, 일종의 계약으로 묶이며 시작된 관계.

이준이 자신에게 하는 행동과 말이 얼얼하리만치 달콤해서, 가장 중요한 사실을 생각의 저편으로 밀어내고 만 것이었다.

"……그런데 그 논문, 송 교수님과 같이 작업하는 거라고 하셨잖아요. 그런데 송 교수님이 아직 뭐라 말씀 안 하세요? 논문이나 업무에 대해서요."

"지금 교수님 다른 일들로 엄청 바쁘실 겁니다. 학과장도 맡으셨고, 이런저런 학과 일들이 밀려서요. 물론 그 이후엔 조교가 할 일이 훨씬 더 많겠지만."

"음. 그래서 그랬구나."

"뭐가요?"

이준이 얼굴에 궁금한 표정을 가득 담았다.

"송 교수님이 저한테 일을 안 시키셔서요. 왜 그러시나 했어요."

"그럼 좋은 거 아니에요?"

"좋긴 한데…… 이상하게 좀, 왠지 마음에 걸리기도 해서요."

"뭐든 쉬엄쉬엄해야지. 공부든 일이든 선생님처럼 하다간 병나요."

이준이 못 말린다는 듯이 피식 웃었다. 혜현도 왠지 민망해져 고개를 숙이고 작게 웃었다.

"어쩌면 지금이 제일 한가할 때일지도 모릅니다. 지금을 즐겨요. 이따 강의 끝나고 밥이나 같이 먹어요."

"아, 네. 이번엔 제가 살게요."

"내가 전에도 말했잖아요. 밥 먼저 먹자고 한 사람이 돈 내는 거라고."

그때 송 교수가 강의실로 들어왔다. 혜현은 이준에게 대답 대신 미소를 지어 보였다. 이준은 마주 미소를 지으며 살짝 고개를 끄덕였다.

혜현의 심장이 갑자기 쿵쿵 뛰기 시작했다. 왠지 모르게 얼굴에서 열이 오르는 것 같았다. 이유를 알 수 없었다. 왜 점점 이준의 행동 하나하나에 몸이 먼저 민감하게 반응하게 될까.

김이준, 그는 대학원에 들어온 이후 처음으로 자신에게 친근하게 대해 준 사람이었다. 하지만, 단지 그래서일까?

강의가 시작되었음에도 혜현은 송 교수의 목소리가 귀에 잘 들어오지 않았다. 반쯤 정신을 다른 데 두고 눈에 잘 들어오지 않는 활자들을 그저 바라만 보던 중에, 혜현은 퍼뜩 정신이 들었다.

내가 지금 뭘 하고 있지? 강의 시간을 이런 식으로 허비하고 있는 자신을 속으로 나무라며, 혜현은 고개를 몇 번 흔들었다.

그러나 다음 순간 전혀 예상치 못한 일이 일어났다.

혜현의 근처에 앉아 있던 이준이 갑자기 벌떡 일어서서, 책과 가방을 두고 그대로 쏜살같이 나가 버린 것이었다. 몇몇 학생들의 시선이 이준에게 꽂혔고 혜현도 예외는 아니었다.

송 교수는 별로 아랑곳하지 않고 강의를 이어 나갔다. 직장을 병행하는 대학원생들의 경우 강의 중에 급한 연락이 오면 피치 못하게 받아야 할 경우가 왕왕 있었기에, 아마 이준도 그런 것이려니 하고 여긴 것 같았다.

하지만 혜현은 왠지 평소 이준답지 않은 행동이라고 느꼈다. 이준을 알게 된 시간이 길지는 않았지만, 무언가 평범하지 않은 일이 이준에게 일어났으리라는 직감이 들었다.

꽤 오랜 시간이 지났음에도 이준은 돌아오지 않았다. 3시간 동안 연속으로 이어지는 송 교수의 강의가 이토록 지루하게 느껴진 것은 처음이었다.

결국 이준의 자리는 비워진 채 강의가 끝났다.

혜현은 이준에게 연락을 해 볼 생각으로 핸드폰을 꺼냈다. 30분 전 즈음에 이준에게 메시지가 와 있었다.

[미안합니다. 급히 가 볼 데가 있어서.]

내용은 짧고 간결했다. 무슨 좋지 않은 일이라도 생긴 걸까. 신경이 쓰였다.

혜현은 펼쳐진 채 덩그러니 놓여 있는 이준의 책과 필기구들을 정리하고, 이준의 가방도 함께 챙겼다.

"김이준 선생님 가방을 왜 혜현 씨가 챙겨요?"

같은 강의를 듣는 학과 조교 선희가 의심의 눈초리를 하고 혜현에게 말을 걸어왔다. 혜현은 순간 대답할 말을 찾지 못해 우물쭈물했다.

"아, 그게…… 김이준 선생님과 제가 함께하는 일이 있어서, 나중에 뵙게 되면 전해 드리려고……."

"왜? 무슨 일을 하는데?"

선희의 말에 가시가 돋친 것 같은 것은 기분 탓일까. 혜현은 슬슬 기분이 나빠지려고 했지만 꾹 참고 무표정으로 답했다.

"송 교수님 일이요."

"흐응, 그래요? 근데 친한가 보다, 사적으로. 둘이 되게 다른 사람인 것 같은데, 의외네요?"

혜현은 말없이 이준의 가방을 들고 강의실을 나왔다. 선희는 이전에도 혜현에게 딱히 호의적인 편은 아니었지만, 오늘은 왠지 적의마저 있는 것 같았다.

살짝 신경이 쓰이긴 했지만 혜현은 심각하게 생각하지 않기로 했다. 지금은 이준의 문제가 혜현의 머릿속에 더 크게 자리 잡고 있었다.

이준의 가방은 무엇이 들어 있는지 생각보다 꽤 묵직했다. 낑낑대며 겨우 연구실에 가방을 둔 혜현은 이준의 전화번호를 찾아 눌렀다.

[선생님 가방 제 연구실에 뒀어요. 무슨 일 있으세요?]

메시지를 전송하고 얼마 지나지 않아 이준에게 전화가 걸려

왔다. 혜현은 복도로 나와 핸드폰을 귀에 가져다 대며 소곤소곤 말했다.

"네, 선생님."

— 아. 정말 미안합니다. 같이 밥 먹기로 했었는데. 나중으로 미뤄야 할 것 같네요.

"아니, 밥보다…… 괜찮으세요?"

— 네?

"되게 급하게 나가셨잖아요. 혹시 안 좋은 일인가 걱정이 되어서……."

혜현의 말에 잠시 침묵이 이어지다가, 핸드폰 너머에서 짧은 웃음소리가 들려왔다.

— 이제 박 선생님이 내 걱정도 하네요.

"그러니까, 괜찮으신 거죠?"

— 그럼요. 별일이 맞긴 했지만 안 좋은 일은 아닙니다.

"……그럼 다행이네요."

'별일'이라는 게 궁금했지만 혜현은 지금 질문을 하면 왠지 실례가 될 것 같은 기분이 들었다. 이준이 '별일'이라는 단어를 사용한 것에서부터 별로 말하고 싶지 않다는 인상을 강하게 느꼈기 때문이다.

— 이따 2시간 후쯤, 학교로 다시 돌아가려는데. 그때까지 내 가방 맡아 줄 수 있어요?

"그럼요. 전 계속 학교에 있어요."

— 그럼 학교로 돌아가면 연락하겠습니다.

전화가 끊어졌다. 이준의 목소리는 평소와 다름없는 것 같앉지만, 묘하게 착 가라앉은 분위기가 풍겨 왔다.

얼마 전까지는 그저 학교 선배일 뿐이었던 이준의 모든 것이 신경 쓰이기 시작했다. 혜현은 몇 번씩이나 시간을 확인하며 이준의 연락을 기다렸다.

얼마나 지났을까.

연구실 책상 한쪽에 올려 두고 수시로 들여다볼 때마다 핸드폰의 화면이 반짝였다. 액정화면이 '김이준'을 띄우는 것이 눈에 들어왔다. 혜현은 왠지 모르게 떨리는 마음으로 전화를 받았다.

※

[김세준 이사님을 찾은 것 같습니다.]

강의 도중에 도착한 한 통의 메시지에 이준은 온몸이 발끝까지 차갑게 얼어붙는 것 같았다.

1년 전, 별안간 흔적도 없이 사라진 이준의 형 세준은 N그룹에 거대한 파장을 불러일으키고 말았다.

N그룹의 총수이자 이준의 아버지 김 회장은 언론에 세준의 이야기가 흘러들어 가는 것을 필사적으로 막는 데 힘을 쏟았다.

그룹의 후계자로 내정되어 있는 세준이 실종되었다는 이야기가 나돌면 주가 폭락은 물론이고 그룹의 이미지에도 큰 타격을 입힐 것은 불 보듯 뻔한 일이었다.

곧 세준이 불치병에 걸렸다느니, 원정 도박으로 인한 해외

도피 중이라느니, 근거 없는 무성한 소문이 안팎으로 나돌았다. 김 회장은 세준의 행방을 찾는 데 총력을 다하는 한편 공식적으로는 세준이 해외 파견 근무를 하고 있다는 명분을 내세웠다.

물론 이를 진정으로 받아들이는 사람은 거의 없었다. 뜬소문만 걷잡을 수 없이 퍼져 나갔다.

세준의 행방은 여전히 묘연한 채였다. 하지만 이번만큼은 세준을 찾을 수 있을지도 몰랐다.

그러나 한달음에 달려간 이준을 맞은 것은 곤란한 얼굴을 한 강 씨였다.

이준과 처음 만났을 때부터 자신을 '강 씨'라고 불리 달라고 한 그는 사람 찾는 일에는 도가 튼 것으로 은밀하게 알려진 인물이었다. 이준이 가장 기대를 걸고 있는 소식통 중 한 사람이기도 했다.

"그게, 알고 보니 저희 쪽에서 착오가 있던 것으로……."

강 씨의 말이 끝나기도 전에 이준의 얼굴에는 실망한 기색이 어렸다.

"……죄송합니다."

"그보다, 나한테 알릴 정도면 이미 회장님 귀에도 들어갔습니까."

"……."

대답하지 못하는 강 씨를 보며 이준은 한 손으로 이마를 짚었다. 그다음으로 나온 것은 얕은 한숨이었다.

이번에도 한바탕 폭풍이 몰아칠 게 뻔했다. 최대한 감정을 절제한 채 이준은 입을 열었다.

"지금 돌고 있는 쓸데없는 말들만이라도 어떻게 좀 잠재웠으면 합니다."

"안 그래도 그쪽은 지금 최선을 다해서 손을 쓰고 있는 중입니다."

이준의 어머니 승주는 세준의 실종에 대해 아무런 입장도 취하지 않았다. 이 잡듯 전국 방방곡곡에 사람을 풀어 세준을 찾는 김 회장과는 달리, 그저 아무 일도 없었다는 듯이 매일매일을 지낼 뿐이었다.

곧 승주를 모함하는 여러 입들에 의해서 또다시 이런저런 이야기들이 흘러나오기 시작했다. 그 무수한 말들 속에서 승주는 파렴치하고 잔인한 새어머니가 되어 있었다. 진위를 가릴 수 없이 부풀려진 이야기들이 분명 김 회장의 귀에까지 흘러들어 갔을 터였다.

이를 잠재우기 위해서라도 이준은 세준을 찾고 싶은 마음이 간절했다. 하루빨리 그를 찾아서 여러 지저분한 소문들에 시달리는 어머니의 명예를 회복시키고 싶은 마음에, 김 회장이 알지 못하게 나름대로 세준을 찾는 일에 주력하고 있었다.

"……하루빨리 해결하겠습니다."

이준에게 머리를 조아리며 변명의 말을 늘어놓는 강 씨를 보는 것도 이미 한두 번의 일이 아니었다. 이준의 얼굴에 피곤한 기색이 짙어졌다.

강 씨를 뒤로하고 다시 차에 오른 이준이 운전대를 잡기도 전에, 핸드폰 벨소리가 요란하게 울렸다.

발신인을 확인한 이준의 미간에 깊은 골이 생겼다.

"네, 어머니."

– 세준이는, 세준이 찾았니?

결국 소득이 없었던 결과를 어디까지 떠벌린 거야.

강 씨에 대한 짜증을 애써 억누르고 이준은 핸드폰에 대답을 했다.

"찾지 못했습니다."

– ……그래.

승주의 목소리가 차분해졌다가 일순간 다시 높아졌다.

– 이준이 네가 왜 그렇게 세준이를 찾아 대는지, 나는 아직도 도통 이해할 수가 없구나.

"……형이지 않습니까."

– 정신 차려, 이것아. 이대로만 가면 김세준 이사에서 김이준 이사로 바뀌는 건 당연한 수순이야. 몇 번이나 말해야 알아듣겠니?

"저도 몇 번이나 말씀드렸습니다. 전 아니에요. 설사 형이 돌아오지 않는다 해도 똑같습니다."

세준이 실종된 이후 불거진 그룹 후계자 논쟁에서 빠지지 않는 이름이 이준이었고, 그룹 경영의 주축인 이사진 몇몇은 벌써부터 이준을 예의 주시하고 있었다.

하지만 이미 오래전부터 N그룹에서 마음이 떠난 이준은 세준을 찾아서 여러 지저분한 소문들에 시달리는 어머니의 명예를 회복시키고 싶은 마음뿐이었다. 승주가 이런 이준의 의중을 이해할 수 없는 건 어쩌면 당연한 일이었다.

– 머리카락 한 올도 찾을 수 없는 사람 때문에 매번 허탕이나 치

고, 그게 뭐니? 너만 보면 속이 터진다. 가만히 있으면 될 일을 갖다가 왜 긁어 부스럼을 만들려고 하는 거야?

"형이니까요."

─ 배다른 형제끼리 그렇게도 우애가 좋은지 나는 미처 몰랐구나.

비아냥조로 쏘아 대는 어머니의 마음을 이준이 이해하지 못하는 것은 아니었다.

어느샌가 형을 찾는 일은 이준이 도맡게 되어 버렸다. 하지만 이곳저곳에 심어 둔 인력들로부터 세준을 찾았다는 연락이 올 때마다 달려가 봐도, 곧 실망하게 되는 경우가 대부분이었다.

이제 이준은 자신이 형 세준에게 어떤 감정을 가지고 있는지 스스로 정의하지도 못할 지경이 되었다.

얼른 나타나서 N그룹을 별 탈 없이 잇고, 어머니를 둘러싼 오해를 풀어 주기를 바라는 걸까. 아니면 승주의 말대로, 비록 어머니는 다르지만 같은 피를 이어받은 형제로서의 우애일까.

성인이 되고 나서부터 소원해진 감은 있었지만, 이준에게 세준은 언제나 믿고 따를 수 있는 형이었다. 동시에 끊임없는 열등감을 자아내게 하는, 자신이 넘볼 수 없고 넘봐선 안 되는 사람이기도 했다.

"……어머니."

─ 그래, 무슨 말을 하려는지 들어나 보자.

"저는 형 덕분에 형처럼 살지 않을 수 있었습니다."

─ 그건 또 무슨 뚱딴지같은 소리니?

별 탈 없이 아버지의 뜻을 받드는 세준을 방패로, 이준은 자신이 하고 싶은 것을 그럭저럭 하며 살아올 수 있었다.

형에게 빚을 진 마음 반, 여전히 뛰어넘을 수 없는 존재라는 자격지심 반. 그런 양가적 감정을 안고 세준을 찾고 있었다.

어쩌면 세준 역시 김 회장의 뜻을 거부하고 멀리 도피한 것일지도 모른다. 그렇다면 김 회장이 찾을 수 없는 곳에서 잘 살길 바랐다. 그런 마음이면서도 세준을 찾고 싶었다.

정말 알 수 없었다. 답답해하는 승주에게도 설명할 수 없는 감정이었다.

승주와의 통화를 끝내고, 허탈한 마음으로 다시 돌아가려는 순간 혜현에게 문자가 왔다.

[선생님 가방 제 연구실에 뒀어요. 무슨 일 있으세요?]

핸드폰 화면에 적힌 단어들은 얼핏 건조해 보였지만, 혜현의 진심이 담겨 있다는 것이 활자 그 자체의 뜻을 넘어서 느껴졌다.

긴장으로 꽁꽁 얼어붙었던 전신에 곧바로 온기가 도는 기분이었다.

박혜현, 그녀는 이미 이준의 일상 깊숙한 곳까지 들어와 있었다.

✳

– 지금 막 학교에 들어왔습니다. 잠깐 인문학관 건물 앞에서 만날까요.

"네. 지금 내려갈게요."

이준의 전화를 받은 혜현은 전화가 채 끊어지기도 전에 재빠르게 연구실 문을 열고 나왔다. 온갖 궁금증이 일었지만 그것은 이준을 만나고 난 뒤 해결해야 될 일이었다.

얼마 지나지 않아 혜현의 시야에 이준의 모습이 들어왔다. 출입문 벽에 팔짱을 낀 채 비스듬히 기대서 있는 이준의 얼굴에는 갖가지 생각이 끊임없이 들어오고 지나가는 것 같아 보였다. 혜현은 말없이 다가가 이준에게 가방을 내밀었다.

"……여기요."

"고맙습니다."

이준은 혜현에게서 가방을 건네받으며 살짝 웃었지만, 결코 숨길 수 없는 지친 기색이 역력했다. 혜현은 망설이고 또 망설이다가 조심스럽게 입을 열었다.

"……무슨 일 있으시죠?"

"일이 있긴 한데. 사실 '별일'이길 바랐어요. 근데 '별일'이 아니게 되어 버렸네요."

이해가 되지 않는다는 듯 고개를 갸웃하면서도 쉽사리 입을 떼지 못하는 혜현을 보며, 이준은 문득 자신이 혜현에게 매우 불친절한 화법을 사용하고 있음을 깨달았다.

"미안합니다. 좀 사정이 복잡해서요."

"아니에요. 굳이 저한테 다 말씀하실 필요는 없으니까요."

"……잠깐 걸을래요?"

둘은 인문학관을 나와 학교 뒤편으로 이어진 산책로로 향했다. 한 발자국 정도 뒤에서 이준을 따라 걷던 혜현은 문득 자신의 키가 이준에 어깨에 채 닿지 않는다는 것을 깨달았다.

생각보다 키가 큰 사람이구나. 자신도 모르게 손바닥을 가로로 해서 머리 위로 들고 이준의 어깨와 대어 보고 있던 혜현은 별안간 들려온 이준의 목소리에 깜짝 놀랐다.

"선생님은 그런 거 느낀 적 있어요?"

"네? 무슨……."

"돌아왔으면 좋겠는데, 한편으로는 돌아오지 않았으면 하고, 또 한편으로는 어딘가에서 잘 살고 있겠지 싶어 잊고 있다가, 막상 잘 살거나 혹은……."

이준이 숨을 고르는 듯 잠시 말을 끊었다가 다시 이었다.

"죽었을 때 기분이 어떨지는 상상이 안 되는, 이런 거요. 그런 사람한테 느끼는 감정 같은 것 말입니다."

평소와 달리 빠르게 늘어놓는 이준의 말에 혜현은 어리둥절했다가, 이내 그의 말이 누구를 지칭하는 것인지 깨달았다.

우습게도 제일 먼저 떠오른 단어가 있었다. 왜 이 상황에서 그 단어가 떠올랐을까. 그리고 왜 동시에 허탈해졌을까.

"……혹시 예전에 헤어진 연인 말하는 거예요?"

농담을 던지는 것처럼 보이기 위해, 혜현은 애써 장난스러운 목소리를 꾸며 말했다.

이준은 혜현을 잠시 바라보더니 고개를 가로저으며 단호한 목소리로 말했다.

"아니요. 내가 지금 이 자리에서 혜현 씨한테 왜 그런 말을 합니까."

"아……."

둘 사이에 어색한 분위기가 감돌았다. 이준은 입을 다시 꾹 다물고 걸었다.

혜현은 자신이 실수한 것 같아 고개를 푹 숙였다. 발끝만 바라보며 몇 분을 걸었을 때였다.

"화낸 거 아닙니다. 뭔가…… 혜현 씨한테는 말을 하고 싶은데, 사실 나도 정리가 안 되어서."

앞서 걷던 이준이 뒤돌아서며 혜현의 눈을 마주치고 말했다. 혜현은 조용히 고개를 끄덕였다.

"고마웠어요. 그렇게 말도 없이 가 버린 사람한테 무슨 일 있냐고, 괜찮느냐고 물어보는 혜현 씨가. 그래서 자꾸 말하게 되나 봅니다, 내 이야기."

"그건…… 걱정이 되어서요."

혜현은 그제야 깨달았다. 이준이 자신을 부르는 호칭이 어느 사이엔가 '박 선생님'에서 '혜현 씨'로 바뀌어 있다는 사실을. 자신을 초면부터 선생님으로 부르던 그가 이름을 불러 주는 것은 처음이었다.

"그리고…… 저도 있어요. 선생님이 말한 그런 사람."

이준이 뜻밖의 말을 들은 듯 눈을 크게 떴다.

혜현이 전에 없던 쓴 미소를 보이며 말했다.

"저도 선생님한테는 자꾸 말하게 되네요. 이상하게."

혜현의 그 말을 듣는 순간, 이준은 머리를 한 대 얻어맞은 것 같았다.

그 누구에게도 말하지 않았던 이야기의 첫머리를 혜현에게 털어놓은 것 자체만으로도 마음이 한결 가벼워진 이준이었다.

하지만 지금 이 순간, 전혀 기대하지도 않았지만, 혜현은 이준의 이야기를 듣는 것을 넘어서 혜현의 자신의 이야기를 하려는 듯 이준의 앞에 마주 서 있었다.

당신이 나의 어느 부분을 건드려 버린 것처럼, 나도 당신에게 그런 사람이 된 겁니까.

혜현에게 들리지 않을 질문을, 눈빛에 담아 어떻게든 전달해 보려는 이준이었다.

이준의 눈빛을 마주하는 순간, 혜현은 왠지 모르게 마음 한 구석이 시큰해졌다.

그것은 안타까움 같은 감정이 아니라, 어떤 종류의 동질감 같은 것이었다. 쉽사리 꺼내지도 못하고, 꺼낼 수도 없던 이야기를 꾹꾹 담아 애써 누르며 살고 있는 것 같았다. 이준 역시, 혜현과 같이.

이미 속마음을 뱉어 버렸지만, 혜현은 다음 말을 꺼낼 수가 없었다.

이준은 예상치 못한 순간에 혜현을 무장 해제시키곤 했다. 살얼음판을 걷는 것 같던 학교생활에서 유일하게 마음을 터놓을 수 있는 사람이기도 했다.

혜현이 필사적으로 한재대에서 살아남아 학위를 받고 떳떳하게 교수가 되고 싶은 가장 큰 이유, 그것만은 그 누구에게도 말하지 않은 채 지내 왔다.

그러나 이준이 혜현에게 털어놓은 이야기에, 사실 자신도 그러하다고 말하고 싶은 마음이 들었다.

여전히 한 치의 미동도 없이 자신과 시선을 마주치고 있는 이준을 보며 혜현은 드러날 듯 말 듯 살며시 미소를 지었다.

"이런 말을 해도 될지 모르겠어요."

"괜찮아요. 들어 줄게요. 어떤 것이든."

이준의 말을 듣는 순간 시야에 꽉 차게 들어오는 이준의 얼굴이 일렁이다가, 눈을 깜빡하는 순간 선명해졌다.

아무 상관도 없는 사람에게 구구절절한 사연을 늘어놓는 것처럼 상대에게 실례가 되는 일이 또 있을까 싶은 마음이 훅 밀려들어 오다가, 다시 떠나갔다. 이준의 그 말 한 마디에.

하지만 혜현의 입술은 붙은 채 좀처럼 떨어질 줄을 몰랐다. 말없이 혜현을 바라보고 있던 이준은 먼저 입을 열었다.

"……형이, 어느 날 갑자기 실종됐습니다."

예상치 못한 말에 혜현의 눈동자가 흔들렸다.

"아깐 형을 찾았다는 소식에 급히 내려간 겁니다. 결국 소식은 못 들었지만."

"조금 전 그 말씀…… 형님분 이야기예요?"

이준은 말없이 고개를 끄덕였다.

"사이가 좋으셨나 봐요."

"음…… 별문제 없던 건 맞습니다. 그렇다고 많이 친하진 않았지만 그래도 가족이라는 게 크니까……. 그렇지 않아요?"

혜현은 쓸쓸한 표정을 지었다.

"전 가족이 없어서……."

자신의 말에 당황한 기색이 역력한 이준의 얼굴을 바라보며, 혜현은 절대 구질구질한 위로를 바란 게 아니라고, 그저 사라진 형을 애타게 찾는 그에게 어떤 방식으로 위로의 말을 건네야 할지 몰라 나온 말이라고 말하고 싶었다.

그것은 아주 오래전의 일이었다.

이제는 혜현 자신이 떠올릴 수 있는 장면이 정말 실제로 일어난 일인지 확신할 수도 없게 되었다. 어쩌면 오랜 시간 동안 굳혀지며 기억 속에서 사실이라고 스스로 조작해 버린 단상들일지도 몰랐다.

얼마든지 마음만 먹으면 대면할 수 있는 사람을 애써 무시하며 지내는 것이 더 힘든 일일까. 아니면 실종된 사람을 찾는 편이 더 괴로운 일일까.

혜현은 한때는 가족이었던, 그러나 이제는 남보다도 더 멀어진 혈연관계의 사람을 생각했다.

애써 떠올리지 않으려고 생각했던, 하지만 어느샌가 인생의 목표에까지 영향을 끼쳐 버린 사람.

짧지 않은 침묵이 이어졌다. 이준이 걱정되는 마음에 건네기 시작한 말이 결국엔 견딜 수 없는 무게를 가진 채로 불어나 버렸다.

하지만 오롯이 혜현 혼자서 감당해 내야 할 것들이었다. 말을 한다고 해서 그것이 지닌 무게까지 상대와 나누어 질 수는 없다는 것을, 혜현은 알고 있었다.

"형님분. 꼭 찾으실 거예요."

결국 이 한마디만을 할 수밖에 없었다. 금방이라도 울 것 같은 눈을 하고서도 미소를 지어 보이는 혜현의 표정엔 갖가지 감정이 담겨 있는 것만 같았다.

이준은 말없이 혜현을 바라보았다. 가족이 없다는 혜현의 말이 따끔, 이준의 감정을 찌른 터였다.

금방이라도 부서질 것 같은 얼굴을 하고서도 애써 위로의 말을 건네는 혜현을, 이준은 더 이상 내버려 두지 못할 것 같았다.

"……선생님?"

약 몇 초간 혜현은 자신에게 일어난 상황을 제대로 감지할 수 없었다. 약간의 은은한 향기, 그리고 훅 들어온 따뜻한 감촉, 자신의 어깨를 세게 끌어안은 단단한 팔.

얼굴이 파묻힌 이준의 품 안에서 쿵쿵거리는 심장 소리가 들려왔다.

그것이 자신의 것인지, 이준의 것인지도 알 수 없는 멍한 상태에서, 혜현은 놀란 마음을 제대로 가다듬지도 못하고 이준을 향한 목소리를 조그맣게 내는 것밖에 할 수 없었다.

시간이 더 지나고서야 혜현은 이준의 품에서 떨어질 수 있었다.

고개를 숙인 채 아무 말도 하지 않는 혜현이 눈에 들어오자 이준은 감정이 앞서 충동적으로 행동했음을 깨달았다.

"선생님……."

무겁게 가라앉은 침묵을 가르고, 한참 만에 혜현이 입을 열었다.

"저, 이만 가 봐야 될 것 같아요……. 먼저 가 볼게요. 죄송합니다."

혜현은 이준의 얼굴을 제대로 보지도 않은 채 황급히 뒤돌아섰다. 하지만 혜현이 막 걸음을 옮기려던 찰나, 이준이 그녀의 팔을 잡았다.

"같이 가요."

"……."

"그렇게 늘 먼저 뒤돌아서잖아요. 이번에는 안 그러면……
안 됩니까."

적어도 내가 당신의 걸음에 맞추어서 함께 걸을 수 있도록.

어느샌가 밤공기가 그들의 어깨에 가만히 내려앉아 있었다.
혜현은 이준에게 붙들린 채, 가만히 아까보다 더 훨씬 크게 두
근거리는 자신의 심장 소리를 듣고 있었다.

침묵 속에 불규칙하게 고동 하는 소리만이 둘의 사이를 천
천히 에워싸다가 얼마 뒤 빈틈없이 가득 메웠다.

⁂

자신을 호출하는 송 교수의 연락이 오자, 혜현은 차라리 다
행이라고 생각했다.

전에 없이 어지러운 마음으로 학기를 보내고 있는 지금은
분명 일상이 아닌 비일상이었다. 송 교수가 지시하는 일에 파
묻혀 정신없는 하루하루를 보내다 보면 좀 나아지지 않을까,
어떠한 기대까지 하면서 혜현은 송 교수의 연구실 문을 노크했
다.

"아, 그래. 김이준 선생과는 어떻게, 이야기가 됐나?"

"……네."

송 교수에게서 이준의 이름이 나오자 또 한 번 마음이 덜컥

했다.

"이왕 하는 거 같이 잘 해서 자네 나름대로 성과를 거둘 수 있으면 더 좋고."

"열심히 하겠습니다."

"아, 오늘 부른 건 이달 말 학술대회 때문이야. 특별히 우리 학교에서 주최를 하는 거라 일이 좀 많을 걸세."

송 교수가 혜현에게 명단이 적힌 종이를 건넸다.

"일단 참석하시는 교수님들께 안부 인사차 연락드려 줘. 특별히 처음 모시는 교수님도 있으니 예의 바르게 잘 해야 하네."

송 교수가 내미는 종이를 받아 들고, 혜현은 연구실을 나왔다. 복도를 걸어가며 무심코 눈으로 명단을 읽어 내려가던 혜현이 문득 그 자리에 멈춰 섰다.

명단이 적힌 종이를 세게 쥔 혜현의 손이 파르르 떨렸다.

이윽고 자신의 책상 앞에 앉은 혜현은 명단을 보이지 않게 엎어 두고 아무 책이나 꺼내 짚이는 대로 페이지를 펼쳤다.

순식간에 전신을 옭아매 버린 불쾌한 감정을 지우려면 머릿속에 무엇이든 집어넣어야만 했다. 활자들은 정돈되지 않은 채 혜현에게 흘러들어 왔고 그 안에서 제멋대로 엉켜 버렸다.

깨질 것 같은 두통을 느끼며 혜현은 책을 다시 덮었다. 그리고 연구실을 나와, 정처 없이 캠퍼스 안을 걷고 또 걸었다.

언젠가 마주칠 줄은 알았지만 이런 식으로, 이런 기회로 맞닥뜨리게 될 줄은 몰랐다.

그것도 자신은 온갖 잡무를 하는 대학원생 조교로, 상대는 특별히 초빙된 명망 높은 교수라는 직책으로.

박평재, 세인대학교 교수. 그리고 그 옆에 적힌 전화번호 열한 자리. 혜현은 이 번호로 전화를 걸어야 했다. 전화를 걸어 '안녕하세요 교수님, 저는 한재대학교 송광연 교수님 조교 박혜현이라고 합니다.'라고 하는 게 맞았다.

하지만 왠지 '안녕하세요 아버지'라고 인사를 건네고 싶어졌다. 안녕하세요, 아버지. 저는 한재대학교 송광연 교수님 조교로 일하고 있는, 박혜현입니다.

푸훗, 자조 섞인 웃음이 나왔다. 직접 얼굴을 맞대고 그 말을 하게 되면, 박평재는 과연 어떤 표정을 지을지 궁금해졌다.

소식을 모르고 살던, 아니 일부러 알아보지 않은 친딸을 학술대회 같은 곳에서 맞닥뜨리게 되면 과연 그는 어떤 태도를 취할까.

16년 전, 열 살이 되던 해에 어머니가 갑작스레 돌아가셨다. 난데없는 교통사고가 원인이었다.

혜현은 어머니의 장례식장에서 유독 이질적이던 아버지의 표정을 결코 잊을 수 없었다. 이른 나이에 유명을 달리한 아내에 대한 비통함이나 애통함은 찾아볼 수 없이, 무엇인가 귀찮은 일이 생겼다는 기색만이 역력했다.

까무러친 외할머니, 눈가가 짓무를 정도로 울다가 지친 이모들 사이에 쭈그려 앉아 있던 혜현은 웬일인지 어머니를 잃은 사실보다 그때 아버지의 표정이 더욱 더 무서운 현실로 각인되었다.

어린 나이였음에도 어렴풋이 깨달을 수 있었다. 이제 혜현은 자신이 당연하다고 여기며 살아왔던 것들과 점점 멀어지는 또 다른 삶을 살게 될 것이었다.

학교를 마치고 돌아오면 늘 반겨 주던 어머니의 미소, 항상 따뜻하게 준비되어 있던 간식, 먼지 한 톨 없이 언제나 말끔하게 정리되어 있던 집 안과 같은 것들.

이 모든 것들이 순식간에 흩어져 버렸음을 예고하는 것만 같았던 그날의 장례식장에서, 혜현은 차마 울지도 못하고 벌벌 떨며 아버지만 보고 또 볼 뿐이었다.

아버지는 늘 바빴다. 어머니가 살아 계실 때에도, 아버지는 얼굴을 잊을 만하면 잠깐씩 집에 들어오는 사람일 뿐이었다. 이번엔 특히 그 기간이 길어지고 있었다.

아무도 없는 집에서 혜현은 아줌마가 만들어 두고 간 밥을 혼자 차려 먹었다. 아줌마는 엄마 대신 집안일을 하는 사람이었을 뿐, 엄마의 빈자리를 채우진 못했다.

넓디넓은 텅 빈 집 안이 살풍경하게 혜현을 휘감았다. 거대한 괴물처럼 온몸을 잠식해 오는 고독과 외로움을 혜현은 매일 견디고 또 견뎠다.

얼마 지나지 않은 어느 날, 집 안 곳곳에 있던 어머니의 흔적이 갑자기 모두 사라져 버렸다. 친척들의 모임에서 혜현은 아버지가 곧 다른 여자와 결혼을 한다는 말을 주워들을 수 있었다.

새어머니와 처음 만나던 날, 콩쥐팥쥐, 신데렐라에 나오는 못되고 사납게 생긴 계모를 상상하던 혜현은 예상과 다른 새어머니의 모습에 적지 않게 놀랐다.

늘 가지런히 뒤로 묶여 있던 어머니의 머리와는 달리 구불구불한 긴 머리를 길게 내려뜨린 것이 가장 먼저 눈에 띄었다.

"네가 혜현이니?"

손톱에 자주색 물감 같은 것이 곱게 칠해져 있는 손을 내밀며 묻는 그녀에게 엄마한테선 전혀 맡지 못했던 진한 향기가 풍겨 나왔다.

혜현은 입가에 미소를 띤 새엄마를 마주 보며 배시시 웃으려다가, 웃음기 없이 치켜뜬 그녀의 눈빛을 마주하고는 흠칫하며 뒤로 물러서고 말았다.

혜현이 새어머니의 얼굴을 본 건 그때가 처음이자 마지막이었다. 며칠 지나지 않아 셋째 이모가 나타났다. 어머니와 유난히 닮은 셋째 이모의 얼굴이 무척이나 반가웠지만 이모는 웬일인지 복잡한 표정을 하고서 그녀를 바라보았다.

그렇게 혜현은 이모의 손에 이끌려 집을 나오게 되었다. 혜현의 의지와는 아무 상관 없이 일어나 버린 일이었다.

어린 날의 기억을 되짚어 가던 혜현은 눈을 질끈 감아 버렸다.

아버지에 대한 원망이 점점 더 커지고, 조금이나마 남아 있던 그리움이 증오가 되었을 때 혜현은 이미 성인에 가까운 나이가 되어 있었다.

그동안 아버지의 얼굴은 전혀 볼 수 없었다. 이모부의 은근한 눈초리, 이종사촌의 괴롭힘, 그 모두를 알고도 방관했던 이모.

이 모두에게서 드디어 벗어날 수 있게 되었다고 생각했을 때, 혜현은 대학에 가기로 결심했다.

'아빠는 아주 중요한 일을 하느라 바쁘신 거야. 그러니 혜현이가 이해해야 한다.'

'무슨 중요한 일?'

'언니 오빠들을 가르쳐서 훌륭한 사람으로 만들고, 어려운 공부를 쉽게 알려 주는 일이야.'

'그럼 선생님이야?'

'음, 선생님인데…… 더 대단한 선생님이야.'

대학원에 진학하며 교수가 되기로 마음먹은 뒤로는 어머니의 말처럼 '더 대단한 선생님'이 되기 위해 달려왔다.

혜현은 박평재와 같은 곳에 서서, 언젠가 아버지와 딸이라는 관계를 넘어 박평재와 동등한 입장이 되어 그와 마주하고 싶었다.

교수가 된 자신이 박평재 앞에 서는 것은 혜현 나름대로의 복수이기도 했다.

그때까지 혜현은 박평재를 의식적으로 잊고 살기로 했었다. 그래서 박평재가 몸담고 있는 대학을 알게 되었음에도 일부러 찾지 않았다.

그런데 그 전에 전혀 의외의 방법으로, 전혀 의외의 곳에서 박평재와 만나야 하는 일이 생겨 버린 것이었다.

교수에게 대학원생, 그것도 석사 조교는 아무것도 모르는 애송이나 다름없었다. 박평재에게 그런 취급을 받아야 한다고 생각하니 혜현은 왠지 모를 억울함에 눈물이 솟을 지경이었다.

어차피 10년을 훨씬 넘는 세월 동안 자신을 전혀 찾지 않던, 이름뿐인 아버지였다.

혜현 역시 박평재가 어떻게 살고 있는지 전혀 알 수 없었다. 단지 세인대학교 교수라는 것만 어찌어찌 알게 되었을 뿐이었다.

그래도, 궁금했다.

이제 와서 아버지라는 존재에 대한 궁금함이라니. 스스로가 어이가 없어 피식 웃어 버렸다.

자신도 모르게 챙겨 나온 교수 명단을 다시 꺼내 펼쳐 보았다. 그럴 확률은 거의 없었지만, 혜현은 자신이 아는 박평재가 이곳에 적힌 박평재가 아니길 바랐다.

"혜현 씨."

캠퍼스를 몇 바퀴를 돈 끝에 터덜터덜 연구실로 올라가려는 혜현을 누군가가 불러 세웠다.

이미 뒤돌아보기 전부터 알고 있었다. 너무나도 익숙하고, 또 자신도 모르는 사이에 애틋해져 버린 목소리.

"……선생님."

"연구실 가는 길이에요?"

산책길에서 난데없이 이준의 품에 안겼던 그날 이후, 혜현은 이준을 아무렇지도 않게 대할 수가 없게 되어 버렸다.

이준에게서 은은하게 풍겼던 향기, 자신의 어깨를 감쌌던

팔의 감촉.

이 모두가 시도 때도 없이 떠올랐고, 왠지 모르게 가끔 혼자 으으, 하고 탄식을 내뱉을 때도 있었다.

처음에는 얼굴이 벌겋게 달아오르기만 하다가, 점점 자신만 이를 신경 쓰고 있는 건 아닌가 하는 생각이 들었다.

이준은 그저 위로의 의미였을지도 모르는데.

이준이 늘 자신에게 먼저 건네는 말 한 마디 한 마디가 다정 해서 고마웠고, 그런 이준이 좋았다. 좋은 사람, 좋은 선배, 좋 은 선생님. 단지 그뿐이라 여겼다.

자신의 감정을 알 수 없어진 건, 이준이 자신의 어깨를 끌어 안았던 그 순간부터였다. 좋은 사람인지, 좋아하게 된 사람인 지 알 수가 없어졌다.

지금 우연히 이준을 만나게 된 이 순간조차, 혜현은 반가움 이 앞섰다. 그러면서도 어떻게 대화를 이어 가야 할지 알 수 없었다. 스스로도 뭐라 정의할 수 없는 감정에 혼란스럽기만 했다.

"네. 선생님은요?"

"난 일이 있어서 막 나가려던 중입니다. 그런데 무슨 일 있 어요? 어깨가 축 처져 있는데."

또다시 가슴이 철렁했다.

김이준, 이 남자는 이렇게 예고 없이 갑자기 그녀의 틈을 비 집고 들어와 버린다.

혜현은 입술을 깨물었다.

눈앞이 흐려졌다. 웬만한 일에서는 울지 않겠다고 다짐하고 또 다짐하던 나날들이었건만, 자신도 모르게 눈물이 뚝뚝 떨어졌다.

"혜현 씨."

"아…… 갑자기…… 죄송해요."

이준이 눈앞으로 성큼 다가왔다.

그가 눈물이 흘러내리고 있는 혜현의 뺨에 손을 가져다 대었다.

아무 말 없이 엄지손가락으로 눈물을 닦아 주는 이준의 앞에서, 혜현은 어찌할 줄을 모르고 눈물방울을 계속해서 떨굴 뿐이었다.

❉

서서히 어둠이 내리는 캠퍼스에 가로등이 하나둘 켜졌다.

혜현은 인문학관 옆 작은 정원에 놓인 벤치에 걸터앉아 있었다. 눈물이 마르자 볼이 건조한 듯 따끔거렸다.

거칠거칠한 뺨을 손가락으로 쓸어내리며, 혜현은 왠지 후련하다는 느낌이 들었다. 아주 어렸을 때 이후로 제대로 울어 본 것이 얼마 만일까. 쌓이다 못해 조금씩 넘쳐흐르던 감정의 찌꺼기들을 스스로 퍼낸 기분이었다.

"여기요."

고개를 들어 보니 이준이 가로등을 등지고 선 채 테이크아웃 컵을 내밀고 있었다.

눈물을 닦아 주던 이준은 혜현에게 잠시만 기다리라고 하면서 어디론가 향했었다. 이준이 다시 나타나기까지는 그리 오랜 시간이 걸리지 않았다.

혜현은 어렴풋이, 이준이 자신에게 혼자 감정을 추스를 시간을 주었던 것이라고 생각했다.

"감사합니다."

받아 든 컵이 따뜻했다. 혜현은 컵을 양손으로 감싸 쥐고 입에 가져다 댔다. 따뜻하고 달콤한 카페라떼였다.

"시럽 넣었어요. 괜찮아요?"

"네. 고맙습니다."

평소에 단것을 그리 즐기지 않는 혜현이었지만 오늘만큼은 혀를 부드럽게 감싸고 내려가는 단맛이 반가웠다.

혜현이 커피를 마시는 동안 이준은 말없이 혜현의 옆에 앉아 있었다.

"……선생님 앞에서 제가 별 모습을 다 보이네요."

컵이 반 정도 비워졌을 때 혜현이 입을 열었다. 쑥스럽다는 표정을 지은 채였다.

"전에 형님분 이야기 해 주셨을 때 저도 그런 사람 있다고 했잖아요. 사실 그게 저한테는…… 저한테도……."

혜현은 잠시 말을 멈추었다가 토해 내듯 말했다.

"……그게 가족이거든요."

이준은 전혀 생각지도 못한 말에 일순간 놀라면서도, 가족이 없다고 들었던 걸 기억해 냈다.

혜현은 무표정으로 말했지만 그것은 상처를 가리기 위해 일부러 가장한 얼굴이라는 것을 어렵지 않게 짐작할 수 있었다.

있는 가족을 없다고까지 말하는 혜현의 사연을, 그 아픔의 크기를, 이준은 가늠할 수조차 없었다. 단단해 보이면서도 한편으로는 한없이 여렸던 혜현의 모습이 이해되는 순간이었다. 마음 한구석이 찌르르 아파 왔다.

"오늘 그…… 알고 싶지만 알기가 싫은 그 가족을 다시 만나야 할 일이 있다는 걸 알았어요. 제가 바라지 않던 방식으로요. 그래서 눈물이 났나 봐요."

"……피할 수는 없는 겁니까?"

"네. 제 일이거든요. 그런데 이렇게 바보처럼 울고 있을 수만은 없다는 생각이 들었어요. 어떻게든 최대한 당당해지려고요. 선생님 덕분에…… 그런 생각을 했어요."

곤란하거나 힘든 일이 생길 때마다 이준은 혜현 앞에 나타났다. 그가 해 주는 따뜻한 위로가 좋았다.

혜현은 언제까지나 그의 위로에 기댈 수는 없다고 생각했다. 이준이 눈물을 닦아 주던 순간은, 눈물을 쏟아 내는 와중에도 꿈만 같았다.

인정하지 않으려 했지만 이제는 더 이상 자신의 진심이 외치는 말을 외면할 수가 없었다.

혜현에게 이준은 어느새 너무 크게 자리 잡아 버렸다. 이준을 생각하기만 하면 달아오르는 얼굴이, 시도 때도 없이 두근대는 가슴이 말해 주고 있었다.

그래서 더욱 더 이준에게 위로만 받는 자신이 되기는 싫었다. 혜현 자신도 이준에게 어떠한 위안이 되는 사람이 되고 싶었다. 과연 그것이 가능할지, 어떻게 해야 하는 건지 아무것도 알 수는 없어도.

이 마음을 모두 담아, 혜현은 '선생님 덕분에'라는 말로 일축했다.

지금은 이렇게밖에 말할 수 없지만, 언젠가는 이 모두를 이준에게 그대로 전할 수 있기를 기다리기로 하면서.

"여러모로 폐만 끼치네요, 선생님께는."

"그런 말은 듣고 싶지 않습니다."

이준은 단호한 목소리로 말했다.

그는 혜현이 자신을 좀 더 편하게 대하길 바랐다. 혜현과 나누고 싶은 이야기, 같이 하고 싶은 시간들이 무궁무진했다. 그럼에도 혜현의 느린 걸음에 맞추어 천천히 걷고 있는 중이었다.

절대 말하지 않고 꽁꽁 숨겨 두기만 할 것 같았던 가족의 이야기를 듣는 순간, 이준은 마음이 아파 울컥하면서도 한편으로는 혜현의 곁을 지킬 수 있는 이유가 생겼다고 여겼다.

하지만 이제 혜현의 손을 잡고 걸어도 되겠다고 생각한 순간 그녀는 다시 한 걸음 물러서 버렸다.

이준은 시계를 확인했다. 꽤 많은 시간이 지나 있었다.

……오늘은 여기까지인 것일까. 자신이 생각했던 것보다 더 많은 시간이 혜현에게는 필요한 것일지도 모르겠다는 생각이 드는 이준이었다.

"……죄송해요. 저기 그래서, 제가 아직 저녁을 못 먹었는데."

별안간 들려오는 말에 이준은 혜현에게로 눈길을 돌렸다.

눈도 못 마주치고 무언가 망설이며 쉽사리 말을 잇지 못하고 있는 혜현의 모습이 의아했다.

"선생님도 아직 저녁 전이시면, 그리고 시간도 괜찮으시면, 저기, 그러니까, 같이 식사하는 거 어떠세요?"

숨 쉴 사이도 없이 단숨에 쏟아 내 버린 혜현의 말에 이준은 아주 잠시 멍했다가, 곧 웃음이 터져 나오려는 것을 애써 참아야 했다.

귀까지 빨개진 채 시선을 피하는 혜현이 귀여웠다. 그리고 사랑스러웠다.

"내가 배고픈 건 어떻게 알았어요? 저녁 먹으러 가요."

그제야 혜현의 얼굴이 환해졌다.

마음 한구석에 걸리는 것이 있었지만 자신을 바라보며 얼굴 가득 미소 짓는 혜현의 얼굴을 보니, 이준은 아무래도 상관이 없어졌다. 적어도 지금은 그랬다.

"이준이는 아직인가."

거실에 앉아 잡지를 보고 있던 승주는 김 회장의 낮은 목소리에 화들짝 놀라 시계를 보았다.

이준은 여태껏 귀가하지 않고 있었다. 이준에 대한 화가 솟구쳤지만 승주는 애써 웃으며 알랑거리는 목소리로 말했다.

"그, 그게 방금 전에 연락이 왔어요. 조금 늦는다고 하더라고요. 왜, 학교에서 공부하고 작업하다 보면 늦어질 때도 있고 그렇잖아요."

"그러게 쓸데없이 학교는……."

김 회장은 못마땅한 표정으로 승주를 보며 혀를 차다가 서재로 들어가 버렸다.

서재의 문이 닫히는 것을 확인하며 승주는 한숨을 쉬었다. 잡지를 치워 놓고 핸드폰을 들어 신경질적으로 이준의 번호를 눌렀으나, 긴 신호음 끝에 결국 전화는 연결되지 않았다.

"얘가 뭐 하는 거야, 정말!"

참지 못하고 짜증 섞인 목소리로 중얼거리는 승주였다.

'그렇게 잘난 자식만 싸고도니까 이준이가 집에 정을 못 붙이는 거 아니야.'

승주는 김 회장 몰래 눈을 흘겼다.

세준이 세 살 되던 해에 이 집에 들어와 그 이듬해에 이준을 낳은 승주였다. 김 회장이 항상 세준을 더 챙기는 것이, 승주 자신에 대한 은근한 무시일지도 모른다는 자격지심도 가지고 있었다.

그렇기에 이준은 승주의 인생 전부나 다름없었다. 이준이 세준보다, 그리고 김 회장보다 더 잘난 사람이 되길 바랐다. 하지만 이준은 이 집안 그리고 N그룹과는 더 멀어지는 행보를 취했고, 승주의 속은 답답하기만 했다.

그런데 최근 들어 김 회장이 이전과는 달리 이준을 언급하는 횟수가 부쩍 잦아졌다.

승주는 이것이 기회라고 여겼다. 아마 거의 확실할 거라고 여겼던 세준의 소식이 잘못된 정보라는 것을 알고 난 뒤, 크게 상심한 김 회장이 이제 이준에게도 회사의 지분을 이야기하기로 마음먹은 것일지도 몰랐다.

이 와중에 김 회장이 먼저 이준을 집으로 불러오라고 말을 꺼냈다.

승주는 속으로 쾌재를 불렀다. 어렸을 때부터 김 회장을 무서워했던 이준이었기에, 절대로 거스를 수가 없을 것이라 생각했기 때문이다. 본가에 온 이준을 붙잡고 제대로 이야기를 해 볼 참이었다.

아버지의 호출 소식을 들은 이준 역시 잠시 침묵하다가 곧 알겠노라고 대답했다. 하지만 정작 당일이 되자 이렇게 속을 썩이고 있는 것이었다.

승주는 몇 번인가 더 통화 버튼을 눌렀지만 이준과의 전화는 여전히 불통이었다. 한참 후에 화가 머리끝까지 치민 승주에게 이준의 목소리가 들려왔다.

– 어머니.

"김이준! 너 뭐 하는 애야? 지금이 몇 신 줄 알아?"

– 죄송합니다. 일이 좀 있었어요.

"일은 무슨 일이야? 아버지 화나게 해서 좋을 게 뭐가 있다고 이러니? 너 내가 답답하고 속상해서 죽는 꼴을 봐야 속이 시원하겠니? 응?"

– 그렇게 화내시면 얼굴에 주름 생겨요. 목소리 높여 봤자 목주름 생기고요. 어머니 젊게 오래오래 사셔야죠.

승주는 오늘따라 유들유들하게 자신의 비위를 맞춰 주는 것 같은 이준이 내심 싫지 않았다. 그러나 내색하지 않은 채 오히려 목소리를 더 높여 말했다.

"그런 말로 넘어갈 생각 하지 마. 오늘은 안 돼. 지금 당장 오지 못해?"

─ 안 그래도 가는 중입니다. 얼마 안 걸려요.

"얼른 와! 운전 조심하고."

─ 네. 금방 가겠습니다.

화를 내는 중에도 이준에 대한 걱정의 말은 빼놓지 않는 승주였다. 이준과의 통화를 마친 승주는 김 회장이 있는 서재 쪽을 살피며 눈치를 보다가, 살금살금 걸어가 문을 노크했다.

"무슨 일이야."

"이준이가 곧 온다고 하네요, 여보."

"……바로 서재로 오라고 해."

"네. 알겠어요."

생각보다 김 회장의 목소리가 그리 나쁘지 않은 것 같아, 승주는 내심 안도했다. 시계와 현관문을 번갈아 보며 초조하게 동동거리던 승주는 초인종이 울리자마자 밖으로 달려 나갔다.

"너 지금이 몇 시인데……!"

"여기요. 어머니 좋아하시는 프리지아."

넓은 정원을 가로질러 걸어오며 한 손에는 꽃다발을 들고 승주를 향해 환히 웃는 이준을 보며, 승주는 순간 할 말을 잃어버리고 말았다.

이렇듯 다정하고 세심한 아이인데, 왜 야망은 없을까. 승주에게 이준은 늘 보석 같은 아들이었지만 그 점만은 못내 아쉬웠다.

"누가 이런 거 달랬니? 일찍 와서 아버지랑 저녁도 같이하면 좀 좋아."

승주는 입을 샐쭉 내밀며 못 이기는 척 꽃다발을 받아 들었다. 이준은 그런 어머니를 보며 빙그레 웃었다.

"앞으로 그럴 수 있도록 할게요."

"서재로 가 봐. 아버지 계셔."

신발을 벗고 안으로 들어서며 이준은 마른침을 꿀꺽 삼켰다.

어렸을 때부터 그랬지만 아버지와의 독대는 피하고 싶기만 한 일이었다. 무슨 연유로 자신을 부르는지 알 것 같으면서도 전혀 감이 잡히지 않기도 했다.

아버지와의 약속이 잡힌 오늘, 하루 종일 긴장하고 있던 차에 혜현을 만났다.

눈물을 흘리며 떨고 있는 그녀의 어깨를 보자마자, 왠지 자신이 가지고 있는 문제 같은 건 별거 아닌 것 같은 기분이 들었다.

먼저 자신의 이야기를 하고, 밥을 같이 먹지 않겠냐고 하는 수줍은 제안에 내내 그를 내리누르며 괴롭히던 무거운 돌덩어리들이 조금씩 덜어지는 느낌이었다.

그렇게 혜현과 저녁을 먹기 위해, 혜현과 함께하며 난생처음으로 아버지와의 약속을 어겨 보았다. 무슨 폭풍이 불어닥칠지는 아직 모르는 일이었다.

이준은 심호흡을 하며 아버지의 서재를 노크했다.

"뭐야."

"이준입니다."

"……."

아무 말이 없었다. 다음 말을 기다리는 이준에겐 단 몇십 초의 시간마저 억겁과 같이 느껴졌다.

"들어와."

이준은 조심스럽게 문을 열었다. 책상 앞에 앉아 있는 김 회장과 눈이 마주쳤다. 김 회장이 두 주먹을 쥐고 책상을 쾅 내리쳤다.

"너 이 자식! 감히 네가 날 기다리게 해?"

"죄송합니다. 학교에서 일이 있었습니다."

어렸을 때야 아버지의 이런 모습에 벌벌 떨며 눈물부터 터뜨린 그였지만, 이제 이준도 서른을 넘겼다. 아버지를 내려다볼 정도로 키가 훌쩍 자랐고, 자신이 나이가 든 만큼 아버지도 많이 늙었다는 것 역시 알고 있었다.

고개를 숙이며 아무렇지도 않은 기색으로 대답한 이준이었지만, 김 회장이 여전히 금방이라도 자신을 물어뜯을 것 같은 기세로 노려보고 있다는 것만은 느껴졌다.

아버지는 늙었고, 자신은 어른이 되었지만 그들 관계가 오랫동안 지녀 온 모습은 그대로였다. 자신도 모르게 떨리는 손을 이준은 애써 부여잡았다.

"학교, 학교……. 그놈의 학교 소리도 지겹다."

"……."

김 회장이 자신의 학력에 콤플렉스를 지니고 있다는 것은 이준도 알고 있었다. 그렇기에 대학원에 진학했다.

대학원 진학이야말로 김 회장의 뜻을 거스르면서, 김 회장의 약한 부분을 자극하는 좋은 방법이 되리라 생각한 것이다.

이준의 생각은 맞아떨어졌다. 그가 대학원에 입학하던 날, 세준은 N그룹 이사로 취임했다. 예정에 없었던 갑작스러운 인사이동이었고, 회사 내에 이런저런 말이 떠돌았다.

이준은 이것이 김 회장의 뜻이라 생각했다. 보란 듯이 세준을 가까이에 두기로 결정한 아버지를 보며, 오히려 갑갑했던 마음이 풀려 시원한 것도 있었다.

그 뒤로 이준은 철저히 김 회장의 무관심 밖에서, 이따금씩 자신에게로 향하는 승주의 원망을 웃어넘기면서 살아왔다. 세준이 사라지기 전까지는 그랬다.

"세준이를 찾는 일은, 결국 또 안 된 거냐."

"네. 이번에도…… 잘못 짚은 정보가 있었던 것 같습니다."

"1년이 지나도록 어떻게 사람 생사조차 알지 못하는 거야?"

신경질적으로 말하는 김 회장의 말끝에는 분명히 세준에 대한 그리움이 한 점 묻어 있었다.

이준은 그런 아버지를 보며 묻고 싶었다.

만일 내가 사라진다 해도, 그렇게 애타게 찾을 겁니까. 아버지에게 형이 그런 존재인 것처럼, 나 또한 그렇습니까.

결코 입 밖에는 내지 못할 말을 입안에서 굴리고 또 굴리며, 이준은 김 회장이 자신을 부른 이유를 말하길 기다렸다.

"뭐 그건 그렇고. 너, 학교는 집어치우고, 회사로 들어와라."

예상치 못한 말에 이준의 눈이 휘둥그레졌다.

김 회장은 여전히 이준을 향해 마음에 안 든다는 표정을 짓고 있으면서도, 목소리는 왠지 이전보다 누그러진 것 같았다.

"이사회에서 계속 말도 나오고, 여러 면에서 내 입장도 있으니…… 그만 싸돌아다니고 회사에 자리를 잡으란 말이야. 내 아들이 너고, 네 아버지가 나인 걸 모두가 아는데 네가 그러고 있으면 내 체면이……."

"결국 아버지의 체면 때문입니까. 제 입장은 아랑곳없이."

"뭐야?"

갑자기 자신의 말을 자른 이준에게 김 회장이 씩씩대며 소리를 질렀다.

"너 이 자식, 말 다했어?"

"저는 회사에 들어간다 해도 그런 이유로 들어가지는 않겠습니다. 아니, 회사에는 아예 마음이 없습니다. 그리고 제가 학교를 집어치울 일 역시 결코 없을 겁니다."

이준은 김 회장에게 고개를 숙여 인사를 하고 바로 서재를 나왔다.

부들부들 떨며 이준을 노려보던 김 회장이 '김이준!' 하고 외치는 소리가 채 들리기도 전에 서재의 문이 닫혔다.

입술을 깨물며 문손잡이를 놓은 이준이 채 발걸음을 옮기기도 전에 날카로운 목소리가 이준을 향해 꽂혔다.

"김이준, 미쳤니? 미쳤어? 지금 아버지가 뭐라고 하셨는지 알아? 그리고 네가 뭐라고 했는지 알긴 알아? 어쩜 이리 끝까지 엄마 속을 썩여?"

서재 문 앞에서 조마조마해하며 둘의 대화를 엿듣고 있던 승주가 이준의 팔과 등을 마구 때리며 울먹였다.

이준은 미동도 없이 승주가 하는 대로 그저 내버려 둘 뿐이었다. 그의 얼굴에 허탈함 같은 것이 잠시 어렸다가, 이내 무표정으로 변해 갔다.

03.

자정을 조금 남긴 시각.

맨 마지막까지 연구실에 남아 있던 혜현은 시계를 확인하고 기지개를 켰다.

여전히 책상 한구석에 자리를 잡고 있는 학회 초청 명단이 마음에 걸리긴 했지만, 이대로 피할 수는 없다는 생각을 굳히기로 했다.

내일은 박평재에게 전화를 걸어 아무렇지도 않은 목소리로 '한재대학교 박혜현입니다.'라고 말을 해야지.

박평재가 그녀를 어떻게 대할지는 알 수 없었다. 하지만 먼저 주눅 들지 않기로 했다. 지금까지 살아온 방식대로, 앞으로도 그렇게 살아가면 된다. 혜현은 그렇게 믿기로 했다.

아까 식사를 마치고 곤란한 표정으로 핸드폰을 확인하던 이준을 보며, 일이 있어서 가는 중이었다던 이준의 말이 뒤늦게 생각나 아차 했었다. 미안하다고 말하는 혜현에게 이준은 괜찮다고 말하면서도 급히 차를 몰아 캠퍼스를 빠져나갔다.

무슨 일이 있는 것은 아닐까.

혜현은 또다시 이준의 걱정을 했다. 내일 학교에서 만나면 물어봐야겠다고 생각하며 책상을 정리하던 중이었다.

무음으로 해 둔 혜현의 핸드폰이 반짝였다.

이 시간에 전화를 할 사람은 없는데.

고개를 갸웃하던 혜현은 액정화면에 나타난 발신자를 확인하고는 깜짝 놀랐다. '김이준'이라는 이름을 잘못 본 것이 아닌가 싶어 몇 번 눈을 깜빡일 정도였다.

"……선생님?"

– 박혜현 씨?

뜻밖에도 전혀 낯선 목소리가 들려왔다. 혜현은 핸드폰을 고쳐 잡고, 침을 꿀꺽 삼켰다.

밤이 깊어 가는 시각에 이준의 번호로 걸려 온 전화, 뜻밖의 낯선 목소리. 지금의 상황이 일상적이지 않다는 것을 깨닫기까지는 그리 오랜 시간이 걸리지 않았다.

혜현은 잔뜩 긴장한 채 상대방의 다음 말을 기다렸다.

– 늦은 시간에 미안해요. 김이준 선생 조교로 일하고 있죠?

무언가 묘하게 어긋난 사실을 말하는 목소리에 혜현은 선뜻 대답을 할 수 없었다. 뭐라고 대답해야 할지 고민하던 차에 상대방은 계속해서 말을 이어 나갔다.

– 지금 학교에서 이준이…… 그러니까 김이준 선생이 하고 있는

일이나 **프로젝트** 같은 거 말이에요. 그거 당장 그만두거나 하게 되면 혹시 어떻게 되는지…… 어머, 이준아.

뚝, 전화가 끊겼다.

혜현은 지금 자신에게 일어난 상황이 어떤 건지 제대로 이해할 겨를도 없이 끊어진 핸드폰만을 멍하니 바라보았다.

심지어 전화를 건 사람이 누구인지조차 알 수 없었다. 살짝 높은 톤을 지닌 중년 여성의 목소리. 혹시 이준의 어머니인 것일까.

이준에게 무슨 일이 생긴 것만은 분명했다. 혜현은 집에 돌아가려고 했던 사실도 잊은 채 적막만이 가득한 연구실을 이리저리 서성였다.

고민을 거듭했지만 답은 나오지 않았다.

핸드폰 화면이 켜진 것이 눈에 들어온 것은 한참 후였다. 이번에도 발신인은 '김이준'을 띄우고 있었다.

혜현은 서둘러 통화 버튼을 눌렀다.

"여보세요."

– 김이준입니다.

이준의 목소리에는 기운이 하나도 없었다.

– 아까 전화…… 놀랐죠. 미안합니다. 저희 어머니가 실례를 했네요.

"아니에요, 괜찮아요. 저, 그런데……."

혹시 학교를 더 이상 다닐 수 없는 사정이 생긴 건지 물어보고 싶었다. 그것이 집안일과 관련이 있는지도.

이준의 사정부터 걱정해야 하는 것이 당연한데, 이상하게 학교에서 이준을 만나기가 힘들지도 모른다는 사실부터 머리를 비집고 들어왔다. 그러면서 동시에 온몸에 힘이 쭉 빠지는 기분이었다.

"……무슨 일 있으세요?"

– 심각한 일은 아닙니다. 미안해요, 밤도 늦었는데.

"저, 선생님."

지금 상황에서는 어울리지 않는 말일지도 몰랐다. 그래도 혜현은 지금 꼭 해야 할 말이라는 생각이 강하게 들었다. 호흡을 가다듬고, 입을 뗐다.

"저는 선생님이 학교에 다시 오셔서 좋아요. 선생님과 논문도 함께 써야 하고…… 또…… 아니, 그냥 선생님을 계속 학교에서 뵙고 싶어요."

건너편의 이준은 잠시 말이 없다가, 곧 피식 하는 짧은 웃음소리를 내었다.

– 나도 그래요. 다시 휴학하는 일은 없을 겁니다. 아까 어머니가 혜현 씨에게 뭐라고 했든 그건 내 의사가 아니니까.

"아…… 별말씀은 없으셨어요. 그럼 내일도 학교 오시죠?"

– 그럼요. 내일 봅시다.

'그럼요.'라는 말이 그렇게 맑은 울림을 지니고 있는지 이제야 깨달은 것 같았다. 자연스레 입가에 미소가 번져 갔다.

"네. 내일 뵐게요."

– 그리고…… 고마워요.

전화가 끊어졌다.

이준이 학교를 그만뒀으면 하는 사람에게서 걸려 온 난데없는 전화는, 그럴 일은 없을 거라는 이준의 못 박는 말로 마무리되었다.

하지만 여전히 혜현은 알 수가 없었다. 왜 그의 어머니가 이준의 전화로 자신에게 전화를 해야 했는지, 그리고 어째서 이준의 어머니가, 정확하게는 아니더라도 '박혜현'이라는 존재가 있다는 걸 알고 있는지 의문투성이였다.

혜현은 고개를 갸웃하며 연구실을 나와 불 꺼진 복도를 걸어 내려갔다.

＊

어느덧 아침 햇살이 창으로 쏟아져 들어와 침실을 가득 메우고 있었다. 이준은 깨질 듯이 아픈 머리를 부여잡고 힘겹게 몸을 일으켰다.

숙취가 몰려와 어지러운 와중에도 지난밤의 기억이 새록새록 되살아났다. 어머니의 전화를 받고도 아무렇지도 않게 대해 준 혜현이 고마웠고, 미안했다.

그러면서도 한편으로는 창피하기도 했다. 그때만큼은 어머니의 행동을 도저히 참을 수 없었다. 그래서 집을 나온 그는 결국 호영을 불러 연거푸 술잔을 비웠다.

그다음은 기억나는 것이 별로 없었다. 정신이 들어 보니 집 앞이었고 대리운전 기사가 자신을 흔들어 깨우고 있었다.

비틀대며 오피스텔에 들어섰고 침대에 그대로 널브러졌다. 잠깐 눈을 붙이고 나니 어느새 아침이었다.

대충 샤워를 하고 집을 나섰다. 늦잠이라도 자고 싶었지만 공교롭게도 학부 강의가 있는 날이었다.

운전을 하는 중에도 골이 울리는 느낌에 이준은 세차게 머리를 몇 번이나 흔들었다. 교내 편의점에서 숙취해소제라도 사 마셔야겠다고 생각하며 교문을 들어선 순간, 익숙한 뒷모습이 눈에 들어왔다.

검고 긴 생머리, 아담한 체구, 책이 가득 들어 있을 백팩을 멘 그녀.

빠앙. 반가움에 클랙슨을 울렸는데도 혜현은 돌아보지 않았다.

빵, 빠앙. 연거푸 몇 번이나 같은 소리가 울려 퍼지자 그제야 혜현은 고개를 돌렸다. 차창을 내리고 이준이 손을 흔들었다.

이준과 눈이 마주친 혜현이 밝게 웃었다.

"일찍 오시네요."

"오늘 강의가 있어서요. 아, 이따 들어올래요? 9시부터인데. 오늘 학부 애들 발표하는 날인데. 어차피 우리 쓰는 논문에 관련이 있는 내용들이니까, 와서 보면 좋을 겁니다. 시간 돼요?"

"네, 괜찮아요. 이따 들어갈게요."

"타세요. 인문학관 가죠?"

"네? 아니에요. 금방 가는데."

"금방 가는 거 더 빨리 갈 수 있잖습니까."

혜현은 마지못해 이준의 차에 올랐다. 이전과 같이 정돈된 차 내부, 은은한 가죽 시트 냄새, 그리고…… 옅게 배어 있는 알코올의 흔적.

혜현은 이준이 지난밤에 술을 마셨음을 어렵지 않게 알아차렸다.

차는 금방 인문학관 앞에 세워졌다. 혜현은 이준에게 꾸벅 인사를 하고 먼저 차에서 내렸다. 뒤이어 내린 이준이 혜현을 향해 말했다.

"이제 논문 조금씩 구체화해야 할 것 같은데. 만나서 제대로 이야기를 해야 할 것 같아요. 주중엔 혜현 씨나 나나 정신이 없고. 토요일은…… 주말에도 공부하는 거 좀 그렇죠?"

"전 괜찮아요. 선생님만 좋으시다면."

"그럼 이번 토요일에 보는 걸로 하고, 이따 봐요. 교강사실에 가 봐야 돼서……."

"네, 이따가 강의 들어갈게요."

이준이 손을 흔들며 앞서 걸어 나갔다.

잊을 때마다 한 번씩 상기하게 되는 현실. 이준과 혜현은 업무 관계로 묶여 있는 사이였다. 지금은 마냥 함께 있는 것만으로도 좋지만, 한 학기가 지나고 나면 어떻게 되는 것일까.

더 이상 일적으로 엮일 일이 없다면, 그 후엔 이준 역시 대학원 선배 중 한 명이 될지도 모른다.

혜현은 까닭 없이 불안해졌다. 이제 스스로도 받아들일 수밖에 없었다. 자신의 마음에 자리 잡은 김이준이라는 남자가 날이 갈수록 점점 더 커지고 있다는 사실을.

"어머, 혜현 씨."

별안간 들려온 목소리에 혜현은 화들짝 놀라 뒤를 돌아보았다. 연구실 선배인 미경이었다.

"아까 김이준 씨 차에서 내리는 거 본 것 같은데. 둘이 친해?"

"……송 교수님 일을 같이 하게 되어서요. 만날 일이 많게 됐어요."

이전에 선희가 자신에게 보내던 눈초리가 생각나 자신도 모르게 목소리가 작아졌다. 미경은 적대적인 눈길은 아니었지만 의구심이 가득한 것은 선희와 다르지 않았다.

"희한한 일이네. 나는 김이준 씨가 대학원 사람이랑 같이 차 타는 거 자체를 처음 봐. 많이 친해졌나 보다. 그러고 보니 혜현 씨가 누구랑 같이 다니는 걸 처음 보는 것 같기도 하고."

그건 애초에 친해질 수 있었던 사람이 없어서 그래요, 하고 속으로 대답하며 혜현은 쓴웃음을 감춘 채 미소를 지었다.

"제가 아직 석사고, 모르는 것도 많으니까 김이준 선생님이 이것저것 알려 주시는 편이에요. 감사하죠. 이따 학부 수업에 가서도 배우기로 했어요."

"그래? 근데 들어 보니까 김이준 씨, 수업 듣는 학부 애들 사이에서 말이 많던데. 이유는 모르겠지만 애들한테 인기 있는 타입은 아닌가 봐. 혜현 씨가 한번 봐 봐요. 어떤지."

미경의 말은 혜현에게 꽤 의외로 다가왔다. 훤칠한 외모를 지닌 데다가 그리 깐깐해 보이지도 않는 이준은 학부생들이 좋아할 만한 강사라고 생각해 왔었다.

그러고 보니 강사로서의 이준이 어떤 모습일지 무척이나 궁금해졌다. 혜현은 교내 편의점에 들렀다가 이준의 수업이 있는 강의실로 향했다.

학생들이 와자지껄한 목소리를 내며 지나가는 강의실 복도에서 고개를 빼고 이준이 나타나기만을 기다리던 혜현은, 저 멀리서 핏이 꼭 맞는 슈트를 입은 이준이 걸어오는 것을 보며 낯선 감정을 느꼈다.

설레기도 하고, 무언가 부끄럽기도 한 알 수 없는 마음이었다.

"와 있었네요."

이윽고 이준이 혜현을 발견하고는 뚜벅뚜벅 걸어와 살짝 미소를 지었다. 혜현은 아까부터 손에 쥐고 있던 것을 이준에게 내밀었다.

"어? 뭐예요?"

"드세요."

혜현이 내민 건 캔에 든 꿀 음료였다. 혹시 지난밤에 과음한 걸 들켜 버렸나. 멋쩍으면서도 혜현의 마음 씀씀이가 고마운 이준이었다.

"잘 마실게요. 고마워요."

혜현은 교단으로 걸어가는 이준을 잠시 바라보다가 강의실 맨 뒤쪽에 자리를 잡고 앉았다. 평소에는 그저 동료, 혹은 선배로만 여겼던 이준이 왠지 모르게 색다르게 느껴졌다. 교단 위에서 출석을 부르는 이준에게서 제법 교수 티가 나는 것 같았다.

이윽고 학생 한 명이 강단에 서서 빔 프로젝터로 프레젠테이션을 띄워 놓고 발표를 하기 시작했다.

학생의 발표 내용은 중구난방이었고 곳곳에 허점이 눈에 띄게 보였다. 발표 내용을 제대로 숙지도 못 한 듯 계속 버벅대는 학생의 발표에 강의실은 금세 찬물을 끼얹은 것과 같이 착 가라앉았다.

혜현은 학생의 발표를 보다 이준에게로 시선을 돌렸다. 그는 벽에 기대고 서서 심각한 표정으로 학생의 발표를 듣고 있었다.

학생이 발표를 끝내자 토닥토닥 예의로 보내는 박수 소리가 잠깐 나오다 이내 멈추었다. 이준의 굳은 표정은 풀릴 줄을 몰랐다.

다른 학생들조차 이준의 눈치를 살피는 분위기였다. 혜현 역시 반쯤은 긴장하며 이준의 얼굴을 바라보았다.

이윽고 강의실 안을 메우던 침묵을 깨고, 이준이 입을 열었다.

"교수가 내 준 과제를 수행할 때, 학생은 여러 가지 선택의 기로에 놓이게 됩니다."

착 가라앉은 강의실에 이준의 낮은 목소리만이 울려 퍼졌다.

"이것을 최선을 다해 열심히 정리해서, 교수가 원하는 대로 해내야겠다. 혹은 정리는 잘 못했지만 자료를 많이 찾아서 잘하는 것처럼 보이는 데에 치중을 해야겠다. 그것도 아니면 과제를 수행하는 데 별 관심이 없고 귀찮지만, 학점에 들어가는 만큼 어느 정도는 해야겠다."

학생들은 숨소리조차 내지 못한 채 이준의 말을 듣고만 있었다.

"······첫 번째가 모범 답안이겠지만 대부분은 두 번째나 세 번째가 됩니다. 세 번째까지가 내가 줄 수 있는 점수의 마지노 선인데, 학생은 그에도 못 미쳤습니다."

강단에 선 학생은 고개를 떨군 채 발끝만 바라보았다.

"발표를 듣는 모두의 시간을 버리게 하는 셈이었습니다. 도중에 발표를 멈추고 학생을 내려오게 해도 이상하지 않을 수준의 발표를 끝까지 들은 여기 있는 사람들의 시간 말입니다. 알겠습니까?"

이준은 잠시 발표를 맡은 학생을 바라보다가 냉정하게 말했다.

"평가를 할 가치가 없으니 따로 코멘트는 하지 않겠습니다."

혜현은 단숨에 쏟아 내는 이준의 말을 듣고 적지 않게 놀랐다.

평소에 자신에게 하던 것과는 너무도 다른 날카로운 말투로 독설과도 같은 말을 내뱉는 이준이 마치 다른 사람 같았다. 그동안 자신이 알고 있던 그의 다른 면모를 발견해 버린 것 같아 어떤 당혹감마저 밀려왔다.

지금까지의 태도는 단지 본격적으로 함께 논문작업을 시작하기 전이라 그런 것일까.

만일 함께 일을 하게 되면, 그리고 혹시라도 그녀가 무언가 실수라도 하게 되면. 그때에도 이준이 지금과 같이 날 서 있는 말들을 혜현에게 하는 것이 아닐까.

이준과 웬만큼 가까워지고, 또 어느 순간은 친밀해졌다고 생각했다.

이준이 자신을 안아 주고, 또 눈물을 닦아 주었을 때에도. 이준이 자신을 어떻게 생각하고 있는지는 알 수 없었지만, 혜현은 이준을 좋아하고 있었다.

그러나 학부 학생들과 같은 자리에서, 교단에 서 있는 이준을 올려다보는 이때, 이준과 또다시 여러 발자국 멀어진 것만 같은 생각이 머릿속을 가득 메웠다.

강의가 어떻게 지나갔는지 알 수가 없었다. 혜현은 강의가 끝나고 대부분의 학생들이 우르르 몰려 나가고 난 뒤, 교단에서 짐을 정리하는 이준을 향해 천천히 걸어갔다.

그가 혜현과 눈을 마주치곤 눈인사를 했다.

"어땠어요? 사실 내가 강의하는 건 별로 없고 학생들 발표 위주이긴 하지만."

혜현이 익히 알고 있던 이준의 모습으로 완벽하게 돌아와 있었다. 부드러운 목소리, 입가에 살짝 어린 미소.

혜현은 점점 더 알 수 없어졌다. 도대체 어떤 모습이 진짜 김이준인 건지, 도통 종잡을 수 없었다.

"아까 첫 번째로 발표한 그 학생은⋯⋯."

이준이 주위를 살피더니 목소리를 낮추었다.

"진짜 너무 심하지 않았어요? 난 가르치는 입장에서 화가 엄청 나던데. 혜현 씨도 비슷하게 느끼지 않았습니까?"

"저, 뭐랄까, 새로웠어요. 선생님 그렇게 말씀하시는 게."

"뭐가요? 학생 혼내는 거 말입니까?"

"네. 까딱하면 저도 그렇게 혼날 수 있겠다 싶더라고요. 열심히 해야 할 것 같아요. 아니, 열심히 할게요. 폐 끼치지 않게 끔."

혜현은 농담조를 섞어 웃음기를 띤 채 말했다. 하지만 정말로 이준에게 그런 말을 들어 버린다면…… 어쩔 수 없이 상처를 받을 게 뻔했다. 상상만 해도 싫은 일이었다.

"혼나는 건 사제 관계, 혹은 선후배 관계에서만 해당이 되죠. 그러니 혜현 씨에게는 그럴 일 없을 겁니다."

"네?"

이준이 싱긋 웃었다.

"난 사적인 사이의 사람을 그런 식으로 나무라진 않습니다, 박혜현 씨."

혜현은 다시 마음이 쿵 하고 내려앉아 버렸다. 이준은 일부러 흠흠, 하고 헛기침을 했다. 토끼 눈을 한 채 자신을 멀거니 바라보고 있는 혜현의 모습이 사뭇 귀여웠다. 혜현은 여전히 미동도 없는 채였다.

"아, 저, 그게…… 그러니까, 무슨 뜻이에요?"

동그랗게 뜬 눈을 이준에게 고정한 그대로, 한참 만에 혜현이 입을 열었다.

정말 몰라서 묻는 걸까, 아니면 짐짓 모르는 척하고 물어보는 걸까. 어느 쪽이든 상관없었다. 이준은 이미 혜현을 향하는 속도를 늦출 생각이 없었다.

"말 그대로입니다."

"저기……."

"난 처음부터 혜현 씨와 놀고 싶었어요. 선후배 사이로 공부하는 게 아니라. 말했잖아요."

"선생님."

혜현이 낮은 목소리로 이준을 불렀다. 그녀의 목소리는 작
았지만 단호함이 어려 있었다.

"선생님은 좋은 분이에요. 처음 만났을 때부터 제게 잘해 주
셨어요. 선생님께 받은 게 너무 많고…… 그래서 늘 감사했어
요."

"혜현 씨."

"아까도 말했지만 저는 앞으로도 선생님 논문 쓰시는 데에
최선을 다해 도와 드릴 거예요. 그게 제가 할 수 있는 일이니
까요."

"박혜현 씨."

"오늘 강의하시는 거 잘 봤습니다. 저도 정리해서 토요일
에……."

"말 돌리지 말고, 말해 봐요. 정말 하고 싶은 말."

혜현의 눈동자가 흔들리고 있는 것을, 이준은 알 수 있었다.

이제 혜현의 마음도 자신을 따라잡았으리라고 생각했다. 쉽
사리 대답을 하지 못하는 그녀의 머뭇거림이 이를 말해 주고
있었다.

"……여전히 제게 좋은 선생님이시고, 선배님이세요, 김이
준 선생님."

이윽고 들려온 혜현의 말에 이준은 순간 멍해졌다.

혜현은 시선을 아래로 내려 이준의 눈길을 피했다.

나는 알 수 있을 것 같은데. 이제 당신도 나와 같은 감정이

라는 게 당신의 눈빛, 표정에 모두 드러나는데 왜 다른 말을 합니까.

이준은 다시 한 걸음 물러나 버린 혜현을 보며 안타까움 감정만 짙어질 뿐이었다.

"그런 사이였으면…… 좋겠어요."

"알겠습니다."

굳은 표정, 조금 전보다 훨씬 딱딱해진 음성.

혜현은 이준의 대답을 듣는 순간 또 한 번 심장이 쿵 내려앉았다. 왠지 모르게 눈물이 나올 것 같았다.

"앞으로 달라지는 건 없겠네요."

"……"

"뭐, 당분간이면 좋겠지만."

"……죄송해요."

"아닙니다."

이준은 예의 그 얼굴로 돌아와 있었다. 목소리도 마찬가지였다.

하지만 그 와중에서도 혜현은 어렴풋이 알 수 있었다. 이제 이준과 혜현 자신은 결코 이전과 같은 관계가 될 수 없었다.

서로 아무렇지 않은 척하면서 불편함을 애써 숨기고 '공적인' 일을 함께 끝마치거나, 혹은 정말 이준과 선후배 사이를 넘어선, 연인 관계가 되는 것뿐이었다.

'연인'이라는 단어가 낯설었다. 굳이 이준이 아니어도 혜현의 삶 그 자체에서도 멀기만 한 단어였다.

스무 살 이후로 숨 가쁘게 달려오기만 한 나날이었다. 대학

입학 이후 혜현에게 관심을 보이던 몇몇 남자들도, 결국엔 혜현에게서 멀어져 갔다. 혜현은 하루하루를 살아 내느라 자신이 아닌 다른 사람에게 관심을 둘 여력이 없었다.

어느 날 갑자기 자신의 인생에 뛰어든 것 같은 이준을 만나기 전까지는.

무슨 일이 있나 걱정이 되고, 그가 해 준 위로에 위안이 되다가도 가슴이 떨리고, 문득문득 생각이 나고, 그러다가 그의 얼굴을 생각하는 일이 잦아지던 그 모든 날들.

혜현도 스스로 느끼고 있었다. 김이준이라는 남자가 좋았다. 좋아하고 있었다.

혜현에게 이준이 그러한 것처럼, 이준에게도 자신이 일상의 큰 부분이 되기를 남몰래 소망했다.

혜현은 그것만으로도 괜찮다고 생각했다. 이준을 만나고 난 뒤, 학교에서 그가 보이지 않으면 어느 사이엔가 그와 만나기를 기다리게 되는 나날들은 건조했던 혜현의 생활을 반짝반짝 빛나게 했다.

그 들뜬 마음, 두근거리는 심장, 그 감정만으로도 좋았다. 언젠가 이러다 스러질 마음이겠지 싶으면서도, 이준과 함께하는 순간들은 혜현에게 내일을 기다리게 하는 힘이 되어 주었다.

하지만 이준이 먼저 손을 내밀고, 그것도 모자라 더욱 적극적으로 그녀의 일부분이 되려 하고 있다.

그래서 그만 덜컥 겁이 나 버렸다. 가까운 사이일수록 상대에게 바라는 것, 기대하는 것은 많아지기 마련이다.

이준이 더 이상 선배가 아닌 '연인'이라는 포지션으로 혜현의 삶에 들어온다면, 그걸 감당할 수 있을지 자신이 없었다.

좋아서, 좋아하기 때문에, 더욱 두려웠다. 혹시라도 이준에게 상처받을지도 모르는, 겪어 보지 못한 연애라는 것이 가져다줄 미래가.

온갖 구구절절한 이유를 다 대어 봐도, 혜현은 이미 이준에게 선을 긋는 말을 뱉어 버린 순간부터 어쩔 수 없이 후회가 되었다. 언젠가 지금 이 순간을 떠올리며 스스로를 탓할지도 몰랐다.

그래도 자신이 없었다. 늘 하나씩 부딪치고 깨지면서 앞으로 나아갔던 삶에서, 처음으로 먼저 피해 버린 일이 생겼다.

바로 김이준이라는 남자로 인해서.

"……다음에 뵙죠."

이준이 혜현의 어깨를 한 손으로 지그시 잡았다가 놓았다.

아주 짧은 순간, 둘의 시선이 마주쳤다. 보일 듯 말 듯 한 미소를 입에 건 이준의 얼굴을 보자, 혜현은 그만 자신의 진심을 말하고 싶어졌다.

하지만 이내 살짝 고개를 숙이며 강의실을 걸어 나가는 이준을 차마 불러 세울 수 없었다.

텅 빈 강의실에 홀로 덩그러니 선 채, 혜현은 한참 동안 움직이지 못했다.

✳

"혜현 씨, 김이준 선생님하고 역시 뭐 있죠?"

117

며칠 뒤, 송 교수가 가져오라고 한 서류를 챙기러 학과 사무실에 들른 혜현은 갑자기 불쑥 들려온 선희의 목소리에 멈칫했다.

이전에도 이준에 관해서 필요 이상으로 혜현에게 날을 세우던 선희는 이번에도 크게 다르지 않았다.

짐짓 농담을 건네듯 가벼운 어투로 말을 걸어왔지만, 어떻게든 사실을 알아내려는 숨은 의도를 혜현은 어렵지 않게 알아차릴 수 있었다. 그래서 일부러 태연한 목소리로 대꾸했다.

"전에도 그러시더니, 갑자기 그건 왜 물어보세요."

"아니, 김이준 선생님 차에서 내리는 걸 봤다는 사람도 있고. 둘이 요즘 워낙 붙어 다녀서 대학원생들 사이에 말이 많거든요. 본인은 모르는가 본데."

"같이 수업 듣는 학생과 친한 게 그렇게 이상해요? 송 교수님 일을 같이하게 됐다고 전에도 말씀드렸는데. 기억 못 하시나 봐요."

선희의 말에 뾰족뾰족한 가시가 세워진 것이 느껴지자, 혜현도 기분이 상한 것을 숨기고 싶지 않아졌다. 예의를 갖추지 않은 말투와 언어들이 자신도 모르게 튀어나오고 있었다.

"아니, 뭐, 같이 다니는 사람들…… 너무 의외의 조합이니까 그렇죠. 혜현 씨나 김이준 선생님이나, 언제 그렇게 친했다고."

들으라는 듯 말끝에 쿡, 하는 웃음소리를 덧붙이는 선희의 태도에 혜현은 화가 치밀고 말았다. 그러면서도 무슨 이유에서인지 알 것도 같아 왠지 모르게 우습기도 했다.

언제까지나 선희의 비아냥을 참기만 할 수는 없는 노릇이었다. 혜현은 선희에게 크게 한 방을 먹이고 싶었다. 그동안 은근하게 선희에게 당한 것들도 모두 되갚아 줄 참이었다. 대학원에서 만난 사람에게 정면으로 맞서는 것은 이번이 처음이었다.

"주선희 선생님. 혹시 김이준 선생님한테 관심 있으세요?"

"네? 뭐요? 아니, 무슨 질문을 그렇게…… 그거, 꼭 대답해야 돼요? 내가 왜? 그것도 혜현 씨한테?"

당황한 듯하면서도 애써 아닌 척, 아무렇지도 않은 척하며 허둥지둥 대답하는 선희의 모습은 이미 속내를 들킨 사람의 태도였다. 물음표를 여러 개 붙인 어투에서부터 그대로 드러나는 선희의 본심을 훤히 들여다본 기분에, 혜현은 실소마저 나왔다.

그런 거였구나. 딱히 별 놀라운 일도 아니었다. 이준의 보기 드물게 훤칠한 외모는 이미 대학원 내에 파다하게 소문이 나 있었고, 그에 관심을 가지며 접근하는 여자들이 제법 있을 만도 했다.

그런데도 왠지 모르게 마음 깊숙한 곳에서 스물스물 올라오는 낯선 감정이 혜현을 혼란스럽게 했다. 뭐지, 이 기분은?

혜현은 동요하는 감정을 숨긴 채 차갑게 말을 이어 나갔다.

"이번 학기에 저한테 계속 김이준 선생님 이야기만 하시잖아요. 전에 분명 설명을 드렸는데도 오늘 또 이러시고. 저 말고 김이준 선생님께 물어보셔도 되는데."

"그야…… 이상하잖아요, 혜현 씨는 늘 혼자 다녔잖아요?

다른 선생님들과도 데면데면했던 혜현 씨가 왜 유독 김이준 선생님과 붙어 다니는 건지, 궁금하지 않겠어요?"

타인의 입을 통해 자신의 묘사를 듣는 것은, 놀랍도록 냉정한 자기객관화가 되기 마련이다. 늘 혼자 다니고, 다른 선생님과 데면데면했던 사람.

선희는 혜현을 그렇게 말하고 있었다.

혜현은 자신도 모르게 피식 웃음이 나왔다. 오히려 머리가 차가워지는 기분이었다. 그 웃음은 자조이기도 했고, 스스로를 향한 연민이기도 했다.

"학기 초부터 마주칠 기회가 많아서 친해진 것뿐이에요. 거듭 말하지만 별 이상할 것도 없는 일에 왜 그렇게 말씀하시는지 궁금해서 여쭈어 본 거고요."

선희의 표정이 점점 더 일그러지고 있었다.

"주선희 선생님이 김이준 선생님한테 관심이 있어서, 김이준 선생님과 같이 다니는 제가 불편하게 느껴지시는지 말이죠."

이런 식의 화법을 구사할 수 있다니, 혜현은 스스로에게 약간 놀라고 있었다.

지금까지 살아오면서도 그랬고, 특히 대학원 내에서는 무슨 말을 들어도 웃어넘기며 비위를 맞추던 혜현이었다.

이미 선희의 얕은 속내는 간파한 지 오래였다. 그를 이용해 전부터 시종일관 자신에게 시비조로 말을 거는 선희가 다신 자신에게 그러지 못하도록 쏘아붙여 주고 싶었다.

그러나 아까부터 계속 자신을 어지럽히는 낯선 감정 하나가 슬며시 혜현을 비집고 들어와 고개를 내밀었다.

정말 그뿐일까? 아마도 이준을 좋아하는 것 같은 선희를 질투하는 것은 아닐까?

질투라, 혜현은 말도 안 된다고 생각했다. 하지만 그것 말고는 지금 혜현의 감정을 정의할 단어가 없었다. 머릿속이 온통 뒤죽박죽 엉켜 버렸다.

한 가지 확실한 건, 이 모두가 김이준이라는 남자 때문이라는 것이었다.

아무 말 없이 혜현을 노려보는 선희의 머릿속엔 온갖 생각이 지나가고 있는 것처럼 보였다.

대학원생들 사이에서 큰 소리가 나거나 다툼이라도 생기면 교수들 귀에 들어가는 것은 시간문제였다.

모두가 문제를 일으키지 않으려고 애쓰며 지내고 있었다. 조금이라도 눈에 띄는 행동을 하게 되면 대학원생 사이에서 평판이 바닥을 치게 되는 건 물론이고, 교수들의 귀에 들어가기라도 하면 좋지 않은 낙인이 찍혀 버리고는 했으니까.

결국 선희는 당장이라도 혜현의 머리채를 잡고 싶다는 듯 표정을 일그러뜨리면서도 애써 입꼬리를 올릴 수밖에 없었다.

"나는 정말 그저 궁금해서 물어본 거예요. 됐죠? 그리고 아까 그 질문은 너무나 프라이빗한 거 아닌가? 여긴 학과 사무실이잖아요? 술자리가 아니라."

"아, 죄송해요. 선생님이 먼저 물어보시기에 저도 그런 질문이 괜찮은 줄 알았어요."

마지막 카운터펀치를 날리자 선희의 얼굴이 붉으락푸르락

변하는 게 혜현의 눈에 들어왔다.

쾌재를 부르고 싶어졌다. 혜현은 선희를 향해 살짝 웃기까지 하며 인사를 하고 서류를 챙겨 학과 사무실을 나왔다.

문을 닫고 나올 때 등 뒤에서 선희가 뭐라 하는 목소리가 들리긴 했지만 신경 쓰지 않기로 했다.

겨우 이런 것이었다. 무슨 말을 들어도 네, 네, 하며 방긋방긋 웃지 않아도 된다는 건.

나이가 어린 편이라서, 후배라서, 모두 참고 살아왔다. 동문이라는 이름으로 똘똘 뭉치는 한재대 출신 사이에서 타 대학 출신인 자신이 겉도는 건 어쩔 수 없다고 생각했다.

이 모든 것은 당연한 게 아니라는 것을 이제야 알게 되었다. 이준을 만나고부터 조금씩 달라져 온 것들이 이제 생각의 전환에까지 영역을 넓히고 있었다.

그 순간 혜현은 또다시 이준을 떠올려 버렸다는 것을 깨달았다.

김이준. 그를 생각하자 마음 한쪽이 욱신거리듯 아파 왔다. 며칠간 강의실에서 마주친 이준은 아무 일 없었다는 듯 혜현에게 인사했고, 혜현도 최대한 아무렇지도 않은 얼굴을 가장하며 그에 응했다. 하지만 둘 사이는 어쩔 수 없이 이전과는 미묘하게 달라져 버렸다.

어쩌면 혜현이 자초한 일이었다. '사적인 사이'가 되자는 이준의 말은 부연 설명이 필요 없을 만큼 명확했고, 혜현 역시 그 말을 듣자마자 이준이 원하는 것이 무엇인지 알 수 있었다.

그러나 혜현은 결국 이준이 원하지 않았을 선택지를 골랐다. 그날 이후, 몇 번씩 잘 쳐 냈다는 생각과 그랬으면 안 되었다는 생각이 수십, 수백 번 오가는 하루가 이어졌다. 그럼에도 혜현은 선뜻 어떠한 행동을 취하지 못했다.

"그래, 지난번 교수님들께 연락은 다 했나?"

학과 사무실에서 출력한 서류를 송 교수에게 내밀자, 송 교수는 서류를 넘기며 지나가는 말처럼 물었다.

혜현은 입술을 깨물었다. 사실 다른 교수들에게는 연락을 모두 돌렸지만, 아직 박평재에게는 어떠한 연락도 하지 못한 상태였다.

"……연락이 안 되는 분이 몇 분 계셔서, 그분들께는 계속하고 있습니다."

"잘해야 돼. 이번에 특히 어렵게 모시는 분들도 계셔서, 꼭 좀 부탁한다고 말씀도 잘 드리고. 그, 특히 세인대 박평재 교수님은 이번 학회에서 주요 논평을 꼭 좀 해 주십사 좀 더 각별하게 요청을 드려야 하네."

송 교수에게서 박평재의 이름이 나오자 혜현은 자신도 모르게 움찔해 버렸다. 절대로 피할 수 없는 만남이 철저하게 예정되어 있었다.

혜현은 태연한 얼굴을 한 채 송 교수에게 허리를 숙여 인사를 하고 교수연구실을 나왔다.

박평재를 생각하자, 혜현은 머리가 터질 것같이 지끈거려 왔다. 아이러니하게도 이준에 대해 몰두하느라 그 사람을 잠시 잊고 있었다.

이제 이준에 대한 복잡한 생각들을 박평재로 밀어낼 차례였다.

부딪쳐야 한다면 오늘이다. 혜현은 연구실에 놓여 있는 교수 명단을 꺼내 들었다. 박평재, 세인대학교 교수. 수십 번은 봤을 이름과 전화번호가 다시 눈동자에 새겨졌다.

몇 번이나 입력하다가도 이내 종료 버튼으로 끝마쳐 버렸던 열한 자리 번호를 다시 꾹꾹 눌렀다.

뚜, 뚜. 한 손으로는 핸드폰을 귀에 가져다 대고, 한 손으로는 미친 듯이 쿵쾅거리는 심장을 누른 채 혜현은 신호를 기다렸다.

제발 받지 마…… 아니, 제발 받아…… 아니, 받지 마…….
시시각각으로 오락가락하는 자신의 마음을 주체할 수조차 없이 심장은 터질 듯이 쿵쿵쿵 요란하게 박동하고 있었다.

이윽고 건조한 기계음 대신 '여보세요.' 하는 낮은 목소리가 들려오자 혜현은 자신도 모르게 핸드폰을 떨어뜨리고 말았다.

온몸이 사시나무 떨리듯이 떨려 왔다. 얼어붙은 채 한참을 서 있다가 벌벌 떨리는 손으로 핸드폰을 주워 들었을 때, 전화는 이미 끊겨 있었다.

한쪽 귀퉁이에 흠집이 난 핸드폰을 부여잡고, 혜현은 스르르 주저앉았다. 목 놓아 엉엉 울고 싶은 심정이었다.

하지만 이렇게 그만둘 수는 없었다. 이미 시작한 일이었다. 어떻게든 끝을 내야 했다.

통화 목록을 찾아 아까의 번호로 다시 전화를 걸었다. 이상한 전화로 여기고 받지 말았으면…… 하고 생각하던 차에 방금 전과 같은 음성이 들려왔다.

– 여보세요.

가슴이 철렁 내려앉았다. 혜현은 목소리를 가다듬을 사이도 없이 입을 뗐다.

"……안녕하세요. 박평재 교수님 되십니까?"

– 맞습니다만.

낮고 굵직한 목소리. 기억 저편에 있던, 그러나 결코 잊을 수는 없었던, 아버지라는 이름을 지녔던 사람의 목소리가 틀림 없었다.

혜현은 일단 아무렇지도 않은 듯 말을 이어 나가기로 했다. 하지만 목소리에 묻어 나오는 떨림은 어쩔 수 없었다.

"안녕하세요, 교수님. 저는 한재대학교 송 교수님 조교…… 입니다."

'박혜현입니다.'라고 차마 말할 수가 없었다. 그녀가 말하지 않아도 박평재가 알아채 주길 바라는 마음까지 슬며시 고개를 들었다.

– 아, 그런가요. 학회 관련 자료를 송 교수님에게서 받아 보았는데, 그 때문인가?

전혀 동요하는 기색 없이, 정말 타 대학 교수의 조교에게 말하는 것과 같은 말투로 말하는 박평재의 목소리에 혜현은 이상하게 마음이 탁 놓이고 말았다.

웬일인지 웃음이 나오려고도 했다. 그렇구나, 언제부터 당신과 내가 아버지와 딸 사이였다고. 대체 무슨 기대를 한 걸까.

"네, 교수님. 이번 학회에 꼭 참석 부탁드린다는 송 교수님의 간곡한 말씀이 있었습니다."

마치 감정 없는 로봇이 된 듯 말도 술술 잘 나왔다. 방금 전까지 그렇게 긴장하고 온몸을 떨던 혜현의 모습은 온데간데없었다.

지금의 통화는 아버지와 딸의 극적인 재회가 아니라, 교수와 조교의 대화일 뿐이었다. 혜현은 그렇게 생각하기로 했다.

– 아, 그러지. 나중에 더 자세한 사항에 대해 연락 부탁해요.

"네, 알겠습니다. 감사합니다…… 교수님."

말끝에 교수님이라는 단어가 절로 붙어 버렸다. 정말 하고 싶었던 말, 기어이 입 밖으로 꺼내지 못한 말은 꿀꺽 삼키고 말았다.

사무적인 언어들로만 가득한 짧은 통화는 끝나 버렸다. 혜현은 통화가 끝난 핸드폰을 들고 허허, 웃어 버렸다.

이런 걸, 이렇게 싱겁게 끝나 버릴 걸 뭐가 무서워서 그동안 미루고 미뤄 온 걸까.

어쩌면 학회에서 마주친다 해도, 박평재는 자신을 알아보지 못할지도 모른다. 열 살짜리 작은 여자아이였던 혜현은 어느덧 스물여섯이라는 나이가 되어 있었다.

물론 그사이에 있었던 무수한 시간들을 박평재는 전혀 알지 못했다.

꼭 해야만 했던, 하지만 선뜻 할 수 없었던 일을 마치고 난 뒤 마음이 한결 가벼워졌다고 생각하는 순간, 혜현의 머릿속에 가장 먼저 떠오른 사람은 이번에도 역시 이준이었다.

자신의 눈물을 닦아 주던 따뜻한 손가락의 감촉도 되살아났다. 그 누구보다 이준에게 가장 먼저 말하고 싶었다.

드디어 스스로가 당당해질 수 있는 첫걸음을 내디딘 것 같다고, 당신이 내게 해 준 것처럼 나도 당신에게 어떠한 위안이 될 수 있는 사람이고 싶다고.

이준에게로 향하는 마음을 스스로 쳐 내려고 해도 뜻대로 되지 않았다. 하지만 이미 뱉어 버린 말을 어떻게 물러야 할지도 몰랐다. 방법은 알 수 없지만, 그래도…….

혜현은 오래도록 후회하면서 살고 싶지는 않았다.

이모가 자신의 손을 잡고 아버지와 함께 살던 집을 나올 때, 단 한 마디만 했더라면 어땠을까.

아버지와 살고 싶다고, 그 말만 했다면 박평재도 혜현을 돌아봤을지도 모른다. 이제 와서 아무 소용도 없는 가정을 수십 번 수백 번 하며 살아온 지난날이었다.

그 오랜 기간의 악몽을 되풀이할 수는 없었다. 앞날을 확신할 수 없다는 이유 하나만으로, 혹시라도 상처받을지 모른다는 이유로 자신에게 먼저 다가온 남자를 피해 달아나는 것은 그간 혜현이 아등바등 살아온 나날에 비해 확실히 바보 같은 짓이었다.

김이준이라면, 상처받아도 괜찮아. 행복한 나날들이 더 많을 걸 믿으니까. 내가 살아갈 하루하루에 김이준이 있었으면 좋겠어. 아니, 없으면 안 돼.

혜현은 벌떡 일어나 달리기 시작했다. 더 생각할 겨를도 없었다. 이준이 학교 어딘가에 있다면, 어떻게든 만날 것이다.

이준과 처음 만난 날처럼, 오늘 역시 이준과 학교 안에서 뜻하지 않은 만남으로 꼭 마주칠 것 같았다.

그것이 아무런 인과관계가 없는 헛된 믿음이라는 것을 누구보다도 더 잘 알고 있었다. 그럼에도 멈출 수 없었다.

이 턱까지 차오르는 가쁜 숨은 결국 어딜 향하든 이준에게로 닿아야만 했다. 아니, 꼭 그럴 것이다.

"……혜현 씨?"

이준이 이마에 땀이 송골송골 맺힌 채 숨을 가쁘게 내쉬는 혜현을 만난 건 도서관 근처에서였다.

그것도 도서관이 아닌 그를 향해 달려온 것 같은 혜현의 모습이 어리둥절하면서도, 왠지 모르게 평소와 다르다는 것은 분명히 느낄 수 있었다.

이준은 2년 전 혜현을 처음 만났을 때부터 그녀가 눈에 박혔다. 이제야 제대로 마주친 만큼 혜현을 향한 자신의 마음이 혜현에게 가 닿기를 바랐다.

하지만 이만하면 되었다고 섣불리 생각한 것은 보기 좋게 엇나가 버렸다. 단호한 표정으로 이준이 내민 손을 물리치던 그날의 혜현이 이준에게는 제법 상처가 되었음에도, 한편으로는 잔뜩 웅크린 채 여전히 선을 긋는 혜현이 안쓰럽기만 했다.

그날 이후, 이전과는 달리 이준에게 인사조차 건네지 못하는 혜현을 보며 성급했던 자신을 탓하기도 했다.

이대로 혜현이 영영 멀어질까 두려우면서도, 이대로 끝이 아니길 바라고 또 바랐다.

그런 혜현이 전혀 예견치 못한 모습으로 이준 앞에 서 있다.

검고 긴 머리카락이 땀에 젖어 목덜미에 제멋대로 붙어 있는 모양이 눈에 들어왔다. 이준은 말없이 손을 뻗어 혜현의 머리카락을 정리해 주었다.

"선생님을…… 만나고, 싶었어요. 오늘, 꼭이요."

그녀는 여전히 숨을 몰아쉬면서도 한 글자씩 힘을 주어 분명하게 말했다.

이준은 묵묵히 혜현의 다음 말을 기다렸다. 이 순간 이준은 알 수 있었다. 둘의 관계가 오늘 이후, 이전과는 다른 모양새로 완성될 것이라는 걸.

혜현은 지난 며칠간 둘 사이에 흘렀던 미적지근한 온도를 분명하게 하기 위해 이준을 찾아온 듯했다. 그것은 과연 이준이 원하던 것일까, 아니면 그와 정반대의 것일까.

자신을 바라보는 혜현의 눈동자가 유난히 빛나는 것처럼 보이는 것이, 이준은 자신만의 착각이 아니길 원했다.

"드릴 말씀이 있어요."

이마에 맺힌 땀을 손등으로 닦으며, 혜현이 마침내 입을 열었다.

잠시 망설이는 표정이 혜현의 얼굴에 배어났다가 이내 무언가 결심한 듯 확고한 눈빛으로 바뀌었다.

"전 선생님이……."

이준은 마른침을 삼켰다.

"……좋아요. 좋아해요."

거의 들리지 않는 것 같은 목소리로 말을 꺼낸 혜현은 다시 목소리를 높여 힘주어 말하고는, 귀까지 빨개진 얼굴로 이준의 시선을 피했다.

이준은 잠시 굳은 채 아무 말도 할 수 없었다. 방금 그의 고막을 뚫고 들어온 글자들의 의미를 단번에 파악했으면서도 믿기지가 않았다.

그러나 그것은 아주 잠깐이었다. 이준은 본능적으로 혜현을 힘껏 끌어안았다. 혜현의 체향이 코끝을 간질였다. 온몸이 땀에 젖었음에도 은은한 향기가 풍겨 왔다. 작은 어깨를 감싸 안은 채, 이준이 속삭였다.

"당분간이었으면 좋겠다고 말한 거, 기억나요?"

"……."

"생각보다 오래 걸리지 않았네요."

"겁이 났어요……."

"괜찮아요. 말하지 않아도."

가만가만 이야기하는 부드러운 목소리를 들으며, 이준의 품에 얼굴을 묻은 채 혜현은 고개를 끄덕였다.

왠지 눈물이 나올 것 같았다. 이준은 여전히 따뜻하고, 편안했다. 자신이 망설이는 사이 이준이 영영 손에 닿지 않는 먼 사람이 될까 봐 불안했다.

이준을 찾아 정신없이 무작정 달리는 동안에도 너무 늦지 않았기를 절실하게 염원하던 혜현이었다. 숨이 턱에 차올랐지만 멈출 수 없었다. 이대로 머뭇거리다가는 영원히 이준과 어긋나 버릴지도 모른다는 생각만이 그녀의 머릿속을 지배했다.

떨리고 긴장되는 마음을 애써 부여잡고 겨우 진심을 토해

낸 자신의 말에, 이준이 차가운 얼굴을 하면 어떡하나 걱정하는 순간에 꿈같은 상황이 펼쳐졌다.

규칙적이고 빠르게 뛰는 이준의 심장 소리를 들으며, 혜현은 지금 이 순간이 멈춘 채 끝없이 이어지기를 바랐다.

"이제야 제대로 말하네요."

살짝 몸을 떼고, 붉게 상기된 혜현의 얼굴과 시선을 마주치며 이준이 입을 열었다.

"이렇게 마주 보고 말하고 싶었어요, 나도. 놀고 싶다든지, 사적인 사이가 되고 싶다든지 하는 말 말고 확실하게."

이제 목구멍까지 차올라 그를 꽉 메운 벅차오르는 감정을 말할 때가 되었다고, 이준은 생각했다.

"좋아합니다."

짧고도 명확한 단 하나의 단어를 드디어 말하게 된 이 순간 이준은 언제까지나 혜현의 손을 놓지 않고 끝까지 함께 가리라는 결심을 했다.

오래전, 처음 만났을 때부터 뇌리에 강하게 들어왔던 혜현이 이제 온전히 자신의 사람이 되려 하고 있다.

서로 닿지 못해 비어 있었던 둘만의 시간은 이제 앞으로 차고 넘칠 것이다. 함께 걸어가는 길에 어떠한 것들이 그들을 방해할지는 가늠할 수 없지만, 쉽지 않으리라는 것은 짐작할 수 있었다.

그래도 한달음에 달려와 고백하는 용기를 내어 준 혜현을 지켜 주고 싶었다. 그리고 온갖 무거운 짐을 지곤 몸을 사리며 삶을 사는 데 익숙해진 혜현이 가녀린 어깨를 펼 수 있게 해 주고 싶었다.

한편 혜현은 어쩌면 가장 기대했던 말을 들었음에도 가슴이 쿵 내려앉는 것을 느꼈다.

이제껏 느끼지 못한 감정이 혜현의 온몸을 감쌌다. 이래도 되는 걸까. 이렇게 원하는 대로, 마음 놓고 행복해도 되는 것일까.

누군가의 마음을 다한 진심을 일찍이 받아 본 적 없는 혜현이었다. 정면으로 마주 서서, 자신과 같다고 말하는 이준을 보며 혜현은 잔뜩 들떠 둥둥 떠다니는 것 같은 이 감정을 오롯이 느끼기로 했다.

이제 더한 기쁨이 없을지라도 괜찮았다. 지금 이 순간만큼은 아주 오래도록, 어쩌면 생이 끝나는 날까지 깊게 새겨질 것이었다.

❋

토요일, 혜현은 자신의 원룸에서 몇 개 없는 옷을 이리저리 대 보는 데에 여념이 없었다.

언제나 값이 나가 보이고 고급스러운 것들을 착용하고 다니는 이준에 비해 자신이 가진 것들은 초라하고 형편없게 느껴졌다. 꾸미는 것에 별 관심을 가지지 않고서 살아왔던 혜현으로선 난생처음 겪는 기분이었다.

옷장을 뒤진 끝에 몇 벌의 티셔츠와 청바지 속에서 겨우 원피스 한 벌을 찾아냈다. 오래전 대학원 내 공식 행사에서 입을 옷이 없어 사 두고 거의 입지 않았던 것이다.

자그마한 혜현의 체구에 약간 큰 듯했지만 거울에 비친 모습이 그럭저럭 나쁘지 않아 보였다.

혜현은 머리를 빗고 책상 한편에서 방치되어 이리저리 굴러다니던 립스틱 하나를 찾아내었다. 혜현이 가진 유일한 화장품이었다.

익숙하지 않은 손길로 조심조심 립스틱을 입술에 바르던 혜현은, 문득 자신의 모습이 낯설어 쿡 하고 웃었다. 그러면서도 말린 장밋빛 입술색이 꽤 괜찮게 잘 어울리는 것 같아 한동안 거울에서 눈을 떼지 못했다.

치마를 입고 화장을 하는 별것 아닌 일에 어색해하면서도 굳이 시도를 해 나가는 건 모두 이준 때문이었다. 혜현의 눈에 이준이 언제나 멋진 모습으로 비치는 것처럼, 이준에게도 혜현이 가장 예쁜 사람으로 여겨지기를 바랐다.

이준과 논문에 대해 이야기하자고 했던 토요일은 그들의 첫 데이트 날이 되었다.

'데이트……요?'

혜현에게는 낯선 울림을 주는 단어였다. 이준은 다시 힘주어 말했다.

'그래요, 데이트. 학교 아닌 다른 곳에서 만나요, 우리.'

이준의 말을 다시 상기하며, 혜현은 앞으로 일어날 일들에 대한 기대로 마음이 한껏 부풀어 올랐다. 다시 한 번 거울을 보고, 혜현은 설레는 발걸음으로 집을 나섰다.

얼마 지나지 않아 이준의 차가 시야에 들어왔다. 이윽고 혜현의 앞에 멈춰 선 차에서 이준이 내리며 손을 흔들었다.

"오래 기다렸어요?"

"아니요. 저도 금방 왔어요."

"내가 집 앞으로 간다니까요."

"골목이 좁아서 차가 들어오기 힘들어요. 어차피 이 근처인 걸요."

그들이 만나기로 한 약속 장소는 학교 후문에서 멀지 않은 대로변이었다. 이준은 혜현이 집의 위치를 제대로 말하는 것을 꺼려 한다는 느낌을 받았지만, 아무 말 하지 않고 조수석의 문을 열어 주었다.

혜현이 예기치 못했던 듯 잠시 이준의 눈을 바라보다가 이내 미소를 지으며 차에 올랐다.

"감사해요."

"별게 다 감사하네요, 혜현 씨는."

이준이 운전하는 차는 매끄럽게 학교를 벗어났다.

차가 빌딩숲을 지나는 동안 이준과 혜현은 많은 말을 하지 않았지만, 이따금씩 흐르는 침묵이 더 이상 불편하거나 거북하지 않았다. 더욱 견고해진 그들의 관계가 자아내는 안정된 분위기가 차 내부를 은은하게 채우고 있었다.

"주말에는 보통 뭐 해요?"

"음…… 그냥 집에 있거나, 아니면 학교에 나가요. 선생님은 요?"

이준이 잠시 조수석으로 고개를 돌려 혜현을 바라보다가, 이내 다시 시선을 앞으로 두며 대답했다.

"나도 비슷해요. 학교에 나가진 않지만…… 복학하기 전에 벌인 일이 있어 그걸 하기도 하고. 강의 준비도 하고."

"바쁘시겠어요."

"아무리 바빠도 혜현 씨 만날 시간은 있으니까."

이준이 혜현을 향해 씨익 웃었다. 순간 그동안 접했던 이준의 모든 모습 중에 방금 전 그 미소만큼 멋진 걸 본 적이 없다는 생각이 들었다. 가슴이 콩닥콩닥 뛰었다.

차는 어느덧 도심을 벗어나 한적한 교외를 달리기 시작했다. 혜현은 차창 밖을 향한 시선을 떼지 못한 채 지나가는 풍경들을 정신없이 바라보고 있었다.

이준은 곁눈으로 혜현을 흘깃 보고는, 웃음을 섞어 말했다.

"창밖이 그렇게 좋아요? 나보다?"

혜현은 흠칫하며 시선을 돌리고는 배시시 웃었다.

"학교 말고 다른 곳으로 나온 게 너무 오랜만이라……."

"앞으로 지겨울 만큼 여기저기 같이 다닐 거니까 각오해요."

혜현은 웃으며 고개를 끄덕였다.

이준은 어린아이처럼 들떠 있는 혜현이 새롭게 느껴지면서도 사랑스러웠다. 부쩍 많이 웃는 지금의 모습을 언제까지나 늘 곁에서 보며 함께하고 싶었다.

얼마간의 시간이 흐르고 난 뒤, 차는 남한강이 한눈에 들어

오는 레스토랑 앞에 멈추어 섰다.

안내받은 대로 그림 같은 풍경이 펼쳐지는 창가에 앉은 혜현은 메뉴판을 펼쳐 보곤 생각했던 것보다 훨씬 값비싼 가격에 내심 크게 놀랐다. 당황하는 기색을 애써 숨기며 눈에 보이는 대로 종업원에게 메뉴를 말했지만, 마음 한구석이 편치 않았다.

이준은 능숙하게 메뉴판을 손가락으로 짚으며 종업원을 향해 이것저것을 말하고 있었다.

"내 마음대로 고른 곳이니까 오늘은 내가 살게요."

아까보다 살짝 굳어 있는 혜현의 얼굴을 살며시 들여다보던 이준은 일부러 가뿐한 어조로 말했다. 혜현은 이준을 향해 보일 듯 말 듯 희미한 미소를 지어 보였다.

"선생님과 함께하는 건 다 좋아요."

대뜸 들려온 목소리에 이준은 물을 마시다 잔을 내려놓고 혜현을 응시했다.

"그런데 사실은…… 낯선 것도 많아요."

나지막한 음성으로 말하는 혜현의 목소리를 들으며, 이준은 혜현을 부담스럽게 한 것이 아닌가 싶어 조심스레 혜현의 표정을 살폈다.

학교에 매여 살며 정신없이 일과 공부에 치이는 혜현의 일상에 새로운 활력을 불어넣어 주고 싶었다. 자신이 할 수 있는 최대한 좋은 곳에 함께 가고, 훌륭한 식사를 하고자 마음먹었다.

"앞으로 당연한 일상이 되게 해 줄 겁니다."

이준은 힘을 주어 말했다.

"금세 익숙해졌으면 좋겠어요. 혜현 씨도."

주문했던 음식들이 서빙되었다. 애피타이저를 비롯해 메인 요리인 스테이크를 천천히 먹던 혜현은 잊고 있었던 아주 오래전의 기억이 떠올랐다.

지금 눈앞에 놓인 것과 비슷한 요리들이 가득한 테이블, 그리고 그 한가운데에 놓여 있던 케이크.

아홉 살 즈음의 생일이었을까, 레스토랑에서 준비해 준 듯한 고깔모자를 쓰고 사진을 찍었던 장면이 어렴풋이 되살아났다. 인자한 미소를 띠며 자신의 접시 위에 이것저것 음식을 올려 주던 어머니의 모습도.

아버지의 얼굴은 웬일인지 잘 생각이 나지 않았다.

"무슨 생각을 그렇게 해요?"

"아, 아니에요."

"많이 먹어요."

예전에 어머니가 그랬던 것처럼 음식을 덜어 자신의 접시 위에 올려 주는 이준을 마주하며, 혜현은 불현듯 떠올라 버린 아버지를 지워 내야겠다고 생각했다.

지금은 즐겁고 행복한 순간이니까, 좋은 생각만 하자. 하지만 다음 순간 들려온 이준의 말에, 굳이 애쓰지 않아도 이준의 앞에서 아버지를 계속 생각할 겨를은 없게 되었다.

"……뼈요."

"네?"

"오늘, 예뻐요."

집에서 나오기 전 옷장을 있는 대로 뒤졌던 것이 떠올라 얼굴이 달아올랐다. 그러면서도 간질간질한 느낌이 스멀스멀 전신으로 퍼져 나가는 것 같았다.

접시가 어느 정도 비워지자 후식이 나왔다. 커피를 한 모금 마시며 혜현은 이 모든 일들을 일상이 되게 해 주겠다는 이준의 말에 대해 생각했다.

이준은 분명 반듯한 집안에서 부족한 것 없이 자랐을 것이었다. 그렇게 여기지 않으려고 해도 이준의 앞에서 혜현 자신은 자꾸만 작아지는 것 같은 기분이 들었다.

이준에게 일방적으로 받기만 하는 관계는 원치 않았다. 그렇지만 자신이 어떤 방식으로 이준에게 도움이 될 수 있는지조차 알 수 없었다.

식사를 마치고 이준과 나란히 레스토랑을 나오면서, 혜현은 일단 여러 복잡한 생각은 하지 않기로 다짐했다.

겁이 났고, 한편으로는 두렵기도 했지만 어떻게 해서든 잡고 싶었던 사람이다. 불안하거나 상처받는 일보다 함께이기에 행복해질 일이 더 많을 거라는 확신을 그대로 밀고 나가기로 재차 마음을 정했다.

"어, 김이준!"

갑자기 들려온 난데없는 목소리에 이준과 혜현은 동시에 고개를 돌렸다.

뜻밖의 일에 혜현이 고개를 갸웃하는 사이 이준의 표정은 천천히 굳어졌다.

"와. 이런 데서 다 만나네."

"……전용우."

별로 마주치고 싶지 않은 사람을 본 것 같은 얼굴을 한 채, 이준은 떨떠름하게 말했다.

혜현은 목소리의 주인공을 조심스레 살펴보았다. 키가 작고 살집이 있는 체형을 지닌, 이준의 또래로 보이는 남자였다. 그 옆엔 화려한 차림의 여자가 남자의 팔짱을 낀 채 흥미로운 표정을 하고 이준과 혜현을 번갈아 쳐다보고 있었다.

"뭐, 네가 하도 애들 모임에 안 나타나서 말이지. 그런데 어째 여기로 왔냐? 아, 전에 여기 빌려서 형식이 생일 파티 할 때 너도 왔었냐? 그게 벌써 몇 년 전이야."

맥락을 파악하지 못하는 단어들이 알 수 없는 남자에게서 끊임없이 흘러나왔다. 혜현은 이준에게로 시선을 돌렸으나 이준은 입을 굳게 다문 채 남자에게 어떠한 대꾸도 하지 않고 있었다. 남자의 관심이 혜현에게로 옮겨졌다.

"옆엔 누구셔? 그렇게 여자애들이 꼬리를 쳐도 끄떡없던 김이준이 여자랑 같이 있는 건 또 처음 보네."

"여자 친구. 더 알 것 없지?"

이준이 얼음장보다 더 차가운 목소리로 내뱉듯이 대답했다.

함께 식사를 했던 때와는 너무도 다르게 서늘한 기운을 뿜어내는 이준을 보며, 혜현은 이준이 이 남자에 대해 혐오에 가까운 감정을 지니고 있다는 것을 직감했다.

"오. 그거 애들이 흥미로워할 소식이군. 안녕하세요? 혹시 나도 아는 분인가?"

한쪽 입꼬리를 보기 싫게 들어 올리며 혜현에게 형식적인 인사를 건네는 남자였다.

마주친 지 불과 몇 분도 되지 않았지만 혜현 역시 이 남자의 얼굴을 마주 대하자 온몸에 벌레가 기어 다니는 것 같은 느낌이 들었다. 이준이 왜 대놓고 쌀쌀맞은 태도로 일관하는지 알 것 같았다.

"아니요."

오늘 처음 보는 남자가 왜 어디에선가 마주쳤을지도 모른다는 가정을 하고 자신에게 질문을 하는지 알 수 없었지만, 혜현은 어쨌든 대답을 했다.

한껏 올라간 남자의 한쪽 입꼬리가 다시 비틀어졌다.

"역시 처음 뵙는 분이네. 그동안 별 소식도 안 들리더니 이런 장난을 하고 있었구만. 너희 부모님이 퍽도 좋아하시겠다."

"그만해."

"천하의 김이준이 이런 분을 만나는 게 하도 신기해서 그러는데, 왜?"

이제 용우가 자신을 업신여기고 있다는 것을 확실하게 알게 된 혜현의 얼굴이 새빨개졌다. 이준이 애써 화를 참는 낮은 목소리로 말했다.

"그 입, 닫지 못해?"

용우가 어깨를 으쓱했다.

"왜 이리 민감하실까? 그러니까 더 궁금해지잖아."

더 들을 필요도 없다는 듯이, 이준이 혜현의 손을 잡고 차가 주차된 곳으로 뚜벅뚜벅 걸어갔다. 뒤통수 너머에서 푸훗, 웃음을 터뜨리는 여자의 목소리가 얼핏 들린 것도 같았다.

빠른 걸음으로 걷는 이준에게 이끌리듯이 걸으면서도 혜현은 혼란스러울 뿐이었다.

"미안합니다. 불편하게 해서……."

앞만 본 채 걸으면서도 나직한 목소리로 이준이 말했다.

처음 닿는 순간 약간 차갑다고 생각했던 이준의 손은 금세 따뜻해졌다. 점점 더 온기를 더해 가는 큰 손을 잡고 이준과 걸음을 맞추며, 혜현은 그에게 묻고 싶은 것들을 머릿속으로 세어 보았다.

이 남자에 대해 모르는 것이 생각보다 훨씬 많았다. 앞으로 차차 알아 갈 것들 중에서 많은 접점을 찾을 수 있을지, 문득 궁금해지면서 한편으로는 왠지 조마조마했다.

두 사람은 강물이 잔잔하게 흘러가는 풍경을 마주 보고 서 있었다. 늦은 오후의 태양이 나란히 선 두 개의 그림자를 길게 드리웠다.

이준은 뜻하지 않게 맞닥뜨린 용우가 벌여 놓은 지금의 상황에 견딜 수 없이 화가 치밀어 올랐다.

혜현에게 더할 나위 없는 완벽한 하루를 선물해 주고 싶었다. 함께 마주 앉아 식사를 할 때까지만 해도 이렇게 되리라고는 생각조차 하지 못했다.

말없이 반짝이는 강물만 응시하고 있는 혜현의 얼굴에서는 그 어떤 감정도 읽어 낼 수 없었다. 혹시라도 자신의 말 한마디에 혜현의 기분이 돌이킬 수 없는 데까지 가라앉을까, 섣불리 말을 걸 수도 없어 답답하기만 했다.

"······선생님은 제가 언제부터 눈에 들어오셨어요?"

한참 만에 혜현이 입을 열었다.

의외의 말에 이준이 고개를 돌려 혜현의 얼굴을 바라보았다. 입가에 살짝 미소가 어린 채, 대답이 궁금하다는 눈동자를 한 혜현이 이준과 시선을 마주쳤다.

이준은 영문을 알 수 없으면서도 솔직한 마음을 그대로 말했다.

"2년 전에, 혜현 씨가 청강으로 와서 송 교수님 시험 볼 때부터요."

"전 그때 선생님 기억도 못 했는데······."

"사실 그거 말고 또 있어요."

"네?"

혜현이 눈을 동그랗게 떴다.

"내가 혜현 씨의 이름을 처음으로 들은 건, 그때에도 청강생이었을 혜현 씨가 송 교수님 강의에서 발표를 하고 있을 때였어요."

혜현은 여전히 잘 모르겠다는 듯 답답한 표정을 지었다.

"혜현 씨가 긴장하면서 발표를 막 시작하려 할 때, 나는 송 교수님 심부름 때문에 그 강의실에 갔었어요. 그 때가 두 번째. 그리고 세 번째는······."

이준이 혜현을 향해 씨익 웃었다.

"혜현 씨가 면접을 보러 왔던 날. 그때 나는 휴학계를 제출하러 가고 있었습니다. 그때 봤어요."

혜현의 눈이 더욱 커졌다.

어째서 지금까지 알지 못했을까. 자각하지 못하는 과거의 어느 날, 이미 이준과 마주친 일이 여럿 있었다는 사실이 그저 놀랍기만 했다. 그것도 모두 한재대학교라는 공간 안에서였다.

"정신없이 학과 사무실로 가는 혜현 씨가 바닥에 서류 봉투 같은 걸 흘리고 가기에, 불러서 주워 주기까지 했어요. 내 얼굴도 제대로 보지 않고 다시 급하게 가던데."

장난스럽게 덧붙인 이준의 말에도 혜현은 당황한 기색을 드러냈다.

"그날…… 살짝 늦었거든요. 하필 그날따라…… 그리고 면접 앞두고 너무 긴장하기도 했고…… 제대로 감사를 드렸어야 하는데……."

"아닙니다. 그게 중요한 게 아니잖아요."

스스로를 책망하는 것 같은 낯빛으로 변한 혜현을 향해 이준이 부드럽게 말했다.

"지금부터가 더 중요하니까요."

"……네."

"더 물어보고 싶은 건 없어요?"

말투는 상냥했지만, 이준의 말에는 분명 속뜻이 있었다.

우연히 만난 이준의 지인이 던진 말속에 있는 모호함들을, 혜현은 명확하게 알고 싶었다. 이준도 그것을 염두에 두고 한 말일 터였다.

"……선생님은 저를 계속 기억하고 계셨는데, 저는 선생님께 제 이야기를 많이 한 게 없네요."

"그것도 별로 중요하지 않아요. 차차 알면 되니까."

"전······ 그리 대단히 공부를 잘하는 것도 아니고, 학부도 그저 그런 곳으로 나왔지만 어떻게든 한재대에 오려고 공부했어요. 그리고 한재대에서 선생님을 만날 수 있어서······ 다행이라고 생각해요."

머릿속에서 여러 생각들이 스쳐 지나갔지만, 이준은 묵묵히 듣고 있었다. 혜현은 계속 말을 이었다.

"학교에서 편안하다는 감정을 느낀 것도, 선생님을 만나고 나서부터 처음 겪는 것이었어요. 나도 다른 사람으로 인해 이렇게 웃을 수 있구나 싶은 나날들을 보냈어요."

이준은 말없이 고개를 끄덕였다. 혜현이 이어 말했다.

"그런데 이제야 깨달았어요. 내가 알고 있는 선생님은 학교 안에서의 모습뿐이라는 걸······. 그래서 여쭤 보고 싶었어요."

"아까는······ 면목이 없네요. 미안합니다."

"선생님 말씀대로 이제부터 알면 되니까, 괜찮아요."

혜현이 이준을 향해 미소를 지었다.

혜현의 다정한 얼굴을 대하며, 이준은 앞으로 자신의 일로 혹시라도 혜현에게 상처를 줄 일 같은 건 절대로 없게 하리라 마음먹었다.

"아버지가 좀 돈이 많으신 분입니다. 돈만 많은 분이시기는 한데 덕분에 나도 그럭저럭 잘 살아왔어요."

혜현 역시 어렴풋이나마 짐작하고 있던 것이다.

"아버지가 돈 많은 분들 위주로 어울리다 보니 그 집 자식들도 끼리끼리 뭉치게 됐는데, 저들끼리 놀자고 만든 사교 모임에 아까 그 녀석도 속해 있는 겁니다."

"······네."

이준의 이야기를 듣는 동안, 혜현은 이준의 집안이 예상보다 훨씬 더 대단할 것 같다는 생각을 했다.

자신과는 접점이 없을 거라 생각했던 '돈 많은 아버지를 둔 사람'이 이제 자신이 결코 놓치기 싫은 가장 소중한 사람이 되어 버렸다.

이준을 만나고 난 뒤, 이전에는 경험해 보지 못한 것들을 자주 마주하고 있었다. 아니, 어쩌면 이준 자체가 혜현의 인생에서 더없이 이례적인 존재일지도 모른다.

짧은 대답 이후 침묵을 지키고 있는 혜현의 표정을 살피며, 이준이 조심스럽게 물었다.

"혹시 내가 자랑한 것 같아서 기분 나쁜 건······."

"아니요. 제가 좀 더 나은 사람이 되고 싶단 생각을 했어요."

"무슨 말이에요?"

"그동안 저한텐 아무도 없었고······."

갑자기 목에서 쓴물이 올라왔다. 혜현은 침을 꿀꺽 삼키고는 말을 이어 나갔다.

"가진 것도 없고, 사실 아무것도 없는데, 그래도 선생님과 함께 계속 가고 싶어요."

"혜현 씨."

"남들은 제가 선생님과 어울리지 않는다고 생각할지도 모르지만······ 그렇다고 해서 스스로 주눅이 드는 건 저뿐만 아니라 선생님한테도 폐가 될 거라 생각해요."

혜현은 말하고 싶었다.

당신을 향해 달려갈 때부터 이미 모든 것을 각오한 것과 다름없다고.

한 발 물러서며 양보하는 데 더 익숙하고, 혹시라도 갈등을 불러일으킬 일은 시도조차 하지 않으며 살아온 삶이었다. 그러지 않아도 곳곳에 지뢰가 난무하는 가시밭길 같은 인생에 더는 장애물을 불러들일 수 없었다.

하지만 이준을 만나고 모든 것이 달라졌다. 이제는 폭탄을 떠안고서라도 끝까지 함께 걷고 싶었다. 이준과 함께라면 그 무엇에도 좌절하지 않을 수 있을 것 같았다.

"……미치겠네요."

"네?"

뜻밖의 말에 혜현이 깜짝 놀라 반문했다.

"미치도록 사랑스럽고, 예뻐서."

혜현이 얼굴을 붉혔다. 이준은 가만히 혜현의 어깨를 안으며 말했다.

"당신이 아니라, 내가 더 나은 사람이 될 겁니다. 혜현 씨를 위해서."

"……."

"내가 가진 것보다 혜현 씨가 가진 것들이 훨씬 많아요. 돈 같은 건 비교도 안 될 만큼."

"선생님……."

마주 안은 두 사람의 등 뒤로 하늘에 붉은 빛이 넓게 퍼졌다.

이제는 익숙하고 편안해진 이준의 품 안에서 혜현은 조용히 눈을 감았다. 이준과 함께이기에 행복했던 하루가 노을과 함께 저물고 있었다.

이준과 혜현이 함께 탄 차는 밤이 깊어서야 한재대 부근으로 접어들었다. 돌아오는 길에 야경이 멋진 카페에 들러 시간을 보내느라 지체된 것이 이유였다.

학기 첫날 그랬던 것처럼 카페에서 마주 앉아 혜현은 카페라떼를, 이준은 아메리카노를 마셨지만, 그때와는 다른 것들이 너무도 많았다.

정신없이 돌아다니는 학생들 대신 눈이 황홀해지는 야경이 그들의 배경으로 펼쳐졌고, 시끌벅적한 소음 대신 재즈 음악이 은은하게 흘렀다.

무엇보다도 달라진 건 그들의 관계였다. 테이블 위로 두 손을 맞잡은 채, 흘러가는 시간을 아쉬워하며 혜현과 이준은 이야기를 나누었다.

"이번에도 집 앞에 못 데려다주게 할 거예요?"

이준이 살짝 짓궂은 목소리로 물었다.

혜현은 잠깐 고민했지만, 이준에게 더 이상 자신의 사정을 부끄러워할 수는 없다고 생각했다.

"오늘은 늦었으니까 꼭 데려다줄 겁니다."

"네. 감사해요."

생각보다 순순히 대답하는 혜현을 보며 이준은 미소를 지었다.

혜현이 안내하는 대로 차는 주택들이 다닥다닥 붙어 있는 골목에 접어들었다. 곳곳에 좁고 으슥한 골목들도 적지 않아 보였다.

이 길을 혜현은 매일같이 아침 일찍, 그리고 밤늦은 시간에 오갔을 것이다.

"앞으로는 별일 없으면 나도 학교에 있다가 혜현 씨 집에 갈 때 데려다줘야겠어요."

"네? 그러지 않으셔도……."

"차 뒀다가 뭐 하겠어요. 이럴 때 쓰지. 안 그렇습니까?"

사실 혜현도 귀갓길이 무서울 때가 한두 번이 아니었던 터라, 이준의 배려가 고마웠다. 오늘보다 내일이 더 기대되는 매일이 이준으로 인해 만들어지고 있었다.

"여기예요."

이윽고 차는 원룸촌의 한 건물 앞에 멈춰 섰다. 한눈에도 연식이 꽤 되어 보이는 건물이었다.

이준은 내색하지 않았지만 스스로 어림잡아 생각했던 것보다 혜현의 사정이 더 어려우리라는 것을 알 수 있었다.

"감사해요. 조심히 들어가세요."

먼저 조수석에서 내린 혜현이 운전석에 대고 꾸벅 인사를 했다. 이준은 대답을 하는 대신 차에서 내려 혜현이 있는 쪽으로 성큼성큼 다가왔다.

"선생님?"

이준은 허리를 살짝 숙여 혜현의 눈과 자신의 눈을 마주치며, 낮은 목소리로 속삭였다.

"나 혜현 씨 선생님 아닌데."

"아⋯⋯."

그 어느 때보다도 가까워진 이준의 얼굴에 순간 당황한 혜현은 시선을 어디에 둘지 몰라 하며 얼굴이 새빨개졌다.

이준은 여전히 혜현의 눈을 정면으로 바라보고 있는 채였다.

"언제까지 '선생님'이라고 할 겁니까."

"저, 그럼, 그게, 뭐라고 불러야 할지⋯⋯."

혜현이 이준의 시선을 피해 눈동자만 이리저리 굴릴 뿐이었다.

그러나 그것도 잠시.

"⋯⋯!"

이준의 얼굴이 더 가까이 훅 들어오는 것과 동시에 입술에 말캉하고 따뜻한 감촉이 지그시 닿았다가 떨어졌다.

이준에게서 늘 풍겨 오던 옅은 향수 냄새가 그 어느 때보다도 강렬하게 코끝을 자극했다.

귀까지 빨개져 눈만 크게 뜬 채 굳어 버린 혜현을 보며, 이준이 피식 웃었다.

"날 '선생님'이라고 부르지 못하게 될 이유를 만들어 줬으니까, 다음에 만날 땐 선생님 말고 다른 호칭. 알겠어요?"

"저, 저기⋯⋯."

"잘 자요."

여전히 아무 말도 못 하고 얼어붙은 혜현의 볼을 어루만지고, 이준은 차에 올랐다.

차를 출발시키는 이준에 대고 뭐라고 인사할 정신도 없이 혜현은 멀어져 가는 이준의 차를 멀거니 바라보았다.

난생처음 느낀 강렬한 접촉에 정신까지 아찔해졌다. 입술이 닿는 순간 배 속 깊은 곳에서부터 전기가 오르는 듯한 감각이 느껴졌다. 전에는 경험한 적 없는 낯선 것이 혜현의 온몸을 장악하고 있었다.

이윽고 혜현은 후다닥 집 안으로 뛰어 들어가 문을 잠그고 숨을 몰아쉬었다.

숨을 가쁘게 쉬는 것이 뛰어서인지, 아니면 이준 때문인지 알 수 없었다. 적막이 흐르는 집 안에 심장이 빠르게 뛰는 소리만이 혜현의 귓가를 파고들었다.

한 손으로 왼쪽 가슴을 누른 그녀의 발그레한 얼굴에 아주 천천히 미소가 퍼져 갔다.

04.

   송 교수가 주관하는 학회는 생각했던 것보다 규모가 큰 모양이었다. 혜현은 일찍이 대관할 장소를 몇 개 추려 송 교수에게 가져갔지만, 송 교수는 모두 고개를 저었다.

   학교 차원에서 수용 인원이 더 많은 곳을 지원받길 원하는 송 교수를 보며, 혜현은 이 학회가 송 교수의 입장에서나 학과 차원에서나 상당히 주요한 행사가 되리라는 것을 짐작했다.

   박평재는 여전히 혜현의 마음을 무겁게 내리눌렀다. 마치 현실을 도피하듯 일부러 박평재에 대한 생각을 떨치며 일상을 보내고 있는 혜현이었지만, 송 교수가 혜현을 불러 학회에 대해 이야기할 때는 어쩔 수 없이 박평재의 존재를 상기할 수밖에 없었다.

   "송 교수님이 뭐라고 하세요?"

송 교수의 연구실에 다녀온 뒤 급격하게 표정이 어두워진 혜현을 보며, 이준이 걱정스레 물었다.

"아니요. 별거 아니에요."

"조교한테 대놓고 심한 말 하실 분은 아니지만…… 요즘 송 교수님이 혜현 씨 괴롭히는 거 아닌가 싶을 때가 많아요."

"정말 그런 거 아닌데……."

"그러니까 말을 해 봐요. 무슨 일인지."

혜현은 어디서부터 박평재의 이야기를 해야 할지 몰랐다. 일부러 숨겨야겠다는 생각은 하지 않았지만 이야기의 물꼬를 트는 것 자체가 엄두가 나지 않았다.

20년이 가까운 세월 동안 그 누구에게도 말하지 못한 채 혼자만 간직해 오던 이야기였다. 얼핏 이준에게 '가족'이라는 이름으로 얼버무리며 말한 적은 있지만 그때에도 차마 '아버지'라는 단어는 꺼낼 수 없었다.

누군가에게 털어놓게 되면 조금이라도 마음이 가벼워질까. 아니면 물에 젖은 솜처럼 더욱 무겁게 짓누르는 짐이 되어 버릴까.

다정한 이준의 얼굴을 보면서도, 혜현은 박평재의 이야기만큼은 쉽사리 꺼낼 수가 없었다.

그것은 이준에게 의지하지 못해서라거나 이준을 믿지 못해서가 아니었다. 오랜 시간 동안 마치 금기처럼 여기고 있던 아버지의 존재를 혜현 스스로 감당할 수 없기 때문인 이유가 더 컸다.

'절 버린 아버지와 이번 학회에서 마주치게 되었어요.'

입안에서 맴도는 단어들은 쉬이 밖으로 나오지 못하고 있었다. 이대로 이준에게 모든 걸 털어놓고 위로받고 싶은 마음도 분명 있었지만, 그럼에도 입술은 굳게 다물어져 떨어질 줄을 몰랐다.

그때였다.

"어, 마침 여기서 만나게 되는군."

송 교수였다. 혜현과 이준은 동시에 꾸벅 인사를 했다.

"자네, 요즘 학교 잘 나오나?"

"네. 자주 나오려고 노력하고 있습니다."

송 교수는 이준의 대답에 미간을 살짝 찌푸리고는 말했다.

"자네가 연구실에 다시 들어가지 않겠다고 했다던데? 그래서 여기 박 선생이 그 자리를 쓰고 있고. 학교에 엉덩이를 붙일 곳이 있어야 할 텐데 말이야."

혜현은 당황해서 이준과 송 교수를 번갈아 바라보았다.

"우리 대학원도 연구실 상황이 좋은 편이 아니지만, 이번에 쓰는 논문만 통과되면 그 명분에라도 어떻게든 자리가 마련이 될 걸세."

"……감사합니다."

"아, 그리고 박 선생, 박평재 교수님 참석하시는 거 다시 한 번 확인해 보고."

"알겠……습니다."

송 교수는 할 말을 다 마친 듯 다시 멀어져 갔다.

이준은 얼굴이 하얗게 질린 채 미동조차 하지 않고 꼼짝없이 서 있는 혜현의 어깨를 살짝 흔들었다.

"혜현 씨?"

"네? 아, 선생님."

선생님이라는 호칭에 이준은 순간 허탈해졌지만 지금은 실망할 기색을 내비칠 상황이 아닌 듯했다.

이준은 굳어 버린 혜현에게 걱정스레 다시 물었다.

"왜 그래요, 연구실 자리 때문에? 난 거기 안 써도 크게 상관없어요. 신경 쓰지 않아도 됩니다."

"저, 그게……."

그때 이준의 핸드폰이 울렸다.

이준은 액정화면을 확인하고는 곤란하다는 표정을 지었다. 벨소리는 요란하게 소음을 만들어 냈지만 이준은 웬일인지 전화 받기를 망설이고 있었다.

송 교수의 입에서 나온 '박평재'라는 이름에 정신이 있는 대로 팔려 있던 혜현마저도 고막을 쉴 새 없이 때리는 벨소리에 고개를 돌렸다.

"……미안합니다. 잠시 전화 좀 받을게요."

이준은 자리도 피하지 않은 채 짧은 통화를 끝냈다.

네, 그렇습니까, 알겠습니다. 단 세 마디만을 하고 나서 이준은 액정화면의 종료 버튼을 눌렀다.

"요즘 별로 뵙고 싶지 않은 분이 자꾸 저를 보자고 하셔서……."

통화를 끝낸 이준이 쓰게 웃으며 말했다.

"아, 우리 아버지 말하는 겁니다. 그동안 저한테 늘 무관심하셨거든요."

'아버지'라는 단어를 듣는 순간 혜현의 심장이 쿵 내려앉았다.

왠지 모르게 쓸쓸한 것처럼 보이는 이준의 얼굴이, 언젠가 거울 속에서 봤던 자신의 모습과 겹쳐 보이는 듯했다.

완벽한 집안에서 남부러울 것 없이 자랐을 거라고 속단했던 이 남자가, 형의 실종과 아버지의 무관심이라는 사정을 딛고 일어서며 살고 있었다.

혜현은 눈을 질끈 감았다. 놓고 싶지 않은 사람이라고 했으면서, 늘 다정하고 친절한 태도가 보여 주는 함정에 빠져 이준의 입장을 한 번도 헤아린 적이 없었다.

"혜현 씨? 아까부터 왜 그래요?"

자신을 걱정하는 듯 재차 묻는 이준의 목소리에, 혜현은 이제는 정말 자신의 생에서 이준이 없어서는 안 될 사람이라는 것을 절실하게 깨달았다.

'선생님'에서부터 시작해 '남자'가 되었고 이제는 '연인'이 된 눈앞의 이 사람에게, 혜현만이 할 수 있는 위안이 되어 주고 싶었다. 자신의 상처는 그다음이었다.

✾

눈코 뜰 새 없이 바쁜 나날들이 계속되었다.

혜현은 어느덧 코앞으로 다가온 학술대회를 위해 밤늦게까지 송 교수의 일을 도맡아 했고, 이준 역시 학부 강의와 논문 준비에 몰두하는 매일이 이어졌다.

이전 학기의 혜현의 일상과 지금이 크게 다른 것은 없었지만, 눈에 띄게 달라진 점이 있다면 정신없이 일하는 중에도 늘 곁에 이준이 있다는 것이었다.

오늘도 해야 할 업무는 한가득이었지만, 송 교수가 외부 세미나 참석으로 학교를 비워 잠시 숨을 돌릴 수 있었다. 둘은 기분 전환도 할 겸 학교에서 조금 벗어난 한적한 카페에 마주 앉아 있었다.

"혜현 씨가 너무 바쁘니까 나랑 놀자고 조르지도 못하겠잖아요."

이준이 노트북만 들여다보고 있는 혜현을 향해 시무룩한 척 입을 내밀며 볼멘소리를 내었다. 하지만 그런 그도 테이블 위에 노트북을 올려놓고 바쁘게 타이핑을 하는 중이었다.

혜현이 이준을 보며 빙그레 웃었다.

"저는 학회만 끝나면 조금 나아져요. 하지만 선생님은 중간고사 시험 출제하셔야 되잖아요. 그땐 제가 놀아 달라고 해도 선생님이 안 된다고 하실걸요?"

"이제 선생님 소리 듣기 싫다고 하는 것도 지겨워서 말을 하기 싫네요."

비죽 나온 이준의 입이 더욱 앞으로 나왔다. 늘 어른스럽고 자상한 모습만 보였던 이준이 아이처럼 투정을 부리는 모습이 새롭기도 하고 퍽 귀여워 보였다.

혜현은 자신도 모르게 쿡 하고 웃음소리를 냈다.

"뭐가 웃깁니까."

"아니, 그냥요."

그 순간 이준이 탁 하는 소리를 내며 노트북을 덮었다. 혜현은 고개를 갸웃하다가 이준의 표정을 살폈다.

살짝 굳어 있는 얼굴이 눈에 들어왔다. 조금 전의 화기애애한 분위기가 어느새 묘하게 다른 모양으로 바뀌어 있었다.

"……화나셨어요?"

혜현은 조심스럽게 물었다. 이준은 그 표정 그대로 고개를 가로저었다.

"이대로 가다간 영원히 선생님 소리를 들을 것 같아서."

"네?"

찰나 같은 정적 끝머리에, 이준은 혜현과 시선을 맞춘 채 입을 열었다.

"혜현아."

나직하게 자신의 이름을 부르는 음성.

이미 숱하게 들어 익숙해질 대로 익숙해진 이준의 목소리였지만, 그 순간만큼은 전혀 들은 적 없는 낯선 울림으로 혜현의 감정 이곳저곳을 넘나들며 곳곳에 박혔다.

달라진 호칭 하나만으로도 지금까지와는 더욱 달라질 둘의 앞날이 그려지는 것 같았다.

"좀 더 편해졌으면 좋겠다."

"……."

"내가 네게. 그리고 우리가."

지금은 이렇게 틀어박혀 제대로 된 연애도 못 하고 업무에 매달려야 하지만, 이준은 둘의 관계만큼은 더 이상 제자리에 머물지 않기를 바랐다. 일정한 거리를 두며 예의를 지키던 관계는 여기까지로 충분했다.

혜현은 어리벙벙한 얼굴로 잠시 멍하게 있다가, 살포시 미소를 지었다.

"그렇게 불리는 거 오랜만이에요. 이준 씨가 날 그렇게 불러 줘서, 기뻐요."

물 흐르듯 자연스럽게 흐른 목소리 속에 있는 낯선 단어를 이준은 처음에는 깨닫지 못했다. 결국 조금 더 시간이 지난 후에야 알아챈 이준이 멋쩍은 웃음을 걸며 다정한 눈길로 혜현을 바라보았다.

"좋다. 지금."

"……저도요."

"이제 정말로 더 이상 선배나 선생님이 아니니까."

"네."

"무슨 일이 있으면 뭐든 말해, 언제든. 혼자만 끙끙 앓지 말고."

혜현은 이준의 말에 담긴 속뜻을 알아차릴 수 있었다.

얼마 전 송 교수의 입에서 박평재의 이름이 나왔던 때를 떠올렸다. 또다시 패닉 상태에 가깝게 되어 버린 자신을 향해 걱정스레 말을 걸던 이준에게 결국 아무것도 아니라고 얼버무릴 수밖에 없었다.

이준의 아버지에 대해서도 더 이상 묻지 못했다. 어쩌면 자신과 같이 쉽사리 건드릴 수 없는 부분을 건드릴지도 모른다는 염려 때문이었다.

하지만 지금은 아니더라도, 언젠가는 말하고 싶었다. 생각지도 못했지만, 어쩌면 자신과 동류의 어떤 것을 가지고 있을지 모르는 이 남자에게.

혜현은 세상의 모든 상처를 지닌 것같이 일관했던 지난날이 부끄러워지기까지 했다.

"그럼요."

혜현은 웃으며 대답했다.

할 수만 있다면 눈앞에 있는 노트북을 당장이라도 덮고 싶었다. 아무 하는 일 없이, 따뜻하고 맛있는 음료 한 잔을 주문해 놓고 이준의 얼굴만 하루 종일 바라보고 있어도 좋을 것 같았다. 그렇다면 마음에 둔 채 밖으로 나오지 못하는 이야기들도 자연스럽게 나올 텐데.

현실은 송 교수가 지시한 업무의 마감 시간이 다가오고 있었다. 오늘까지 학술대회 자료집을 정리하고 인쇄를 맡겨야 했다.

혜현은 입가에 미소를 거는 중에도 지끈지끈 아파 오는 관자놀이를 꾹꾹 눌렀다.

"좀 쉬면서 해야 할 텐데. 이번 학기도 많이 바쁘지? 내 논문도 그렇고."

이준이 걱정스러운 얼굴로 혜현에게 말했다.

"아니요, 일이야 늘 있는 건데요. 노트북만 들여다보고 있다 보니 머리가 좀 아파서요. 좀 있으면 나아져요."

"음."

이준이 손목에 찬 시계를 보았다.

"오늘은 더 이상 강의도 없고. 그렇다면……."

이준은 갑자기 짐을 챙기기 시작했다. 혜현이 노트북을 가방에 넣는 이준을 어리둥절하게 바라보다가 겨우 한마디 던졌다.

"아까 아직 일 다 안 끝내셨다고……."

"나가자. 바람 쐬러."

"네?"

"어차피 노트북도 있는데. 꼭 학교나 카페가 아니라도 괜찮잖아."

"아, 그래도……."

이준이 이래도 가만있을 거냐는 듯이 혜현을 향해 손을 내밀었다. 혜현은 살짝 얼굴을 붉히며 그의 손을 잡았다.

혜현의 손을 맞잡은 손에 힘이 들어갔다. 가벼운 전기가 통하는 느낌이 들 정도로 세게 쥔 이준의 손이 갑갑하기보다는 따뜻했다.

자신의 손을 잡은 채 다른 한 손으로 혜현의 가방까지 대신 챙겨 주는 이준을 바라보며, 혜현은 자신 역시 이런 소소한 일탈을 바라고 있다는 것을 깨달았다.

둘은 이준의 차를 타고 학교를 벗어나 서울 시내가 한눈에 내려다보이는 성곽길에 다다랐다.

이준의 차가 회색 빌딩숲을 벗어나 산을 관통하며 길게 뻗어 있는 오르막 도로를 내달리는 동안, 혜현은 차창을 열고 뺨에 부딪치는 바람을 실컷 만끽했다. 금세 아까의 두통이 씻은 듯이 사라졌다.

작은 정자가 있는 공원에 이준이 차를 세운 것은 어둑어둑해질 무렵이었다. 차에서 내린 이준과 혜현은 하나둘 어둠을 밝히며 켜지는 가로등을 따라 걸었다.

"공기가 맑아요. 같은 서울인데."

도시의 소음이나 번잡함은 온데간데없이, 고요하고 인적 없는 분위기가 감도는 길이 혜현은 퍽 마음에 들었다.

여기로 오기 전까지 머리를 짚으며 노트북을 들여다보고 있던 혜현의 얼굴에 활기가 도는 것이 이준에 눈에도 띄었다. 이준은 혜현을 보며 빙그레 웃었다.

"안 왔으면 큰일 날 뻔했네."

"처음이에요. 이렇게 갑자기 학교 나온 거."

혜현은 강의가 없는 날에도, 별다른 업무가 없는 날에도 습관처럼 연구실에 나와 앉아 있곤 했다. 공부를 해야겠다는 마음가짐이 커서였다기보다는 마땅히 갈 곳이 없기 때문인 것이 더 컸다.

아무것도 없는 좁디좁은 원룸에서 가만히 있을 바엔 학교가 편했고, 바람을 쐬러 나가고 싶어도 아는 곳이 없었다. 학교 주위의 번화가로 나가 봐도 어수선하고 복잡해서 온몸의 기가 다 빨리는 기분이었다.

이준과 함께하며 접하는 새롭고 좋은 것들이 점점 늘어나고 있었다. 혜현은 깊게 숨을 들이쉬었다가 내쉬었다.

푸르고 높은 가지를 뻗은 나무들 사이로 고풍스러운 한옥 건물이 우뚝 서 있는 것이 혜현의 시야에 들어왔다.

혜현은 눈을 빛내며 걸음을 빨리했다. 놀이동산에 처음 와

보는 어린아이 같다는 생각이 들어, 이준은 뒤따라 걷다가 피식 짧은 웃음을 내었다.

"와…… 여기가 도서관이래요."

입구의 안내 표지를 읽던 혜현이 이준을 향해 뒤돌아보며 환히 웃었다.

"기껏 학교에서 벗어나서 여기까지 왔는데 도서관이 그렇게 좋아?"

언뜻 핀잔을 주는 것 같은 말투였지만 눈에 가득 생기를 담은 혜현이 사랑스러운 이준이었다.

"이런 도서관은 처음 봤어요. 주위는 온통 초록색이고, 한옥에다가 책 냄새도 나고, 흙냄새도 나고……. 선생님도 여기 알고 계셨어요?"

혜현이 아차 싶은 얼굴로 이준의 표정을 살피며 뒤늦게 덧붙였다.

"아…… 이준 씨."

뒤늦게 실수를 수습하며 혀를 빼꼼 내미는 혜현이 귀여웠다. 이준의 입꼬리가 자신도 모르게 또 슬며시 올라갔다.

혜현을 만나면서 부쩍 웃을 일이 많아졌다. 이준은 고개를 끄덕이며 대답했다.

"나도 머리 식히고 싶을 때 여기 와서 있곤 했으니까."

"너무 마음에 들어요. 그런데…… 지금은 운영 시간이 지났나 봐요."

살짝 시무룩해진 혜현의 어깨를 이준이 다정하게 감싸 안았다.

"다음에 또 오자."

혜현은 밝은 표정으로 여러 번 고개를 끄덕였다.

멀지 않은 곳에 야외 테이블이 몇 개 있는 아담한 정원이 있었다.

피크닉용으로 만들어 둔 자리 같았다. 둘은 가로등 불빛이 은은하게 비추는 테이블에 마주 앉아 노트북을 꺼냈다.

일은 좀처럼 진척이 되지 않았다. 이번에는 혜현이 먼저 노트북을 덮었다.

비록 내일 더 빠듯하게 일을 하는 한이 있더라도…….

"……지금은 안 되겠어요."

어슴푸레한 풍경 속에 풀벌레 소리가 이따금씩 정적을 깨고, 상쾌한 공기가 오래도록 코끝에 머무르는 지금이 혜현은 꿈만 같아 좋았다. 조금 더 눈을 가늘게 뜨면 회색의 도심을 각양각색으로 채우는 불빛들이 한가득 내려다보였다.

그리고 무엇보다, 바로 앞에 이준이 있었다. 더할 나위 없이 완벽한 저녁이었다.

"이상해요. 할 일을 미루고 있는데도 지금은 마음이 편해요."

"음. 먼저 노트북을 덮은 건 그쪽인데."

혜현이 순간 얼굴을 붉히며 이준에게 살짝 눈을 흘겼다.

이준은 혜현이 보이는 사소한 변화들이 반가웠다.

처음 만날 때부터 어느 정도 거리를 두며 필요 이상의 말과 행동은 결코 보이지 않던 혜현이었다. 이준은 앞으로도 스스로도 모르고 있을 혜현의 모습들을 더 많이 이끌어 내 주고 싶었다.

"여유를 부리는 게 이렇게 위안이 되는 줄은 몰랐어요."

"가끔, 아니 자주 있어도 괜찮아. 지금 같은 일."

"아무것도 안 하고 있는 건 왠지 불안하다고만 생각하면서 살아왔거든요."

"……."

맑게 빛나던 혜현의 눈동자가 한층 깊어지는 것을 바라보며, 이준은 지금 혜현이 밀려드는 여러 생각에 잠겨 있을 거라고 짐작했다.

둘 사이에 불편하지 않은 정적이 잠시 흐르고 지나갔다.

"스스로에게 떳떳하게 살아야 남한테도 떳떳해질 거라 믿었어요. 그래서 할 수 있는 한 최선을 다하며 살았는데……."

혜현의 목소리가 촉촉하게 젖어 들었다.

"……그렇게 살면 당당해질 줄 알았어요."

고즈넉한 경치가 자아내는 분위기에 취한 건지도 몰랐다. 풀어내지 못해 꽁꽁 숨겨 두기만 했던 이야기가 자꾸 입술을 비집고 나오려 했다.

혹시 아무것도 아닌 것처럼 흘려보내듯 말한다면, 하릴없이 짓눌리며 견디고 있는 그 무게 역시 가벼워질 수 있지 않을까.

그래, 별것 아닐 수도 있다. 별것처럼 여겨 온 세월이 길었기에 그것이 습관이 된 것일지도 모른다.

"있는 가족을 없다고 믿는다는 게…… 참, 그렇더라고요."

조용한 울림으로, 그러나 분명하게 말하는 혜현의 눈가에 물기가 어렸지만 비통한 표정은 아니었다.

"아주 어렸을 때 어머니가 돌아가신 것보다, 아버지가 이제 어머니도 없는 날 모른 척한다는 게 더 큰 상처였어요."

내려놓을 만큼 모두 내려놓았다는 듯 홀가분한 얼굴로, 혜현은 말을 이어 나갔다.

"누구에게도 말한 적 없어요. 어렸을 때부터 혼자 정한 일종의 금기였어요. 이것만은 절대 다른 사람에게 말하면 안 되겠다고 스스로에게 엄포를 수도 없이 놓으면서……."

혜현은 쓸쓸히 웃었다.

"……스무 살이 되자마자 길러 주신 이모 집에서 나온 지 이제 6년이 됐네요."

단숨에 쏟아 낸 말속에 혜현이 삶을 살아온 행적 모두가 담겨 있었다.

결국 혜현의 입술 사이로 흘러나온 모든 단어, 모든 문장이 둘 사이를 꽉 메웠다. 이준이 이에 대해 탄식할 틈조차 내어 주지 않았다.

어떤 얕은 위로의 말이 자칫 잘못하여 혜현을 날카롭게 벨 수도 있는, 아슬아슬하고 위태한 지금.

가족이라는 이름으로 엮인 다양한 종류의 부정적 감정들에 익숙해질 대로 익숙해져 있다고 스스로 생각하던 이준이었지만 그조차도 쉽사리 그 어떤 말을 꺼낼 수가 없었다.

그에게 어머니는 부담이자 연민이었고, 아버지는 두려움이자 경멸이었으며, 형은 질투와 애증 그 어딘가였다. 모두 몇 개의 단어로 정의 내릴 수 있는 것들이었다.

그러나 혜현이 아버지에 대해 어떤 감정을 지니고 그것을 견디며 살아왔을지, 이준은 섣불리 가늠하는 것조차 조심스러웠다.

그 갈래와 깊이는 다를지라도, 어쨌든 이준이 가진 것과 비슷한 성질의 아픔 역시 혜현을 잠식한 채 긴 세월을 함께했을 것이다.

결국 이준은 말없이 테이블 위에 올려진 혜현의 조그마한 두 손을 한데 모아 자신의 두 손을 포개었다.

일렁이던 혜현의 눈동자가 스르르 감겼다. 한 줄기 가느다란 눈물이 혜현의 볼을 타고 흘러내렸다.

"……괜찮아. 다 괜찮아."

이준은 주문처럼, 그러나 힘을 주어 여러 번 말했다.

목소리로 나오기까지 결코 쉽지 않았을 이야기를 꺼낸 혜현이 고마웠다.

그리고 자신을 이런 이야기를 들려줘도 괜찮을 사람으로 여겨 준 혜현이 고마웠다.

앞으로 버팀목이 되어 이 여린 사람을 더 이상 아프지 않게 해야겠다는 다짐을 하게 해 준 혜현이 고마웠다.

"저는 그동안…… 세상에서 제가 제일 불행하다고 생각하며 살아왔는지도 모르겠어요. 잘 모르면서, 막연하게 남들은 나보다 더 나은 부모를 가지고 더 나은 환경에서 살고 있겠지…… 했어요."

그렁그렁한 눈을 한 채 혜현이 말했다.

"그게 오만한 생각이었다는 것을 깨달은 건 이준 씨를 만나고 나서부터였어요. 이준 씨는 내가 가진 온갖 음침한 것들을 절대 모를 거라고 생각해서…….”

잠긴 목소리로 혜현은 띄엄띄엄 말을 이어 나갔다.

“그런데…… 이준 씨 아버님 이야기를 듣고…….”

위로를 받거나 동정을 받으려고 꺼낸 이야기가 아니었다. 한편으로는 이준이 어떤 반응을 보일지 불안했다.

그런데 자신의 두 손을 덮어 맞잡는 이준의 커다랗고 따뜻한 손의 온기에 그만 마음이 탁 놓이고 말았다.

남 앞에서 눈물을 보이는 건 유약하고 창피한 일이라고 여기며 살아왔건만, 이준을 만나고서부터는 우는 일이 잦아졌다.

눈물은 애통함이 가득 차올랐을 때만 나오는 것인 줄 알았다. 마음에 온통 훈훈한 기운이 넘쳐흐르는데도 코끝이 찡해지는 일이 더러 생긴 것도, 이준을 만난 후였다.

박평재의 눈초리만 받아도 움츠러들었던 열 살짜리 꼬마 아이의 부러질 듯한 유약함이 아직 있는 그녀였다.

그럼에도 불구하고, 할 수만 있다면 더 단단해져서 가족으로 인해 만들어진 이준의 상흔을 가장 가까이에서 어루만져 주고 싶었다.

이제는 이준을 위해 더 강건하게 여문 사람이고 싶었다. 말만 들어도 벌벌 떨기만 했던 박평재를 이제는 제대로 극복해야 했다.

할 수 있을까.

마음속에서 의문이 올라왔다. 그러나 이준의 눈을 바라보는 순간 깨달을 수 있었다. 설사 극복해 내지 못한다고 해도, 적어도 박평재 앞에서 죄지은 사람처럼 굴지는 않을 수 있을 것 같았다. 눈앞에 있는 이준으로 인해 확신했다.

"그래서…… 저는 이준 씨에게 고맙고, 미안해요."

"미안해하지 않아도 돼. 이렇게, 언제나 늘 내 손을 잡고 있으면 되니까."

온갖 감정이 벅차오르는 얼굴로, 혜현은 한참 동안이나 이준과 시선을 마주한 채 조용히 고개를 끄덕였다. 사족이 주렁주렁 달린 많은 이야기는 굳이 필요하지 않았다.

어둠이 깊어지고 초록의 나무들은 더욱 짙은 빛이 되어 갔다. 살갗을 약간 따갑게 찌르는 가을날의 찬 밤공기 속에서도 그들이 머무는 자리만은 부드러운 온기가 가득했다.

✻

어느덧 학술대회가 내일로 다가와 있었다.

송 교수는 별 탈 없이 학술대회를 무사히 치러야 한다는 압박감에서인지 평소보다 신경이 날카로워져 있는 것 같았다.

평소엔 별다른 감정의 기복을 보이지 않는 송 교수조차도 동요하는 것을 보면, 그의 입지나 학교 차원에서 이번 학술대회가 미치는 영향이 꽤 클 것이 틀림없었다. 혜현은 묵묵히 송 교수의 예민함을 받아 내며 바쁘게 일을 처리했다.

사실 혜현 역시 학술대회에 온 촉각을 곤두세우고 있었다. 물론 송 교수와는 다른, 지극히 개인적인 이유였다.

혜현은 별다른 내색을 하지 않으려 애쓰고 있었지만 가장 가까이 있는 사람마저 그를 모르게 할 수는 없었다.

"무슨 일 있지?"

함께 늦은 점심을 먹고 나오던 길이었다. 불쑥 물어 온 이준의 질문에는 어떠한 확신이 담겨 있었다.

혜현은 잠시 머뭇거리다가 천천히 고개를 끄덕였다.

"송 교수님 학회 일 때문에 그런 것 같지는 않은데."

"……맞아요. 학회."

의외의 대답이라는 듯 이준이 눈썹을 추켜세웠다.

"아버지……라는 사람이 사실은 내일 학회 참석 명단에 있어요."

생각보다 담담하게 말이 나왔다.

박평재를 '아버지라는 사람'으로 칭해 놓고도 그리 불편하지 않았다. 스스로도 놀라고 있었다.

이렇게 아무렇지도 않은 것처럼, 감정이 담기지 않은 사실만을 전달하는 목소리로 말하게 될 줄은 몰랐다. 박평재의 이름만 들어도 심장이 쿵 내려앉던 것이 불과 얼마 전이었다.

이준이 놀란 표정을 지었다가 천천히 얼굴을 일그러뜨렸다. 그가 낮은 한숨을 쉬며 말했다.

"……교수였구나."

"네. 박평재…… 교수요. 세인대학교."

낯설지 않았다. 논문이나 학술지에서 꽤 많이 본 이름이었다. TV에서 가끔 방영되는 인문학 강연 같은 곳에서도 최소한 번은 초빙되었을, 나름 그 분야에서 꽤 명망이 높은 사람이었다.

이런 사람이 자식을 나 몰라라 하고도 존경받으며 잘 살고

169

있다니, 이준은 분노를 넘은 허탈감마저 느꼈다.

학문을 하는 사람이면 적어도 돈을 만지는 사람보다는 나을 거라는 막연한 기대가 있었다. 이준이 가장 아끼는 사람을 오랜 상처 속에서 허덕이게 한 사람이 그녀의 아버지이고, 그것도 교수였다는 사실은 이준을 꽤 큰 충격에 몰아넣었다.

"이준 씨?"

"……화가 나서."

낮고 떨리는 이준의 음성을 듣는 순간, 박평재는 사라지고 오로지 이준에게만 온 신경이 집중되었다.

혜현을 평생 옥죄어 온 분노라는 감정을, 자신도 같이하고 있다고 말하는 것 같았다. 가슴 한구석이 찌르르 울렸다.

뭐지, 이 감정. 아마 이런 상황에서 이 남자에게 또 설레어 버린 것일지도 몰랐다.

"괜찮아요. 앞으로도 제게 아버지는 없는 사람이에요."

지금은 아니지만, 언젠가 확실히 괜찮아질 것이다.

비록 지금은 교수와 조교로 마주치게 되더라도, 박평재가 지금보다 더 늙고 힘없어진 때에, 박평재의 앞에 보란 듯이 나타날 것이라는 다짐은 아직 유효했다.

"이상해요. 이준 씨에게 말할 때마다 마음이 편해져요."

혜현이 나지막하게 말했다.

"그래서…… 고마워요."

이준은 말없이 혜현의 손을 가만히 잡았다.

수많은 사람들이 오가는 학생회관 앞이었다. 교수님이나 대학원생도 심심치 않게 마주칠 수 있는 곳이었다. 이준의 강의를 듣는 학생도 지나쳐 갈지 몰랐다.

혜현은 당황하며 이준을 올려다보았다. 이준이 혜현을 보며 씨익 웃었다.

"앞으로 이런 것에 낯설어하면 안 될 텐데."

"저기, 여긴……."

"가자."

자신의 손을 잡고 성큼성큼 앞서 걷는 이준의 발걸음에 어쩔 수 없이 맞추어 걷는 혜현이었지만, 입가에 왠지 모르게 자꾸 미소가 번져 갔다.

그리고 혜현은 깨달았다. 지금 이준과 손을 잡고 캠퍼스를 걷는 이 순간이, 그 어떤 말보다도 가장 확실하게 듣는 특효약이 되고 있다는 것을.

⁂

날이 밝았다. 혜현은 요란하게 울려 대는 모닝콜을 끄고 시계를 확인했다.

오전 6시 30분.

학교 앞 인쇄소에 겨우 사정해서 오늘 오전 8시까지 학술대회 자료집을 받기로 했다. 원래는 어제까지 끝내 놔야 했지만, 저번에 이준과 함께 뜻하지 않은 외출을 한 것 때문에 도저히 시간을 맞출 수 없었다.

'그래, 자료집은 잘 마무리되었나?'

'……네. 내일 받는 것에 차질이 없도록 했습니다.'

전날, 혜현에게 물어 오는 송 교수에게 태연한 듯 둘러대는 목소리가 떨려 나왔다.

송 교수는 시원하게 대답하지 않는 혜현에게 일순간 의심의 눈초리를 보냈지만, 곧 거두고 나가라는 손짓을 했다.

혜현이 송 교수를 향해 허리를 숙여 인사를 하고 등을 돌려 나가려고 할 때쯤, 송 교수는 한 마디를 덧붙였다.

'한 치도 어긋나지 않게 철저하게 확인해야 하네.'

도둑이 제 발 저린다는 말이 이런 것일까, 일 처리만큼은 늘 확실하게 해 두었던 혜현조차도 이번에는 무언가 잘못된 것이 있을까 봐 몇 번을 다시 확인했다. 혹시라도 자신의 실수 때문에 학술대회 진행이 원활하게 되지 못할 일은 없어야 했다.

긴장감에 몇 번이나 뒤척이다 잠들었기에 컨디션도 개운치 않았다. 혜현은 눈을 비비며 자리에서 몸을 일으켰다.

학교에 들러 연구실에 가방을 놓은 뒤, 하품을 길게 하며 인쇄소로 향했다. 그러나 인쇄소에 들어서자마자 주인이 가져가라고 가리킨 책 더미에 잠이 확 달아나 버렸다.

"저렇게 많아요?"

"어제 여기로 송 교수님이 확인차 전화하시면서 추가로 더 만들어 놓으라고 하셨는데? 학생은 전달 못 받았어?"

심장이 쿵 내려앉았다.

혜현이 마감 기한까지 끝내지 못한 걸 송 교수도 알아챘을 것이다. 혜현에게 별다른 잔소리를 하지 않는 송 교수였지만 이번만큼은 쉬이 넘기지 않을 것이 분명했다.

망연자실해서 우두커니 서 있는 혜현에게 주인이 미안하다는 듯이 말했다.

"아이고, 나도 경황이 없어서 학생 이야기까지 다 해 버렸지 뭐야. 교수님께 한 소리 들으려나."

"……아니에요. 제가 잘못한 건데요."

"그나저나 학생 이거 다 들고 학교까지 갈 수 있겠어? 나는 일도 밀리고 가게를 비울 수 없어서 배달도 못 해 주는데……."

난감하다는 듯이 주인은 머리를 긁적였다.

"괜찮아요. 한 번 더 올게요."

혜현은 책 더미의 반절을 품에 안았다. 노끈으로 묶여 있지 않았다면 금방이라도 와르르 무너질 듯이 위태위태한 자료집들을 양팔에 안고 걷자니 시야 확보가 제대로 되지 않았다.

어쩔 수 없이 두 손으로 노끈을 잡고 낑낑거리며 들고 걷기로 했다. 금세 팔이 후들후들거리기 시작했다.

왠지 좋은 기운이 저 멀리로 물러간 것 같은 하루의 시작이었다. 게으름을 피워 벌을 받나 하는 생각까지 들었다.

몇 발자국 걸었을까, 핸드폰이 울렸다. 송 교수일까 조마조마하며 확인한 액정은 이준의 이름을 띄우고 있었다. 혜현은 가슴을 쓸어내리며 전화를 받았다.

"이준 씨."

– 어디야? 난 학교 왔는데, 연구실에 없네?

173

"학교 앞 인쇄소 근처예요. 학회 자료집을 찾느라……."

─ 이렇게 일찍?

"어제저녁까지 해야 했는데 밀렸어요."

책이 무거워서 힘들어요. 라고 말하려는 순간 머릿속에 전혀 새로운 말이 떠올랐다. 이제껏 남에게 한 번도 제대로 해본 적 없는 말이었다.

거절당할까 봐 두려웠고 상대가 자신을 이상하게 생각할까봐 더 두려웠다. 하지만 이준에게라면 괜찮을 것 같았다.

"저기, 이준 씨."

─ 응?

"……지금 괜찮으면, 좀 도와주실 수 있어요? 자료집이 너무 많아서 한꺼번에 들고 가기가 힘들어요."

전화 건너편에서 잠시 침묵이 흘렀다. 이윽고 이준이 짧게 웃음을 터뜨리며 말했다.

─ 혜현아.

"네?"

─ 이럴 땐 당장 와서 도와 달라고 말하는 거야.

"아……."

혜현은 고맙기도 하고 살짝 부끄럽기도 해서 말끝을 흐렸다.

'곧 갈게.'라고 말하며 전화를 끊은 이준은 정말로 얼마 지나지 않아 혜현의 앞에 나타났다.

"지금 이걸 들고 학교까지 걸어가려고 한 거야?"

서둘러 운전석에서 내린 이준이 혜현에게서 책 꾸러미를 받아 들었다. 혜현은 멋쩍게 웃으며 말했다.

"타이밍 좋게 이준 씨가 전화를 해서 다행이에요."

"내가 전화 안 했으면?"

"음……."

이준은 자못 궁금해하며 혜현의 다음 말을 기다렸다.

"……그래도 도와 달라고 했을 것 같아요."

혜현은 조그마한 목소리로 덧붙였다.

"학교에 이준 씨가 있는 것이 든든하고 좋아요. 정말로."

제대로 눈도 마주치지 못하고 들릴 듯 말 듯 한 목소리로 말하는 혜현이었다.

처음엔 이준을 경계했고, 그다음엔 이준을 밀어내던 혜현이 이제는 이준에게 의지가 되는 사람이라고 말하고 있었다.

이준은 인쇄소에 가서 나머지 책까지 모두 받아 들어 차에 실었다. 혜현은 조수석에 올라타며, 하루의 시작이 결코 나쁘지 않다고 마음을 바꿔 먹었다.

오늘 하루 동안 어떤 일이 일어날지 결코 알 수 없었다. 집에 가서 잠들기 전 하루를 돌이켜 봤을 때, '나쁘지 않았다'고 여길 수 있기를 혜현은 간절히 바랐다.

이제 곧 학술대회가 열릴 시간이었다. 미리 대여해 놓은 세미나실 로비에 미리 주문해 놓았던 케이터링이 차려졌다.

케이터링을 체크하고, 학회 참석 명단과 명찰을 확인하는 일 모두 혜현의 몫이었다.

송 교수는 일찍 도착한 교수 몇 명과 대화를 나누느라 여념이 없었고, 학과 조교 선희는 자료집을 배부하기 위해 차곡차곡 정리하는 중이었다.

그러지 않아도 데면데면했던 선희와의 사이는 더욱 나빠졌다. 그 때문에 같은 공간에 있으면서도, 혜현과 선희는 바로 옆에서 일하면서도 지금까지 단 한 마디도 나누지 않았다.

불편한 공기가 계속 이어졌다. 오랜 침묵을 깨고 선희가 불쑥 입을 열었다.

"요즘, 바빠요?"

"네?"

난데없는 질문에 혜현이 선희의 쪽으로 시선을 돌렸다. 선희는 혜현에게 눈길도 주지 않고 여전히 할 일을 하면서 말을 이었다.

"오다가다 학교에서 매일 봤던 것 같은데, 요즘은 학교에서 잘 못 본 것 같기도 하고. 데이트하느라 그런가?"

일부러 데이트라는 단어에 힘을 준 것 같은 선희의 목소리에 혜현이 멈칫했다. 그녀의 입은 미소를 짓고 있는 것 같지만 악의가 가득 담긴 눈빛만은 숨기지 못했다.

선희가 고개를 빳빳이 들며 혜현의 얼굴을 똑바로 바라보았다.

"뭘 숨겨요? 아는 사람은 다 아는 것 같던데."

'벌써?'라는 생각이 들기도 전에, 혜현은 눈앞에서 적의를 대놓고 드러내는 선희를 상대할 생각을 하자 머리가 지끈지끈 아파 왔다.

'제발. 오늘은 너 말고도 신경 쓸 일이 너무나 많단 말이야.'

176

자리가 자리인지라 선희도 큰 소리를 내지는 않고 있었다. 하지만 조곤조곤 하고 싶은 말은 다 하면서, 언제든지 시비를 걸 준비가 되어 있다는 얼굴을 계속 마주 보고 있다가는 혜현 쪽에서 인내심이 폭발할 것 같았다.

혜현은 아무 말 하지 않고 화장실에 가는 척 자리를 떴다. 선희의 불쾌한 시선이 등 뒤에 꽂히는 느낌을 지울 수가 없어 더 기분이 나빴다.

혜현은 화장실 세면대에서 오래도록 손을 씻었다. 어떻게든 부정적인 감정이 이 물줄기처럼 모두 씻겨 나가길 바랐다.

손이 얼얼해질 정도로 찬물에 손을 대고 있던 혜현은 손의 물기를 털며 거울을 바라보았다.

세면대 한편에 놓인 화장품 파우치 같은 것이 눈에 들어왔다. 방금 전까지 혜현의 옆에서 손을 씻다가 나간 사람의 것임에 틀림없었다.

혜현은 서둘러 화장실을 나와 복도 저편으로 걸어가고 있는 여자에게로 달리듯이 걸어갔다.

"저기요."

여자가 등을 돌려 혜현을 바라보았다.

학부생처럼 보이지는 않았다. 혜현의 또래 정도일까. 조금 밝다 싶은 갈색 머리에 꽤 진한 화장을 한 게 눈에 띄었다.

"아까 화장실에서 이거 두고 가신 것 같아서."

"네? 엇, 맞아요! 제 거예요! 진짜 큰일 날 뻔했다! 정말 감사해요! 다행이다!"

과하다 싶을 정도로 모든 단어에 느낌표를 붙이는 듯 말하

며 기뻐하던 여자는, 혜현에게서 파우치를 받아 들고는 몇 번
팔짝팔짝 뛰기까지 했다.

혜현은 여자의 반응에 그저 어색한 미소를 지을 수밖에 없
었다. 여자는 혜현이 괜찮다고 말할 때까지 몇 번이나 고맙다
는 인사를 덧붙였다.

세미나실 로비로 돌아가니 선희가 팔짱을 낀 채 혜현을 향
해 못마땅한 시선을 보냈다.

"혜현 씨가 금방 안 오는 바람에 내가 그쪽 일까지 했잖아
요?"

"죄송해요."

혜현은 짧게 대답하고 아까의 자리로 돌아갔다. 뭐라 구시
렁거리는 선희의 목소리를 무시하고, 혜현은 주변을 살폈다.

선희가 무슨 일을 해 놓았는지는 모르겠지만 방금 전까지
혜현이 벌여 놓은 그대로였다. 혜현이 고개를 절레절레 내젓고
다시 일에 몰두하려는 순간이었다.

"저, 여기 학술대회 참석자 확인하는 데 맞나요?"

낯설지 않은 목소리에 혜현이 고개를 들었다.

방금 전에 파우치를 돌려준 여자였다. 여자 역시 혜현을 알
아보았는지 환히 웃었다.

"어? 아까! 맞죠? 조교셨어요? 완전 어려 보이셔서 학부생
이신 줄!"

"아, 하하……. 어떻게 오셨어요?"

여전히 적응이 되지 않는 여자의 반응에 혜현은 멋쩍게 웃
어넘기며 물었다. 하지만 여자의 다음 말을 듣는 순간 혜현의

178

얼굴에서 웃음기가 싹 사라지고 말았다.

"세인대 박평재 교수님이요! 교수님 대신 온 거예요."

교수님 대신이라는 말을 듣고도 수 초 동안 제대로 상황 판단이 되지 않았다.

혜현은 겨우 정신을 가다듬고 여자에게 물었다.

"그 교수님…… 못 오세요?"

"아니요! 잠깐 급한 일이 생기셔서. 조금 늦게, 토론하시는 2부 때 오세요! 저는 교수님 조교라서 미리 온 거고요. 자료집 받아 두라고 하셨거든요!"

우습게도 그 순간, 시간을 벌었다는 생각부터 들었다.

만일 지금 혜현의 앞에 박평재의 조교가 아니라 박평재가 서 있었다면 과연 어땠을까. 태연하게 이름을 확인하고 명찰을 건넬 수 있었을까.

기다리면서도 피하고 싶었고, 두려우면서도 차라리 고대했던 만남이 이제 정말 얼마 남지 않았다. 어느 쪽으로든 무사하게 지나갔으면 좋겠다고, 혜현은 간절히 바라고 또 바랐다.

명찰과 자료집 배부가 어느 정도 마무리되고 장내가 정리되자, 곧이어 학술대회가 시작되었다.

송 교수가 개회사를 하는 동안, 혜현은 세미나실 맨 뒤쪽에 서서 눈으로 이준을 찾았다. 대학원생들은 필참하도록 되어 있는 학술대회였지만 웬일인지 아까부터 이준이 보이지 않았다.

'사실 나도 강의 때문에 처리할 일이 있어서 일찍 나온 거예요.

이따 학술대회에서 봐요.'

아침에 자료집을 학교까지 실어다 준 이준은 혜현에게 손을 흔들며 말했다. 그런 이준이 아직까지 나타나지 않고 있었다. 무슨 일이 있나, 걱정스러운 마음이 스멀스멀 올라왔다.

논문 발표를 하기로 지정되어 있던 교수 몇 명의 발표가 끝나며 1부가 마무리되었다. 학술대회 1부가 논문 발표였다면 2부는 토론이었다. 자신이 박평재의 조교라고 말했던 여자는 2부 때 그가 온다고 말했다.

혜현은 눈을 질끈 감고 스스로에게 되뇌었다.

별일 아니야. 나는 죄인이 아니야.

잠깐의 휴식 시간으로 장내가 어수선해진 틈을 타, 혜현은 로비에 남은 케이터링을 체크하기로 했다.

출입문 근처는 사람들이 갑자기 몰려 매우 복잡했다. 한쪽에 비켜서서 사람이 빠져나가기를 기다릴 수밖에 없었다.

어느 정도 북적북적한 것이 해소되자 혜현은 출입문을 나섰다. 문밖에서도 혜현처럼 사람이 빠져나가길 기다린 사람 몇 명이 안쪽으로 들어왔다.

줄지어 들어오는 사람들과 부딪치지 않으려고 살짝 몸을 돌린 혜현의 시야에, 아주 오랜 세월 동안 결코 잊을 수 없었던 얼굴이 들어왔다.

'아버지한테 갈 거예요.'

딱 한 번, 혜현은 이모에게 말한 적이 있었다.

수능 성적표를 받은 열아홉의 겨울이었다. 당신이 방치해 둔 열 살짜리 아이가 이제 20대를 앞두고 있다고, 그동안 당신은 무엇을 했느냐고 따지고 싶었다.

그러나 이모는 굳은 얼굴로 고개를 가로저었다. 그리고 한 마디만 할 뿐이었다.

'그 사람에게 너는 없는 거나 마찬가지야.'

이모의 말을 들으며 혜현은 입술을 깨물었다. 자신을 딸로 인정하지 않고서는 못 배길 만큼 대단한 사람이 되고 말겠다는 다짐이 그때 굳어졌다.

그리고 6년이 지났다.

드디어, 혜현의 기억 속에만 자리하고 있던 인물이 눈앞에 나타났다. 머리가 좀 더 하얗게 센 것 빼고는 별반 달라진 것이 없는 얼굴이었다. 꽤 많은 세월이 흘렀음에도 도드라진 주름살조차 잘 보이지 않았다.

늘 상상 속에서 수없이 되풀이해 보았던 재회의 순간이었다. 그러나 혜현은 스스로에게 놀랄 정도로, 아무 감정의 동요 없이 박평재를 바라보는 자신을 발견했다.

박평재와 대면하게 되면 눈물이 나오거나, 분노를 주체하지 못해 부들부들 떨릴 줄만 알았다. 하지만 현실은 생각했던 것과 전혀 달랐다.

그랬구나, 저 사람이었구나, 그런 거였어.

아주 찰나의 순간 동안 머리는 급속도로 차가워졌다.

"저, 잠시 지나가겠습니다."

혜현의 등을 살짝 치며 앞질러 지나가려는 사람의 목소리를 듣고서야 혜현은 정신을 차렸다. 혜현이 비켜서며 자리를 내주는 동안 박평재는 혜현을 지나쳐 출입문으로 들어갔다. 지정석에 착석하는 박평재를 잠시 바라보다가, 혜현은 로비로 천천히 걸어 나왔다.

눈이 마주쳤더라도 박평재는 자신을 알아보지 못했을 것이다. 아니면 알아보았더라도 외면하고 지나쳤거나.

차라리 잘된 일일지도 몰랐다. 지금 박평재와 마주선다 해도, 혜현은 그에게 어떤 말을 할 수 있을까.

"혜현아."

어느새 눈앞에 이준이 서 있었다. 혜현은 이준을 향해 애써 미소를 지어 보였다.

"얼굴이 왜 그래. 무슨 일 있어?"

이준이 걱정스러운 얼굴을 했다.

"……박평재 교수를 봤어요."

나지막한 혜현의 목소리에 이준의 눈동자가 잠시 흔들렸다. 옅은 한숨을 쉬며 이준이 말했다.

"……괜찮아?"

"네. 그쪽은 절 못 본 것 같기도 하지만."

쓰게 웃는 혜현의 얼굴에 이준은 마음 한구석이 시큰, 아파 왔다.

혈연이라는 이름으로 묶인 사람이 그 누구보다도 깊은 상처를 줄 수 있음을 잘 아는 이준이었다. 겉으로는 담담한 것처럼 보여도, 혜현의 속내는 말이 아닐 것이다.

"아무 일 없을 거야."

혹시라도 오늘의 박평재가 혜현에게 또 다른 상처를 주는 일은 없어야 했다. 자신이 할 수 있는 한 그것만큼은 필사적으로 막고 싶었다.

이준은 부드럽게 말하며 가만히 혜현의 손을 잡았다. 혜현의 손이 아주 미세하게 떨리는 것 같다가, 이내 이준의 손을 힘주어 맞잡았다.

이내 시작된 학술대회 2부에서는 여러 교수들의 토론이 이어졌다. 혜현은 박평재가 강단 위로 올라가는 때부터 한 순간도 그에게서 시선을 떼지 않았다.

거의 노려볼 듯이 박평재의 얼굴을 바라보고, 그의 목소리를 듣는 혜현은 지금 무슨 생각을 하고 있을까.

한 치도 흐트러지지 않는 자세로 박평재의 말을 경청하는 혜현을 바라보다가, 이준은 시선을 돌려 박평재를 찬찬히 살펴보았다.

희끗해진 머리카락만큼 오랜 시간 학계에 몸담았을 그는, 겉으로 보아서는 딸을 못 본 척할 만큼 매정한 아버지로는 보이지 않았다. 아니면 혹시, 열 마리는 족히 넘을 능구렁이를 안에 숨긴 채 명망 있고 학식 높은 교수를 가장하고 있는지도 몰랐다.

논리정연하게 주장을 펼치는 그의 말이 계속 이어졌다. 꽤 시간이 흘렀음에도 여전히 혜현은 어떠한 각오마저 어린 얼굴을 하고 허리를 꼿꼿이 세워 앉은 채 박평재를 똑바로 바라보고 있었다.

이윽고 박평재가 발표를 끝내고 자리로 돌아올 때까지도 혜현은 좀처럼 자세를 풀지 않다가, 다른 교수가 강단으로 나갈 때에야 긴장이 풀린 듯 어깨를 축 늘어뜨렸다.

아버지가 아닌 그저 타 학교 교수를 보는 것 같은 생소함은 여전했다. 자신이 그동안 왜 그토록 재회의 순간을 두려워했는지, 스스로가 도통 이해되지 않을 정도였다.

발표를 하는 중에 혹시 눈을 마주칠지도 모른다고 조금은 기대한 것도 있었다. 하지만 박평재는 끝까지 혜현이 있는 쪽을 향해 눈길조차 주지 않았다.

학술대회의 나머지 시간이 어떻게 흘러갔는지 알 수 없었다. 정신이 들고 보니 장내가 시끄러워져 있었고 많은 사람들이 자리에서 일어서는 모습이 눈에 들어왔다.

세미나실 맨 앞에서는 자리를 뜨는 교수진을 향해 선희가 뭐라 큰 소리로 외치고 있었다. 학회 참석자들을 위한 저녁 식사 장소를 안내하는 것 같았다.

"아, 김이준 선생. 이리로 오지."

여러 교수들과 함께 대화를 나누고 있던 송 교수가 이준을 향해 손짓했다. 이준이 잠시 곤란하다는 표정을 짓더니 혜현을 돌아보며 말했다.

"미안해. 이따 식사 장소에서 만나자."

혜현은 이준을 향해 고개를 끄덕였다. 일단 학술대회가 무사히 끝났다는 안도감과, 저녁 식사라는 또 하나의 관문이 남았다는 피로함이 뒤섞였다.

텅 빈 채 어질러진 세미나실을 정리하는 것 역시 혜현의 일이었다. 혜현은 테이블 위에 제멋대로 널브러져 있는 발표문 뭉치와 자료집부터 챙기기 시작했다.

"아, 혼자서 다 하시는 거예요? 제가 도와 드릴게요."

이미 들은 적 있는 높고 발랄한 목소리. 박평재의 조교라고 말했던 여자였다. 혜현은 야무진 손길로 테이블을 치워 나가는 여자를 멍하니 바라보다가, 황망히 말했다.

"……고마워요."

"저도 이런 거 학교에서 열릴 때마다 참여해서 꽤 일이라는 거 잘 아니까요! 우리 교수님은 꽤나 깐깐해서 학회 같은 거 한 번 할 때마다 조교들만 죽어나거든요. 쌤도 만만치 않게 힘드시죠?"

"아, 뭐…… 그렇죠."

"저는 윤수정이라고 해요."

"박혜현이에요."

어쩌다가 박평재의 조교와 통성명까지 하게 되었는지, 정말 모를 일이었다.

수정은 혜현과 함께 테이블과 의자를 정리하고, 쓰레기를 치워 나갔다. 덕분에 일이 반이나 줄어든 혜현은 수정이 퍽 고마웠다.

"이렇게 안 도와주셔도 되는데."

"아까 파우치 찾아 주신 답례라고 해 둘게요."

수정이 씩 웃으며 말했다. 처음 만나는 사람에게도 거리낌 없이 친근하게 말을 거는 수정이, 생각보다 불편하거나 부담스럽지 않았다.

둘은 세미나실을 나와 나란히 식사 장소로 향했다.

"송광연 교수님 어떠세요? 나도 논문만으로 뵌 분이라 궁금했는데, 오늘 보니까 우리 교수님만큼 장난 아닌 분 같기도 하고."

"……박평재 교수님은 어떠신데요?"

"음……."

혜현의 목소리가 조금 떨려 나온 것을 눈치채지 못한 듯, 수정이 골똘히 생각에 잠겼다.

"사실 우리 교수님이 학교 대외적으로 여기저기 얼굴도 알리고, 또 이것저것 프로젝트도 많이 하셔서 평판은 되게 좋아요. 강의도 지루하지 않게 잘해서 학부생들한테 인기도 많고. 그런데……."

수정이 목소리를 한껏 낮추어 속삭였다.

"나는 교수님 막말 같은 것에 별로 신경 쓰지 않는 타입인데, 나 이전에 있던 조교들은 못 버티고 뛰쳐나갔다고 하더라고요. 같이 일해 보니까 왜 그런지 알 것도 같아요."

"막말을…… 하세요?"

"가끔요. 엄청 깐깐하고 다혈질이라서. 근데 일만 잘하면 싫은 소리 들을 일은 없어요."

자신이 모르는 박평재의 면모에 대해 전해 듣는 기분 또한 이상했다. 그러고 보니 혜현의 기억 속에 있는 어릴 적 아버지의 모습은 어떤 건지, 좀처럼 그 형상이 뚜렷하게 잡히지가 않았다.

"되게 철저하시거든요, 평소에도. 그래서 좀 힘든 면이 있긴 해요."

혜현은 수정의 말을 듣는 동안, 박평재와 마주치던 순간부터 자신을 내내 불편하게 했던 이질적인 감정이 무엇인지 깨달았다.

그것은 익숙한 대상을 다시 보게 되는 기대, 혹은 걱정이 아니라 잘 모르는 대상을 마주치게 되는 상황에서 오는 낯섦이었다. 알지도 못하는 상대를 혼자 불편해하고 두려워했던 것은 혜현의 일방적인 감정일 뿐이었다.

이 사실을 깨닫고 나자 오히려 마음이 편해졌다.

어차피 이름만 아버지인 대상에 지나지 않았다. 혜현은 곧 있을 식사 자리에 박평재가 가까이 앉아 있어도 아까만큼 신경을 쓰지 않을 수 있을 것도 같았다.

지금은 스쳐 가는 마주침일 뿐이다. 제대로 대면하게 되는 그날, 혜현은 박평재의 눈을 똑바로 바라볼 작정이었다.

식사 장소인 넓은 한식당에는 이미 학회에서 온 많은 사람이 자리를 잡고 앉아 있었다. 대학원생들끼리 무리지어 앉은 자리에는 남은 자리가 없었고, 교수들이 모인 테이블에서 그리 멀지 않은 곳에 빈자리가 드문드문 나 있었다.

혜현은 이준을 찾았다. 식당 이곳저곳을 둘러본 끝에 교수들 무리에 섞인 이준을 발견했다. 적당히 예의를 차린 얼굴로 교수들을 대하고 있는 이준의 옆에 앉은 박평재가 시야에 들어왔다.

박평재는 이준에게 무어라 계속 말을 하고 있었고, 이준은 이따금씩 고개를 끄덕였다. 혜현이 무슨 상황인지 제대로 인지하기도 전에, 수정이 투덜거리며 말했다.

"자리가 저기밖에 없어서 저쪽으로 가야겠어요. 어차피 우린 조교니까 교수님들 옆에 있어야 할 것 같기도 하고."

앞서 이준이 있는 테이블로 향하는 수정을, 혜현은 어쩔 수 없이 뒤따랐다. 이준이 테이블로 다가오는 혜현을 본 듯 고개를 들었다.

무언의 의미가 담긴 둘의 눈빛이 잠시 마주쳤다. 혜현은 살짝 고개를 끄덕여 보였다. 이준은 옅은 한숨을 내쉬었다.

"교수님, 저 왔어요. 아, 안녕하세요. 안녕하세요."

상냥한 목소리로 교수들에게 인사하는 수정에게 모두가 친절한 미소를 보냈다. 혜현은 수정을 따라 얼떨결에 고개를 꾸벅 숙였다.

"아, 우리 조교입니다."

"안녕하세요."

송 교수의 소개에 혜현도 교수들을 향해 열심히 인사를 했다. 물론 그 속에는 박평재도 섞여 있었다.

여전히 약간은 긴장한 채였지만, 혜현은 이제 박평재가 자신을 전혀 못 알아볼 것 같다는 확신이 들기 시작했다.

오랜 세월 동안 미워하고 때로는 그리워하다가 다시 미워하기를 반복한 자신조차도, 다시 만나게 된 박평재는 남에 가까운 존재처럼 여겨졌다. 자신도 그런데 자신을 잊고 새로운 가정을 꾸려 잘 살아왔을 그가 자신을 바로 알아보리라는 것은 희망사항에 가까웠다.

혜현은 박평재를 향해 고개를 숙였다.

"안녕하세요."

"아, 학회 참석 건으로 나한테 전화를 했지?"

"……네."

알고 있으면서 짐짓 모르는 척 말을 거는 것도, 아니면 혹시나 해서 물어보는 태도도 아니었다. 그는 완벽하게 혜현을 타학교의 조교로 대하고 있었다.

박평재를 마주하는 지금 이 순간, 자신을 향해 밀려들어 오는 갖가지 감정들을 혜현은 일단 뒤로 보내기로 했다.

박평재 앞에서, 그리고 송 교수 앞에서, 그리고 이준의 앞에서 동요하는 자신을 보일 수는 없었다.

"여기 있는 조교 선생이 말을 하도 잘 해서 안 올 수가 없었지 뭐야."

박평재는 그렇게 말하고는 껄껄껄 웃음소리를 냈다. 이준은 기가 막히다는 표정으로 혜현의 얼굴을 살폈지만 혜현의 얼굴에서는 그 어떠한 감정도 읽을 수가 없었다.

이준은 결심한 듯 입을 열었다.

"교수님, 아까 말씀드린 논문을 여기 박혜현 원우와 함께 진행하고 있습니다."

박혜현이라는 이름 석 자가 이준의 입에서 나오는 순간, 혜현은 흠칫하며 이준을 바라보았다.

박평재가 자신을 모르는 채 무사히 지나가기를 바라는 마음

189

반, 아니면 자신이 여기 있다는 것을 알아주기를 바랐던 마음 반인 혜현과 다르게 이준의 얼굴에는 어떠한 단호함이 어려 있었다.

박평재가 천천히 혜현 쪽으로 시선을 옮겼다.

"그런가? 아직 석사과정이라고 들은 것 같은데."

혜현은 눈을 깜빡이는 것조차 잊은 채, 자신을 향하는 박평재의 눈동자에 시선을 맞추었다.

그의 입술 근육이 묘하게 일그러지는 것을 이준은 놓치지 않았다. 하지만 그것도 아주 잠시, 박평재는 앞에 놓은 물컵을 들어 입가에 가져다 대었다.

"프로젝트를 진행한 경험도 있고, 수준 높은 소논문도 몇 편 있어 함께 논문을 진행하는 데 전혀 부족함이 없고 오히려 제가 도움을 받을 때도 있습니다."

이준이 난데없이 늘어놓는 혜현에 대한 칭찬에 송 교수의 눈썹이 살짝 움직였고, 다른 교수들도 살짝 어리둥절한 표정이었다.

혜현은 얼굴이 달아오르는 것을 느꼈다. 송 교수와 다른 교수들의 눈을 피해 말없이 시선을 내려 테이블 위에 놓인 수저만 바라보았다.

"여하튼, 기대해 보겠네. 우수한 사람들끼리 한번 일을 내보지."

박평재는 아무렇지도 않은 얼굴로 적당히 마무리를 짓고, 노련한 말솜씨로 대화 주제를 바꾸었다. 금세 전혀 새로운 이야기들이 교수들 사이에서 오가기 시작했다.

혜현은 여전히 애꿎은 수저만 노려보고 있다가 입을 열었다.

"박평재 교수님께 질문 하나 드려도 될까요?"

몇몇의 교수들과 함께 박평재가 혜현에게로 시선을 옮겼다. 예사로운 눈빛을 한 채, 박평재가 말했다.

"무엇인가?"

"아까 교수님께서 발표 때 말씀하신 것 중에, 근대에서 강조된 모성 이데올로기에 대한 것 말입니다."

"음, 그거."

박평재가 팔짱을 끼었다.

"교수님께서는 국가의 기본 단위가 가정이라고 하셨고, 그것을 지키고 이끌어 나가는 존재로 어머니의 역할이 강조되었다고 언급하셨죠."

"그랬지."

"많은 예술 작품, 다양한 서사에서도 어머니는 그런 존재로 묘사되는 경우가 많다고 하셨습니다. 반면 모성에 비해 부성은 그 중요성이 크게 강조되지 않고, 최근 여러 문학 작품에서 가장의 권위를 상실한 아버지, 해체되는 가정의 아버지가 더 두드러지게 나타난다고 하셨는데."

혜현은 잠시 숨을 고르고 계속 이어 말했다.

"그것이 IMF 이후 한국 사회에 나타난 사회 전반의 좌절감으로 인해서만 비롯되었을까 궁금합니다."

송 교수의 눈썹이 다시 한 번 꿈틀, 움직였다.

"오히려 그 침체된 분위기가 개인의 비도덕성을 발현시켜서, 가족이라는 구심점을 파괴하는 것으로 나아가는 것과 같은 미시적 원인이 되지 않았을까 생각하는데요."

이준은 단 한 번도 더듬거나 망설이지 않고 물 흐르듯 말을 이어 나가는 혜현에게 내심 놀라고 있었다.

놀란 건 수정도 마찬가지였다. 첫인상과는 전혀 다른 혜현의 모습이 흥미로워 박평재와 혜현을 번갈아 바라보았다. 과연 박평재 교수가 혜현의 말에 어떤 반응을 보일지, 수정도 무척이나 궁금했다.

"학생이 이야기하는 개인의 비도덕성이란 건 뭐지?"

"별 죄책감 없이 가족의 해체에 일조하는 태도라고 생각합니다. 예를 들어⋯⋯."

혜현이 잠시 숨을 고르고 말을 이어 나갔다.

"외도로 인해 가족을 등지거나 하는 경우입니다."

박평재의 표정이 눈에 띄게 일그러졌다.

"학생이 말하는 건 내 발표 내용과 크게 관련은 없는 것 같은데⋯⋯."

박평재가 말끝을 흐리며 또다시 물을 한 모금 들이켰다. 의아한 표정으로 두 사람을 번갈아 바라보던 송 교수가 허허, 웃으며 말했다.

"조교가 워낙에 평소에도 이런 질문을 많이 하는 터라, 널리 이해해 주셨으면 합니다."

"똑 부러지는 조교를 데리고 계십니다, 송 교수님."

옆에서 이를 지켜보던 다른 교수가 말끝에 웃음소리를 매달며 어색해진 분위기를 무마했다. 이윽고 언제 그랬냐는 듯이 교수들은 저마다의 이야기에 몰두했다.

혜현은 박평재의 시선을 견뎌 내며 말없이 입술을 깨물고 있을 뿐이었다.

그의 입매가 아까보다 한층 더 일그러졌다. 잠시 나갔다 오겠다는 박평재의 목소리, 황급히 교수 무리를 빠져나가 멀어지는 박평재의 발소리를 들으며, 혜현은 아까부터 자신을 보고 있는 이준을 향해 눈길을 돌렸다.

'괜찮아. 잘했어.'

시끄러운 교수들의 대화 사이에서 입 모양으로 벙긋벙긋 말하는 이준을 보자 눈물이 왈칵 쏟아질 것 같았다.

혜현은 울지 않기 위해 눈을 크게 떴다. 이제 박평재는 더 이상 혜현에게 그리움이나 미움, 또는 애증의 대상이 되지 못할 것이다.

이대로 이름뿐이었던 아버지를 영영 털어 낼 수도 있을 것 같다는 확신마저 드는 순간이었다.

❋

길고 긴 하루가 저물었다.

식사 자리가 끝나고, 교수들은 저마다 인사를 나누며 제각각 돌아갔다. 교수들을 배웅하고 뒷정리를 하는 혜현의 표정은 태연해 보였지만, 실은 개운치 않았다. 통쾌하게 한 방 먹였다는 느낌도 크게 없었다.

더 이상 상처받지 않을 줄 알았다. 아버지라는 이름이 주는 아픔에는 이미 단련될 대로 단련되었다고 생각했다.

하지만 막상 자신을 알아보고도 끝까지 외면하는 것 같았던 박평재를 마주한 데에서 오는 허탈함은 생각보다 더 엄청난 것이었다.

당연하게도, 식사 자리는 불편하기만 했다. 박평재는 교수들과 어울리며 혜현을 향해서는 눈길조차 주지 않았다.

혜현은 묵묵히, 기계적으로 수저를 놀리며 듣기 싫어도 어쩔 수 없이 들려오는 박평재의 목소리를 감내했다.

송 교수는 혜현을 향해 미심쩍은 눈길을 보냈지만 자리가 자리인 탓인지 별말은 하지 않았다. 웬일인지 눈을 빛내며 옆에서 조잘조잘 쉴 새 없이 이야기를 하는 수정조차도 부담스러웠다.

그나마 혜현이 그 식사 자리를 끝까지 버틸 수 있었던 것은 이준 때문이었다. 괜찮다고, 잘 했다고, 그 정신없는 틈에서도 말해 주었다. 이준은 한순간도 혜현의 곁을 떠나지 않았다.

"드디어 다들 갔네."

"……."

"집에 데려다줄게."

"아니에요. 괜찮아요."

이준과 단둘이 남으면, 무어라 입을 열어야 할지 알 수 없었기에 한사코 거절한 혜현이었다. 하지만 이준은 말없이 혜현을 이끌어 조수석에 태웠다.

"……오늘은 아무 생각 하지 말고, 집에 가서 푹 자."

핸들을 잡은 이준의 목소리에 혜현은 조용히 고개를 끄덕였다.

다른 말 없이 그 한마디만 해 준 이준이 고마웠다. 고맙다고 말을 하려고 해도 목이 잠겨 버린 것처럼 목소리가 나오지 않았다.

이윽고 이준이 혜현의 원룸 앞에 차를 세웠다. 차는 정지했지만 둘 중 그 누구도 움직이지 않았다.

얼마간의 시간이 흐른 뒤, 혜현이 천천히 낮은 목소리로 말했다.

"오늘…… 정말 고마워요."

왠지 눈물이 나올 것 같았다. 눈물을 들킬까 봐, 혜현은 서둘러 조수석에서 내리려고 했다. 차 문을 열려고 하는 순간, 이준이 혜현의 팔을 잡아 운전석 쪽으로 끌어당겼다.

혜현이 잠시 어리둥절한 사이 이준은 그녀의 어깨를 감싸 안았다. 작은 몸이 가늘게 떨리는 것이 느껴졌다.

어떠한 말도 필요하지 않았다. 지금 이 순간으로 괜찮은 거라고, 혜현은 생각했다. 아주 길고 지루한 악몽을 꾸었고, 지금은 꿈에서 깨어나 곁에 있기만 해도 눈물이 날 만큼 벅찬 사람의 품에 안겨 있다고.

혜현은 집에 들어오자마자 바닥에 드러누웠다. 불 꺼진 좁은 원룸에서 한참을 누워 있던 혜현은 부스스 일어났다. 겉옷을 벗어 아무렇게나 한쪽 구석으로 밀어 둔 채, 혜현은 다시 쓰러지듯 몸을 뉘었다.

방에 누운 채 시야가 어둠에 익숙해질 무렵, 혜현은 조용히 눈을 감았다.

이준의 말대로 오늘은 생각보다 쉬이 잠들 수 있을지도 몰랐다. 온갖 잡념으로 머리가 뒤죽박죽인 상태에서도 그의 위로는 탁월한 자장가가 되었다.

스르르 잠든 혜현의 얼굴 위로, 창을 비추는 희미한 가로등 빛이 살포시 어려 있었다.

05.

"그래, 논문은 어떻게 되고 있나?"

"아, 그게……."

송 교수의 갑작스러운 호출에 연구실로 불려 간 이준은 바로 허를 찌르고 들어오는 송 교수의 질문에 적지 않게 당황했다. 계속 바쁜 혜현에게 차마 논문 이야기를 꺼낼 수 없었고, 자신도 덩달아 미뤄 온 참이었다.

"일단 강의 진행하면서 자료 수집하고 있는 중입니다."

"자네와 내가 공동 저자로 들어가는 것이긴 하지만, 사실 자네가 주저자와 다름없는 논문이야. 알고 있지?"

"알고 있습니다."

"복학한 이유가 있지 않은가."

"……그렇습니다."

"자네가 선택한 거고."

이준은 늦은 밤에 송 교수를 만나러 학교에 왔던 그날을 떠올렸다.

늘 그랬듯이 송 교수는 많은 말을 하지 않았다. 송 교수는 이준에게 단 한 통의 전화를 했을 뿐이고, 자신은 호영과 함께 하던 사업에서 당분간 손을 떼기로 했다. 모두가 이준 자신이 결정한 일이었다.

"후회하지 않을 선택이어야 하지 않겠는가."

송 교수의 뼈 있는 말에, 이준은 허리를 숙여 인사하는 것으로 대답을 대신했다. 뒤돌아서 연구실을 나오는 발걸음이 무거웠다.

그러했다. 학교로 돌아온 이유가 있었다.

1년 전, 결코 잊을 수 없던 그 일은 이준을 한재대를 등지게 만들어 버렸다. 다시 이곳에 발을 붙이기까지 꼬박 1년이라는 시간이 걸렸다.

아직도 '왜'라는 의문이 뒤따르지만 이제는 받아들이기로 한 일이었다. 모두 극복해서라기보다는 이준 자신의 나약함을 도무지 참을 수가 없었던 이유가 더 컸다.

밤이 늦은 시각에 송 교수의 연구실로 향하면서도 못내 망설이던 그가 마음을 굳힌 것은 인적이 드문 캠퍼스를 걸어가던 낯익은 얼굴을 발견했기 때문이다.

막연히 같은 학과 대학원에 들어왔을 수도 있겠지, 했던 혜현을 다시 만난 것도 1년 만이었다.

혜현을 더 많이, 더 알고 싶었다. 더 이상 스쳐 지나가는 인연으로 내버려 두고 싶지 않았다. 그리고 지금은 원하던 대로 이준의 사람이 되었다고 생각했다.

이 달콤함은 끊을 수 없는 마약과도 같았다. 모든 문제를 제쳐 두고서라도 혜현만 있으면 괜찮을 거라 여겨 왔다.

인생을 건다는 말은 거창할지도 모르지만, 분명 그만큼의 의미가 있었다. 이준에게 혜현은, 어느새 그런 존재가 되어 버렸다. 그러니 다른 것은 생각하지 않기로 했다.

혜현과 함께할 수 있는 지금, 그것으로 충분했다.

이준은 학과 사무실로 향했다. 문을 열고 들어서자, 선희가 고개를 들어 이준을 향해 환한 미소를 지었다.

"어머, 무슨 일이세요?"

"제가 맡는 학부 강의, 중간고사 때문에 왔습니다."

이준은 적당히 예의를 차린 말투로 대답했다.

"시험 시간표랑 시험 강의실 말씀하시는 거예요? 아직 안 나오긴 했는데⋯⋯. 원하신다면 제가 선생님 편한 대로 특별히 맞춰 드릴게요."

"아닙니다. 나중에 다시 오겠습니다. 그럼."

이준은 눈웃음을 치며 속삭이는 선희를 향해 한마디를 남기고 뒤돌아섰다. 샐쭉해진 선희는 이준의 뒤에 대고 아까보다 쌀쌀해진 목소리로 말했다.

"김이준 선생님, 이번에도 시험 때문에 그렇게 되시면 안 되잖아요? 그래서 제가 특별히 편의를 봐 드리려고 한 건데⋯⋯."

선희가 말을 채 마치기도 전에 이준이 뒤돌아섰다.

전에 보지 못했던 이준의 서늘하고도 날카로운 시선이 그녀에게 꽂혔다. 선희가 흠칫하며 말끝을 흐렸다.

"아, 저, 그게……."

"주선희 씨가 전 학과 조교한테 무슨 말을 전해 들었는지는 모르겠지만, 그런 식으로 말씀하시는 건 별로 달갑지 않습니다."

얼음장 같은 차가움이 뚝뚝 묻어 나오는 이준의 목소리를 듣고서야 선희는 아차 싶었다. 그녀는 묵묵히 입술을 깨물며 이준의 시선을 피했다.

이준은 선희를 내버려 둔 채 학과 사무실을 나왔다.

안타깝게도 한재대 대학원에는 선희와 비슷한 사람들이 대부분이었다. 그렇지 않은 척, 겉으로는 온갖 예의와 교양을 차리며 뒤에서는 온갖 말들이 오고 가는 집단.

이들에 신물이 나서 학교를 떠난 것도 있었다. 이준이 떠난 곳에서 혜현은 이런 사람들과 부딪치며 버텨 왔을 것이다.

"이준 씨."

선희의 떽떽거리는 목소리와는 대조적인, 부드럽고 편안한 울림.

이준은 시선을 돌렸다. 혜현이 양팔에 대여섯 권은 되어 보이는 책을 한 아름 들고 이준을 올려다보며 미소 짓고 있었다.

"도서관 다녀와?"

"네."

"웃차."

자연스럽게 책을 받아 드는 이준이, 이제는 부담스럽거나 낯설지 않은 듯 순순히 넘겨주었다. 혜현은 짓눌려 있던 책의 무게에서 자유로워진 팔을 접었다 펴며 말했다.

"일단 연구실에 이거 두고, 송 교수님 찾아뵈려고요. 오라는 연락을 받았어요."

혜현의 표정이 살짝 어두워졌다. 학술대회에서의 일을 그냥 넘기지 않을 송 교수였다.

"걱정하지 마. 네가 잘못한 건 없어."

"맞아요."

혜현은 일부러 단호한 목소리를 내어 대답했다. 이준은 말 없이 고개를 끄덕여 주었다.

이준은 혜현의 연구실 책상 위에 책을 내려놓았다.

꽤 묵직한 무게에 팔이 뻐근했다. 책등을 보니 두께가 꽤 있어 보이는 학술저서들이 대부분이었다. 이준이 고개를 갸웃하며 물었다.

"이걸 언제 다 읽게?"

"전부 다 정독하는 건 아니고요. 과제 하는 데 필요할 것 같아서⋯⋯."

이제 곧 중간고사 기간이었다. 학부생들은 시험 준비에 여념이 없었고 대학원생이라고 크게 다르지 않았다. 시험은 없지만 대부분 시험을 대체하는 발제나 소논문을 준비해야 했다.

"학기가 끝나야 좀 한가해질까."

"아무래도⋯⋯."

혜현이 씁쓸하게 웃었다.

이준을 알기 전에는 해야 할 일, 그리고 할 수 있는 일이 공부나 조교 업무밖에 없었다. 이준을 만나고서부터 하고 싶은 일은 매일 늘어 가는데, 그럼에도 시간을 낼 수 없는 게 못내 답답했다. 그나마 학교에서 이준을 자주 만날 수 있다는 것이 유일한 위안이었다.

"그럼 이제…… 송 교수님에게 가 볼게요."

약간 굳은 얼굴로 송 교수의 연구실로 향하는 혜현의 뒷모습에는 무언의 각오가 어려 있었다.

이준은 걱정스러운 눈빛으로 혜현을 바라보다가, 들리지 않을 응원을 보냈다. 지금의 혜현이라면 송 교수가 무슨 말을 하든 크게 마음에 두지 않을 수 있을 것 같았다.

※

"오랜만이었네."

"네?"

"내가 처음 봤던, 학부생 때 자네의 모습을 본 것 같았어."

"……."

"일단 앉지."

송 교수는 긴 이야기를 하려는 듯 혜현을 소파에 앉도록 하고 말을 이었다.

"내게 찾아와서 청강을 해도 되냐고 물었을 때에도 당돌한 면이 있었지. 그 패기로 공부도 썩 잘하겠구나 싶었고."

뜻밖의 말이었다. 송 교수가 이런 이야기를 꺼낼 줄은 몰랐다.

"그런데 우리 대학원에 들어오고 나선 자네가 영 움츠러들

어 버린 것 같아서 말이야. 때론 하고 싶은 말도 하면서 살아
야지."

말투는 여전히 무뚝뚝하지만 속에는 그녀를 향한 마음이 담
긴 송 교수의 말에 혜현은 마음이 뭉클해졌다.

"자네는 꼭 필요할 때가 아니면 굳이 나서지 않는 사람이니,
그날 학술대회 뒷풀이 자리에서도 꼭 질문을 해야만 했던 사정
이 있었겠지. 문제 삼을 것도 없고 뭐라 할 일이 아니야. 다
만."

송 교수의 다음 말을 기다리며 혜현은 자신도 모르게 긴장
했다.

"내가 의아했던 건 박평재 교수님을 크게 원망하는 것 같았
던 자네의 태도라네. 같은 학계에 몸담고 있는 후학의 입장에
서 하는 질문이 아니더군."

완벽하게 간파당해 버렸다. 관조하는 것 같으면서 모든 것
을 꿰뚫어 보고 있었던 송 교수의 내공은 혀를 내두를 정도였
다.

혜현은 그만 고개를 푹 숙이고 말았다.

"혹시 박평재 교수님과 무슨 개인적인 사정이 있나?"

"……그런 것은 없습니다."

그 누구에게도 말하지 않던 것이었다. 단 한 사람, 이준을
빼고는.

송 교수에게 섣불리 털어놓을 성격의 것도 아니었다. 언젠
가는 송 교수의 귀에 들어가게 될지 몰라도, 지금은 너무 일렀
다.

송 교수가 살짝 미간을 찌푸렸다. 아마 혜현이 제대로 사실을 말하지 않는다는 것을 알아챘을 것이다.

그러나 송 교수는 더 묻지 않았다. 혜현에게는 다행스러운 일이었다.

"……알겠네. 참, 김이준 선생과 꽤 친분이 있는 편인가?"

"네?"

난데없이 나온 이준의 이름에 혜현이 흠칫 놀랐다.

"김 선생 논문 보조원으로 있지?"

"그렇습니다."

"다른 듯 닮은 사람들끼리 모였구먼. 잘 해서 좋은 논문을 써 봐."

의미심장한 말을 남기고, 송 교수는 혜현을 향해 나가 보라며 손짓했다.

혜현이 송 교수의 연구실 문을 닫고 복도로 한 발자국 내딛는 순간, 긴장의 끈이 탁 하고 놓였다.

생각했던 것처럼 송 교수에게 크게 혼나지 않았다. 오히려 어느 정도는 이해한다는 말도 들었다.

그럼에도 불구하고 마음 한구석이 못내 찜찜한 건, 혜현이 박평재를 대했던 태도를 가까운 곳에서 모두 보고 있었던 송 교수 때문일 것이었다.

어쩌면 박평재도 제자들에게는 배려가 넘치는 교수일 수도 있을 것이다. 물론 박평재의 조교라고 했던 수정은 그가 꽤 깐깐한 데다가 다혈질이라고까지 말했지만.

그래도 자신을 외면하지 않았다면, 아버지라는 이름으로 그리고 교수라는 이름으로 박평재를 존경하며 살아왔을지도 모를 일이었다.

학술대회 이후, 혜현은 애증으로 힘겹게 붙들고 있던 박평재를 놓기로 했다.

앞으로도 정말로 타인인 것처럼, 자신과 아무 상관 없는 태도로 일관하겠다고 마음먹었다. 딸을 알아보았음에도, 잘 지냈냐는 말 한 마디도 건네지 못할 만큼 옹졸하고 비겁한 인간이었다.

이제 정말로 완벽히 혼자구나.

인정하고 나니까 마음이 편해졌다. 유령처럼 이름만 존재했던 가족이라는 굴레에 더 이상 갇히지 않아도 되니 훨씬 자유로워진 느낌이었다.

지금껏 혼자서 잘 살아온 것처럼 앞으로도 그러면 된다.

봐야 할 책이 산더미같이 쌓여 있는 연구실로 향하면서도 발걸음은 꽤 가벼웠다.

혜현이 연구실에서 집중해서 책을 들여다보는 동안, 날은 이미 저물 대로 저물었다. 문득 극심한 허기를 느껴 시계를 확인하니 밤 10시 30분이 넘어가고 있었다.

초콜릿이나 사탕이라도 먹어야겠다 싶어 가방을 뒤졌지만 텅 비어 있었다.

머리가 더 이상 돌아가지 않을 것 같았다. 혜현은 대충 가방을 챙겨 자리에서 일어섰다. 연구실에도 혜현 혼자 남아 있었다.

불을 끄고 문을 잠근 뒤 어두운 복도를 걸어 내려가 인문학관 밖으로 나왔다. 꽤 쌀쌀해진 밤공기가 몸을 움츠러들게 했다.

혜현은 인적이 드문 캠퍼스를 걸어 나왔다. 매일 걷는 길이라도 밤길은 늘 경계하게 되기 마련이었다.

혜현은 뺨을 때리는 찬 바람에 몸을 잔뜩 웅크리며 종종걸음으로 집을 향했다.

보통 때와 다름없는 귀갓길이었다.

분명 처음에는 그러했다. 교문을 나서려는 순간, 뒤에서 헤드라이트를 밝히며 혜현을 따라오던 차가 갑자기 요란한 소리를 내며 혜현의 앞을 가로막고 멈춰 섰다.

느닷없는 상황에 화들짝 놀란 혜현은 주춤하며 한 걸음 물러섰다.

그때까지만 해도 제대로 상황 파악이 되지 않았다. 혜현에게 밤늦게 집으로 돌아가는 일은 흔했고, 인적이 드문 어두컴컴한 길이 혜현에게 위협의 대상이 된 적은 없었다.

하지만 오늘은 달랐다. 지나가는 사람이 한 명도 없는 길목에서, 혜현은 검정색 차에서 내리는 사람들을 피해 달아날 생각도 못 하고 그 자리에서 얼어붙었다.

"박혜현 씨?"

머리부터 발끝까지 온통 검은 옷으로 갖춰 입은 세 명의 남자들은 놀랍게도 혜현의 이름을 알고 있었다.

자신의 이름을 부르는 목소리를 듣는 순간, 그만 머릿속이 하얗게 비어 버렸다. 그들은 정확히 혜현을 표적으로 두고 있는 모양이었다.

대체, 왜? 무엇 때문에?

혜현은 제대로 돌아가지 않는 머리를 애써 굴려 보았다. 영화나 드라마로만 접해 왔던 상황이 바로 지금 일어나고 있었다. 이대로 가만히 있다가는 무슨 일을 당할지 몰랐다. 다리가 후들거려 왔다.

뜻하지 않은 패닉으로 텅 빈 두뇌가 뚜렷한 답을 내놓지 못하는 사이, 무리들은 천천히 혜현을 에워싸듯 접근해 왔다.

혜현은 뒷걸음질 치며 그들을 노려보았다.

힘껏 소리쳐도 도와줄 사람은 주위에 없었다. 기회를 봐서 있는 힘을 다해 도망쳐야 했다. 이대로 경찰서든 어디든 달려가야 무사할 수 있다고 본능이 말해 주고 있었다.

험악한 인상의 남자가 기분 나쁜 웃음을 지으며 말했다.

"잠깐 이야기 좀."

혜현은 지금의 자신이 안전하지 않은 상황에 처했다는 걸 충분히 인지하고 있었다. 그들이 그녀를 어떻게 알고 있는지는 몰라도, 좀 더 정상적인 접근을 원했다면 이런 방식을 쓰지는 않았을 것이다.

그들은 당장이라도 혜현의 팔을 낚아채 차에 태울 기세로 성큼성큼 다가왔다.

혜현은 다급하게 곁눈질로 주위를 살폈다. 이제 정말 있는 힘을 다해 이 자리를 벗어나야 할 때였다. 필사적으로 달려도 금방 따라잡힐 게 분명했다.

제발, 생각을 해 내.

스스로에게 끊임없이 외쳤지만 뾰족한 수가 떠오르지 않았다. 그때 무리 중 한 명이 험악한 얼굴을 한 남자의 팔을 잡고 뭐라 속삭였다.

팔을 잡힌 남자는 얼굴을 잔뜩 찌푸리고 혜현을 곁눈질로 흘끗 바라보았다. 다른 한 명의 남자는 알 수 없는 이야기를 주고받는 두 명을 팔짱을 낀 채 바라보고 있었다.

이윽고 남자가 혜현을 향해 다시 한 번 말했다.

"잠깐 좀 보자니까."

"무, 무슨 일인데요."

혜현이 뒷걸음질 치며 떨리는 목소리로 말했다.

"지금 급하니까 여러 말 할 시간 없고."

남자가 인상을 쓰며 혜현의 팔을 잡았다.

꼼짝없이 남자에게 팔을 붙들려 버린 혜현은 극심한 공포감과 두려움으로 숨이 막혀 왔다. 이대로 어설프게 도망치다가는 남자들이 자신에게 어떤 해코지를 할지 몰랐다.

"이거 놓, 놓고 말해요."

"아까 다 말했잖아. 아 좀, 같이 어디 좀 가자고요."

남자가 팔을 잡은 채 혜현을 끌어당기려고 하자 혜현은 안간힘을 쓰며 발버둥 쳤다.

그 순간 팔짱을 끼고 서 있던 남자가 그녀의 팔을 잡은 남자에게 뭐라 속삭였다. 혜현은 남자의 말을 듣느라고 자신을 잡고 있는 남자의 팔의 힘이 느슨해진 것을 느꼈다.

지금이다!

남자들이 혜현에게 집중하지 못하고 저들끼리 눈빛을 주고

받는 사이, 혜현은 뒤돌아서 힘껏 달렸다.

"잠깐, 박혜현 씨!"

남자들 중 누군가가 혜현을 소리쳐 부르는 소리가 고막을 세차게 때렸다.

이제 더욱 더 멈출 수 없었다. 그들 중 한 명이 금방이라도 쫓아와 자신의 어깨를 잡을 것만 같았다. 오직 도망쳐야 한다는 본능만이 혜현을 지배하고 있었다.

숨은 턱 끝까지 차올랐고 기계적으로 움직이는 두 다리는 감각이 없어진 듯 더욱 속도를 내기 위해 필사적이었다. 그들이 자신을 뒤쫓는 건지 아닌지도 인지하지 못한 채 달리고 또 달렸다.

정신을 차려 보니 인문학관 앞이었다.

땀범벅이 된 얼굴로 혜현은 어두컴컴한 건물 안으로 뛰어 들어갔다. 쿵쿵거리며 자신을 뒤따라오는 소리가 귓가에서 울리는 것 같았다. 그것이 환청인지 실제인지 판단할 겨를도 없었다.

혜현은 연구실로 뛰어 올라가 문을 잠갔다.

칠흑 같은 어둠이 혜현을 감쌌다. 더듬더듬 손을 짚으며 걸어간 혜현은 벽에 기대 쪼그리고 앉아 무릎을 모았다.

계속해서 들리는 쿵쿵대는 소리는 심장이 빠르게 뛰는 소리일까, 혜현을 뒤따라오는 그들의 발자국 소리일까.

그제야 눈물이 나왔다. 나는 과연 오늘 무사할 수 있을까. 내일 아무 일도 없다는 듯이 아침을 맞이할 수 있을까.

그들은 누구일까. 왜 내게 이런 일이 일어난 걸까. 그 어떤 질문도 답을 찾을 수 없었다.

지금의 혜현에게는 도움이 절실하게 필요했다. 경찰보다 더 먼저 떠오른 사람은 이준이었다. 추적당하고 있을지도 모르는 지금의 상황에서도 그가 보고 싶었다.

이대로 숨어서 옴짝달싹 못 할지도 모르는 긴긴 밤을, 혼자 감당할 힘이 없었다.

혜현은 주머니에 들어 있던 핸드폰을 찾아 꺼내 들었다. 덜덜 떨리는 손으로 이준의 번호를 꾹꾹 눌렀다. 길고 긴 신호음만 울리는 핸드폰을 붙잡고서, 터질 것같이 쿵쿵대는 심장 소리만 듣고 있는 이 시간이 영겁과도 같았다.

그리고 드디어.

– 응. 혜현아.

자신의 이름을 부르는 이준의 목소리를 듣는 순간 밀려오는 안도감으로 다시 왈칵 눈물이 솟았다. 목소리를 듣는 것만으로도 온몸을 에워싸고 있던 불안감이 한결 나아졌다.

"이준 씨……."

잠긴 목소리를 끄집어내 겨우 이준의 이름을 불렀을 뿐인데도, 이준의 다급한 음성이 핸드폰을 타고 전해져 왔다.

– 혜현아, 무슨 일이야.

"나…… 너무…… 무서워요."

혜현은 쉴 새 없이 볼을 타고 흐르는 눈물을 닦고, 한 글자 한 글자 힘겹게 말을 이었다.

"어떤 남자들이…… 날 어디로 끌고 가려 해서…… 도망쳤어요. 지금…… 빨리…… 와 주세요. 여기 연구실……."

– 조금만 기다려. 금방 갈게.

더 묻지 않고 금방 온다는 이준의 말 한마디. 그것만으로도 안심이 되었다. 혜현은 쪼그려 앉은 채 무릎을 세워 얼굴을 묻었다. 방금 전까지 속절없이 짓누르던 공포가 점차 사라지고 있었다.

✳

이준은 거칠게 숨을 몰아쉬며 연구실에 다다랐다.

이마엔 땀방울이 맺혀 있는 채였다. 이준은 다급한 손놀림으로 번호를 눌러 도어록으로 잠겨 있는 문을 열었다.

불도 켜지 않은 연구실의 구석에 한껏 웅크리고 앉아 있는 혜현이 복도의 불빛으로 어슴푸레하게 보였다. 혜현이 눈물 자국이 마른 푸석해진 얼굴로 이준을 향해 고개를 들었다.

"이준 씨……."

혜현이 뭐라 말을 꺼내기도 전에, 이준은 무릎을 굽히고 앉아 혜현을 품에 안았다. 작은 몸이 덜덜 떨리고 있었다.

"처음 보는 남자들이 내 이름을 부르면서…… 내 팔을 잡아 끌고……."

"괜찮아."

"무서워서…… 집으로 갈 수가 없었어요……. 여기서 한 발자국도 나갈 수가……."

이준은 헝클어진 채 얼굴 위로 흘러내린 혜현의 머리카락을 귀 뒤로 넘겨 주었다.

"다친 데는 없는 거지?"

이준이 문득 생각난 듯 혜현의 몸 이곳저곳을 살피며 다급하게 물었다. 혜현이 눈물 어린 눈을 하고서 천천히 고개를 끄덕였다.

이준이 안도한 듯 가벼운 한숨을 내쉬었다.

혜현에 대한 걱정만 앞서 미처 다른 것을 생각하지 못했던 이준은, 혜현이 무사함을 두 눈으로 확인하고 나서야 화가 치밀어 올랐다.

혹시라도 혜현이 잘못되기라도 했다면 아마 이성을 잃고 그들을 찾아내 직접 해코지했을지도 몰랐다.

한편 혜현은 눈앞에 이준이 나타나는 순간에도 환상을 보는 것이 아닌가 하는 착각이 들 정도로 극심한 공포가 온 정신을 지배하고 있는 중이었다.

자신을 끌어안는 이준의 팔, 따뜻한 체온을 직접 느끼고 난 후에야 겨우 마음이 놓였다. 혹시라도 아까 그 사람들이 여태껏 자신을 쫓고 있을지도 모른다는 생각은 혜현을 이곳에서 단 한 발자국도 움직이지 못하게 했다.

"앞으로 절대 혼자 가지 마. 매일 집으로 데려다줄 거야."

"……고마워요."

여전히 목소리가 살짝 떨리고 있었지만, 아까보다는 한결 편안해진 표정으로 대답하는 혜현이었다.

이준은 연구실의 형광등 스위치를 찾아 눌렀다. 순식간에 시야를 메우는 밝은 빛에, 어둠에 익숙해져 있던 둘은 잠깐 눈을 찌푸렸다.

"왜 불도 끄고 있었어."

"들킬까 봐요."

"응?"

"건물 밖에서 보면 불 켜진 게 보일 테니까……."

혜현은 불과 몇십 분 전에 있었던 일을 다시금 떠올리며 몸
서리쳤다.

이준을 기다리는 동안은 영겁 같은 시간이었다. 그들이 들
이닥치기 전에 이준이 먼저 자신을 찾아와 주길 기도하고 또
기도했다. 연구실의 비밀번호를 누르는 소리가 들려올 땐 심장
이 멎는 것 같았다.

이윽고 그토록 기다려 왔던 얼굴이 눈에 보이자 마음이 놓
임과 동시에 온몸에서 힘이 쭉 빠졌다.

이제 됐어.

또다시 눈물이 나왔다. 자신의 말에 한달음에 달려와 준 이
남자를, 이제 완전히 의지하게 되었다는 것을 깨달았다.

"나가자."

"집으로는…… 못 가겠어요."

혜현이 불안한 목소리로 말했다. 학교는 넓어서 얼마든지
숨어 들어갈 만한 공간이 있었다. 하지만 그들에게 집의 위치
를 들켜 버린다면.

"오는 동안 이 근처에 이상한 자동차나 무리들은 없었어. 안
심해도 돼."

"그래도……."

이준이 혜현의 몸을 일으켰다.

"나와 함께 있는 한 네가 위험할 일은 없게 할 거야."

이준은 혜현의 어깨를 감싸 안고 부축하듯이 함께 걸었다.

건물 밖으로 나갈 때에도 편치 않은 눈빛으로 이리저리 주위를 살피는 혜현을 보며, 조금만 잘못했으면 혜현이 정말로 위험했을지도 모른다는 생각에 아찔해졌다.

왜 집까지 데려다준다는 말을 지키지 못했을까. 왜 그 늦은 밤에 혜현 혼자서 길을 걷게 했을까.

이준이 손수 혜현의 안전벨트를 매 줄 때조차도 혜현은 창밖에서 시선을 떼지 못했다. 이준이 혜현의 뺨에 손을 얹고 자신의 쪽으로 고개를 살짝 돌렸다.

"이제 정말 괜찮아."

불안하게 흔들리던 눈동자가 확신에 찬 이준의 눈동자와 마주쳤다. 혜현은 그를 향해 작게 고개를 끄덕였다.

이준은 차를 출발시켰다. 속도를 내 학교를 빠져나간 차는 전혀 새로운 방향으로 달리고 있었다.

"어, 어디로 가는 거예요?"

"집."

"네?"

"우리 집."

혜현이 놀란 눈으로 이준을 향해 고개를 돌렸다.

"적어도 그놈들이 우리 집까지는 쫓아오지 못할 거니까."

이준이 혜현을 향해 씨익 웃었다.

난생처음으로 좋아하는 남자의 집에 간다는 말을 듣자 혜현은 갑자기 가슴이 뛰었다. 아까까지 무서움에 떨던 마음이 어디로 갔는지 모를 일이었다.

이윽고 이준은 고급 오피스텔에 차를 세웠다.

이준의 재력이 상당하다는 것은 이미 알고 있었지만, 직접 눈으로 보는 것은 또 달랐다. 이준이 안내하는 대로 현관문 안으로 들어서자, TV 드라마에서나 보았던 풍경이 펼쳐졌다.

자신이 살고 있는 좁은 원룸의 몇 배가 될지 가늠조차 되지 않는 드넓은 거실을, 혜현은 잠시 넋을 놓고 바라보았다.

"따뜻한 거라도 마실래?"

"아…… 네."

혜현은 주춤거리며 소파 끝에 걸터앉았다. 주방으로 들어간 이준이 달그락대는 소리를 들으며, 혜현은 천천히 집 안을 둘러보았다.

무늬 하나 없는 깔끔한 벽지로 덮인 벽엔 TV 하나만 달랑 걸려 있었고, 책장에는 몇 권의 책과 음반이 가지런히 꽂혀 있었다.

물건이 많지 않은 거실은 웬일인지 더욱 광활해 보였다. 혜현은 발가락을 꼼지락거리며 자신의 원룸을 떠올렸다.

이윽고 이준이 김이 모락모락 피어오르는 머그컵 두 개를 양손에 들고 혜현의 옆에 다가와 앉았다.

혜현은 두 손으로 컵을 받아 쥐어 들었다. 향긋한 커피 냄새가 연기를 타고 혜현의 코끝으로 흘러들어 왔다. 컵을 쥐고 있는 것만으로도 전신에 온기가 퍼졌다.

"미쳐 버리는 줄 알았어. 너한테 가는 동안."

커피를 한 모금 마시던 혜현이 고개를 들어 이준을 바라보았다.

"만일 무슨 일이 생기기라도 했다면."

이준은 잠시 말을 끊었다가 이어 말했다.

"나 자신도, 그놈들도 용서할 수 없었을 거야."

"……전 괜찮아요."

단순히 이준을 안심시키려는 말이 아닌, 진심을 담아 혜현이 말했다.

여전히 그 무리의 정체는 의문투성이였고, 언제 다시 맞닥뜨릴지 모른다는 불안감도 여전했다. 그래도 지금 자신의 옆에는 이준이 있다. 그것만으로도 충분했다.

꽤 긴 침묵이 흘렀다. 이따금씩 커피를 홀짝이는 소리만이 두 사람의 공간을 메웠다. 이준은 몇 번이나 혜현에게 무슨 말이든 하려고 했지만, 깊은 생각에 잠긴 혜현의 얼굴에 결국 아무 말도 할 수 없었다.

마지막 커피 한 모금을 마신 이준이 시계를 확인했다. 어느덧 자정을 넘어 새벽을 향해 가는 시각이었다.

혜현은 거의 다 비운 머그잔을 앞에 두고 꾸벅꾸벅 졸고 있었다. 이준은 혜현의 옆얼굴을 보며 피식 웃다가, 그녀의 몸을 조심스럽게 안아 들었다.

혜현은 이준에게 안긴지도 모른 채, 여전히 새근새근 숨소리까지 내며 깊게 잠들어 있었다.

이준은 혜현을 안아 든 그대로 침실로 향했다.

조심스럽게 혜현을 침대 한쪽에 눕히고, 그 옆에 나란히 누워 얼굴을 받친 채 잠든 혜현을 바라보았다. 문득 이 풍경이 일상적인 것이었으면 좋겠다는 생각이 드는 이준이었다.

자칫하면 험한 일을 당할 뻔하고 까칠한 얼굴로 잠든 혜현을 향해서도 슬그머니 욕망이 치밀어 오르는 자신을 책망하며, 이준은 잠든 혜현의 입술에 가벼운 입맞춤을 하는 것으로 본능을 달랬다.

그렇게 무사한, 아무 일 없는 긴긴 밤이 지나가고 있었다.

어느덧 아침이 밝았다. 혜현은 얼굴 가득 내리쬐는 햇볕에 미간을 찡그리며 살짝 눈을 떴다가, 무겁게 내려오는 눈꺼풀을 이기지 못하고 다시 눈을 감았다.

잠기운에 취해 몽롱한 상태에서도 왠지 모를 위화감이 비집고 들어왔다. 혜현은 눈을 번쩍 떴다. 그 순간 시야에 들어온 것은 자신의 원룸이 아닌 낯선 방 안이었다.

본능적으로 몸을 벌떡 일으켰다. 얼마간의 시간이 흐르고 나서야 혜현은 지난밤의 일을 떠올렸다.

언제 잠들었는지도 기억하지 못하는데 이준의 집 침대 위라니. 얼굴이 화끈거렸다. 황급히 주위를 살폈지만 넓은 침실 안에 이준의 흔적은 없었다.

혜현은 침대에서 내려와 조심스럽게 침실 문을 열어 살금살금 발걸음을 옮겼다. 주방 쪽에서 무언가 달그락하는 소리가 들려왔다.

이준이 혜현의 기척을 느끼고 고개를 빼꼼 내밀었다.

"벌써 일어났어?"

"저기, 어제는……."

"아침 먹자."

이준이 혜현을 향해 손짓했다. 식탁에는 간단하지만 꽤 정갈해 보이는 아침 식사가 차려져 있었다.

혜현은 내심 놀라며 식탁 앞에 앉았다. 갓 지은 것 같은 흰 쌀밥엔 윤기가 흘렀고 반찬은 보기 좋게 접시에 담겨 있었다.

이준이 준비한 아침 식사는 꽤 훌륭했다. 밑반찬에 밥이 전부였지만 결코 대충 때우는 식의 허술함을 찾아볼 수 없었다. 막 잠에서 깨어 입이 깔깔한데도 잘 먹혔다.

혜현은 감탄하는 눈으로 이준을 바라보았다.

"맛있어요. 요리도 잘 하세요?"

"혼자 살다 보니까 몇 가지는."

혜현에게 음식을 먹는다는 것은 유희거리나 탐미거리가 아닌 생존을 위해 필수적인 요소일 뿐이었다.

배고프면 무언가를 먹었고, 배가 고프지 않으면 먹지 않았다. 아침에는 늘 학교로 향하기 바빴고, 거의 끼니를 거르기 일쑤였다.

이런 일상에 익숙해진 혜현은, 누군가가 자신을 위해 차려 준 밥상을 받아 본 것이 대체 얼마 만인지 가늠할 수도 없었다.

열심히 수저를 놀리는 혜현을 보며, 맞은편에 앉은 이준의 입가에 미소가 걸렸다.

"밥 더 있어."

"……충분해요."

자신을 놀리는 듯한 이준의 뉘앙스를 느끼고 금세 샐쭉해져

218

수저를 놓는 시늉을 하는 혜현이었다. 그 모습이 귀여워 이준은 자신도 모르게 쿡 하고 웃어 버렸다.

"어제는 경황이 없었지만 일단 경찰에 신고부터 하자."

이준의 말에 수저를 입으로 가져가던 혜현이 잠시 멈칫했다.

사실 혜현은 내색하지 않았지만, 정체를 알 수 없는 무리들에 대한 한 가지의 가능성이 떠올랐다.

그러나 동시에 그것만은 아닐 거라고 부정하고 싶었다. 두 눈으로 그 인간성을 직접 목격했지만, 그것만은 터무니없는 의심과 억측이길 그 누구보다도 간절히 바랐다.

"……네."

"그리고 당분간은 여기서 지내."

"네?"

혜현이 눈을 크게 뜨고 이준을 바라보았다.

"놈들이 누군지도 모르는데 불안해서 널 어떻게 집에 혼자 둬. 네 이름도 안다면서."

"저기, 그래도……."

"내 말대로 해."

짐짓 단호한 표정으로 말하는 이준이었다. 혜현은 얼떨결에 고개를 끄덕이고 말았다.

"학교 갔다가 집에 같이 가자. 옷가지 몇 개만 챙겨 와."

"저기, 이준 씨……."

뒤늦게 '아무래도 이건 좀…….'이라고 말을 덧붙이려고 했지만 타이밍을 놓쳐 버렸다. 아무렇지도 않은 태연한 얼굴로 식사를 하는 이준을 보며, 혜현은 자신이 너무 앞서 생각하는 건가 싶어 얼굴이 달아올랐다.

머릿속을 스치고 지나간 생각을 들키지 않으려 일부러 고개를 숙이고 수저를 놀리는 혜현이었다.

그렇게 평소와는 조금 다른 하루가 시작되었다.

이준이 운전하는 차를 타고 함께 학교로 가는 동안, 혜현은 지난밤의 일을 떠올리며 입술을 깨물었다. 자신에게 그런 짓을 할 사람은 딱 한 명뿐이었다.

한편 운전대를 잡은 이준 역시 출발하기 전 받은 한 통의 전화가 못내 마음에 걸렸다. 이른 시간 걸려 온 전화는 이준에게도 설마, 하는 생각을 불어넣어 주기에 충분했다.

아침 식탁 앞에서 잠시 가졌던 둘만의 평온함이 오래도록 지속되기를 바라는 이준이었다. 앞으로 어떤 일들이 일어나든, 그것이 두 사람을 위협하는 것만은 아니기를 바랐다.

머릿속을 비집고 들어온 나쁜 생각을 떨쳐 내려는 듯, 이준이 속도를 더욱 높여 차를 내달렸다.

✳

혜현은 연구실에 앉아 책을 들여다보고 있었지만 좀처럼 집중이 되지 않았다.

낮의 연구실은 다시 일상적인 공간이 되어 있었다. 칠흑같이 어두운 바닥에서부터 온몸을 타고 전해져 오는 찬 기운을 견디며 쪼그려 앉아 있던 지난밤의 공기는 이미 사라진 지 오래였다.

환청처럼 맴돌던 자신을 추적하는 것 같은 발자국 소리는 다른 원생이 책장을 넘기거나, 노트북 키보드를 두드리거나, 사각사각 필기를 하는 소리들로 대신 메워져 있었다.

여느 때와 같은 풍경 속에서 단 하나 다른 것은 혜현뿐이었다. 머릿속을 가득 채운 복잡한 생각들은 어느새 혜현의 얼굴 위로도 드러났다.

혜현은 미간을 살짝 찌푸리고 한 손가락으로 관자놀이를 누르며 책을 덮었다.

납치되어 어떤 봉변을 당했을지도 모르는 긴박한 상황이었다. 그 와중에도 박평재의 짓일지도 모른다는 생각이 든 게 한편으로는 어이가 없기도 했다.

하지만 아무리 생각해도 혜현 자신에게 그만한 악의를 가질 인물은 박평재 말고는 떠오르지 않았다.

그럼에도 어떻게 '아버지'라는 사람이 그렇게까지 할 수 있냐는 자신 안의 목소리를 스스로 지워 보려고 했다.

이제 박평재에게 더는 상처받고 싶지 않았다. 자신을 위협하던 무리들의 정체를 알고 싶으면서도 한편으로는 진실을 아는 것이 두려웠다.

정말 박평재라면 어떻게 해야 할까. 성장하는 내내 아버지를 미워하고 원망하면서도 한편으로 그리워하는 마음 한 조각은 늘 존재했다. 그 작은 조각만은 지키고 싶었다.

[집에 다녀왔어?]

문자 메시지가 왔음을 알리는 표시가 핸드폰 액정화면에 나타났다.

이준이었다. 혜현은 무심코 책상 한쪽에 놓여 있는 가방에 눈길이 갔다. 그 안엔 몇 개의 옷이 차곡차곡 담겨 있었다. 이준은 같이 가겠다고 했지만 바쁜 걸 알아 혼자 서둘러 다녀왔다.

이러는 게 맞는 걸까 싶으면서도, 혼자 집에서 지내는 것이 두려운 건 혜현도 부정할 수 없었다. 누군가에게 자처해서 폐를 끼치는 일을 하는 것 역시 처음이었다. 그래도 이준과 함께 있고 싶었다. 혜현은 액정을 톡톡 눌러 글자를 입력했다.

[조금 전에요. 이준 씨는 어디예요?]

[교강사실. 처리할 게 있어서, 이것만 마치고 갈게.]

이준은 늘 바쁜 사람이었다. 대학원 강의를 듣는 것도 꽤 빠듯할 텐데 학부 강의까지 맡아 가르치고 있고, 휴학할 때 벌인 사업에도 여전히 발을 들여 놓고 있는 모양이었다.

그 와중에도 혜현의 일이라면 언제나 한달음에 달려와 주는 이준이었다. 그래서 혜현은 그에게 늘 고맙고 미안한 마음이었다. 그런데 이제는 지금까지와는 다른 형태로 이준의 도움을 받게 되는 것이다.

"혜현 씨. 어제 자기가 제일 늦게 갔지?"

"네?"

별안간 들려온 목소리에 혜현은 끝없이 이어지던 생각을 멈추었다.

얼굴을 돌려 바라본 곳에는 같은 연구실에서 공부하는 선배 미경이 사뭇 심각한 얼굴을 하고 있었다.

"네……. 제가 마지막으로 나왔어요."

"여기 출입문 도어록이라 자동 개폐잖아? 그런데 내가 아침에 오니 문이 안 잠겨 있는 거야. 혹시 어제 나갈 때는 괜찮았어?"

미경의 말을 듣는 순간, 온몸이 굳어 버려 아무 말도 나오지 않았다. 얼굴이 하얗게 질려 버린 혜현을 의아하다는 듯이 바라보고 있는 미경의 눈빛에, 혜현은 겨우 정신을 가다듬고 더듬더듬 대답했다.

"전…… 잘, 모르겠어요. 평소와 그렇게, 다르지 않았는데……."

"아니, 혜현 씨를 탓하는 게 아니라 도어록 고장이면 학교에 말을 해야 하니까."

"……."

"근데 또 지금은 멀쩡한 것 같기도 하고. 여튼 혜현 씨도 그렇고 모두 문단속 조심해야 할 필요가 있잖아요? 그래서 말하는 거야."

"네. 주의할게요."

겨우 벗어났다고 생각한 어젯밤의 공포가 다시 엄습해 왔다.

어제 이준과 함께 이곳을 벗어나던 순간이 잘 떠오르지 않았다. 혜현은 정말 그저 실수로, 혹은 오작동으로 문이 제대로 잠기지 않은 것이기를 간절히 바랐다. 놈들이 연구실까지 찾아왔다는 최악의 가정은 도저히 할 수가 없었다.

"근데 혜현 씨, 나 궁금한 게 있는데."

미경이 목소리를 낮추고 의미심장한 표정으로 말했다.

"정말이야? 김이준 씨랑."

"아…….."

모르는 새에 미경의 귀에까지 들어갔다는 사실이 놀랍고 당황스러울 뿐이었다. 얼굴이 금방 귀밑까지 새빨개진 혜현을 보며 미경이 피식 웃었다.

"뭐 어때. 죄도 아니고. 그냥 다들 신기한가 봐. 좀 의외라고 해야 하나?"

"……어떤 부분이요?"

"아니, 우리는 김이준 씨를 혜현 씨보다 더 오래 봤잖아? 잘 안 맞을 것 같은 사람들끼리라. 아, 별 뜻은 없어요. 오해하면 안 되는데."

미경이 뒤늦게 덧붙인 말에도 혜현은 이미 기분이 가라앉아 버렸다. 억지로 미경에게 미소를 지어 보이고 다시 책을 향해 눈길을 돌렸다.

"아, 그게 아닌데. 참, 혜현 씨도."

혜현의 태도에 미경은 멋쩍은 듯 몇 마디를 늘어놓다가 결국 자리를 떴다.

가슴이 견딜 수 없을 정도로 답답해져 왔다. 그저 한 사람이 좋을 뿐이었다. 남들은 순탄하게 하는 것 같은 연애가 왜 이렇게 시작부터 어려운지 도통 알 수 없었다.

그런 중에도, 이준이 새로 보낸 메시지가 도착했음을 알리는 화면이 핸드폰 액정에 나타나자, 자신도 모르게 배시시 미소가 새어 나왔다.

[혜현아, 잠시만 기다리고 있어. 다녀올 데가 있어. 오래 걸리지

않아.]

불안한 마음이 들 때마다 늘 확고한 말로 믿음을 주는 남자.

이준이 오래 걸리지 않는다고 했으니 정말로 그럴 것이다. 홀로 외딴 섬에 있는 것 같은 기분만을 들게 했던 이 학교라는 곳도 이준과 함께라면 괜찮았다.

그래서 이준을 기다리는 시간이 결코 지루하지 않았다. 혜현은 온갖 복잡한 것들은 다 잊고, 지금은 오로지 한 가지만 생각하며 이 시간을 견디기로 했다.

✳

"나야. 아까 아침에 전화로 했던 말 자세히 좀 듣고 싶다."

– 아, 그게 말이다.

전화기 저편에서 호영이 머뭇거리고 있었다. 이준은 치밀어 오르는 화를 억누르고 낮은 목소리로 말했다.

"말해."

– 별거 아니야. 어젯밤 너희 어머니가 널 좀 불러내라고 나한테 전화를 하셨어. 거기에다가 너한텐 말하지 말라고 신신당부하면서.

"그래서."

– 민 여사님이 그러는 이유도 모르겠고, 그렇다고 너한테 전화했다간 일이 되레 잘못될 것 같아서 찝찝하고……. 머리 터지겠더라.

"하……."

이준의 낮은 한숨 소리에 핸드폰 너머의 호영은 짐짓 발끈

하는 목소리를 냈다.

— 야, 나는 뭐 편하게 잔 줄 알아? 무슨 일 있나 아침부터 전화
했잖아.

"어머니가…… 그런 말을 했다고?"

이준은 머리가 멍해진 채 호영의 말을 되풀이해서 말했다.

— 그래. 근데 진짜 무슨 일이라도 있는 거야?

"……나중에. 끊는다."

— 야, 김이준!

이준은 통화 종료 버튼을 눌렀다.

핸드폰을 쥐고 있는 손이 가늘게 떨렸다. 왜 하필, 어젯밤
그 일이 일어났을 때 어머니의 존재가 갑자기 튀어나온 걸까.

머릿속이 온갖 생각들로 뒤엉키는 중에도 이준은 간신히 이
성의 끈을 붙잡고 있었다.

일단, 제대로 확인해야 했다. 지금 자신을 괴롭히고 있는 이
불쾌한 생각이 사실이 아니기를 절실히 원했다.

혜현에게 메시지를 보내 놓고, 이준은 차를 거칠게 몰며 학
교를 빠져나갔다.

학교에서 본가까지의 거리는 그리 멀지 않았다. 높다란 담
장으로 둘러싸인 대저택이 곧 시야에 들어왔다.

아무렇게나 차를 세운 채, 이준은 자신이 '집'이라고 불렀던
곳을 잠시 바라보았다.

이곳에 발을 들이는 게 하나의 '의무'이자 '해야 할 일'이 된
것은 대체 언제부터였을까. 집이라는 것은 대개 휴식의 공간,
안락함의 대명사, 이런 것으로 불리곤 했지만 이준에게 이곳은

더 이상 그런 의미가 될 수 없었다.

이준은 가벼운 한숨을 쉬고 초인종을 눌렀다.

– 어머, 이준이니?

인터폰 너머로 호들갑스러운 목소리의 승주가 이준을 반기는 것도 잠시, 지잉 하는 소리와 함께 대문이 열렸다. 이준이 몇 걸음 채 옮기기도 전에 정원을 가로질러 승주가 달려 나왔다.

"웬일이야? 이 시간에. 연락도 없이 집엘 다 오고."

"……."

이준은 말없이 어머니의 얼굴을 응시했다. 이준의 시선을 느낀 승주가 잠시 당황한 듯 눈을 굴리다가 곧 입매를 일그러뜨리며 웃음 섞인 목소리로 말했다.

"호호, 얘가. 엄마가 그렇게 보고 싶었어?"

"방금도 아셨죠."

"으, 으응?"

"제가 어머니를 이렇게 볼 때마다, 어머니가 제 눈을 피하면."

"이준아……."

"어머니가 제게 뭘 숨기고 있는 것이었어요. 언제나."

"……."

"어머니도 그걸 아시는 거고."

"이준아. 일단 들어가자, 일단. 응?"

초조한 목소리로 승주가 이준의 팔을 잡았다. 이준은 가만히 그 팔을 뿌리쳤다.

"오늘만큼은 어머니께 다정한 아들이 될 수 없습니다."

금방이라도 울 것 같은 얼굴로 승주가 애원했다.

"그래. 엄마가 다 이야기할게. 그러니까 제발. 여기서 이러지 말고. 응?"

이준에게 어머니는 지켜 줘야 할 사람이었다. 아주 어렸을 때부터 그랬다. 콧대 높은 김씨 집안사람들에게 이리 치이고 저리 치이던 어머니는, 어린 이준의 손을 잡고 울먹이며 말하곤 했다.

형보다 더 뛰어난 사람이 되어야 한다. 그래서 엄마를 지켜 줘야 해.

그 후로도 귀에 딱지가 앉을 정도로 승주는 이준에게 '지켜 달라'고 말해 왔다.

겉으로는 재벌가 사모님으로 대접받으며 물에 손 한 방울 묻히지 않고 호의호식하며 사는 것처럼 보였어도, 승주 역시 이 전쟁터 같은 집안에서 이준의 손을 붙잡고 어떻게든 버텨 왔을 것이다.

그것을 아는 이준은 승주에게만큼은 매정할 수 없었다. 지금은 아버지 김 회장과 부딪치는 게 싫어 집을 나와 살지만, 자신이 없는 집에서 승주가 꽤 적적해할 것을 생각하면 마음이 쓰이기도 했다.

하지만 지금은 달랐다. 이준에게 어머니만큼, 아니 어쩌면 그보다 더 지켜 주고 싶은 사람이 생겼다.

이준은 앞서서 성큼성큼 거실로 들어왔다. 이천댁이 차를 내오다 잔뜩 굳은 이준의 얼굴과 이준의 눈치만 살피며 뒤따라

오는 승주를 의아하다는 듯이 번갈아 바라보았다.

그러나 그녀는 불필요한 말을 섣불리 했다가는 자신에게 불똥이 떨어질 것을 잘 아는 사람이었다. 이천댁은 군말 없이 소파에 앉은 두 사람 앞에 찻잔을 내려놓고는 서둘러 부엌으로 들어갔다.

"제가 무슨 말을 할지 아시면……."

이준이 찻잔에는 손도 대지 않은 채 입을 열었다.

"어머니가 먼저 말씀하세요."

"그게……."

"아니면 제가 직접 경찰서로 가길 원하십니까?"

경찰이라는 단어에 승주의 얼굴이 사색이 되었다.

"이준아, 엄마 속 좀 알아줘. 네가 아버지 뜻도 거스르고 회사 가는 것도 안 한다고 하고, 얼마나 속상했는지 아니?"

승주가 이준의 손을 잡고 간절한 목소리로 말했다. 지금은 어떻게든 아들의 기분을 풀어 줘야 했다.

"그 와중에 그, 누구지? 아, 용우 있잖아. 지금 P그룹 상무던가? 그 친구가 아버지 있는 자리에서 이상한 말을 꺼내서……."

이준의 얼굴이 붉으락푸르락해졌다. 하지만 지금은 냉정을 찾아야 할 때였다.

"계속 말씀하세요."

"……너는 말도 안 할 거고, 네 친구라는 녀석도 입도 벙긋 안 하고, 그래서 나 혼자 알아본다는 게 그리 됐어. 그 학생에게 겁을 주거나 위협을 할 생각이 아니었는데. 그냥 잠깐 불러서 물어본다는 게……."

"그걸 그런 식으로 하십니까?"

이준이 참지 못하고 큰 소리를 냈다. 승주가 화들짝 놀라며 이준의 시선을 피했다.

"한밤중에 혼자 집에 가는 젊은 여성에게 남자 셋이 달려들어 불친절하게 접근하는 그 상황이 얼마나 위협적일지 생각 안 하셨습니까?"

"아니야. 정말이야. 나는 그 애가 그렇게 집에 늦게 갈지도 몰랐고…… 내가 직접 나서는 게 모양 빠지기도 하고……."

어떻게든 이준의 동정을 자아내기 위해 승주는 눈물 어린 목소리를 꾸며 내며 말했다.

"다만 그쪽 사람들과 소통이 잘 안 된 것뿐이야. 나는 정말 그 사람들이 그렇게까지 할 줄은 몰랐어. 학생이 겁에 질려 도망갔다는 말 듣고 나도 아차 했어. 정말이야, 이준아. 믿어 줘."

울먹이며 길게 말을 늘어놓는 승주였지만 이준의 귀에는 제대로 들려오지 않았다. 그는 더 이상 멀쩡한 얼굴로 이곳에서 어머니의 얼굴을 대하고 앉아 있을 수가 없었다.

자리에서 벌떡 일어나는 이준의 팔을 승주가 덥석 잡았다.

"이준아. 다른 건 몰라도 결혼은 아버지가 원하는 혼처로 해. 이 집안에서는 내 마음대로 되는 것 하나 없다는 거, 난 여기 들어온 첫날부터 알았다."

"……."

"나도 아버지 마음에 드는 곱게 자란 집안 며느리 들여서 같

230

이 오순도순 살고 싶어. 세준 엄마가 못 한 거, 그거 내가 하고 싶어, 이준아."

"어머니."

승주에게 붙들린 채 이준이 낮은 목소리로 말했다.

"아버지 회사에 들어가지 않겠다는 건, 아버지 뜻대로 살지 않겠다는 겁니다. 그리고 그건 결혼도 마찬가지인 거, 아시잖아요."

"네가 좋아하는 그 애를 내가 미워하게 되어도 상관없니?"

승주가 비명을 지르듯 소리쳤다.

"네 조교로 일하고 있다지? 교수들 사이에선 평판이 좋은 모양이더라. 나도 만나 본 적 없는 아이에게 괜한 선입견 가지고 싶지는 않아. 하지만……."

"제 조교가 아니라 같이 일하는 동료입니다."

"……어쨌든. 그래서 그 애가 궁금했어. 정말 불러다가 이야기만 하려고 했는데…… 그 사람들이 말을 잘못 알아들어서……."

어느덧 승주의 말투는 이준이 원망스럽다는 어조로 바뀌어 있었다.

"네가 엄마한테 이렇게까지 하는 것도 다 어제 일 탓이니?"

승주가 두 손에 얼굴을 묻고 흐느꼈다.

이준은 애써 침착하기로 했다. 어머니는 누군가에게 고의적으로 해를 가할 사람이 아니라고 믿고 싶었다.

그래도 조금 더 유한 방법을 쓰지 않은 어머니에게 화가 나는 것은 여전했다. 어깨를 들썩이는 어머니의 모습에, 겁에 질린 채 쪼그려 앉아 덜덜 떨고 있는 혜현의 모습이 겹쳐졌다.

"어머니."

이준이 승주를 가만히 불렀다. 눈물범벅이 된 얼굴로 승주가 이준을 바라보았다.

"제게 소중한 사람이에요. 소중한 사람이 어머니 때문에 다치면, 제가 어머니 때문에 다치는 것과 마찬가지입니다. 알아주세요."

"이준아, 제발. 아버지도 이미 어렴풋이 알고 계셔. 아버지가 널 내치면 엄마는……."

"아버지가 없어도 충분히 잘 살 수 있어요. 저도, 어머니도요."

"나는……."

승주는 입술을 깨물었다.

이준의 아버지 김 회장으로 인해 그동안 누려 온 모든 부유한 것들은 승주의 삶 대부분을 차지하고 있었다. 재산뿐만이 아니라 김 회장이 지닌 사회적 위치 역시 승주도 동등하게 영위할 수 있었다.

목숨을 내걸고라도 지키고 싶은 이 모든 것을, 이준은 거부하고 김 회장으로부터 벗어나려고 한다. 그토록 애지중지하며 키워 왔던 단 하나뿐인 아들이 자신의 품을 떠나려 하고 있다.

이 모든 상황이 마음에 들지 않는 승주였지만, 단호한 이준의 눈빛에 어떤 말도 꺼낼 수가 없었다.

"그 사람을 해치지 않으려고 했다는 어머니의 말, 믿고 싶습니다. 두 번 다시는 이런 일이 일어나지 않을 거라 믿겠습니다."

현관문을 향해 돌아서는 이준을 향해 승주가 다급한 목소리로 말했다.

"이준아, 이대로 그냥 가면……."

"저는 이대로 그 사람에게 가면 얼굴도 들지 못합니다. 미안해서요."

"……그래. 그 부분은 엄마가 잘못했다. 그래도……."

어미가 이렇게 애타게 부르는데도 그냥 갈 거니, 라는 말이 목 끝까지 차올랐다.

사랑 대신 조건을 택한 생은 분명 윤택했다. 승주 자신의 선택이었고 그럭저럭 지금의 삶에 만족하고 있었다.

어쩌면 그보다 더 행복한 삶이 있었을지도 몰랐다. 평생에 걸쳐 이를 깨닫는 승주였다. 하지만 자신처럼 조금 덜 행복하더라도 편하게 살 수 있는 길을 이준도 택하기를 바랐다.

이준이 집을 나가는 소리를 우두커니 서서 듣던 승주는 그만 거실 바닥에 스르르 주저앉고 말았다.

"사모님, 괜찮으세요?"

이천댁이 달려와 승주를 부축했다. 힘없이 다시 소파에 앉으며, 승주는 이준의 옆에 있다는 '그 아이'에 대해서는 묻지 못했다는 것을 깨달았다.

✳

"미안. 늦었지."

"아니에요. 괜찮아요."

233

해가 저물 때 즈음에야 학교로 돌아온 이준의 표정에는 그늘이 드리워져 있었다. 겉으로는 미소를 짓고 있는 이준이었지만, 혜현이 그를 놓칠 리 없었다.

"……혹시 무슨 일 있었어요?"

"……."

걱정이 담긴 목소리로 묻는 혜현의 말에도 이준은 쉽사리 대답을 할 수 없었다.

어쩌면 이준 자신이 가늠할 수 없을 정도로 극심한 두려움을 느꼈을 혜현에게, 그 원인을 제공한 사람이 자신의 어머니라는 말을 차마 입 밖으로 꺼내지 못하고 있었다. 비겁하다는 생각이 들어 스스로에게 환멸감까지 느껴질 정도였다.

이준은 결국 입안을 맴도는 모든 말을 그대로 둔 채, 겨우 한마디를 할 수 있었다.

"좀 괜찮아?"

"네?"

"……어제 일."

혜현은 잠시 말이 없었다. 방금 전보다 살짝 굳은 혜현의 표정을 살피며 이준은 덜컹 하고 마음이 내려앉아 버렸다.

어머니에 대한 분노는 이제 자기혐오로 바뀌어 가고 있었다. 그날 함께 있었다면 혜현이 그런 일을 당하지 않아도 되었을지 모르는 일이었다.

"괜찮아요. 이준 씨가 있잖아요."

침묵을 깨고, 혜현이 살짝 미소를 지으며 말했다.

이준의 마음 한구석이 아려 왔다. 이렇게 사랑스러운 사람이었다. 혜현의 얼굴을 마주 보는 순간, 사실은 배후가 자신의 어머니였다는 말이 도저히 나오지 않았다.

이렇게 편안한 표정으로 자신을 바라보는 혜현이 이준의 말 한마디에 순식간에 어떻게 바뀔지, 떠올려 보는 것조차 두려웠다.

알고 있었다. 스스로가 생각해도 비겁했다. 이준은 자신도 모르게 주먹을 불끈 쥐었다. 길을 잃은 분노는 온전히 자신을 향하고 있었다.

"지금 이준 씨 표정, 엄청 무서운 거 알아요?"

이준의 얼굴 앞에 손바닥을 펼쳐 좌우로 움직이는 혜현의 얼굴에 장난기가 어려 있었다. 그런 혜현이 귀여워 이준은 그만 피식 웃고 말았다.

"와, 겨우 웃게 했네요. 무슨 일 있는지 정말 말 안 해 줄 거예요?"

"혜현아."

"네."

"……미안해."

뜻밖의 말을 들은 듯 혜현이 어리둥절한 표정으로 고개를 갸웃했다.

"갑자기 무슨 말이에요?"

"앞으로는 무슨 일이 있어도 네가 다치는 일 없게 할 거야. 그게 어떤 이유이든, 누구 때문이든."

잠시 멍하게 이준을 바라보다가, 혜현은 살짝 웃었다.

"아직도 걱정하는 거라면 안 그래도 돼요. 저 정말 괜찮아요.

아무 일도 일어나지 않았잖아요. 이준 씨도 바로 와 주었고."

"방금 한 말, 절대로 어긋나는 일 없어. 어떤 상황에서도."

이준은 한 글자 한 글자 힘을 주어 말했다. 그것은 이준 자신에게 하는 다짐과도 같았다.

혜현과 함께 걸을 길이 쉽지 않으리라는 것은 알고 있었다. 그렇지만 막 발걸음을 떼어 놓은 둘에게 어머니라는 존재는 또다른 복병이 되어 버렸다.

혹시라도 이준의 주위 상황 때문에 둘 중 한 사람만이 필연적으로 다쳐야만 한다면, 그것은 혜현이 아닌 이준이 되어야 했다.

'비록 내가 산산조각이 날 만큼 부서져도, 혜현이 너만은 지킬 거야.'

이준은 여전히 아리송한 얼굴로 자신을 대하는 혜현의 손을 잡아 이끌며 말했다.

"오늘부터 어디서 지내기로 했는지 잊은 건 아니지?"

혜현의 눈동자에 잠시 당황한 기색이 어리다가 금세 샐그러진 모양으로 바뀌었다.

"흥. 그건 아닌데요."

"가자."

혜현이 자신도 모르게 내보이는 귀여운 투정들이 이준은 퍽 반가웠다.

혜현은 늘 무언가를 잔뜩 조심하는 사람이었다. 사람들을 대할 때마다 편하게 풀어지지 못한 모습들만 보였던 혜현이, 그리고 이준이 먼저 내민 손을 잡는 것조차도 주저했던 혜현이 서서히 달라지고 있었다.

멀지 않은 곳에 주차해 둔 이준은, 조수석 쪽으로 성큼성큼 걸어가 문을 열어 주었다.

이준과 함께하며 새롭게 대면하게 되는 일이 많아졌다. 그 중에서도 오늘의 일은 꽤 큰 사건이 될 것이었다. 초조하면서도, 걱정이 되면서도, 한편으로는 기대가 되는 혜현 자신의 마음을 스스로도 뭐라 정의할 수가 없었다.

"……어제 그 사람들이 집까지 찾아올 수도 있겠다는 생각은 했어요."

이준이 차를 출발시키는 것과 동시에, 혜현이 나지막한 소리로 말했다.

"생각해 봤어요. 생각을 할수록 연결고리를 찾을 수 있더라고요. 어떤 사람들인지는 모르겠지만 누군가의 지시를 받고 체계적으로 움직이는 것 같았어요."

이준은 묵묵히 운전대를 잡고 있을 뿐이었다.

그 어떤 말도 할 수 없었다. 아니, 하지 못했다. 하지만 이대로 침묵을 지킬 수는 없다는 사실도 완벽히 자각하고 있는 중이었다.

마음속에 다시 무거운 돌덩이들이 하나둘 내려앉는 것을 느끼며, 이준은 결심한 듯 말했다.

"그럴 거야."

"혹시 아는 게…… 있으세요?"

이준은 갖가지 생각들로 온통 머리가 뒤죽박죽이 되어 터질 지경이었다. 더 이상 이대로 운전을 계속하다가는 사고를 낼지도 몰랐다.

결국 핸들을 돌려 차를 도로 한편에 세우고 말았다.

"이준 씨?"

급작스러운 브레이크에 둘의 몸이 순간 앞으로 확 쏠렸다. 비명을 지를 타이밍도 놓친 채, 빠르게 뛰는 심장을 부여잡고 혜현이 겨우 이준의 이름을 불렀다.

"미안해."

"좀 놀라긴 했어요. 운전하면서 할 이야기가 아니면 나중에 할게요."

"그게 아니야……."

"네? 못 들었어요."

자조하듯 중얼거리는 이준의 목소리는 차들이 지나가는 소리에 묻혀 거의 들리지 않았다. 이준은 차마 혜현과 시선을 맞추지 못한 채, 고개를 들어 정면을 바라보았다.

이미 완전히 어둠이 내린 거리 위로 불빛을 내는 차들이 몇 대나 지나쳐 간 후에야, 이준은 천천히 입을 떼었다.

"혜현아."

"네."

"나는 네게 그냥 김이준이야."

무슨 의미인지 모르겠다는 듯 혜현이 이준을 바라보았다.

"누군가의 아들, 누군가의 한 가닥 희망이 아닌 그냥 김이준."

"……."

알 수 없는 말들 속에서도 분명하게 들어오는 '아들'이라는

238

한 단어. 혜현은 어렴풋이 이준에게도 여러 복잡한 가족의 사정이 있음을 짐작하고 있었다.

아까 어딜 다녀온다는 게 부모님을 만나고 온 것일까. 어느새 자신의 일은 저 멀리 미뤄 두고 이준의 이야기를 들을 준비가 되어 있었던 혜현에게 전혀 뜻밖의 말이 들려왔다.

"어제 그게…… 어머니였어."

귓바퀴를 타고 넘어온 이준의 목소리가, 어떤 하나의 의미가 되어 혜현이 이해할 만한 표식이 되기까지는 평소보다 조금 더 오랜 시간이 걸렸다.

혜현의 얼굴에 설마 하는 표정이 지나가는 것을 차마 바로 돌아보지 못한 채 이준은 눈을 질끈 감아 버렸다.

이준의 마음에 하나둘 무게를 더해 갔던 무거운 돌덩이들이, 나란히 앉아 있는 차를 가득 메운 것 같았다.

혜현은 미동도 하지 않은 채 굳어 있었다. 모든 사고의 회로가 정지된 것만 같았다.

"지금, 그러니까, 어제의 일이……."

"……."

침묵은 긍정의 의미와도 같았다. 혜현은 고개를 푹 숙였다.

우습게도 가장 먼저 든 감정은 억울함이었다. 어렸을 때부터 늘 이런 방식이긴 했지만, 이번만큼은 너무하다는 생각이 들었다.

더 길게 물을 필요도 없었다. 세간에서 떠들어 대는 가십거리, 아니 그에 갈 것도 없이 어쩌다 한두 번 봤던 드라마에서조차 흔히 봤던 상황이 지금 자신에게 닥쳐온 것뿐이었다.

아들과 교제하는 여자를 반대하는 어머니는, 너무나도 뻔해서 식상하기까지 한 소재였다. 그런데 왜, 하필 그런 잔인한 방법이어야만 했을까.

이준에 대해 꽤 많은 것을 알고 있다고 생각한 것은 근거 없는 오만이었다. 어쩌면 자신이 생각했던 것보다 더 대단한 집안의 사람일지도 몰랐다.

"그럼 저는 이제 어떻게 해야 할까요?"

차분한 목소리로, 혜현이 입을 열었다. 혜현은 동요하거나 슬퍼하거나 화를 내는 대신 냉정해지는 쪽을 택했다.

놀라울 정도로 머리가 맑아진 기분이었다. 뜬구름을 잡는 듯 모호하기만 했던 그 사람들의 정체를 알고 나니 한편으로는 속이 후련해지기도 했다.

박평재에 대한 단 한 가닥의 인간적인 정은 붙들어 두고 싶었다. 그래서 박평재와 이 일을 함께 생각하는 것조차 본능적으로 거부해 왔다. 어떤 면에서는 바라던 대로 된 것이기도 했다.

하지만 눈앞에 닥친, 아니 일어나 버린 상황은 어쩌면 혜현 스스로는 해결할 수 없을지도 몰랐다.

그저 이준이 좋아서, 이준과 함께하는 시간만으로도 늘 벅차올라서 다른 것은 생각해 본 적도 없었다.

부모나 일가친척의 보살핌 아래 살아온 세월보다 혼자 아등바등 꾸역꾸역 살아 내 온 시간이 더 많았던 혜현이다. 그랬기에 감정에 충실하는 것만이 가장 중요한 것 같았던 일에, 가족이라는 존재가 걸림돌이 된다는 것을 미처 생각하지 못했다.

차를 타기 전 재기발랄하기까지 했던 혜현의 모습은 온데간 데없었다. 짙게 그늘이 드리워진 혜현의 얼굴을 보고 있는 것 만으로도 이준은 목구멍이 조여드는 것만 같았다.

이준이 차마 아무 말도 꺼내지 못하고 있는 사이, 혜현이 다 시 목소리를 내었다.

"이준 씨가 바라는 걸 알고 싶어요."

"……함께 있고 싶다. 지금처럼. 언제까지나."

한 마디마다 진심을 다해 말했다. 그런데도 여전히 혜현의 표정엔 어떠한 변화도 없었다.

"아버지는 형만 바라보고, 어머니는 나만 보는 집안에서 자 랐어. 어머니의 기대가 버거워지고 아버지의 눈초리를 견딜 수 없을 때 집을 나왔어. 그리고 너를 만난 거야."

"……."

"아버지 덕분에 편하게 살아온 건 사실이지만, 그리고 어머 니도 그 삶을 계속 이어 가길 바라지만, 이제 나한테는 그보다 더 지키고 싶은 게 생겼어."

조금 사이를 두었다가, 이준은 힘을 주어 말했다.

"나는…… 너만 있으면 돼."

혜현의 눈에 아주 조금씩, 천천히 눈물이 차올랐다.

"나는 네가 가장 중요해."

"이준 씨."

"어머니를 설득하는 게 쉽지는 않겠지만…… 그 어떤 일이 있어도 나는 결국 너의 손을 잡을 거야."

이준이 혜현과 지그시 눈을 맞추었다.

"그래도 가족이라는 게, 그럴 수 없다는 걸…… 알잖아요, 이준 씨도."

혜현이 어느새 볼을 타고 한 줄기 흘러내린 눈물을 손등으로 닦으며, 가라앉은 목소리로 말했다.

"나는 그렇게 아버지라는 사람을 미워하는데도, 결코 내 인생에서 완전하게 밀어내지 못했는데……."

혜현은 말을 끝마치지 못하고 고개를 푹 숙였다.

"이준 씨 어머님이 그런 방법을 쓰면서까지, 나를 이준 씨에게서……."

혜현의 말 한 마디 한 마디가 아프게 이준의 심장을 찔러 왔다. 이준은 물기 어린 눈으로 혜현을 바라보며 말했다.

"절대로 널 다치게 하지는 않을 거야. 앞으로 그럴 일은 없어."

"이준 씨가 모르는 사이에 이미 벌어진 일이었어요."

가냘프게 떨리며 젖어 있던 목소리가 조금 단단해졌다. 무언가 마음을 정한 것 같은 혜현의 태도에 이준은 마음이 철렁 내려앉았다.

"난생처음 드는 기분이었어요. 그 사람들이 천천히 다가오는 순간…… 아무것도 할 수 없었어요."

혜현의 말을 들을수록, 이준은 어떻게 혜현의 상처를 달랠 수 있을지 아득해지기만 했다.

"손끝까지 얼어붙어서, 이대로 눈을 감았다 뜨면 모든 게 해결되길 바랐어요. 그 순간에서조차 말도 안 되는 그런 기적을 바랐는데…… 이준 씨가 와 줘서."

혜현은 눈물이 흐른 흔적을 지워 내려는 듯 양 손바닥으로 뺨을 닦아 냈다.

"기적이 일어나지 않아도 좋은 일은 있구나 싶었어요."

"혜현아."

"이준 씨가 좋아요. 이준 씨가 날 해치려는 사람이라기보다는 지키려는 사람인 것도 알아요. 그래도⋯⋯."

혜현은 자신이 이준을 감당할 수 있을지 확신이 서지 않았다. 이준의 어머니를 넘어서면, 그의 아버지가 또 어떤 방식으로 자신을 대할지 모르는 일이었다.

"⋯⋯무서워요."

혜현이 나지막이 말했다. 이대로 이준의 손을 놓았을 때, 그에서 오는 억울함과 분노를 견딜 수 있을 자신은 더더욱 없었다.

양보하고 이해하고 배려하며 남들 눈 밖에 나지 않게 살아오는 동안, 혜현은 단 한 가지라도 제대로 마음껏 해 본 기억이 없었다. 이번만큼은 그러고 싶지 않았다. 당장 떳떳하게 이준의 집안에 맞설 수는 없어도 지레 겁먹고 움츠러들기는 싫었다.

그래도 겁이 났다. 혜현에게 그런 방식으로 접선을 시도한 이준의 어머니는 보통 사람이 아닌 것이 분명했다.

이준의 어머니가 무슨 속내였는지는 정확히 알 수 없었다. 혜현을 납치하듯 불러들여서 뭐라 말을 하려고 한 것인지, 아니면 이준 모르게 혜현을 정말로 해하려고 했던 것인지.

그 어느 쪽도 머리카락이 곤두설 정도로 공포스러운 상황인 것은 마찬가지였다.

이준을 좋아한다는 감정을 인정하고 용기를 내면 일이 다 잘될 것 같았던 지난날의 자신에게, 그건 지나친 오만이라고 꾸짖고 싶은 심정이었다.

어떻게 하면 이 무서움을 이준과 함께 지워 나갈 수 있을까.

"……."

무섭다고 말하는 혜현의 목소리를 듣는 순간 이준은 간신히 버티고 서 있던 살얼음판이 파지직 부서지는 듯했다.

혜현에게서 가장 듣고 싶지 않은 말을 들어 버렸다. 이제 자신은 혜현에게 무서운 사람이 되어 버리고 말았다. 무서운 짓을 꾸미는 어머니를 가진 무서운 사람. 인정하고 싶지 않아도 분명한 사실이었다.

어떻게 해야 편안한 얼굴로 자신을 바라보는 혜현을 다시 볼 수 있을까.

"내 집으로…… 갈 수 있겠어?"

"네?"

"나와 같은 곳에서 지내는 게 정말 괜찮겠냐고 묻는 거야."

그건 이미 이야기가 얼추 되지 않았나. 혜현은 어리둥절할 뿐이었다.

그러나 그런 혜현의 표정을 이준은 망설이는 것으로 해석하고 말았다.

"……강요하지 않아."

"이준 씨."

"원하면 집으로 데려다줄게."

"전 아무 말도 안 했어요."

또박또박한 목소리로 혜현이 말했다.

"이준 씨가 없는 곳에서 이준 씨 어머니를 뵐지도 모르는 상황이 더 무서워요."

그리고 사실 기대하고 있었단 말이에요, 라는 말을 덧붙이고 싶은 혜현이었다.

단순히 죄책감 때문인 것치고는 이준의 얼굴이 아까보다 훨씬 어두워져 있었다. 지금 당장은 이준의 어머니보다 이준의 표정이 훨씬 더 신경이 쓰였다.

혜현에게서 무섭다는 말을 들을 때마다 날카롭게 갈린 얼음 칼로 도려내지는 아픔이 느껴졌다.

핸들을 쥐고 있었던 손에 힘이 들어갔다. 이준의 손등에 푸른 핏줄이 툭툭 불거졌다.

"아직……."

이준은 숨을 고르고 말했다.

"아직 너와 함께하고 싶은 시간들이 너무 많이 남아 있어."

"……."

"네가 날 밀어낸다면, 앞으로의 내 인생은 어디로 가야 할지 아득하기만 해. 네가 없는 삶을…… 상상해 본 적이 없다. 그건 생각만 해도 미칠 것 같았으니까."

"이준 씨……."

왜 그런 말을 하는 거냐고 묻고 싶었다.

이전과 달라지는 것은 없었다. 혜현은 이준이 어머니의 성화에 이기지 못해 자신에게서 뒤돌아서는 것이 가장 두려울 뿐이었다.

이준이 한 말은 혜현의 심정과 같았다. 설마 이준이 혜현의 마음을 모르지는 않을 거라 믿고 싶었다.

하지만 이준은 혜현에 대한 미안함과 자책감에 휩싸여 혜현의 진심이 담긴 눈을 제대로 들여다보지 못했다.

처음 만났을 때부터 이준을 잔뜩 경계하던 혜현이었다. 혜현의 속도에 맞추어 천천히 다가갔음에도, 이준을 내치다가 결국 받아들였던 것처럼 이번에도 그랬으면 싶었다.

언젠가 혜현이 이준의 부모와 정식으로 대면하게 되는 날이 있더라도, 혹 그로 인해 상처받을 수 있는 상황이 생기더라도 괜찮아요, 하는 목소리를 듣고 싶었다.

아니, 꼭 그렇게 해야만 했다. 그랬기에 혜현이 만약 자신을 떠난다 하더라도 순순히 보낼 수가 없었다.

이준은 다시 차의 시동을 걸며 말했다.

"지금부터는 내 속도로 달릴 거야."

"……무슨 말이에요?"

시종일관 괴로운 표정에 얼핏 상처받은 기색까지 보이는 이준이 왜 그러는지 혜현은 도통 알 수 없었다.

아까부터 계속 답답해하던 혜현이 겨우 말을 꺼냈다. 이준은 액셀러레이터를 밟는 것과 동시에 말했다.

"네가 완전한 내 사람이 될 수 있도록."

그래서 네가 그 어떤 아픔도 느끼지 않고, 그 어떤 것에도 휘둘리지 않게 될 수 있도록.

이준을 바라보며 눈을 크게 뜨는 혜현의 옆으로 밤이 깊어

가는 풍경들이 빠르게 지나갔다.

　핸들을 잡은 이준의 얼굴에 비장함 같은 것이 가득 넘쳐흘렀다. 어쩌면 아주 긴 밤이 될지도 몰랐다.

06.

승주는 시끄러운 속을 냉수를 들이켜며 달래고 있었다. 뒤
도 돌아보지 않고 집을 나간 이준에게는 연락할 엄두도 내지
못했다.

이천댁의 부축을 받아 겨우 안방에 누웠지만 안정이 되기는
커녕 머리만 더욱 지끈지끈 아파 올 뿐이었다.

"이천댁! 물 가져와."

결국 몸을 일으켜 큰 소리로 이천댁을 부르는 승주였다. 이
천댁이 쟁반에 받쳐 들고 온 물컵을 빼앗듯이 가져가 벌컥벌컥
들이켜던 승주는 왼손 주먹으로 가슴 언저리를 쾅쾅 치며 한탄
했다.

"다 큰 아들이 어찌 저리 어미 속도 모르는지, 나쁜 놈."

이천댁은 씩씩대는 승주의 눈치를 보다가 슬그머니 방을 빠

져나갔다. 그러나 얼마 지나지 않아 거실에서 에그머니나, 하는 이천댁의 목소리가 들려오자 승주는 얼굴을 찡그리며 이천댁을 향해 소리쳤다.

"왜 그래? 그 호들갑 좀 그만하라니까. 별일도 아닌데 놀라는 게 한두 번이라야지."

"회, 회, 회장님이 오셨어요."

허겁지겁 안방으로 달려온 이천댁의 말을 듣자마자 승주가 침대에서 벌떡 몸을 일으켰다. 그 바람에 바닥에 나동그라진 물컵을 주워 드는 이천댁의 움직임도 바쁜 건 마찬가지였다.

"이 시간에? 연락도 안 하시고?"

"그러니까 말이에요. 별일이네……."

곧 현관문이 열리는 소리가 들렸다. 승주는 화장대 거울을 바라보며 황급히 머리를 매만졌다. 이준의 일은 이미 까맣게 잊은 듯 승주의 얼굴에는 약간의 긴장이 어려 있었다.

이윽고 거실로 모습을 드러낸 김 회장을 승주가 생글 웃으며 맞이했다.

"여보, 오셨어요. 웬일로 이렇게 일찍……."

"이따 밖에서 중요한 인사와 식사를 할 예정이라고 말 안 했었나. 곧 준비하고 나갈 거야."

"아, 참……."

김 회장의 퉁명스러운 목소리에 승주의 표정이 아차 하며 조금 일그러졌다가 곧 예의 웃음기 띤 얼굴로 돌아왔다.

"기억하죠. 무슨 대학 교수님이라면서요."

"앞으로가 중요해. 당신도 알고 있지?"

"그럼요."

승주는 김 회장의 야망이 두렵고 불안하면서도, 한편으로는 이준이 김 회장의 모습을 어느 정도 닮기를 바랐다.

김 회장은 정치에 발을 들일 물밑 작업을 하는 중이었다. 돈이라면 누릴 대로 누려 온 김 회장이 단 하나 갖지 못한 것이 학식과 권력이었다.

승주가 설마 하는 사이에 김 회장은 이미 정치계로 나아가기 위한 준비를 차근차근히 하고 있었다.

그러나 승주는 김 회장이 지금보다 더 높은 자리에 올라 모든 것을 지니게 되는 상황이 불편하기만 했다. 피 한 방울 섞이지 않은 남인, 그리고 사랑받는다는 감정을 제대로 느끼게 해 주지도 못한 남편보다는 자신을 닮은 아들이 더 잘난 사람이 되기를 바랐다.

그런데 그 아들은 아버지의 그늘에서 벗어나, 그리고 어머니의 기대를 저버리고 전혀 다른 인생을 살겠다고 선언해 버렸다. 또다시 머리가 지끈지끈 아파 왔다.

"이준이 녀석은 요즘 대체 뭘 하고 지내는 거야?"

김 회장에게서 이준의 이름이 나오자 승주가 흠칫 놀랐다. 곁눈질로 이천댁을 보며 승주가 김 회장의 비위를 맞추려는 듯 살살거리는 목소리로 말했다.

"뭘 하긴요. 늘 하던 대로 학교 다니고 있겠죠. 그러다가 질리면 아버지한테 잘못했다고 넙죽 엎드릴 거예요. 아시잖아요? 어렸을 때부터 당신 눈도 제대로 못 맞추던 애니까 곧 회장님 말씀 따를 거예요."

"크흠."

못마땅한 표정으로 김 회장이 서재로 향하며 말했다.

"당분간 쥐 죽은 듯이 있으라고 해. 아들자식이 걸림돌이 되는 건 절대 용납 못 하니까. 괜히 지 혼자 나서서 무슨 사고라도 쳤다간 끝장이야."

승주는 김 회장의 말에 심장이 쿵 내려앉아 버렸다. 애초에 김 회장이 이준을 회사에 불러들여 앉히려고 했던 것도, 이준이 김 회장에게 해가 되는 어떤 말썽이라도 부릴까 봐 발을 묶어 두려는 의도였음을 꽤 나중에야 알았다.

그런데 이준이 잘나지도 않은 대학원생과 만나고 있다는 사실이 구체적으로 김 회장의 귀에 들어간다면, 평생 이준이 김 회장의 앞에 얼굴도 내밀지 못하는 상황이 올지도 몰랐다. 이미 김 회장도 이준의 행보를 짐작하고 있을 터였다. 승주에게 말한 것은 경고와도 같았다.

"아유, 그, 그럼요. 걔가 다른 거 할 시간이나 있겠어요? 학교에서 공부하기도 바쁠 텐데."

"자식이 되어서 말이야, 어? 공부한답시고 거기 틀어박혀 있으면 학계에 좀 좋은 교수 인맥하고 먼저 자리도 만들 줄 알아야지. 하여간에."

혀를 끌끌 차는 김 회장 앞에 승주는 죄인처럼 고개를 숙이고 있을 뿐이었다. 이준에게는 아버지 비위를 맞추라고 말하는 승주였지만 사실 승주도 김 회장이 이준을 탓하는 소리가 썩 듣기 좋지는 않았다.

이대로 김 회장의 말을 더 듣다가는 김 회장에게 곱지 않은 말이 나갈 것 같아, 서둘러 화제를 전환해 보았다.

"그런데 뜻이 달라지셨어요? 학계에는 큰 관심이 없으신 줄 알았는데."

"추후에 선거 공보에 학력 한 줄이라도 더 보태자는 심산으로 그러는 거지, 달리 무슨 뜻이 있겠나."

김 회장은 시큰둥하게 말했다.

그가 더 말을 덧붙이지 않아도 승주는 알 것 같았다. 김 회장은 대학에 인맥을 만들고 그를 빌미로 학위를 받으려고 하고 있었다.

"좀 명망이 있는 교수님이신가 보네요?"

승주의 말에는 뼈가 있었다. 김 회장도 이를 모르지 않았다. 승주를 날카로운 눈빛으로 한 번 쳐다보고는 내뱉듯이 말했다.

"그럴걸. 말한다고 당신이 알지는 모르겠지만."

늘 이런 식이었다. 승주의 도발에 김 회장은 그보다 한 수 위의 말로 눌러 버렸다. 승주는 부글부글 끓어오르는 속내를 내리누르며 자포자기한 듯 입꼬리를 올려 애써 미소를 지었다.

"세인대학교 교수야. 요즘 한창 언론이며 이곳저곳에 나오긴 하던데, 뭐 한 번쯤 얼굴을 봤을 수도 있겠지."

김 회장은 승주를 한번 흘끗 보더니, 한 마디만을 남기고 서재로 들어갔다.

"박평재 교수니까, 기억해 둬."

그런 교수 이름 따위 기억하고 말고 할 게 뭐가 있다고. 승주는 김 회장 몰래 입을 삐쭉였다.

✽

두 번째로 오게 된 이준의 오피스텔은 전에도 그랬듯 먼지한 톨 없이 정돈되어 있었다.

이준의 집 안을 멍하니 둘러보던 혜현은 꽤 많은 시간이 지나야 이곳에 익숙해질 것 같다는 생각이 들었다.

소파에 나란히 앉아 있는 둘 사이에 짧지 않은 침묵이 머물렀다. 정적을 먼저 가르고 일어선 것은 이준이었다.

"따뜻한 거 가져올게."

"아니에요. 괜찮아요."

"아까부터 추워서 떨고 있었잖아."

추위 때문만은 아니었다. 단둘이서, 그것도 이준의 집이라는 공간에 있는 것만으로도 어쩔 수 없이 긴장이 되는 혜현이었다.

지난밤은 뜻하지 않은 상황과 맞닥뜨린 탓에 다소 정신이 없었지만 오늘은 달랐다. 조금 놀랍고 아픈 진실이긴 해도 어제의 일에 누가 관련이 있는지도 알게 되었고, 막연한 공포에 휩싸여 하얗게 질려 있는 것은 그만해도 되었다.

전과 같이 김이 모락모락 피어오르는 머그잔 두 개를 들고 이준이 다시 돌아왔다.

"지금이라도 늦지 않았어."

그중 하나를 혜현에게 내밀며, 이준이 나지막한 목소리로 말했다.

"……나가도 돼. 이 자리가 불편하면."

"이준 씨, 나는요……."

한 번도 당신을 원하지 않는다고 말한 적이 없어요.

남들 다 하는 연애도 한 번 못 하고 바쁘게 살아온 지난날이었지만, 그래도 누군가를 좋아하는 게 어떤 건지 모르지는 않았다.

이준을 만나게 된 후로 확실하게 알게 된 감정이었다. 때로이 남자를 위해서라면 평생 지니고 살아온 삶의 가치관까지 바꾸어도 상관없다는 생각마저 들곤 했다.

하지만 마음 편하게 이준만 바라보려 한 혜현에게 미처 생각하지 못한 곳에서 문제가 불거져 나왔다.

혜현이 걱정되는 것은 단 한 가지였다. 둘의 마음이 달라지는 것이 아니라 둘을 둘러싼 상황이 달라지는 것. 그 변화에 휘둘리지 않기를 바랄 뿐이었다.

"내 의지로 여기까지 온 거예요."

혜현은 또박또박한 목소리로 말을 이었다.

"이준 씨에게 억지로 끌려 온 게 아니란 말이에요."

늘 혜현보다 한 걸음 앞서, 혜현이 따라오길 기다려 주던 이준이었다. 혜현도 그를 알고 있었다.

그러나 지금의 이준은 아니었다. 오히려 한 걸음 물러서서, 혜현이 어디로 발을 내디딜지 지켜보는 모양새였다.

어머니의 등장은 분명 이준과 혜현 둘 다에게 적지 않은 영향을 미친 사건임이 분명했다. 묘하게 달라진 이준의 태도가 혜현은 왠지 마음에 들지 않았다. 처음으로 이준에게 심통까지 나는 것 같기도 했다.

"이준 씨 어머니가…… 네, 맞아요, 무서워요. 그렇지만 이준 씨가 옆에 있으면 괜찮다고 말했잖아요."

"……."

"아까도 그래요. 계속 나한테 가라고만 하고……."

"……그래. 아니야."

답답한 마음에 입에서 나오는 대로 속에 있는 말을 다 꺼내 놓던 혜현은, 별안간 들려온 이준의 목소리에 고개를 돌려 이준의 얼굴을 바라보았다.

"나는 너를 보낼 생각이 없어. 지금도, 전혀."

그럼에도 마음에 없는 소리를 했던 건, 일종의 마지막 양심 같은 것이었다. 자신의 어머니 때문에 그런 일을 당한 혜현에게 미안한 마음.

그렇지만 결코 혜현의 손을 놓고 싶지 않은, 그럴 수도 없는 마음.

어쩌면 오래도록 지속될지 모르는 혜현의 좋지 않은 기억에, 자신이 어느 정도 기여한 것에 대한 죄책감. 하지만 그조차도 함께 지워 나가고 싶은 애틋함.

이 모두가 뒤섞여 버려 똘똘 뭉친 마음이 그런 식으로 튀어 나와 버렸다. 이준은 살짝 화가 난 것 같기도 한 혜현의 얼굴을 마주 바라보며 가만히 말했다. 진심은 기필코 전해져야 했다.

"아까 말했지. 이제부터는 내 속도로 달릴 거라고."

"……."

의미를 알 수 없는 말이었지만, 한편으로는 알 것 같기도 했다.

혜현은 이준도 자신의 마음과 같을 거라 믿고 있었다. 그래서 집에 오자마자 다시 자신에게 선택지를 주는 이준이 마음에 들지 않았다.

지금 필요한 것은 확신이었다. 상대가 어떤 결정을 할지 몰라 스스로까지 미적대는 시간에 생각보다 더 많은 것을 놓치고 있을지도 몰랐다.

"달려요, 같이."

"……!"

분명하게 말하는 혜현의 눈동자와 정면으로 마주하면서, 이준은 그제야 깨달았다.

애초부터 괜한 가정을 하고 있었다. 상처받지 않아도 될 일에, 스스로를 상처 내면서 혜현을 원망할 뻔했다.

그토록 오래, 그리고 자세히 혜현을 보았다고 생각했는데 사실은 아무것도 모른 채 급한 마음만 앞서 나가고 있었다.

이준은 아주 잠깐이었지만 혜현의 마음을 제대로 보지 못한 자신을 탓할 수밖에 없었다.

"이준 씨와 많은 이야기를 하고 싶어요. 앞으로도."

그렇게 말하는 혜현의 눈동자는 확신으로 빛나고 있었다. 이준이 천천히 미소를 지었다.

"때로는 말 백 마디보다 좋은 게 있기도 하지."

"……네?"

이준의 말이 끝나자마자, 혜현이 눈을 동그랗게 떴다.

난생처음 겪는 감각의 파도에 휩쓸리기까지는 오랜 시간이 걸리지 않았다.

이준의 검고 깊은 눈동자가 점점 가까워지고 있다는 것을 감지한 순간, 부드럽지만 강인한 이준의 손이 혜현의 목을 감싸 쥐었다.

이준의 체취가 훅 후각을 파고드는 것과 동시에 입술에 말랑한 것이 얹혀졌다. 이준의 잇새로 흘러나와 다시 자신에게로 흘러들어 오는 숨결을 느끼며, 혜현은 눈을 감았다.

혜현의 입술은 부드럽고 따뜻했다. 그녀조차 자각하지 못하는 사이에 살짝 벌어진 혜현의 입술 사이를 이준은 거침없이 파고들어 갔다.

두 눈을 꼭 감은 채 점점 숨을 거칠게 몰아쉬는 혜현이 처음에는 그저 사랑스럽기만 했다. 하지만 탐할수록 달큰하고 향기로운 마약에 취한 것같이 헤어 나올 수가 없게 되었다. 그동안 외피에 꽁꽁 가려져 있던 아찔하고 매혹적인 혜현의 모습을 처음으로 마주하는 순간이었다.

혜현의 목을 감싸 쥔 손에 힘이 들어갔다. 이성을 본능이 밀어내고 있었다. 그녀의 서툰 움직임조차 그에게는 미칠 것 같은 자극이 되었다.

더 깊게, 더 강하게, 이대로 혜현의 영혼까지 탐닉할 듯 이준의 혀 놀림은 더욱 격정적으로 변해 갔다.

"……하아."

이준이 간신히 붙잡고 있던 이성의 끈이 툭 하고 끊어지기 직전, 아까보다 뜨거워진 숨결과 함께 두 입술이 길게 떨어졌다. 발갛게 부풀어 오른 혜현의 입술이 눈에 들어왔다. 상기된 얼굴로 가쁜 숨을 쉬는 혜현을 미치도록 안고 싶었다.

"저, 저기."

도장을 쾅 찍듯이 같이 달리자고 먼저 못 박으며 말했던 방금 전의 모습은 찾아볼 수 없이, 귀까지 빨개진 채 이준의 시선을 이리저리 피하는 혜현이었다.

이준은 쿡 웃으며 속삭였다.

"세상에서 제일 달아."

귀까지 빨개진 얼굴은 이준의 말을 듣자마자 마치 손을 대면 화상이라도 입을 것만 같이 뜨거워졌다.

슬며시 빠져나가려는 자신의 혀를 다시 얽어 들어가며 붙잡았던 방금 전의 이준은 뭐랄까, 놀랍도록 섹시했다. 뱃속 깊은 곳에서부터 무언가가 간질간질하는 것 같기도 하고, 한편으로는 찌릿 하며 전기가 통하는 것 같기도 했다.

혜현의 이마에는 땀이 송골송골 맺혀 있었다. 엄지손가락을 톡톡 눌러 가며 혜현의 땀을 닦아 주던 이준은 자신도 모르게 슬며시 미소가 새어 나왔다.

혜현이 느낀 감각만큼, 어쩌면 그보다 더할 감각도 느끼면서 동시에 초인적인 자제심으로 욕망을 눌렀던 그를 혜현은 아직 모르고 있을 터였다.

둘에게 남은 나날은 아직 많았다. 적어도 이준은 그렇게 믿고 있었다. 혜현이 함께 달리겠다고 먼저 말해 주었기 때문에.

그 마음까지 더해져, 세상에서 가장 다루기 어려운 보석처럼 아주 조심스레 어루만지고 싶었다. 흠집 하나 없이 눈이 부시는 영롱한 빛깔을 내도록. 혜현이 자신으로 인해 그렇게 될 수 있었으면 했다.

이준은 혜현의 볼을 쓰다듬으며 다시 입술을 덮었다. 정지된 것 같은 시간 아래 아주 천천히 둘의 호흡이 흐르고 있었다. 충분하지는 않았지만 부족하지도 않은 밤이었다.

*

그렇게 전혀 새로운, 그러나 금방 익숙해져 버린 며칠이 지나갔다.

이준은 혜현의 생각보다도 훨씬 바쁘게 지내는 것처럼 보였다. 혜현도 점점 늘어 가는 과제와 업무에 눈코 뜰 새 없이 바빴지만, 이준은 과연 제대로 잠을 자기나 하는 것인지 궁금할 정도로 학교에서든 집에서든 늘 컴퓨터나 서류 뭉치에 몰두하고 있었다.

복학하고 나서부터 늘 저렇게 지내 온 것일까.

이준이 친구와 함께하고 있다는 사업의 정체가 무엇인지는 잘 몰랐지만, 학교로 돌아왔음에도 쉬이 손을 놓지 못하고 있는 것을 보면 이준이 기여하는 정도가 꽤 큰 것 같았다.

하지만 그러는 중에도 학교로 가거나 학교에서 돌아오는 길엔 늘 이준이 함께였다. 내색은 하지 않지만 피로가 가득 담긴 이준의 얼굴을 보면서, 혜현은 연구실에 늦게까지 남아 있는 날을 자신도 모르게 점점 줄이고 있었다. 집에서 모든 작업을 하는 이준을 자신 때문에 늦게까지 학교에 남게 할 수는 없다는 생각에서였다.

"혜현 씨 요즘 귀가가 좀 빠른 것 같네?"

책 몇 권을 챙겨 연구실을 막 나서려는 혜현을 미경의 목소리가 붙잡았다. 혜현은 뒤돌아보며 멋쩍게 웃었다.

"집에 갈 때 밤에 좀 무섭기도 하고 그래서요."

"연애하느라 바쁜 건 아니고?"

악의 없이 가볍게 던지듯 말한 미경의 말에도 혜현은 왠지 모르게 가슴이 덜컹 내려앉았다.

사실 이준을 만나기 전처럼 하루 종일 책상 앞에만 앉아 있지 않게 된 것은 사실이었다. 그렇다고 해서 자신이 해야 할 일들에 소홀해질 수는 없다고 생각하고 있던 차였다.

그럼에도 불구하고 남의 시선에 그녀는 어느 사이엔가 연애에 몰두하느라 학교에서 마음이 뜨는 사람으로 비쳤을지도 몰랐다. 얼굴이 화끈 달아올랐다.

"혜현 씨에게는 농담 한 마디도 못 하겠네. 별말 아니고, 혹시 무슨 일 있나 궁금해서 그런 거야. 과제도 한창 많을 때잖아."

"……아니에요. 괜찮아요. 아, 저…… 연구실 문 말인데요."

혜현은 여전히 그날 그 무리들이 자신을 끝까지 쫓아왔을지도 모른다는 생각을 쉽사리 떨칠 수 없었다. 만약 그것이 이준의 어머니가 혜현 자신을 대하는 방식이라면, 앞으로 일어날지도 모르는 일들에 대해 미리 대비할 필요가 있었다.

"아, 그거? 그거 잠깐 오류가 났든지 아니면 혜현 씨가 제대로 잠그지 않았든지 둘 중에 하나인가 봐. 침입의 흔적이 있으면 경보음이 울리거나 보안센터에 알림이 가는데 내가 확인했더니 그건 아니라고 하더라고."

"아…… 네."

"여튼 전에도 말했지만 앞으로 더 조심하자. 혜현 씨같이 원래 안 그러는 사람도 실수할 수 있으니까."

"네, 그럴게요."

미경의 말로 미루어 봐서는 적어도 연구실까지 추적당하지는 않았던 것 같았다. 이에 안도해야 하는지, 아니면 여전히 긴장의 끈을 놓쳐서는 안 되는지 제대로 판단이 서지 않았다.

혜현은 묘한 기분을 느끼며 이준의 차가 주차되어 있는 인문학관 쪽으로 내려갔다.

조금 전에 차 안에서 기다리고 있겠다고 연락해 왔다. 여느 때였으면 혜현을 발견하고 차창을 내려 인사를 했을 이준이었다. 그런데 혜현이 주차된 차로 가까이 다가가는데도 별다른 인기척이 없었다.

혜현은 고개를 갸웃하며 운전석의 창을 가볍게 노크해 보았다. 여전히 아무 일도 일어나지 않았다.

혜현은 차창에 두 손을 동그랗게 말아 세우며 그 위로 얼굴을 가져다 대었다. 어둡게 선팅된 창문으로는 차 내부가 잘 보이지 않았지만, 운전석에 사람이 있는 것은 확실했다.

혜현은 가늘게 눈을 뜨고는 차창을 향해 좀 더 가까이 얼굴을 붙였다. 이준이 운전석에 앉아 시트에 머리를 기댄 채 잠들어 있었다.

한 번 더 똑똑똑, 차 문을 두드렸지만 이준은 미동조차 하지 않았다.

혜현은 조심스럽게 조수석의 문을 열어 보았다. 이준의 차는 열려 있는 채였다. 혜현은 혹여나 큰 소리라도 낼까 봐 살금살금 조수석에 올라탔다.

늘 한 치의 흐트러짐도 없이 단정했던 매무새가 약간 헝클어진 채, 이준은 곤히 단잠에 빠져 있는 것처럼 보였다.

혜현은 잠든 이준의 얼굴을 가만히 들여다보았다. 꽤 길고 곧게 뻗어 있는 이준의 속눈썹이 혜현은 퍽 마음에 들었다. 자신도 모르게 손을 뻗어 이준의 속눈썹을 쓸어 보려다가 멈칫하고 다시 내렸다.

이준이 지금 혜현의 모습을 보지 못한 것이 다행이라는 생각이 들 정도로 스스로에게 부끄럽기까지 했다.

그러다가 살짝 벌어진 이준의 붉은 입술에 시선이 닿았다.

다시 얼굴이 달아올랐다. 그날 마치 불에 덴 것 같은 강렬하고 뜨거운 느낌을 가져다주었던 이준의 키스는 혜현의 머릿속을 새하얗게 만들어 버렸다.

이런 걸 경험해 버렸으니 아마 자신은 이준에게서 결코 헤어 나오지 못할 것이라고, 그렇게 정신없는 중에서도 그것만은 분명히 느낄 수 있었다.

입술보다 더 뜨거웠던 것은 무언가에 사로잡혀 이글거리던 이준의 두 눈동자였다. 그 모든 것이 처음이고 낯설었던 혜현이라도, 처음 보는 이준의 그 눈빛이 무엇을 의미하는지는 어렴풋이 알 수 있었다.

앞으로 자신에게 일어날 일이 어떤 감각을 일깨워 줄지 제대로 생각하기도 전에, 이준이 입술을 떼며 혜현의 이름을 나지막이 불렀다. 그리고 혜현의 이마에 자신의 이마를 맞대었다. 두 사람의 얼굴에 어린 땀방울이 서로 맞물려 부스러졌다.

이준이 거칠게 내쉬는 뜨거운 숨이 가장 가까운 피부로 생생히 전달되던 그날 밤을 다시 떠올리자, 혜현의 속 깊은 곳에서 또다시 무언가 알 수 없는 느낌들이 꿈틀대었다.

여전히 적응이 되지 않는 그 익숙지 않은 감각을 떨쳐 내려는 듯이 혜현은 고개를 좌우로 몇 번 흔들었다. 그러는 중에 문득 이준의 팔 한쪽이 편하지 않은 모양으로 시트와 몸 사이에 끼어 있는 것이 눈에 들어왔다.

그동안 제대로 잠을 잘 여력도 내지 못해 차 안에서 잠깐 눈을 붙였을 터였다. 그 어느 때보다도 평온한 얼굴로 잠들어 있는 이준을 조금 더 편하게 해 주고 싶었다.

혜현은 이준의 팔을 살짝 잡아 천천히 시트 사이에서 빼내었다. 혹시라도 이준이 잠에서 깨지 않도록 무척이나 신경을 썼다.

이준은 혜현의 기척에 잠시 몸을 비틀었을 뿐, 여전히 눈을 감은 채 잠들어 있었다. 이만하면 됐을까, 싶은 차에 또다시 거의 직각으로 꼿꼿이 서 있는 운전석의 시트가 눈에 들어왔다.

면허조차도 없는 혜현이었다. 이준을 만나기 전 이처럼 누군가의 차를 자주 탄 적도 없어 당연히 차에 대해 아는 것이 거의 없었다. 그래도 의자를 젖혀 편하게 해 주고 싶은 마음에 혜현은 운전석으로 한껏 몸을 기울인 채 이곳저곳을 둘러보았다. 몸은 운전석에 있지만 다리는 여전히 조수석에 있는 채라 자세가 편하지 않았다

기척이 느껴지지 않을 정도로 이준을 향해 살짝만 기대면 조금 더 편할 것 같기도 했다. 혜현은 조수석에서 하체를 들어 올리며 시트 밑을 향해 고개를 숙였다.

그 순간 이준이 혜현의 허리를 확 감쌌다.

"앗……!"

"……뭐 해. 아까부터."

여전히 잠이 어린 듯했지만 이준의 목소리는 분명하게 혜현을 향하고 있었다.

혜현이 당황하며 이준에게서 몸을 떼려고 했지만 이준의 팔은 더욱 단단하게 혜현을 붙잡아 둘 뿐이었다.

"이준 씨……. 저, 지금 너무 불편해요……."

상체가 완전히 운전석, 그러니까 이준에게로 쏠린 자세가 편할 리가 없었다. 이준은 자신의 팔에 붙잡혀 버둥대는 혜현을 보며 씨익 웃었다.

"지금 여기서 이러면 나보고 어떡하라는 거야."

"……네?"

"웃차."

이준이 두 팔로 혜현의 몸을 들어 조수석에 앉혔다. 전혀 예상치 못했던 접촉에 혜현은 또다시 얼굴이 화끈거려 왔다.

"너, 너무 곤히 자고 있어서 깨울 수가 없었단 말이에요. 그

래서 좀 편히 자라고…… 불편할 테니까…… 요즘 집에서도 막
늦게까지 불도 켜져 있고…….”

자신도 무슨 말을 하는지 모를 정도로 횡설수설 되는대로
줄줄이 늘어놓는 혜현을 이준은 자신의 입술로 막아 버렸다.

그 자리에서 굳어 버린 혜현을 지긋이 바라보며 이준은 낮
은 목소리로 말했다.

“여긴 학교니까.”

이준은 굳이 그다음에 말을 덧붙이지 않았다. 얼굴이 새빨
개진 혜현을 그대로 두고 아무렇지도 않은 척 시동을 거는 이
준의 얼굴에는 짓궂은 장난을 하고 혼자 신나 하는 소년의 표
정이 어렸다.

그제야 혜현은 자신을 놀리는 듯한 이준의 태도를 간파했
다. 운전석을 향해 살짝 눈을 흘겨도 이준은 시치미를 뚝 떼며
시선을 앞으로 고정하고 있을 뿐이었다.

혜현은 먼지도 앉아 있지 않은 옷을 괜히 툭툭 털며 볼멘소
리로 말했다.

“남의 마음은 하나도 몰라주고.”

“그건 내가 하고 싶은 말인데.”

이준이 운전하는 차가 매끄럽게 교정을 빠져나갔다.

“자다가 깼는데 네가 내 위에서 그러고 있으면 내가 어떻겠
어?”

“놀라게 하려고 한 건 아니었어요. 정말 편하게 해 주고 싶
어서 그런 거예요.”

말간 얼굴로 대답하는 혜현에게 이준은 그저 피식 웃을 수

밖에 없었다. 아무것도 모르는 이 순진한 아가씨에게 홀려 버릴 듯이 정신을 차리지 못했던 자신을, 혜현은 과연 짐작하고나 있을까.

긴 생머리를 하나로 묶고 티셔츠와 바지 차림에 니트 카디건을 걸친 혜현은 얼핏 보면 학부생이라고 해도 될 만큼 앳된 모습을 지녔다.

그 모습에 가려진 농익은 여인의 향기를 잠깐이나마 맛보고야 만 것이다. 그 때문에 이준은 언제든 자제력을 잃고 달려들 수 있을 정도로 아슬아슬한 매일을 지내고 있었다.

"오늘은…… 자면 안 돼요?"

뭐라고?

별안간 들려온 뜻밖의 말에 이준은 흠칫 놀라며 혜현을 돌아봤다. 그 언어가 내포하고 있는 제대로 된 뜻을 알아채기도 전이었다.

혜현은 평소와 다름없는 표정으로 이준과 시선을 맞추고 있었다.

"며칠째 거의 잠 못 잤던 거 봤어요. 잠깐이라도 편하게 눈 붙이고 나면 몸에 활력이 돌 수 있을 테니까."

아주 찰나였지만 스쳐 지나간 생각이 얼마나 엉큼했는지, 괜히 들킬세라 헛기침만 연거푸 하는 이준이었다.

"어제 장 봐 둔 거 있으니까 오늘은 제가 저녁을 할게요."

온탕과 냉탕을 오가는 이준의 속도 모르고 재잘재잘 이야기하는 혜현이었다. 이럴 때의 혜현은 영락없이 천진난만하기만 했다. 어딘지 모르게 사람들을 향해 늘 경계하기만 했던 처음의 태도는 많이 옅어진 듯했다.

이준은 슬그머니 묘한 욕심이 생겼다. 지금처럼 한결 편안해진 혜현의 모습만은 언제까지나 자신의 것이기를 바랐다. 그럴 수만 있다면 당분간은 이런 상태로 지내는 것도 꽤 나쁘지 않을 것 같았다.

✲

여느 때와 같이 평온한 아침일 줄 알았다.

습관처럼 켜 놓은 TV에서 익숙한 얼굴과 목소리가 나오는 것을 이준이 먼저 보고 말았다. 부엌 쪽에 있는 혜현이 보기 전에 리모컨의 버튼을 누른다는 것이 한발 늦어 버렸다.

황급히 전원 버튼을 누르려는 이준을 혜현이 한 팔로 조용히 저지했다. 물컵을 한 손에 든 채 커다란 TV에 가득 얼굴을 채운 박평재를, 혜현은 미동도 않은 채 뚫어지게 보고 있었다.

"혜현아."

이준이 가만히 혜현을 불렀지만 혜현은 여전히 꼼짝없이 서 있었다.

박평재가 나온 곳은 일종의 시사 대담 같은 것이었다. 각종 학계나 다양한 업종에 종사하는 저명인사가 출연해 하나의 주제를 놓고 사회자와 이야기를 나누는 내용으로, 채널을 돌리다 보면 공중파에서든 뉴스 프로그램서든 쉬이 접할 수 있을 정도의 프로그램이었다.

하지만 이렇게 뜻하지 않게 박평재를 보는 것은 달랐다. 혜현이 아는 사이에, 혹은 모르는 사이에 박평재는 이런 식으로 자신의 이름을 알리며 살아왔을 것이다.

그래도 예전처럼 박평재의 이름만 들어도 굳어 버릴 만큼의 나약함에서는 벗어났다. 박평재가 더 이상 그 프로그램에 나오지 않을 때까지 TV에 시선을 고정하고 있던 혜현은, 물컵에 반쯤 남은 물을 마저 마셨다.

"내가 생각했던 것보다 훨씬 별것 아닌 사람이었어요."

"……."

"이제는 왠지 이겼다는 생각까지 들어요. 우습게도."

박평재가 자신을 모르는 척하는 것을 눈앞에서 똑똑히 보았던 그날 이후, 혜현은 아버지라는 존재가 영향을 미치는 삶을 살지 않기로 결심했다.

박평재보다 더 나은 위치의 사람이 되어서 대등하게 그를 대하고자 시작했던 공부였지만 이제는 혜현 스스로 더 나은 삶을 살기 위한 이유가 더 커진 것이다.

물론 이렇게 불쑥불쑥, 의식하지 못한 때에 맞닥뜨리는 박평재에 대해서는 적응의 시간이 조금 더 필요할 것 같기는 하지만.

"아침부터 저거 보느라 시간만 버렸어요."

이준을 향해 살포시 웃는 혜현의 얼굴에 약간의 그늘이 드리운 것을, 이준이 보지 못했을 리가 없었다.

혜현은 별다른 말없이 빈 컵을 들고 다시 부엌으로 들어갔지만, 그 속내가 어떨지 걱정부터 되는 이준이었다.

조금 삐걱대는 하루의 시작이었지만 나쁘지 않다고 생각했다. 학교에 가니 박평재를 다시 떠올릴 시간도 없이 바쁜 업무가 이어졌다.

거기에다가 곧 시험 기간이 코앞에 다가와 있었다. 대학원생은 중간고사가 없어 시험을 치르지 않아도 되었지만, 시험 감독이나 채점 보조 등의 잡무가 있어 여유롭지 않은 것은 매한가지였다.

이준이 다른 일들로 바쁜 탓에 송 교수와의 논문은 고스란히 혜현이 떠맡게 되었다.

물론 이준은 모르게 진행하는 일이었다. 아마 그가 알게 되면 분명히 혜현에게 그러지 않아도 된다고 할 것이었다.

사랑하는 사람에게 무언가 조금이라도 더 도움이 됐으면 하는 마음, 그 마음 하나만으로 혜현은 정신없는 하루를 보내고 있었다.

아침의 깔깔했던 기운이 다시 혜현을 급습한 것은 늦은 오후였다. 송 교수의 연구실을 나와 바삐 걸어가던 혜현의 전화벨이 울렸다.

액정화면은 모르는 번호를 띄우고 있었다. 송 교수를 도와 여러 일을 하다 보면 잘 알지 못하는 사람들의 전화를 받는 일은 허다했다. 혜현은 별생각 없이 통화 버튼을 눌렀다.

"여보세요?"

– 여보세요. 박혜현 선생님 핸드폰 맞나요?

낯선 목소리였다. 하지만 한편으로는 귀에 익은 것 같기도 했다. 젊은 여자, 약간 높은 톤의 음성.

혜현이 기억을 더듬는 사이 얼마간의 시간이 흘러갔다. 일단 대답을 해야 했다.

"네. 그런데 누구……?"

– 쌤? 오랜만이에요! 나 기억하죠? 윤수정이에요. 그때 왜, 학회 때 봤잖아요.

혜현은 그제야 목소리의 주인공을 기억해 냈다.

윤수정. 박평재의 조교라고 했던 사람이었다. 학술대회 이후 수정이 자신에게 개인적으로 연락할 일 같은 것은 없었다.

혜현은 자신도 모르게 긴장하며 손에 든 핸드폰을 고쳐 쥐었다.

"……안녕하세요. 오랜만이에요."

– 그쵸? 잘 지냈어요? 조교들은 다 비슷비슷할 테니 요즘 한창 바쁘겠네요.

"뭐, 그렇죠."

수정이 좋은 사람이든 나쁜 사람이든 간에, 박평재의 조교라는 사실 때문에 혜현은 이 통화가 썩 편하지 않았다. 혜현 자신과 박평재의 연결고리를 결코 끊을 수 없다는 일종의 신호 같은 기분도 들었다.

– 쌤 번호는 박 교수님한테 받은 거예요. 혹시 그때 학회 자료집 남은 것 없냐고, 꼭 좀 부탁한다고 하셔서.

"자료집 드리는 건 어렵지 않을 것 같은데……."

– 아, 그럼 다행이네요! 감사해요. 착불 퀵으로 보내 주시면 돼요. 주소는 문자로 드릴게요.

생각보다 별것 아닌 용건이었다. 이내 짧은 통화가 끊어졌다.

그래도 혜현은 마음 한구석에 왠지 모를 찜찜함을 끝끝내 떨칠 수가 없었다. 스물스물 올라오려는 왠지 모를 불안한 기운을 애써 누르고 혜현은 연구실로 돌아와 책상 앞에 앉았다.

그러나 결국 그 불안한 예감은 틀리지 않았다. 생각보다도 더 이르게, 혜현이 마주치고 싶지 않은 일이 일어나 버렸다.

✳

혜현은 오른손을 들어 귓불을 만지작거렸다. 초조함을 느낄 때마다 습관적으로 하는 버릇이었다.

귓불이 빨개지고 마찰에 의한 열기가 느껴질 때까지 멍하니 손가락을 움직이던 혜현은, 이쪽으로 뚜벅뚜벅 걸어오는 그림자를 발견하고 멈칫하며 손을 내렸다.

눈도 깜빡이지 않은 채 점점 다가오며 선명해지는 얼굴을 똑바로 응시했다. 상대방이 헛기침을 하며 시선을 피하는 것이 시야에 들어왔다.

저 사람은 늘 그런 식이었다. 한 번도 혜현을 제대로 봐 준 적이 없었다. 아주 어렸을 때부터, 그 오랜 기간 동안, 그리고 얼마 전에도 마찬가지였다.

심장박동이 빨라지는 것이 느껴졌다. 호흡을 가다듬었다. 이윽고 가까워져 오던 발자국 소리가 멈추었다.

그 순간 혜현은 뜬금없게도 엄마의 장례식장 풍경이 생생히 되살아났다. 매캐한 향의 냄새가 가득 찬 채 간혹 곡소리가 터지는 그 정신없는 와중에도 감정 없이 메마른 눈동자를 하고 있던 얼굴이 눈앞에 겹쳐졌다.

상대는 변한 건 없었다. 조금 달라진 것이 있다면, 이모의 손에 이끌려서 쫓겨나듯이 집을 나올 수밖에 없었던 어린 여자 아이는 이곳에 없다는 것뿐이었다. 한동안은 그 여자아이의 모습 그대로인 채 긴 시간을 지내 왔을지도 모르지만 지금은 아니었다.

어렵지 않게 얼굴을 마주 보며 대화할 수 있을 정도의 거리에서 박평재는 멈추어 섰다.

혜현은 여전히 그를 바라보고 있는 채였다. 박평재는 왼손의 손목시계를 확인하며 오른손으로 구레나룻에 삐죽 자란 머리카락을 쉴 새 없이 만지작거리고 있었다. 아직 혜현의 귓불에 남은 붉은 기운이 채 가시기도 전이었다.

박평재의 손가락 움직임이 눈에 거슬렸다. 당장 그만두라고 소리치고 싶은 충동이 일 정도였다. 무슨 말이라도 하면 박평재가 손가락을 놀리는 것을 그만두게 할 수 있을 것 같았다. 혜현은 눈을 질끈 감은 채, 일단 할 말을 하기로 했다.

"……다른 교수님들은, 각자 식사 장소로 이동하셨습니다. 교수님은 저와 함께 가시면 됩니다."

한참 만에 혜현의 입에서 나온 말에, 박평재는 천천히 고개를 들어 혜현을 바라보았다.

이번에는 혜현이 먼저 시선을 떨구었다. 그가 자신을 바라보며 어떤 표정을 지을지 보고 싶지 않았다. 아니, 볼 자신이 없기도 했다. 혜현이 박평재에게 정말로 하고 싶은 말은 아직 하나도 하지 못한 채이기 때문이었다.

앞으로는 진정으로 남 대하듯이 할 수 있을 줄 알았다. 오늘 아침에도 뜻하지 않게 박평재의 얼굴을 보았다. 낮에 수정에게서 걸려 온 전화에서도 그는 또다시 혜현의 머릿속을 비집고 들어와 버렸다.

그리고 여기, 지금.

박평재와 또다시 같은 공간에 있게 되었다.

교수들과의 만찬이 잡혔으니 식당을 알아보라는 송 교수의 지시를 받을 때까지만 해도, 혜현은 박평재를 다시 마주치게 될 순간이 올 줄은 미처 꿈에도 몰랐다.

먼 미래, 혹은 언젠가라는 이름으로 미뤄 두며 상상하기만 했던 일들이 연속으로 일어나고 있었다.

송 교수가 다른 학교 교수님들까지 초청한 자리라며, 교수님들을 맞이해 식사 장소로 안내하라고 혜현에게 일러둘 때에도 이전에 으레 있던 일 중 하나라고 여겼다. 송 교수에게서 교수 명단이 적힌 종이를 받아 들고 나서야, 지난날 박평재의 이름을 보았던 때처럼 가늘게 손이 떨렸다.

잔인한 우연인지, 아니면 의도된 것인지 박평재는 약속된 시간보다 훨씬 늦게 도착하였다.

송 교수가 그러는 것처럼, 박평재도 그저 혜현을 조교로서만 대하게 될까.

그전에, 혜현 자신은 박평재를 어떻게 대할 수 있을 것인가. 오래도록 얼굴도 보지 못한 채 마음속으로 구겨 넣었던 아버지라는 존재를 이런 방식으로 대면하는 것은 결코 원한 적이 없었다.

그래도.

그에게 일말의 양심이라는 것이 있다면, 혹시라도 혜현에게 죄책감 비슷한 것을 지니고 살아왔던 것이라면 '딸'에게 안부를 묻듯 먼저 인사를 건넬지도 모른다고 조금은 기대했었다.

하지만 박평재는 지난 학술대회에서 만났던 모습 그대로였다. 어떻게든 둘 사이에 이어진 끈을 무시하려는 그의 모습은, 세상에서 가장 비겁한 인간을 보는 것만 같았다.

발끝만 바라보고 있던 혜현은 여전히 아무 말도 오가지 않는 지금을 그저 견디고 또 견딜 뿐이었다. 억겁 같은 시간이 흐르는 듯했다.

"어떻게……."

마침내 굵고 낮은 박평재의 목소리가 들려왔다. 혜현은 고개를 들어 그를 바라보았다.

이번에는 박평재가 다른 곳으로 시선을 돌리고 있었다. 처음으로 그가 혜현에게 말을 건네는 순간이었다.

"어떻게, 이런 식으로 내 앞에 나타난 거냐."

하. 혜현의 입에서 짧은 실소가 흘러나왔다.

박평재의 입에서 가장 먼저 나온 말이 고작 저런 것이었다.

어떻게 지냈느냐는 말도, 잘 지냈냐는 말도 아니었다. 마음속에 얼기설기 쌓아 두었던 무언가가 와르르 무너지는 것을 느끼며, 혜현은 울지 않으려 입술을 꼭 깨물었다.

이제 정말 저런 인간 때문에 우는 짓은 그만둬야 했다. 거의 감각이 느껴지지 않을 정도로 윗니로 내리누르며 혜현은 박평재와 똑바로 눈을 마주쳤다.

이제 지금 이 순간부터, 박평재는 혜현에게 같은 피를 나누고 있는 것조차 끔찍한 사람이 되어 버렸다.

"저는 단지 송 교수님 조교로서 교수님이 지시한 것을 따를 뿐입니다."

"원하는 게 있으면 바로 말을 할 것이지, 너는 끝까지……."

혜현은 박평재의 표정이 순간 일그러지는 것을 본 것 같은 착각이 들었다. 하지만 그것은 아주 찰나였는지, 박평재는 곧 못마땅한 듯 굳은 표정으로 돌아와 마저 말을 이었다.

"하고 싶은 말이 있을 텐데도 빙빙 돌리기만 하고, 끝까지 그렇게 나를 원망하는 표정으로 보고 있어. 지난 학술대회 날에도 그런 식으로 나에게……."

"제가 무슨 말을 해야 했을까요?"

결국 애써 누르고 있던 것이 터지고 말았다. 혜현이 소리치듯 말했다.

"세인대학교 박평재 교수님께는 일찍이 내다 버린 딸이 있다고 말해야 했을까요? 그리고 그 딸이 지금 여기에서 자신을 끝까지 무시하는……."

결국 눈물이 터져 나왔다. 박평재가 볼세라 혜현은 재빨리 눈물을 닦고 이어 말했다.

"……아버지란 사람을 이런 방식으로 대해야 했다고, 그렇게 말을 했어야……."

"난 널 내다 버리지 않았다!"

천둥 같은 목소리에 혜현은 흠칫 놀라 박평재의 얼굴을 바라보았다. 잔뜩 성이 난 것 같은 얼굴에서는 냉정을 좀처럼 찾아볼 수가 없었다.

"그래, 죽은 네 어미, 그쪽 집안에서 널 부득불 데려가겠다고 우겨서 그러라고 한 건 맞다. 널 찾지 않은 건 새 사람과 새 식구들 보기에 미안해서 그런 것도 있었다. 너는 굳이 내가 돌볼 필요도 없이 잘 산다고 들었……."

"멀쩡히 친부가 살아 있는데 친척 집에서 눈칫밥 먹으면서 살고 싶은 자식이, 대체 어느 세상에 있단 말인가요?"

혜현은 어느덧 박평재를 향해 악을 쓰듯 고함치고 있었다. 눈에서는 손쓸 새도 없이 눈물이 흘러나와 볼을 타고 흘러내려 턱밑을 적셨다.

박평재의 입에서 새 사람과 새 식구들이라는 말이 나왔다. 혜현 자신과 어머니의 존재는 마치 처음부터 없었던 것처럼 싹 지운 채, 박평재는 그렇게 새로운 가족들과 호의호식하며 잘 지내 왔을 것이다.

박평재가 뭐라 말을 하려는 듯이 입을 열었다가, 다시 다물었다. 큰 소리가 나는 것을 듣고 주위를 지나가던 사람들이 힐끔거리는 시선을 느꼈는지, 박평재는 불안하게 눈동자를 굴리며 헛기침을 몇 번 했다.

어느샌가 쉴 새 없이 흘러내리기 시작한 눈물에 혜현의 시야가 온통 뿌옇게 변했다. 혜현은 발밑이 끝없이 아득하게 꺼져 내려가는 것 같은 느낌으로 그 자리에 우뚝 서 있을 뿐이었다.

부모로서의 정이 그에게 남아 있다면, 진작에 혜현을 몇 번이나 찾아왔을 것이었다. 자신을 한 번도 찾지 않는 아버지라는 사람에게, 그래도 무슨 사정이 있을지도 모른다고 애써 합리화하며 지내 온 시간들도 있었다.

그래도 안부는 물어 올 줄 알았다. 크게 성공하지는 못했지만 그래도 꿋꿋이 자라 대학원에까지 왔다는 것을 보여 주고 싶기도 했다.

그러나 박평재는 혜현의 그 어느 것에도 크게 관심이 없는 것 같아 보였다. 그에게 혜현은 오랫동안 보지 못한 그리운 딸이라기보다는 예고 없이 불쑥 나타난 과거의 골치 아픈 흔적 정도로 비치는 듯했다.

한 손으로 이마를 짚으며, 박평재는 별 감정이 담기지 않은 것 같은 목소리로 말했다.

"그래……. 너무 바쁜 탓에 널 잊고 산 세월이 솔직히 더 많다. 그건 미안하구나. 이렇게 내 앞에 나타난 이유가 있을 텐데, 보상이라면 무엇이든 해 주겠다."

"보상……."

혜현이 멍하니 박평재의 마지막 말을 중얼거렸다.

다시 실소가 흘렀다. 나는 아버지라고 부를 수 있는 사람에게서 그동안 대체 무엇을 원해 왔던 걸까. 풍족한 돈? 따뜻한 관심과 사랑?

모두 아니었다. 진심 어린 사과 한 마디면 그래도 오랜 시간 쌓아 온 울분들이 조금 씻겨 내려갔을지도 몰랐다.

하지만 여전히 회피하듯 겨우 한마디를 내던진 박평재는 미안하다는 말로 골칫거리를 어서 해치우고 싶어 하는 마음이 더 큰 것 같았다.

혜현은 더 이상 박평재 앞에 서 있을 수가 없었다. 이제 마지막 단 하나의 기대까지도 흔적 없이 싹 사라져 버렸다. 얼굴을 대하고 있는 것조차 괴로웠다. 머릿속은 온통 이곳을 벗어나 박평재에게서 최대한 멀어져야겠다는 생각으로 가득 차고 있었다.

"……끔찍해요. 박평재 교수님, 당신이라는 분."

혜현이 이를 앙다문 채 내뱉은 말에 박평재의 눈썹이 꿈틀거렸다.

그 얼굴조차 보기가 싫어 혜현은 얼른 등을 돌렸다. 발길 닿는 대로 걸음을 빨리하기 시작했다. 이미 자신이 왜 박평재를 만나게 되었는지도, 송 교수의 말도 까맣게 지워 버린 채였다.

보상, 보상…….

두 귀로 직접 듣고도 의심할 수밖에 없었던 그 끔찍한 단어를 되뇌고 또 되뇌며 정처 없이 걷는 혜현의 두 볼 위로 다시금 한 줄기 눈물이 흘러내렸다.

"아니, 어떻게 된 건가? 어렵게 모신 분들께 내가 면이 안서서…… 도무지 안 그럴 사람이 그랬으니 이해가 되지 않네. 대체 어디로 사라진 거야?"

송 교수가 불같이 화를 내는 모습은 이준 역시 좀처럼 보지 못했던 것이었다. 교수들과 더불어 이준과 몇 명의 박사과정생도 함께하는 식사 자리였다.

박평재 교수와 함께 식사 장소로 오는 것으로 이야기가 되어 있었던 혜현은 끝내 나타나지 않았다. 박평재도 모습을 드러내지 않은 건 마찬가지였다.

"얼른 박 선생한테 전화해 보게."

늦을 대로 늦은 시간에도 좀처럼 소식이 없는 박평재가 신경이 쓰였는지, 송 교수는 이준에게 재촉했다. 통화 연결음 끝에 안내 음성이 나오기까지가 수차례, 이준은 이제 송 교수와는 상관없이 혜현이 걱정되기 시작했다.

"……연락이 되지 않습니다."

송 교수는 못마땅한 듯 미간을 찌푸리더니 말없이 핸드폰을 꺼내 들었다. 누군가의 전화번호를 찾는 듯 액정을 누르던 송 교수는 마침내 통화 버튼을 누르고 핸드폰을 귀에 가져다 대었다.

"아, 박 교수님! 저 송광연입니다. 어디쯤 오시고 계신지……? 아, 그러십니까……. 혹시 조교를 만나지 않으셨는지? ……못 만나셨습니까……. 예, 알겠습니다……. 아닙니다. 다음에 뵙도록 하겠습니다……. 예. 들어가십시오."

종료 버튼을 누른 송 교수의 표정이 심상치 않았다. 이준과 함께 있는 몇몇의 박사과정생들 역시 좀처럼 섣불리 감정을 드러내지 않는 송 교수가 여느 때와는 다른 것을 감지하고 불안한 눈빛들을 주고받았다.

이준은 당장 이 자리에서 뛰쳐나가고 싶은 충동을 애써 억누르고 있었다. 하필 박평재를 마중 나간 게 혜현이었다는 사실이 기막히기만 했다. 둘 사이에 무슨 일이 일어났음이 분명하다는 직감이 왔다.

그럭저럭 예의를 갖추고 다른 교수들과 이야기를 나누는 것 같던 송 교수는, 교수들이 모두 돌아간 식당의 앞에서 기어이 역정을 내고 말았다.

"학술대회 때도 그냥 넘겼더니, 요즘 특히 왜 이리 어디 나사 하나가 빠진 사람처럼 구는지 도통 모르겠어. 김 선생, 자넨 뭔가 알고 있는가?"

"……."

이준은 아무 말도 하지 못한 채 살짝 고개를 숙일 뿐이었다. 박평재와 혜현의 관계는 이준의 입으로, 그것도 지금 이런 자리에서 말할 것은 더욱이 아니었다.

송 교수가 아니라 누구에게라도 함부로 말할 수 없는 게 너무도 당연하다는 것을 이준은 이미 잘 알고 있었다. 설사 송 교수의 분노가 엉뚱한 방향으로 혜현에게 튄다고 해도 어쩔 수 없는 부분이었다.

"……혹시 무슨 일이 생겼을지도 모르니, 제가 계속 연락을 해 보겠습니다."

여전히 못마땅한 표정으로 혀를 차고 있는 송 교수 옆에서, 이준은 벌써 몇 번째인지 모를 통화 버튼을 눌렀다.

순간 불 꺼진 연구실 구석에 쭈그려 앉아 벌벌 떨고 있던 혜현의 모습이 번뜩 스쳐 지나갔다.

이준은 더 이상 이곳에 있을 수 없다는 생각이 들었다. 송 교수가 어떻게 생각하든, 지금은 혜현과 닿는 것이 최우선이었다.

"교수님, 죄송하지만 전 먼저 가 보겠습니다."

"뭐야?"

송 교수의 표정이 눈에 띄게 험악해졌다. 이준을 향해 큰 소리를 내려다가 애써 누르는 송 교수를 이준은 못 본 척하며 꾸벅 인사했다.

지금 이준에게 송 교수나 이런 자리의 중요성 같은 것은 아무것도 아니었다. 이준은 다른 박사과정생들의 시선을 느끼며 재빨리 뒤돌아서서 주차해 둔 차에 올라탔다. 핸들을 잡은 이준의 손이 가늘게 떨렸다.

※

시각보다 후각이 먼저 반응했다.

아무렇게나 쌓아 둔 쓰레기봉투 더미에서는 언제나 코를 찌르는 악취가 풍기곤 했다. 이곳을 지나 골목 두어 개를 더 들어간 곳에 혜현의 집이 있었다. 코에 익숙한 냄새가 닿는 것을 느끼며 혜현은 멍한 표정으로 주위를 둘러보았다.

자신도 모르게, 이쪽으로 걷고 있는지도 모르는 사이에 마치 본능이 인도한 듯 다시 돌아온 곳이었다.

익숙한 풍경이었다. 깨진 보도블록 조각들이 신발에 차이는 것이 발끝으로 느껴져 왔다.

결국 다시 여기로 돌아와 버렸다.

매일 피곤한 몸을 누이던 자신의 좁디좁은 방으로.

이준을 만나며 한껏 꿈에 부풀어 있었을지도 몰랐다. 늘 깨끗하게 정돈되어 있는 넓은 집, 언제나 자신을 사랑스러운 눈빛으로 바라봐 주던 따스한 얼굴.

그곳에서 이준과 함께 잠들고 일어났던 시간들은 마치 구름 위를 걷는 것처럼 현실감각을 느낄 수 없던 나날들이었다.

그 행복이 언제까지나 이어질 수는 없을 거라는 생각은 했다. 하지만 이준을 만나고 나서 이전보다 훨씬 웃을 일이 많아진 것처럼, 앞으로의 생에서도 왠지 좋은 일만 더 많이 일어날 것 같았다.

그런데 오늘 박평재는 그 환상을 완벽하게 깨 버렸다.

한때 어린아이 같은 마음으로 자신도 모르게 꿈꾸었던 총천연색 미래에, 그런 건 없다고 먹물을 들이부은 셈이었다.

또다시 피식 쓸쓸한 미소가 나왔다. 물론 박평재가 없이도 그럭저럭 잘 살아온 지난날처럼, 앞으로도 변하는 건 없을 것이다.

이준이 달콤하디달콤한 꿈같았다면 박평재는 차디찬 현실이었다.

꿈에서 깨어 현실로 돌아올 때였다. 이제 이준과 혜현을 둘러싸고 있는 그 모든 환경을 뛰어넘을 자신이 없었다.

그저 다시 좁은 방으로 돌아가 가만히 눈을 감으면 된다. 늘 그래 왔던 것처럼.

가볍게 한숨을 쉰 혜현이 원룸의 문손잡이를 막 돌리려 할 때였다.

"박혜현."

익숙한 목소리가 들려왔다.

이제 겨우 멈춘 줄 알았던 눈물이 또다시 왈칵 솟으려 했다.

환청일까. 헛소리를 듣고 착각하며 주위를 둘러봤을 때, 막상 아무도 없이 텅 빈 살풍경이 눈에 가득 찰 게 무서워 쉽사리 고개를 들 수도 없었다.

"혜현아."

목소리가 좀 더 가까워졌다. 고막을 타고 들어오는 음성뿐만이 아니라, 온몸의 피부 감각이 동시에 깨어나 절실히 느끼고 있었다.

지금 이 시간, 같은 공간에 있다.

너무 좋아서, 차라리 오래도록 깨지 못할 꿈이기를 바랄 정도로 진귀한 경험을 잔뜩 가져다준 사람이.

이제는 호흡하는 것만큼 자신의 삶에 없어서는 안 될 사람, 김이준.

그가 그녀가 있는 곳에 기어이 찾아와 있었다.

혜현이 뒤돌아본 곳, 그곳에 알 수 없는 표정을 하고 있는 이준이 있었다. 화가 난 것 같기도 하고, 안도하는 것 같기도 한 눈동자를 한 채였다.

이준이 저벅저벅 발소리를 내며 혜현을 향해 다가왔다. 혜현은 한 손으로는 여전히 문손잡이를 잡고서, 그 자리에서 얼어붙은 채 꼼짝없이 점점 다가오는 이준을 그저 바라볼 뿐이었다.

무어라 말을 해야 할지 알 수 없는 것 같으면서도, 오히려 하고 싶은 말들이 가득 차 입 밖으로 꺼내 놓지 못하는 기분인 것 같기도 했다.

밤공기가 제법 찼다. 어느덧 혜현의 발끝 바로 앞에 걸음을 멈춘 이준이었다.

이준이 내쉬는 숨결은 하얀 입김이 되어 혜현의 눈앞에서 어지럽게 흩어졌다. 맞닿을 정도로 가까이 다가온 이준의 시선을, 혜현은 차마 마주할 자신이 없었다.

고개를 숙이고 입술을 깨문 채 침묵을 지키던 혜현이 겨우 입을 열었다.

"어떻게…… 여기를."

"습관 혹은 무의식이라는 건 무서운 거니까."

알 듯 말 듯 묘한 뜻을 담긴 말을 한 이준의 목소리에서는 쉽사리 감정을 읽어 낼 수 없었다.

혜현은 그제야 이준의 눈동자를 제대로 올려다보았다.

표정은, 목소리는 꾸며 낼 수 있을지 몰라도 눈동자는 오직 단 하나의 진심을 비치는 거울과도 같았다.

결코 간결한 문장으로는 정리할 수 없는, 모든 복합적인 이준의 기분이 담긴 이준의 눈을 마주 바라보며 혜현은 왠지 모르게 서글퍼졌다.

"네게 가장 익숙했던 곳에, 가장 위안이 되는 곳에 올 것 같았어."

"……."

"그게 우리 집이 아니라는 게 좀 서운하긴 하지만."

무거운 분위기를 깨는 농담처럼 덧붙였지만, 어느 정도는 진심이었다.

시작은 뜻밖의 사고였지만, 이준은 혜현과 함께 잠들고 일어나는 그동안의 일상이 혜현에게도 위안이 되기를 바랐다.

이준의 집에서 함께 지내는 날이 길어질수록 한결 편안해지는 혜현의 표정을 볼 때면, 어떻게든 꾹꾹 눌러 참고 있는 본능적인 욕망도 어느 정도 달랠 수 있었다.

그런데 지금은, 설마 하며 찾아온 이곳에서 혜현의 모습을 발견한 순간 이준은 온몸에 힘이 쭉 빠져나갔다.

그것은 안도감이기도 했고, 어떠한 초조함이기도 했다.

생기라고는 찾아볼 수도 없는 얼굴로 문손잡이를 돌리는 혜현이 눈에 들어오자마자, 어떻게든 혜현을 붙잡아야겠다는 생각이 뇌리에 꽂혔다. 혜현이 그 문을 열고 들어가면, 그 안에서 영영 숨어 버릴 것만 같았다.

"전화는 왜 안 받은 거야."

"몰랐어요. 아니, 생각을 못 했어요. 무음이기도 했고……."

낮은 목소리로 천천히 말하던 혜현이 가방을 열었다.

몇십 개의 부재중 전화가 떠 있을 핸드폰을 확인하는 혜현의 손이 아주 잠깐 파르르 떨렸다.

"송 교수님……."

나지막하게 중얼거리는 혜현을 보던 이준은, 그제야 혜현의 '생각을 못 했다'는 말의 의미를 제대로 알 수 있었다.

혜현은 웃을 때조차도 이가 드러나지 않게 입술과 얼굴에 곡선을 그리는 사람이었다. 그래도 이준을 만난 뒤로 한결 편안한 표정을 보이는 혜현을 보며 이준은 내심 안도하고 있었다.

혜현의 얼굴을 마주 볼 때면 피어나기 직전의 꽃봉오리를 보는 것 같은 즐거움과 설렘을 느끼곤 했다. 그러나 한 줄기 가느다란 빛조차 들어갈 곳 없이 장막을 드리운 것 같은 혜현의 얼굴을 대한 이준은 그만 아득해져 버렸다.

사랑에 눈을 뜨고 행복을 알아 가던 혜현은 온데간데없었
다. 그 모두를 덮어 버릴 만큼 거대한 무언가가 혜현을 덮쳤
고, 이준이나 송 교수를 떠올릴 겨를조차 없었으리라는 짐작이
갔다.

"……날 봐."

여전히 핸드폰에 시선을 고정하고 있던 혜현이 이준의 말에
고개를 들었다.

이준의 간절한 시선과 마주친 것은 혜현의 텅 빈 눈동자. 그
눈동자를 보는 순간, 알 수 없는 감정들이 한꺼번에 파도처럼
밀려와 강렬하게 이준의 심장을 자극해 왔다.

그것은 안타까움이자 혹은 어떤 종류의 슬픔이기도 했지만,
불안함이 가장 큰 부분을 차지하고 있었다.

결국 혜현을 짓누르고 있는 온갖 종류의 짐들을 나누어 질
수 있는 존재가 되지 못했다는 회의감이 서늘하게 이준을 파고
들었다.

자신을 바라보는지, 아니면 자신 너머의 무언가를 응시하고
있는지조차 알 수 없는 혜현의 눈동자.

시야에 한가득 들어오는 그 텅 빈 표정이 얼음 조각 같은 화
살이 되어 이준에게 속속 박히는 중에도, 이준은 시선을 돌릴
수 없었다.

"괜찮아."

"……."

결국 자신에게 하고 싶은 말인지, 혜현에게 하고 싶은 말인

지 알 수 없는 말을 나지막이 말할 수밖에 없었다.

이준의 목소리를 듣는 혜현의 눈동자가 불안하게 흔들렸다. 아무것도 담겨 있지 않았던 눈동자에서 아주 작은 감정의 부스러기나마 읽어 냈다는 사실에 이준은 차라리 안도했다.

"바람이 쌀쌀해. 일단……."

이준은 말을 이어 하려다가 멈칫했다. 차에 타라고 해야 할지, 들어가자고 해야 할지 망설여졌다.

별것 아닌 것에 고민하는 사이 혜현이 천천히 목소리를 내었다.

"바보같이……."

웃는 것 같기도 하고 우는 것 같기도 한 묘한 표정을 한 혜현이 말을 잇는 순간.

"얼굴 보니까…… 좋아요."

이준의 심장이 쿵 내려앉아 버렸다.

짧지만 분명한 진심이 담긴 말에, 이준은 더 참지 못하고 혜현을 품에 와락 안아 버렸다.

이준의 가슴에 얼굴을 묻은 혜현은 깊게 숨을 들이쉬었다가 내쉬었다. 이제는 익숙하고 또 편안해진 이준의 향기와 체취가 얼어붙었던 마음 구석구석에 스며들어 왔다.

혜현은 비로소 깊이 체감했다.

아무리 스스로 부정해 봐도 이제는 이 남자에게서 벗어날 수 없다.

조금만 건드려도 툭 터질 것 같은 찰나의 행복이라도 괜찮았다. 이준과 함께하는 날들에서 겪는 모든 행복한 순간들이 앞으로 어떠한 미래를 가져다줄지 보장해 주지는 못한다 해도 상관없었다.

인생에서 단 한 번쯤은 마음껏 이 벅차오르는 감정을 누려도 되지 않을까. 평생을 괴롭힌 트라우마를 가져다준 존재가 여전히 그늘을 드리우고 있었지만, 그것이 이준의 존재를 지우지는 못했다.

모든 것을 다 놓고 웅크리고만 싶었던 마음이 이준의 얼굴을 대하는 순간 서서히 지워져 가고 있었다.

"또 한 번만 이렇게 말없이 사라져만 봐."

촉촉해진 눈가는 굳이 말을 하지 않아도 혜현의 진심을 오롯이 담아내고 있었다. 왠지 모르게 안심이 되는 마음에 이준은 목소리에 장난기를 담아 말했다.

"다시는 그러지 못하게 벌을 줄 거니까."

"벌……이요?"

의아함을 품은 혜현의 목소리를 다 듣기도 전에 이준의 입술이 혜현을 덮쳤다.

마치 이 순간 이후로 세상이 끝나는 것같이, 이준은 모든 간절함을 담아 혜현의 입술에 거친 숨결을 불어 넣었다. 혜현의 허리를 끌어안은 이준의 팔에 힘이 들어갔다.

미처 하지 못한 말들을 깊고 진한 입맞춤으로 대신한다는 생각으로, 온몸의 세포 하나하나까지 깨우며 지금의 키스에 몰두하는 이준이었다.

네가 없으면 나도 없어.

지금 붙들고 있는 이 사람이 신기루처럼 사라져 버릴 것 같은 불안감이 엄습해 오는 것을 이준은 애써 무시했다.

조금의 틈도 두지 않은 채 엉겨 오는 이준의 혀에 혜현이 다급하게 숨을 들이켰다. 이준은 그조차도 다시 뜨거운 호흡으로 덮어 버렸다.

자신의 안에 이준의 체취가 스며들어 가는 것을 온전히 느끼며 혜현은 눈을 감았다.

어쩌자고 이 남자와 함께하지 못할지도 모르겠다는 엄청난 생각을 했을까. 스스로 인정하지 않으려 했지만 본능이 이준을 원하고 있었다.

이대로 시간의 흐름이 정지해도 괜찮을 것 같다고 느끼며 혜현은 생각했다.

아마 숨이 끊어지는 날 이전에는 이 남자를 놓지 못할 것이라고.

✳

송 교수의 연구실 문 앞에 서서, 혜현은 심호흡을 크게 한 번 했다. 몇 번이나 망설인 끝에, 조심스럽게 문을 두드렸다.

책상 앞에 앉아 책을 들여다보고 있던 송 교수는 문으로 들어서는 혜현을 한번 흘끗 보고는 다시 책으로 눈을 돌렸다.

그것은 이전의 일에 대해 송 교수가 탐탁지 않아 한다는 것을 보여 주는 신호와도 같았다.

얼굴이 달아오르고 가슴이 두근거리기 시작했지만 어차피 부딪쳐야 할 일이었다. 혜현은 송 교수의 다그침을 어떤 방식으로든 감내하겠다는 생각으로 말없이 그 앞에 다가가 섰다.

차마 송 교수의 얼굴을 똑바로 바라보지 못하고 발끝에만 시선을 둔 채로 제법 시간이 지나갔다.

송 교수는 여전히 아무 말도 없었다. 차라리 폭언이라도 듣고 얼른 끝났으면 하는 마음이 간절해졌다.

살얼음판 위를 겨우 디디고 선 심정으로 얼마간의 정적이 더 흘렀다. 침묵만으로도 벌써 온몸이 따끔따끔 찔리는 기분이었다.

"내가 그동안 자네를 잘못 본 건가?"

낮고 가라앉아 있었지만 분명하게 힐책하는 목소리로 송 교수가 입을 열었다.

혜현은 그 질문에 뭐라도 대답을 해야 함을 알고 있었지만, 그 어떤 말도 하지 못했다. 박평재의 이야기를 입에 올리는 것은 이미 접어 두기로 한 혜현이었다.

잠자코 침묵하고 있는 혜현을 향해 송 교수가 눈살을 찌푸렸다.

"그동안 내가 봐 온 자네는, 아무 이유 없이 이럴 사람이 아니야. 무슨 사정이 있을 수도 있겠지. 아닌가?"

"……."

"하지만 나와 일하는 이상 이렇게 책임감 없는 태도를 보인 건 대단히 실망한 부분이야. 학술대회 건도 별말 없이 넘어가 주었잖은가."

"죄송합니다."

"앞으로 똑바로 정신 챙기도록 해."

"……알겠습니다. 죄송합니다."

겨우 입을 연 혜현을 향해 송 교수는 잠시 지그시 시선을 두었다.

오래 살아온 경험이 낳은 직관으로 자연히 알게 되는 것들이 있는 법이었다. 평소와 다른 혜현의 태도에 대해 짐작이 가는 부분이 아주 없지는 않았다.

송 교수는 혜현에 대한 꾸지람은 이 정도로 하기로 한 듯 혜현에게 나가 보라는 손짓을 했다.

혜현은 꾸벅 인사를 하고 송 교수의 연구실에서 걸어 나왔다.

문을 닫는 것과 동시에 갑자기 온몸의 힘이 빠지며 현기증이 일었다. 한 손으로 벽을 짚고 천천히 걷던 혜현은 문득 알 수 없는 의문이 들었다.

대학원 내 사람들의 알력 다툼과 자신에 대한 무시, 그리고 다소 과중했던 업무만 아니면 지난 1년간은 이렇다 할 사건 없이 평탄하게 흘러간 나날이었다. 일상에 거대한 파란이 몰아치기 시작한 건 어디서부터일까.

오래 생각할 것도 없이, 그 질문의 끝에는 이준이 있었다.

우연처럼 만났다고 생각했지만, 사실은 아주 오래전부터 혜현과 연이 닿았던 사람.

그리고 이제는 부재를 상상할 수도 없을 정도로, 혜현 자신의 인생에 깊이 파고들어 와 버린 사람.

이준을 감당하는 것이 가능한 일인지에 대한 의문은 감당해야만 한다는 다짐으로 바뀌었다. 습관처럼 양보하고 배려하며 지내 온 그동안의 삶 속에서, 이준은 절대로 놓치고 싶지 않은 단 하나의 욕심과도 같았다.

어쩌면 이준을 만나고 겪은 지금까지의 일들은 하나의 서막일지도 몰랐지만 두려워하지 않기로 했다. 아이러니하게도 그 용기의 원천 역시 이준의 존재에게서 나오고 있었다.

혜현은 교수동을 지나 강의동 건물로 향했다. 이준이 맡은 강의의 시험이 곧 끝날 시간이었다.

중간고사 기간이라 복도 이곳저곳에 서서 강의 요약본을 들여다보거나, 교내에서도 하염없이 책을 들여다보고 있는 학생들이 곳곳에 눈에 띄었다.

이준은 강의실에서 시험 감독을 하고 있었다. 보통 강사나 교수는 시험 감독에 조교를 들여보내곤 하지만, 이준은 직접 감독을 맡겠다고 했다.

혜현은 까치발을 하고 뒷문의 유리창으로 강의실을 살며시 들여다보았다. 시험을 보는 학생들을 예의 주시하는 이준의 눈빛이 제법 날카로웠다. 자신은 보지 못했던 이준의 새로운 모습에 왠지 자신도 모르게 미소가 걸렸다.

대부분의 학생들은 답안지를 작성하는 데 열중했지만 맨 뒤에 앉은 여학생 한 명은 턱을 괸 채 하염없이 이준만을 바라보고 있었다. 이준은 이전부터 그 여학생을 의식하고 있었는지 그쪽에 눈길도 주지 않지만 여학생은 한결같았다.

순간 혜현의 마음 깊숙한 곳에서 전혀 의외의 감정이 스물스물 올라왔다. 이전에도 느낀 적이 있던 종류의 것이었다.

사사건건 자신에게 시비조로 이야기하는 선희에게 처음으로 쏘아붙였을 때와 비슷했다. 자신이 아닌 다른 사람에게도 이준이 충분히 매력적인 남자라는 것은 이미 인지하고 있었지만, 이렇게 뜻하지 않은 상황에서 직접 눈으로 보는 것은 또 달랐다.

혜현은 유리창에서 시선을 떼고 문 옆 벽에 기대어 섰다.

어느새 여학생을 향해 눈을 흘기고 싶은 마음이 드는 자신이 못나 보였다. 발끝을 차며 시험이 끝나기를 기다리는 동안 학생들이 강의실 문을 열고 하나둘 나오기 시작했다. 시험이 끝나 감을 알리는 신호였다.

혜현은 다시 강의실 문의 유리창에 턱을 붙였다. 한 학생이 문을 향해 나오려다가 혜현과 시선을 마주치자 혜현은 황급히 몸을 돌렸다.

문을 열고 나온 학생이 이상하다는 듯 혜현을 흘깃 보는 시선이 느껴졌다. 혜현의 얼굴이 귀밑까지 빨개졌다.

이대로 이준을 기다리다가는 학생들 사이에서 알 수 없는 소문이 돌지도 몰랐다.

조금 전에 지나온 교내 카페가 떠오른 혜현은 일단 그곳으로 가기로 마음먹었다. 커피 두 잔을 사 들고 다시 이곳으로 올 생각이었다.

"어떤 걸로 주문하시겠어요?"

"카페라떼 한 잔이랑…… 아메리카노요. 따뜻한 걸로요."

학기 첫날, 이준은 이곳에 서서 자신처럼 커피를 주문했을 터였다.

그땐 알 수 없는 이상한 사람이라고만 생각했는데. 자신도 모르게 피식 웃음이 나왔다.

이준이 자신을 위해 그랬던 것처럼, 혜현은 홀더와 스트로를 챙겨 카페를 나왔다.

커피 두 잔을 양손에 하나씩 든 채 이준이 있는 강의실로 향하던 혜현은 강의실의 문이 활짝 열려 있는 것이 눈에 들어오자 순간 멈칫했다.

벌써 끝난 건가?

설마 하며 들여다본 강의실은 텅 비어 있었다.

커피를 주문하고 카페에 다녀오는 사이 생각보다 많은 시간이 흐른 것 같았다.

예고 없이 서프라이즈로 찾아와서, 누구보다도 가장 먼저 시험 출제하고 감독하느라 수고했다고 말해 주고 싶었는데.

지금이라도 연락만 하면 만날 수는 있을 테지만 왠지 모르게 힘이 빠졌다.

주위를 둘러보았지만 이준은 온데간데없었다. 이미 답안지 뭉치를 들고 과 사무실로 향했는지도 몰랐다.

이미 계획이 틀어져 버린 것은 어쩔 수 없었다. 혜현의 얼굴에 시무룩한 기색이 번져 갔다. 하는 수 없이 다시 발걸음을 돌리려는 순간이었다.

혜현은 자신의 뒤에서 허리를 감싸는 팔의 감촉을 느끼고는 하마터면 커피를 떨어뜨릴 뻔했다.

익숙한 온기, 익숙한 체취.

예상치 못한 접촉에 한순간 가슴이 철렁한 게 언제였냐는 듯이 슬며시 미소가 나왔다.

"어디 갔다 오는 거야?"

귓가를 간지럽히는 나지막한 목소리.

혜현은 살며시 몸을 빼 이준을 향해 몸을 돌리고는 양손에 쥔 커피를 이준에게 들어 올려 보였다.

"여기서 기다리던 거 알고 있었어요?"

"당연하지. 누굴 열심히 보고 있던데?"

여학생에게 보내고 있던 시선을 들켰다는 생각에 혜현의 얼굴이 귀까지 달아올랐다.

이준은 그런 혜현을 보며 귀여워 못 견디겠다는 듯이 푸하하 웃음을 터뜨렸다.

"시험 내내 나 뚫어지게 보고 있던 그 학생, 봤구나?"

"……아니, 저, 그게……. 커피 마셔요. 여기, 아메리카노."

이준의 시선도 제대로 못 마주치며 커피부터 내미는 혜현이 전에 없이 사랑스러운 이준이었다. 못 이기는 척 커피를 받아 든 이준은 혜현과 나란히 걸어가며 혜현의 어깨에 손을 올렸다.

"시험 끝날 때까지 나 기다리는 줄 알았는데, 없어져서 놀랐잖아."

"오래 걸릴 것 같아서 커피 사 오려고 했어요."

"과 사무실에 답안지 제출하러 갈 때까지도 안 와서 그냥 갔나 생각했지."

"그런데 다시 왔네요? 여기에."

고개를 갸웃하며 말하는 혜현에게 이준은 당연한 걸 왜 새삼스레 묻느냐는 표정으로 대답했다.

"생각해 보니까…… 네가 먼저 갈 리가 없겠더라."

혜현은 웃으며 이준을 올려다보았다.

"어떻게 알았어요?"

"나도 그럴 테니까."

혜현을 감싸 안은 팔에 더욱 힘을 주며 이준이 말했다.

"말하지 않아도 알아, 이제는."

네가 말없이 사라지지 않을 사람이라는 것.

언제까지나 기다려 줄 사람이라는 것.

그리고 나 또한 네게 그런 사람이 되리라는 것.

손바닥 전체를 감싸 쥔 커피에서 전해지는 것보다 더 따뜻한 훈기가 혜현의 온몸에 서서히 번져 갔다.

이제는 확신해도 될 것 같았다.

처음부터 그랬듯, 여전히 이 남자의 마음은 오로지 자신을 향해 있었다. 치기 어린 순간의 질투 같은 것은 애초부터 불필요한 감정이었다.

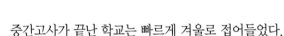

중간고사가 끝난 학교는 빠르게 겨울로 접어들었다.

학생들은 두툼한 외투를 입고 다니기 시작했고, 강의실에 난방 시설이 가동되는 횟수가 잦아졌다. 노랗게 물들어 길에 나뒹구는 은행잎이 사람들의 발걸음에 바스러지는 풍경은 일상이 되었다.

"시간이 참 빠르다."

멍하니 창밖을 내다보던 혜현이 나지막하게 말했다.

어느덧 혜현은 이준을 향해 꼬박꼬박 존대를 했던 것을 조금씩 내려놓고 있었다. 지나치게 격식을 차리던 말투에서 벗어난 것만으로도 이준은 반갑기만 했다.

"그러게. 이제 종강이 얼마 안 남았어."

"우리 논문도 마무리해야 하는데……."

"박혜현 선생님. 워커홀릭에서 좀 벗어날 때도 되지 않았어?"

"할 일은 해야 하잖아요."

이준을 향해 샐쭉하게 말하면서도 혜현은 산더미처럼 쌓여 있는 논문과 책에는 눈길도 주지 않은 채 여전히 창밖을 향해 시선을 고정하고 있었다.

혜현의 눈길을 따라간 곳에는 삼삼오오 교정을 걸어가는 학생들이 뭐가 그리 즐거운지 함께 까르르 웃음을 터뜨리고 있다.

"학부생일 때가 까마득해요."

"나야말로 기억도 잘 안 나는걸."

"이준 씨는 어땠어요? 학부생 때."

"음……."

턱을 괴며 골똘히 생각에 잠기는 제스처를 취하던 이준은 곧 혜현을 향해 장난스럽게 웃어 보였다.

"화제의 인물이었지. 학과뿐만 아니라 단과대에서도 내 이름 모르는 사람 없었을 걸, 아마?"

"본인 자랑 하는 거예요?"

"자랑이 아니고 사실을 말하는 거야."

혜현이 이준을 향해 피식 웃었다.

"이상해요."

"뭐가?"

"그런 말 들으면 되게 얄미워야 하는데…… 납득이 가요."

이준이 머리를 긁적였다.

"그렇게 말하면 내가 민망해지는데."

하지만 혜현에게 있어 그건 진심이었다.

얼핏 들어도 대단한 집안에 훤칠하고 준수한 외모까지, 뭇 학생들 사이에서 오르내렸을 이준에 대한 여러 가십들을 어렵지 않게 짐작할 수 있었다. 스스로 생각하기에 눈에 띄지 않던 학생이었던 자신과는 판이하게 다른 대학생 시절을 보냈을 터였다.

이렇게 다른 사람들이 필연처럼 만나 연인이 된 사실이 신기하기까지 한 혜현이었다.

"이준 씨는 휴학하는 동안 사업에만 몰두하고 있었던 거예요?"

"뭐…… 그렇지."

"사업 때문에 휴학했던 거고요?"

"응."

혜현은 이준이 얼버무리듯 황급히 대답하는 것 같다는 생각이 들었지만 굳이 더 많은 질문을 하지는 않기로 했다.

누구에게나 타인에게 쉽사리 열어 보일 수 없는 부분이 있다는 것을 혜현은 잘 알고 있었다. 서로에게 속 시원히 털어놓지 못한 이야기들은 더 많은 시간이 지나면 풀어져 나올 것이라 믿기로 한 혜현이었다.

"……내일은 체감온도가 영하권이래요."

자연스럽게 화제를 돌리려고 한 혜현이었지만 그녀의 마음을 이준이 모를 리 없었다.

굳이 숨기려고 하지는 않았지만 어디서부터 이야기를 풀어

나가야 할지 모르는 심정을 혜현이 헤아려 준 것 같아 고마웠다.

"이렇게만 대학원 생활이 마무리되었으면 좋겠어요."

턱을 살짝 괸 채 꿈꾸는 표정으로 나지막이 말하는 혜현의 옆모습은 완벽한 그림처럼 늦가을의 풍경과 함께 어우러졌다. 어떤 위대한 화가도 이보다 더 멋진 작품은 그려 낼 수 없을 것 같았다.

"요즘은 별일 없어?"

혜현이 이준의 집을 나와 다시 자취하던 집으로 돌아가게 된 이후, 이준은 거의 매일 습관처럼 같은 질문을 하고 있었다.

이대로 자신의 집에서 함께 지내자고 혜현을 설득하고 싶은 마음이 이준의 이성보다 앞섰지만, 혜현은 단호한 표정으로 고개를 가로저었다.

"혼자 잘 살아 볼 거예요. 누군가의 도움을 받지 않고도 떳떳할 수 있어야 이준 씨 옆에 당당하게 설 수 있어요."

지금도 충분히 당당하다는 말 같은 건 애초에 먹히지도 않을 정도로 확고한 얼굴의 혜현을 바라보며, 이준도 그만 손을 들고 말았었다.

그 대신 하나의 조건을 걸기로 약속하면서.

"그때 나랑 한 약속은 잘 지키고 있지?"

"그럼요. 거짓말은 안 해요."

밝은 표정으로 대답하는 혜현이었지만, 그녀의 신변을 위협했던 사람이 그 누구도 아닌 자신의 어머니였다는 사실을 상기할 때면 이준은 여지없이 가슴 한쪽이 묵직하게 아려 왔다.

가장 사랑하는 사람이 자신 때문에 위험에 처하게 되었다는 것은 앞으로도 결코 면죄부를 받기 어려울 일일 터였다.

그가 혜현의 사람이 되는 것이 혜현의 앞날에 도움이 되는 것일까. 물론 그렇다고 늘 긍정을 하고 있어도, 이따금씩 다른 목소리가 이준의 마음을 날카롭게 파고들고는 했다.

그래서 더욱, 매일 재차 혜현에게 확인하는 이준이었다.

도움이 필요할 때면 무조건 제일 먼저 연락하라는 약속도 그런 연유에서 받아 냈다. 이상한 놈들이 또다시 혜현의 주위를 배회하지 않을지, 혼자 지내면서 아프지는 않을지 늘 걱정이 태산인 마음으로 묻는 이준의 속도 모르고 혜현은 늘 태연하게 대답하곤 했다.

"이준 씨와 한 약속인데 어떻게 안 지켜요."

"물가에 내 놓은 아이 같아. 꼭."

"……너무 걱정이 많아요, 이준 씨는."

이준을 탓하는 가벼운 어조로 혜현은 샐쭉 웃으며 말했다.

"네가 걱정을 하게 하잖아."

"아픈 데도 없고, 이렇게 이준 씨 옆에 멀쩡하게 있는데도요?"

"그게 아니라."

이준이 혜현의 한쪽 볼을 손바닥으로 가만히 감싸며 속삭였다.

"왜 날로 미모에 물이 오르는 것 같지, 박혜현 씨."

"……."

혜현의 얼굴이 금세 발갛게 물들었다.

혜현에게 이준은 선배이기도 했고, 동료이기도 했지만 무엇보다도 가장 큰 부분을 차지하는 것은 '사랑하는 남자'로서의 존재였다.

가끔 드라마나 영화에서만 접했던 대사들을 실제로 듣는 건 꽤나 간질간질하면서도 아직은 익숙지 않은 경험이었다.

칭찬을 들으면 제일 먼저 겸손의 언어가 튀어나오는 것이 버릇이었던 혜현이 몇 번 반사적으로 아니에요, 하며 손을 내저을 때마다 이준은 살짝 굳은 표정으로 말했었다.

'내 앞에서는 그렇게 부정할 필요 없어. 너는 충분히 좋은 사람이고, 예쁜 사람이니까.'

자신에게 온 마음을 향하고 있는 한 남자의 진심을 부끄러움이나 민망함으로 받아들이지 않게 된 과정은 매우 더디었다.

그러나 혜현은 확실히 이준의 이런 밀어들에 익숙해지며 자연스러워지고 있었다. 이준은 자신의 눈에만 나타나는 혜현의 소소한 변화가 반가웠다.

"고마워요."

"고마울 일도 아니라는데 그러네."

"그거 말고요. 이준 씨만큼 날 이렇게 제대로 봐 준 사람이 또 있나 돌아보니까…… 없더라고요."

"뭐, 예쁘다는 거?"

이준은 장난스럽게 받아쳤지만 혜현은 조용히 고개를 가로

저었다.

"그냥 내 모든 거요."

소녀처럼 발갛게 물들이던 얼굴은 온데간데없이 어느 때보다도 진지한 표정으로 혜현이 이어 말했다.

"이때까지 누군가가 넌 이런 사람이다, 라고 말한 적이 없었어요. 늘 혼자 생각하고 혼자 판단 내리고……. 그게 제일 낫고, 옳은 거라고 생각하면서 살아왔거든요."

이준은 잠자코 혜현의 말을 들었다.

"그런데 이준 씨를 만나면서 내 결정이 아닌, 다른 사람 때문에도 훨씬 더 나은 선택지를 고를 수 있다는 것을 깨닫게 됐어요."

"하지만 혜현아, 넌 굳이 내게 기대지 않아도 늘 잘해 왔고, 지금도 그래. 나는 네가 그렇게 말하면 오히려 민망하다."

"아니에요. 이준 씨의 존재만으로도 길잡이가 되어 줘요. 내게…… 늘."

이준을 만나지 못했으면 자신의 일상은 올해도 지금까지와 크게 다르지 않는 모양으로 흘러갔을 거라고, 혜현은 생각했다.

박평재와 마주쳐도 단 한 마디도 못한 채, 자신을 모른 척하는 박평재를 입술을 깨물며 참아 냈을 테고 새로운 상처가 그 위에 덧입혀졌을 것이었다.

늘 그래 왔던 것처럼, 혜현을 이방인인 듯 아닌 듯 대하는 대학원 사람들 역시 혜현을 은근하게 내리누르는 짐으로 계속 자리했을 것이다.

매일 말해도 모자라지 않을 것만 같았다.

혜현의 삶에 있어 이준이라는 사람의 의미를.

이준은 하염없이 부유하던 혜현 자신을 지탱해 준 유일한 사람이었기에, 오히려 이준을 믿고 의지하는 것이 두려운 나날도 있었다.

이준이라는 버팀목이 없을 수도 있는 나날을 어떻게 버티어 나갈지 가늠조차 되지 않을 정도로, 그의 존재가 뿌리 깊게 자리했기 때문이다.

그러나 이제는 그런 종류의 두려움 대신에 현재를 오롯이 만끽하는 행복감을 채워 넣기로 했다.

어쩌면 혜현이 이러한 생각에 다다르기를, 이준은 가만히 기다려 준 것일지도 몰랐다. 그렇게 둘만의 시간은 천천히 그러나 충만하게 흐르고 있었다.

❋

"사모님……?"

한 손에 핸드폰을 든 채 불안하게 손톱을 깨무는 승주를 향해 이천댁이 조심스럽게 말을 걸었다.

승주는 여전히 묵묵부답, 요지부동의 자세로 전화 건너편의 신호음에만 집중한 채였다.

이천댁이 본 것만 벌써 대여섯 번째 같은 번호로 전화를 걸고 있는 승주였다. 그러나 이번에도, 긴 신호음 끝에 승주의 귀에 들려온 건 기다리던 응답이 아닌 통화가 불가능하다는 안

내음뿐이었다.

불안한 눈빛으로 이를 지켜보던 이천댁은 승주가 신경질적으로 전화기를 내려놓자마자 불똥이 튈세라 황급히 자리를 떠났다.

이준과 연락이 되지 않은 것은 꽤 오래전부터였다.

이준이 전에 없던 표정과 목소리로 냉정하게 집을 나갔을 때부터 아차 싶었지만, 사실 승주는 이준이 만난다던 그 대학원생을 해코지하려는 생각은 추호도 없었다고 이준에게 맹세할 수 있었다.

그저 우리 집안이 네가 생각하는 것보다도 훨씬 너와 차이가 날 것이다, 앞으로 생각을 잘 해야 할 것이다 정도로 '충고' 혹은 '주의'를 줄 요량이었을 뿐이다.

생전 여자에는 관심도 두지 않던 아들이 사귀게 되었다는 여자가 어린 대학원생이라는 말을 듣고 나선, 성에 안 차는 상대라 못마땅하면서도 호기심이 일기도 했다.

설마 결혼까지 생각할까, 이준이도 그냥 잠깐 만나다가 말겠지 싶으면서도 추후 혼처를 찾는 데 조금이라도 흠이 갈까 봐 미리 선을 그어 두고자 했던 것이 이렇게 큰 파장을 낳을 줄은 미처 몰랐다.

또다시 골이 지끈지끈 아파 왔다.

그동안은 면구스럽기도 하고 염치가 없는 것 같아서 쉽사리 이준에게 먼저 전화를 하지도 못했지만, 꽤 시간이 지났음에도 먼저 연락 한 통 하지 않는 이준에게 서운하고 괘씸한 마음이 드는 것은 어쩔 수 없었다.

지금쯤이면 괜찮겠지 싶어 누른 이준의 번호가 무색하게, 전화기는 승주가 기대하던 목소리를 들려주지 않았다.

승주는 이준이 일부러 자신을 피하는 게 아닐까 초조해졌다. 만약 이천댁이 승주를 향해 한 마디 더 거들었다면, 승주의 불안감은 어김없이 애꿎은 이천댁을 향해 퍼부어졌을 것이다.

"저기, 사모님……."

"왜, 무슨 일이야!"

승주는 기다렸다는 듯이 이천댁을 향해 앙칼지게 쏘아붙였다.

지금과 같은 감정 상태의 승주는 그냥 내버려 두는 게 최선인 것을 누구보다도 잘 아는 이천댁이었다. 그러나 평소와 다르게 승주의 눈치를 보는 것보다 더 중한 일이 있는 듯, 잔뜩 뿔난 승주를 향해 계속해서 말을 이어 갔다.

"회장님께서 조만간 아주 중요한 접객을 하실 거라고 최 실장이 전하는데요……."

"뭐? 그 양반이 만나는 손님이 어디 한둘인가? 그리고 나도 나가야 할 자리라면 그건 최 실장이 내게 언질하는 대로 내가 준비하면 되는 거고."

승주가 별것 아닌 일로 웬 호들갑이냐는 듯이 이천댁을 노려보았다.

"당장 오늘 밤 아닌 일에야 벌써부터 호들갑 떨 필요가 있어? 안 그런가?"

"……집으로 초대하신답니다. 그리고 그 자리에 작은 도련님도 꼭 있어야 한다고 김 실장이 귀띔했구만요."

속에서 나는 천불을 뒤집어씌울 상대가 있다 싶어 잘됐다고 생각하며, 내가 지금 그 양반 일 생각할 때야? 라고 소리칠 작정이었던 승주였다.

그러나 승주는 귀에 들린 한 단어에 순간 멈칫하고 말았다.

김 회장이 이준의 이름을 언급하다니. 이는 이준을 다시 집에 불러들일 수 있는 아주 좋은 구실임에 분명했다.

그러나 오래 지나지 않아 승주의 머릿속에 새로운 의문이 떠올랐다. 김 회장이 손님 접대를 자택에서 하는 것도 매우 드문 일이지만, 그 자리에 이준을 합석시키는 것은 전에 없던 일이었다.

승주가 고개를 갸웃하는 사이, 이천댁이 혹시 누군가 올세라 눈치를 보며 승주의 귀에 대고 소곤댔다.

"최 실장이 말하기를 아마 대학 교수님일 거라고 그러던데요. 뭔가 남들 귀에 들어가서는 안 되는 이야기가 오갈 자리일 게 분명할 거라고……."

"……대학 교수?"

학계 인사를 집으로 초대하다니, 여전히 알 수 없다는 표정으로 일관하던 승주가 무릎을 탁 쳤다.

"아, 세인대 교수! 전에 만난다고 했던 그 양반인가 보네. 얼마나 중한 이야기를 하길래 이번엔 집까지 불러들인담."

"사모님도 아시는 분이세요? 그나저나 이준 도련님께서 안 오신다면 또 회장님 불호령이……."

"이준이는 올 거야. 와야지. 오게 해야지."

승주는 그리 명석한 편은 아니었지만, 그래도 기업 회장의 사모님 자리를 꿰차고 앉아 있다 보니 답답하지 않을 만큼의 눈치는 있었다.

김 회장은 분명 박사과정 중인 아들을 내세워 그 교수와 일종의 딜을 하거나, 교수의 앞에서 자신의 체면을 차리는 구실로 삼을 것이다.

자신이 원하는 무언가를 취득하기 위한 도구로서 이준을 이용할 김 회장에 대한 마땅찮은 마음이 있긴 했지만, 그래도 이기회를 잘만 노리면 얼어붙은 부자 사이에 훈기가 돌지도 모르는 일이었다.

더 나아가 이준이 N그룹의 주요직으로 가게 된다면 승주는 더 바랄 것이 없었다.

그 순간 승주가 쥐고 있던 핸드폰의 벨소리가 울렸다. 얼른 확인한 액정화면은 반가운 이름 석 자를 띄우고 있었다. 승주는 언제 심통이 났냐는 듯 얼굴에 만연한 화색을 띠며 전화를 받았다.

"그래, 이준아! 엄마야. 넌 엄마가 죽었는지 살았는지 걱정도 안 되디? 이전 날에는 내가 다 잘못했으니까 이제 그만 풀어."

살랑거리는 목소리로 말을 이어 나가던 승주의 얼굴에 일순간 불안한 낯빛이 어렸다.

"응? 무슨 일이 있냐고? 아니 연락이 안 되니까 걱정된 것도 있고…… 마침 중요한 일도 있어서 겸사겸사 전화를 했지."

과연 작은 도련님이 어떻게 승주의 말에 반응할 것인가. 이

천댁은 내심 흥미진진한 기분으로 이 모두를 지켜보고 있었
다.

집안 돌아가는 일에 잔뼈가 굵은 이천댁이었다. 조만간 어
떤 방향으로든 이 가족을 거대한 폭풍 속으로 몰아넣을 일이
일어나리라는 것을 본능적으로 직감했다.

✳

혜현은 식탁에 짚은 손에 턱을 괴고 이준이 주방 이곳저곳
을 오가는 모습을 바라보았다.

이준의 오피스텔에 식욕을 돋우는 음식 냄새가 가득 찼다.
능숙하게 칼질을 하고, 팬에다가 재료를 털어 넣고, 주걱으로
젓는 일 모두를 하고 있는 이준은 손은 바쁠지언정 표정과 행
동에는 여유가 넘쳤다.

저 남자는 과연 자기가 지금 얼마나 매력적인지 스스로 알
고 있기나 할까. 문득 떠오른 간지러운 생각에 혜현은 자신도
모르게 푸스스 웃어 버렸다.

"왜? 같이 웃자. 무슨 생각 해?"

별안간 들려온 혜현의 웃음소리에 이준이 뒤를 돌아보았다.

확실히 이전보다 혜현의 웃는 모습을 보는 일이 많아졌다.
그것이 자신 때문이기를, 그리고 분명 그러할 것이기를 믿는
이준이었다.

"이준 씨 요리가 어떨지 생각하느라고……."

"너무 맛있을까 봐?"

"아니요. 그 반대."

눈을 동그랗게 뜨고서는 정색하며 고개를 좌우로 도리질하는 혜현의 모습에 이준도 그만 웃음이 나와 버렸다.

이 여자는 지금 자기가 얼마나 귀여운지 알고 있을까. 이젠 편하게 자신을 향해 농을 던질 줄도 아는 혜현이, 이준은 미치도록 사랑스러웠다.

"앞으로 이보다 더 맛있는 오므라이스를 평생 못 먹을지도 모를 텐데."

"그럼 셰프가 되지 그랬어요?"

여전히 얼굴에 장난기를 담고 가벼운 어투로 말한 혜현이었지만, 이준의 표정은 사뭇 진지해졌다.

"요리는 정말 아끼는 사람들에게 대접해야 제대로 맛이 난다는 게 내 지론이거든."

이준이 다시 몸을 돌려 완성된 오므라이스 두 접시를 양손에 들고 혜현이 앉아 있는 식탁 위에 살포시 올려놓았다.

몽글몽글한 반숙 달걀이 덮인 오므라이스는 보기만 해도 먹음직스러웠다. 스푼으로 달걀을 가르고 소스와 밥을 함께 한입 떠 먹는 혜현을 이준은 미소를 머금고 바라보았다.

"……맛있어요."

혜현의 눈동자에 진심으로 감탄하는 빛이 어렸다.

전에도 이준이 준비한 식사를 먹은 적이 있었지만, 요리하는 과정을 보지 못했으니 이준이 직접 만든 것이라는 게 잘 실감이 나지 않았다. 이번에는 이준이 처음부터 끝까지 재료를 다듬고 불 앞에 서 있는 것을 본지라 오므라이스의 훌륭한 맛이 더욱 놀랍게 느껴질 뿐이었다.

"천천히 먹자. 그러다 체할라. 은근히 먹성 좋다니까."

이준이 웃으며 말했다.

자신도 모르게 바쁘게 수저를 놀리고 있었는지, 혜현과 이준의 접시에 담긴 밥의 양은 한눈으로 보기에도 꽤 차이가 있었다.

혜현이 부끄러운 듯 얼른 수저를 내려놓고 물을 한 모금 들이켰다.

"벌써 다 먹은 거야?"

"누구누구가 눈치를 줘서 더 못 먹을 것 같아요."

살짝 토라진 듯 샐쭉한 표정으로 물컵을 내려놓는 혜현을 향해 이준이 피식 웃었다.

"잘 먹으니까 좋아서 그래. 어서 먹어."

혜현이 어쩔 수 없다는 듯 배시시 웃고는 다시 수저를 들었다.

이준은 혜현을 지긋이 바라보면서, 혜현과 마주 앉아 자신이 만든 요리를 함께 먹고 있는 지금의 풍경이 특별한 이벤트가 아닌 평범한 일상이 되었으면 했다.

이런 시간들이 차곡차곡 쌓이게 되면 언젠가 정말 물 흐르듯 자연스러운 하루 일과 중 하나가 될 수 있으리라 생각하는 중이었다.

어느덧 접시가 깨끗하게 비워졌다. 식기를 정리하고 설거지를 하는 것도 이준의 몫이었다.

"설거지는 내가 할게요."

"괜찮아. 그동안 저거 좀 다시 보고 있어."

고무장갑을 낀 손을 싱크대에 담근 채 이준이 턱짓으로 거실 한쪽을 가리켰다.

테이블 위에는 프린트된 각종 참고논문과 학술자료들이 어지러이 널려 있었다. 이준과 혜현의 노트북도 모두 켜진 상태였다.

혜현은 작게 한숨을 쉬었다. 이준은 이준대로, 혜현은 혜현대로 학과 일과 논문 일이 겹쳐 제대로 된 데이트를 못 하고 있었다.

그나마 일을 하면서도 둘만의 시간을 가지는 기분을 내 보자는 생각으로 이준의 집에서 만나고 있는 중이었다.

프린트물을 넘기며 밑줄을 긋고 키보드를 두드리는 혜현의 곁에, 이준이 커피 한 잔을 내려놓으며 가만히 혜현의 어깨를 감싸 안았다.

"조금만 더 수고하자. 이번 학기 끝나면 여행 갈래?"

"여행……이요?"

"응. 그땐 추울 테니까 따뜻한 곳도 좋고."

혜현의 표정이 눈에 띄게 밝아졌다.

"저 서울을 벗어난 적이 별로 없어요. 비행기도 안 타 봤는데. 벌써 설레요."

여행이라는 단어 한 마디에 어린아이처럼 좋아하는 혜현을 보며 이준은 왠지 뭉클하기까지 했다.

혜현이 경험하지 못했던 것 모두를 선사해 주고 싶었다. 하루하루 견뎌 내는 삶을 살았을 혜현에게, 조금이나마 숨 돌릴 틈을 주고 싶었다. 물론 지금 이 순간조차도 해야 하는 일에 치여 있는 두 사람이었지만.

"일단 구청부터 가야겠다."

"구청은 왜요?"

혜현이 정말로 모르겠다는 듯이 고개를 갸웃하며 물었다.

"따뜻한 나라로 가려면 꼭 필요하니까. 여권."

"아, 여권……."

혜현은 그동안 여권이라는 것을 만들 생각조차 하지 못하고 있었다. 사실 필요성을 느낀 적이 없었기에 그러했던 이유가 컸다.

그렇지만 이제는 꼭 필요한 이유가 생겨 버렸다. 무언가를 기다리고 기대할 수 있다는 것은 혜현에게 활력을 불어넣어 주었다. 이번 학기를 무사히 마치면 이준과 여행을 갈 수 있다는 사실 하나만으로도 생기가 샘솟는 기분이었다.

자신의 말 한 마디에 이전보다 활기 넘치는 모습으로 논문 자료를 정리하는 혜현을 보며, 이준이 뿌듯한 마음으로 타이핑을 하고 있을 때였다.

난데없이 현관문의 번호 키를 누르는 소리가 키보드 소리로 가득 찼던 집 안을 가르고 들어왔다. 혜현은 눈을 동그랗게 뜨고, 온몸이 굳은 채 이준을 바라보았다.

무참히 둘만의 평화를 깨 버린 지금의 상황은 혜현의 머릿속을 온통 하얗게 지워 버렸다.

번호 키를 누른 주인공이 누구인지 미처 깨닫기도 전에, 자신이 지금 이곳에 있는 것을 어떻게든 숨겨야 한다는 생각만이 겨우 머릿속을 비집고 들어왔다. 하지만 몸은 어떠한 행동을 해야 할지 몰랐다. 그저 가만히 있을 수밖에 없었다.

이준과 혜현의 시선이 몇 초간 마주쳤다.

이준이 몸을 벌떡 일으킨 것은 그다음이었다. 그렇지만 번호 키를 누르고 현관문을 연 누군가가 집 안으로 들어오는 것도 동시에 일어난 일이었다.

"에그머니나, 이준 도련님…… 집에 계셨구만요."

이준이 한숨을 쉬며 한 손으로 이마를 짚었다.

집 안으로 들어선 이천댁은 아마도 밑반찬이 담겨 있을 도시락 통을 양손에 들고 당황한 얼굴로 이준을 바라보았다.

그다음, 이천댁의 시선이 혜현에게 닿기까지는 그리 오랜 시간이 걸리지 않았다. 토끼눈을 한 채 이천댁을 바라보던 혜현은 황급히 자리에서 일어났다.

이준이 이천댁을 향해 낮은 목소리로 말했다.

"……오셨어요, 아주머니. 연락을 미리 주시지 그러셨어요."

"도련님은 저녁에만 집에 들어오시니까…… 집에 안 계실 줄 알고, 잠깐 반찬 가져다 놓으러 왔어요. 내가 일이 바빠서 정말 잠깐만 왔다가 갈 생각에…… 미안해요."

이천댁의 시선이 다시 혜현을 향했다가, 이준에게 옮겨 갔다. 혜현이 누구인지 몹시 궁금하다는 눈빛이었다.

그러나 이준은 이천댁의 궁금증을 풀어 줄 생각이 없었다. 어차피 이천댁의 눈에 띈 이상 승주의 귀에 들어가는 것은 시간문제였다. 언젠가 혜현을 집에 소개해야 했지만, 이런 식으로 알리게 되는 건 결코 원치 않았던 상황이다.

이준이 묵묵부답으로 일관하자 이천댁은 어색한 웃음소리를 터뜨렸다.

"아이고, 나 그렇게 주책없는 사람 아니에요. 금방 갈 거예요. 이건 저기 놓고 갈 테니까 도련님이 꼭 냉장고에 정리해 둬요. 갈게요."

현관문이 닫히고, 이천댁의 발소리가 멀어졌다. 여전히 둘 사이에는 적막한 공기만이 흐르고 있었다.

한참 만에 이준이 먼저 입을 열었다.

"혜현아."

"이준 씨 집안 분……이죠?"

이준이 조용히 고개를 끄덕였다.

짧은 대화였지만, 이천댁이 누구인지는 단어 몇 마디로도 충분히 미루어 알 수 있었던 혜현이었다. 자신과 이준이 함께 있었다는 사실은 어떤 방식으로든 이준의 집안에 전해질 것이었다.

가뜩이나 자신을 탐탁지 않게 여겼던 이준의 부모였다. 떠올리기 싫었던, 일전에 겪은 일이 다시금 생생하게 되살아났다.

혜현은 여전히 멍한 표정으로 아무 말도 하지 않고 있는 채였다. 이를 보다 못한 이준이 혜현을 힘껏 끌어안았다.

이준의 따스한 체온을 느끼며 혜현은 입술을 깨물었다. 별거 아닌 일이야. 어쩌면 이준을 자신의 생에서 놓지 않기로 결심했을 때부터 각오했던 상황이었다.

어차피 필연적으로 맞닥뜨려야 할 상황이라면, 미리 두려워

하는 것은 아무 소용이 없다는 것을 이미 알고 있는 혜현이었
다.

"네가 나 때문에 힘들 일은 없도록 할게."

"……."

"약속해."

아주 불안하지 않다는 것은 거짓말이었다. 그러나 혜현은
지금 이 순간만큼은 이준을 의지하고 싶었다.

언젠가 도망치고 싶어질 때에도 지금 이 말을 기억해야겠다
고 다짐했다. 이준의 품에 얼굴을 묻은 채, 혜현이 조용히 속
삭였다.

"믿어요. 이준 씨를."

❄

"이전 번에는 실례가 많았습니다. 이번에는 편하게 모시고,
긴히 드릴 말씀도 있어서 누추한 곳까지 모시게 되었습니다."

"하하, 무슨 말씀을요. 김 회장님 댁에 초대받다니 오히려
저는 영광입니다."

이천댁의 진두지휘하에 다섯 명의 고용인이 달라붙어 만든
진수성찬을 앞에 두고도, 두 사람은 내실 없는 인사말만 주고
받고는 음식엔 손도 대지 않고 있었다.

승주는 김 회장과 나란히 자리를 잡은 채로, 흘끔 맞은편에
앉은 이준의 눈치를 살폈다.

이준의 자리는 박평재의 옆이었다. 이준은 속내를 알 수 없

는 표정으로, 정자세를 풀지 않고서 눈을 내리깔고 침묵하고 있었다.

이준이 여기 이 자리에 와 있기까지는 한 문장으로 설명하기 힘든 곡절이 있었다. 결국 계획한 대로, 김 회장의 심기를 거스르지 않게 하면서 이준을 불러들이는 데엔 성공했다.

이준의 오피스텔에 다녀온 이천댁이 전한 말에, 승주는 이때다 싶어 바로 이준에게 전화를 걸었다. 예상치 못한 뜻밖의 기회였다.

승주가 비장의 카드를 꺼내는 듯이 혜현의 이름을 들먹이자, 이준은 침묵 끝에 내키지 않는 목소리로 김 회장이 부른 자리에 참석하겠노라고 대답했다.

승주는 속으로 쾌재를 불렀다. 박평재 교수의 이름을 말했을 때 다시 되묻던 이준의 목소리가 일순간 날카로워졌던 것이 이상하긴 했지만, 어쨌든 승낙을 받아 냈으니 크게 신경 쓰지 않고 넘겨 버렸다.

예상치 못한 일도 있었다. 박평재 교수가 이준을 보자마자 반가이 악수를 청하는 모습을 보고 승주는 내심 놀랐다.

이미 알고 있는 사이라니. 생각보다 이준이 학계에서 인맥이 넓었던 건가.

승주가 고개를 갸웃하는 순간, 김 회장이 호탕하게 웃으며 이준의 어깨를 두드렸다.

그 광경을 보자마자 승주는 이것으로 되었다고 생각했다. 박평재 교수가 누구인지, 어떤 방식으로 김 회장에게 도움을 줄 수 있을 것인지 그 내막을 완전히 알 수는 없었다. 그러나 그 덕분에 부자 사이는 뜻밖의 순항을 겪게 될지도 모르는 일이었다.

"일전에 제 아들 녀석과 환담을 하신 적도 있다고 하지 않으셨습니까."

"아, 그랬지요. 여기 김 선생이 다방면에 아주 박식하더군요. 김 회장님 자제분인 줄은 미처 몰라보았습니다. 아드님이 김 회장님을 쏙 빼닮으셨습니다, 하하."

"하하하. 저야 제 아들보다도 가방끈이 짧아서 말입니다. 오히려 학문적으로는 제가 이 녀석에게 배울 게 더 많습니다."

식탁 위에서는 여전히 영양가 없는 대화가 오가고 있었다. 김 회장과 박평재 교수는 그렇다 쳐도, 이준은 마음에도 없는 말을 하는 아버지를 보며 무슨 생각을 하고 있을까.

입을 꾹 다물고 있는 이준의 얼굴에 일순간 서늘한 빛이 스쳐 지나간 것처럼 보여서, 승주는 순간 흠칫했다.

"시장하시겠습니다. 식사하시지요. 애써 차려 보았습니다."

"아, 예. 그럼 들겠습니다."

김 회장은 박평재에게 권유하며 옆에 앉은 이준에게 슬쩍 시선을 돌렸다. 이준은 말없이 수저를 들었다.

한동안 식기가 달그락거리는 소리만 고요히 울려 퍼졌다. 정적을 가르고 먼저 입을 연 것은 박평재 교수였다.

"일전에 회장님과 함께한 자리에서 회장님의 뜻은 잘 들었습니다만……."

"하하하, 그 땐 제가 의욕이 좀 과했었지요. 일단 식사부터 하시고 그 이야기는 천천히 나누는 것이 어떻겠습니까."

알맹이를 빼고 의뭉스럽게 오가는 대화 속에서도, 이준은 속으로 김 회장이 어떤 궁리를 하고 있는지 어렵지 않게 짐작할 수 있었다.

정계든 재계든 '한자리 맡고 있는' 사람들과 어떤 '거래'를 하면서 김 회장이 지금 이 자리에까지 오게 되었는지 모르는 바도 아니었다. 이번에는 김 회장이 학계에까지 손을 뻗으려는 것일 터였다. 예상했던 행보였고 그리 놀랄 일도 아니었다.

문제는 김 회장이 그 상대로 택한 사람이었다. 승주에게서 '박평재'라는 이름을 듣는 순간 아찔한 충격이 등 뒤를 타고 흘러내려 가는 기분이었다.

혜현에게 제대로 상황을 설명하지도 못한 채 이 자리에 오고 말았다. 박평재와 인연을 끊었다고 여기고 있는 혜현에게 또다시 그 이름을 거론할 수는 없었다.

무엇보다도 이준은 박평재가 계속 이런 방식으로 자신 그리고 혜현과 엮이게 되는 것을 원하지 않고 있었다. 그러나 승주의 은근한 협박, 어쩔 수 없이 자신이 타고난 N그룹 회장 집안의 아들이라는 신분이 다시 보고 싶지 않았던 인물을 대하는 자리에 오게 만들어 버렸다.

언제쯤에야 이 굴레에서 벗어나게 될까. 이따금씩 자신을 향해 시선을 옮기는 박평재는 지금 무슨 생각을 하고 있을까.

온갖 생각으로 복잡한 이준의 심정에 김 회장의 목소리가 꽂혀 들어왔다.

"사실 제 둘째 아들이 아비가 하는 일을 하지 않고 저만의 길을 간다 할 때 내심 서운한 것도 있었는데, 저가 하고 싶은 걸 어쩌겠습니까. 그리 하라 했는데, 교수님과 이런 식으로 인연이 만들어지려고 그랬나 봅니다. 하하하."

"김 선생이야말로 한재대에서 아끼는 유능한 인재라고 저도 들었습니다. 언제 제가 아는 한재대 교수님과 김 회장님의 자리도 마련하면 좋을 것 같습니다. 김 선생이 아버님을 위해 힘을 보탤 테니, 참 든든하시겠습니다."

"그런 셈이지요. 덕분에 저희 집안이 세인대, 그리고 교수님의 연구 분야에 기여할 일이 생겼으니 저도 기쁩니다."

대화의 마무리는 또다시 두 사람의 실없는 웃음소리로 끝났다.

이렇게 서로의 속이 빤히 보이는 대화를 은근히 돌려 말할 필요가 있을지, 이준은 지루함마저 느껴질 정도였다. 승주는 아무 말도 없이 젓가락을 든 채 반찬을 깨작거리고 있을 뿐이었다.

온갖 음식이 담긴 접시가 반 정도 비워졌을 때 식사 자리가 끝났다.

"그럼 제 서재로 가서 마저 이야기하시지요."

김 회장은 박평재를 서재 응접실로 안내하며 흘끗 승주에게 눈길을 주었다.

"이천댁, 서재에 다과 좀 내가."

"네, 사모님."

이천댁을 향해 심드렁하게 말하고, 승주는 거실 소파에 털썩 앉았다.

"아이고. 저 양반은 왜 전에 없이 집에 손님을 들이고 난리야."

승주가 들릴 듯 말 듯 서재를 향해 눈을 흘기며 작게 중얼거렸다.

식사가 끝날 때까지 속내를 알 수 없던 표정으로 앉아 있던 이준의 얼굴도 마음에 걸렸다.

승주는 주방에서 이천댁과 이야기를 나누고 있는 이준을 불안하게 바라보았다. 뒤돌아서 있는 이천댁의 얼굴은 보이지 않았고 이준은 어떠한 감정이 담기지 않은 표정으로 말을 이어가고 있었다.

거실을 사이에 두고 이준과 승주의 시선이 마주쳤다.

승주는 자신도 모르게 화들짝 놀라고 말았다. 이준이 이쪽을 향해 성큼성큼 걸어오는 동안 승주는 애써 시선을 피할 수밖에 없었다.

"어머니."

"응, 그래…… 이준아."

"오늘 이 자리에 왔으니 제가 할 일은 다한 것 같습니다. 아버지는 교수님과 이야기가 길어질 것 같으니 이만 가 볼게요."

"이준아."

"이천댁에게는 당분간 제집에 안 와도 된다고 말했습니다."

"이준아. 그 애는 안 돼. 될 거라 생각하니? 아버지가 가만있을 것 같아?"

승주가 서재 쪽을 살피며 빠르게 속삭였다.

"……그냥 내버려 두세요. 저도, 그 사람도."

지친 얼굴을 한 채 이준이 덧붙였다.

"제발. 부탁입니다."

오늘 처음 듣는, 감정이 담겨 있는 이준의 목소리였다.

저지른 일이 있었기에, 승주는 더 이상 큰 소리를 낼 수 없었다. 지금 네가 근본 없는 애를 데려다가 연애질이나 하고 있을 때야? 라는 말이 목구멍까지 치밀어 올랐지만, 일단 오늘은 참기로 했다.

"아이고, 머리야."

앓는 소리를 내며 소파 깊숙이 몸을 기대는 것으로 대답을 피하는 승주를 향해 이준은 꾸벅 인사를 했다.

"가 보겠습니다."

이준은 그 말을 남긴 채 현관으로 향했다. 승주와 이준의 눈치를 살피던 이천댁이 이준을 뒤따라 나와 주뼛거렸다.

"도련님……."

"알아요. 이천댁은 어머니 사람이잖아요. 모른 척하실 수 없었겠지요."

이준이 씁쓸하게 웃었다.

"아이구, 미안하게 됐어요. 도련님 곤란하게 하려고 그런 게 아니라는 것만 알아줘요."

이준은 이천댁을 향해 고개를 살짝 숙이는 것으로 대답을 대신했다.

안절부절못하는 이천댁을 뒤로하고 정원을 가로질러 집을 나오던 이준은, 문득 뒤돌아서 방금 전까지 자리를 지키고 있던 곳을 올려다보았다.

우뚝 솟은 광활한 대저택이 눈에 들어왔다. 이준은 김 회장의 앞에서 미처 하지 못했던 말을 나지막이 중얼거렸다.

아버지가 저를 이용한 만큼, 저도 가만히 있지는 않겠습니다.

이준은 높다란 담장의 대문을 벌컥 열었다.

그 어떤 것도 혜현과 자신이 함께 나아갈 길에 방해가 되어서는 안 되었다. 앞으로 일어날지도 모르는 여러 스펙터클한 일에 혜현이 다치는 일이 없기만을 간절히 바라면서, 이준은 차가운 밤공기를 가르며 차에 올라탔다.

✳

캠퍼스 안의 모든 이가 두터운 외투를 단단하게 여미고, 찬바람을 피해 종종걸음으로 걷는 한파가 찾아왔다.

전날 내린 많은 눈으로 곳곳이 하얀색으로 뒤덮여 있는 캠퍼스는 꽤 낭만적이었지만, 대부분의 학생들은 그런 낭만을 누릴 여유가 없었다. 종강이라는 해방을 누리기 전에 수행해야 할 과제들이 쌓여 있었고, 학기를 마무리하는 데 필수적으로 넘어야 할 거대한 산 같은 기말고사가 남아 있었다.

정신없이 바쁜 건 혜현도 마찬가지였다. 특히 그녀는 이준을 만나는 시간보다 연구실 사람들의 얼굴을 보는 시간이 훨씬 길 정도로, 온갖 업무와 과제에 파묻혀 있었다.

사실 연구실에 자리를 잡고 있는 실원들 및 대학원생들에게 어떠한 꼬투리도 잡히기 싫어 더욱 오래 연구실에 엉덩이를 붙이고 있는 것도 있었다.

조금이라도 학과 일에 불성실한 태도를 보이면 이준과 만난다는 사실과 더불어 어떤 이야기가 뒤에서 오갈지 모르는 일이었다. 그렇기에 혜현은 더욱 필사적으로 과업을 수행하는 데에 최선을 다하는 중이었다.

"혜현 씨, 우리 저녁 먹으러 가는데 같이 갈래?"

미경의 말에 혜현은 고개를 들어 창밖을 내다보았다. 벌써 해가 저문 지 오래인 듯 짙은 어둠이 교정에 깔려 있었다.

"전 일이 좀 남아서요. 드시고 오세요."

"요즘 살이 좀 빠진 것처럼 보이는데? 밥은 제대로 먹어 가면서 해야지."

"네. 그럼요."

"김이준 선생에게 맛있는 것 좀 사 달라고 해."

미경이 장난스레 말했다.

"하하. 네."

이제는 이런 말 정도는 아무렇지도 않게 넘길 수 있게 되었다.

대학원 사람들의 말 하나하나에 신경을 곤두세울 필요가 없다는 것을 이제는 알고 있었다. 누가 뭐래도 맡은 일에만 충실하면 된다는 사실만 기억하고 있기로 했다.

미경과 함께 몇몇의 사람들이 나간 텅 빈 연구실에서 혜현은 기지개를 쭉 폈다.

급격하게 허기가 몰려왔다. 하루 세 끼를 모두 챙겨 먹는 편은 아니었지만 지금은 끼니를 해결해야 할 때인 것 같았다.

책상 한편으로 치워 두었던 핸드폰을 찾아 손에 들었다.

지금 이준은 무엇을 하고 있을까. 학부생들의 과제를 채점

하고, 강의 준비를 하고, 송 교수의 논문도 마무리하는 등 이준도 꽤나 정신없는 나날을 보내고 있는 중이었다.

점심 즈음에 잠깐 만난 것을 마지막으로 이준과 벌써 몇 시간이나 연락을 하지 못했다. 혜현은 핸드폰 메신저를 열어 이준에게 메시지를 보냈다.

[저녁 먹었어요?]

그대로 전송 버튼을 누르려는 도중에, 무언가 심심하다는 생각이 들었다. 혜현은 잠깐 머뭇하다가 이어서 액정을 톡톡 두드렸다.

[저녁 먹었어요? ^^♥]

혜현이 이준에게 이런 식으로 메시지를 보낸 적은 좀처럼 없었다. 이준과 만나기 전엔 꼭 필요한 용무 외에 사적으로 메시지를 주고받은 적이 드물었다.

이제 이준에게는 이런 것도 하고 싶었다. 별거 아닌 사소한 것이지만, 이것으로나마 그에게 작은 이벤트가 되길 바랐다.

메시지를 보내기 무섭게 답장이 왔다. 혜현은 서둘러 메신저를 켰다.

[아직. 지금 하고 있는 것만 마무리하고 연락하려고 했어. 같이 저녁 먹자.]

이모티콘과 하트를 붙여서 보낸 메시지에 대해서는 별말이 없는 담백한 문장이었다.

혜현의 얼굴에 금세 실망하는 기색이 역력했다. 그러나 곧 워낙 일이 바빠서 무심하게 넘겼으리라 생각하기로 했다.

[교강사실이니까 인문학관 1층으로 갈게.]

혜현이 책상을 정리하는 도중 한 통의 메시지가 더 와 있었다. 혜현이 답장을 보내려는 사이 또 한 번 메시지가 도착하는 알림이 떴다.

이번에도 발신자는 이준이었다.

[보고 싶다^^♥]

메시지를 보자마자 혜현의 입가에 슬며시 미소가 배어 나왔다.

이준 역시 평소 메시지에 이모티콘이나 하트를 붙여서 보내는 사람이 아니었기 때문에 더욱 그랬다. 혜현의 사소한 변화에 대한 이준 나름의 답장이었던 것이다.

연구실을 나서는 혜현의 발걸음에 흥얼거리는 콧노래가 섞였다.

일상이 조금 바쁘면 어때. 이렇게 조그마한 것으로도 금세 기분이 좋아지게 하는 내 사람이 있는걸.

혜현은 인문학관 건물을 나와 이준을 기다렸다. 따뜻한 연구실 안과는 대조적으로 제법 바람이 매섭게 불고 있었다. 코트 사이로 찬 바람이 파고들어 와 혜현은 몸을 움츠렸다.

깊어 가는 겨울밤의 교정은 앙상한 나뭇가지처럼 황량하기만 했다. 대부분의 건물은 불이 꺼져 있었고, 저 멀리 보이는 도서관 건물만이 어둠 속에서 유난히도 빛을 발하는 중이었다.

이윽고 헤드라이트를 켠 자동차 한 대가 혜현을 향해 천천히 미끄러져 들어왔다. 혜현의 앞에 차를 멈춰 세운 이준은 운전석에서 내려 혜현을 보고는 살짝 미간을 찌푸렸다.

"내가 이럴 줄 알았어. 왜 이렇게 춥게 입고 다니는 거야."

"나온 지 얼마 안 됐어요. 괜찮아요."

한눈에 보기에도 얇아 보이는 코트를 입고서 입술을 달달 떠는 혜현이었다.

괜찮긴 뭐가 괜찮아? 이준은 못마땅한 얼굴로 차 문을 열고는 목도리를 찾아 혜현의 목에 둘러 주었다.

"이러다 감기 걸린다. 바쁠 때에 몸까지 아프면 어떡하려고 그래. 걱정되게."

"괜찮은데……."

혜현은 이준이 둘러 주는 목도리를 향해 손을 내저으려다가, 목에서부터 훅 들어오는 온기에 그만 목도리에 얼굴을 파묻어 버렸다. 이준이 늘 뿌리고 다니는 향수 냄새가 옅게 배어 있는 목도리는 따뜻하고 부드러웠다.

"추우니까 얼른 타자. 뭐 먹을래?"

차 문을 여는 이준을 따라 조수석에 올라탄 혜현은 잠시 고민하다가 말했다.

"음…… 뜨끈한 거요. 순두부?"

"순두부 좋아해?"

"겨울에는 아무래도 소화 잘 되고 속을 따뜻하게 할 수 있는 음식이 좋더라고요. 집에서 밥 먹을 때도 가끔 찌개로 끓여 먹어요. 시장에서 사다가."

이준은 혜현이 끓여 주는 순두부를 함께 먹는 그림을 떠올려 보았다. 기분 좋은 상상이었다.

"후문에서 멀지 않은 곳에 맛있게 하는 데가 있더라. 그리로 갈래?"

"좋아요."

혜현은 밝게 웃었다.

"이준 씨는 이 근처 식당을 진짜 잘 아는 것 같아요. 하긴 학부 때부터였으니까 여기저기 많이 다녔겠네요."

"그것도 그렇고, 여러 교수님들 접대하려면 맛집을 잘 알아놔야 해서. 송 교수님이 또 그런 걸 중요하게 여기시는 분이니까."

혜현이 납득이 간다는 듯이 고개를 끄덕였다.

"그렇네요. 아, 교수님은 논문에 대해서는 별말씀 없었어요?"

"아직 초고만 넘겨 드린 상태라서, 교수님도 제대로 검토는 못 하신 것 같아."

"……어쨌든 얼른 학기가 끝났으면 좋겠어요."

나지막한 혜현의 말에 이준도 말없이 수긍했다.

일단 혜현에게도 자신에게도 한숨 돌릴 틈이 필요했다. 아직 혜현에게 전하지 못한 이야기도 남아 있었다.

혜현과 이준, 그리고 박평재와 김 회장 모두가 얽히고설킨 실타래를 풀기 위해서는 조금 더 많은 시간이 필요할지도 몰랐다.

하지만 그 어떤 과정에서든 혹시라도 혜현이 상처를 입는 일은 없어야 했다. 혜현과 자신이 걷는 길이 험난한 가시밭길만은 아니길 바라는 이준이었다.

＊

"여기, 이번 기말고사 시험 감독 시간표예요."

학과 사무실에서 선희로부터 프린트된 종이를 받아 든 혜현
은 내용을 확인하자마자 그만 아연실색하고 말았다.

혜현이 들어가야 하는 시험만 다섯 개였다. 보통 조교들이
2~3개의 시험을 맡아 감독에 들어가는 것에 비하면 터무니없
이 많은 횟수였다. 기막힌 얼굴로 혜현이 선희를 향해 물었다.

"다섯 개…… 맞아요?"

"네. 맞아요."

선희가 쌀쌀맞게 대답했다.

"다른 조교들도 다 이래요?"

여전히 이해할 수 없다는 표정으로 혜현이 다시 물었다.

"어쨌든 혜현 씨에게 할당된 건 그게 맞아요."

선희는 할 말을 마쳤다는 듯 다시 모니터를 향해 눈을 돌렸
다

이전에도 친절하지 않았던, 아니 어떤 면에서는 혜현을 향
한 악의까지 내비쳤던 선희. 이것은 보나마나 명백히 혜현을
골탕 먹이려고 하는 선희의 속셈이 분명했다.

이전의 혜현이었으면 속으로는 천불이 나도 어쩔 수 없이
시간표를 받아 들고 학과 사무실을 나왔을 것이다. 그러나 지
금은 아니었다.

혜현은 선희를 향해 시간표를 다시 내밀었다.

"이거, 다시 짜 주세요. 다섯 번은 말도 안 되잖아요."

"학과에서 그렇게 하기로 결정 난 걸 나보고 어쩌라는 거예요?"

선희가 짜증 섞인 목소리로 반문했다.

"누구 한 명이 비지 않고서야 어떻게 한 사람한테 다섯 번이 돌아가요?"

"그러니까 어쩌다 보니 그렇게 됐다고요. 혜현 씨도 장학금 받고 있잖아요. 돈 받는 만큼 일을 해야지."

순간 혜현은 선희를 향해 너도 돈 받으면서 일을 이런 식으로 하느냐고 소리칠 뻔했다. 어쨌거나 선희는 학과의 일을 도맡는 학과 조교였고, 연구 조교인 혜현이 더 할 수 있는 일은 없을 것 같았다.

"덕분에 장학금 받는 보람을 절실히 느끼겠어요. 고맙네요. 수고하세요."

혜현은 그 말을 마지막으로 남기고 부글부글 끓는 속을 억누른 채 학과 사무실을 나오려고 했다. 그러나 별안간 들려온 선희의 목소리가 혜현의 발걸음을 붙잡았다.

"혜현 씨는 보람이라도 느낄 수 있으니 얼마나 다행이에요. 그 보람도 못 느끼고 도망간 사람도 있는데."

"그게 무슨 말이에요?"

혜현이 선희를 향해 고개를 홱 돌렸다.

"어머, 몰랐어요? 김이준 선생님 이야기인데. 나는 다 아는 줄 알았지. 연애하면서도 서로한테 비밀로 하는 게 있나 보네요, 두 사람은?"

선희가 약점을 잡아서 신이 나 죽겠다는 얼굴로 빙글빙글 웃고 있었다.

혜현은 여기에서 선희에게 더 따져 물어 봤자 자신만 우스운 사람이 되고 만다는 것을 직감적으로 깨달았다. 결국 선희에게 더 따져 묻지도 못한 채 그대로 학과 사무실을 나오고 말았다.

도망간 사람. 그것은 분명 이준을 겨냥한 말일 것이다. 이준이 언제, 왜, 무슨 이유로 '도망을 갔는지' 혜현은 아무것도 짚이는 것이 없었다.

혜현은 생각을 정리하기 시작했다. 이준에 대해 자신이 알고 있는 아주 사소한 것부터 시작해서, 머릿속에서 하나씩 퍼즐 조각을 맞추어 가기로 했다.

도망이라는 단어. 어떤 계기로든 이준이 학교를 떠난 시기가 있었을 것이다.

아, 그랬었지.

생각의 끝에 이준이 휴학을 했다가 다시 학교로 돌아왔다는 사실이 떠올랐다. 스쳐 지나가듯 물었던 혜현의 질문에도 이준은 친구 호영과 벌이는 사업 때문이었다고 대답했다. 그러나 휴학을 하면서까지 굳이 학교를 벗어나야만 했던 이유가 분명 있었을 것이다.

혜현은 이준이 자신에게 사실대로 털어놓지 않았다는 것 자체보다는, 이준의 행동에 대해 학과 내에서 이러쿵저러쿵 말이 많았으리라는 사실이 더욱 마음 아팠다.

대학원은 학부에 비해 인원이 적어 그 안에서 은밀하고도 지저분하게 여러 소문들이 파다하게 퍼져 나가곤 했다.

겉으로는 선생님이라고 서로를 칭하면서 하하호호 웃어도, 무엇 하나 자신의 이익과 직결되는 것이라면 금세 날을 세우는 것이 대학원 사람들이었다.

물론 그것조차도 표면적으로 드러나지 않도록 했다. 혜현 역시 이곳에 속해 있으면서도 정말 무서운 사람들이라는 생각이 든 것이 한두 번이 아니었다.

자신과 마찬가지로 한창 바쁠 시기를 지내고 있을 이준에게, 휴학을 했던 이유가 무엇이냐고 따져 물을 수는 없었다. 그리고 그것은 지금의 둘에게 그리 중요한 이슈도 아니라고 생각했다.

혜현은 누구나 아주 가까운 사람에게도 쉽사리 말하기 힘든 이야기 하나쯤은 지니고 있다는 것을 이해하고 있었다. 다만 선희가 이를 빌미로, 이준에 대한 말을 슬쩍 흘리며 자신을 공격하기 위한 수단으로 이용했다는 것만큼은 못내 기분이 나빴다.

이번 학기만 끝나면 괜찮을 거야. 그동안 하지 못했던 많은 이야기들을 이준 씨와 함께 나눌 시간도 생기겠지. 지금은 크게 신경 쓰지 말자. 별일도 아니잖아.

혜현은 스스로에게 다짐하며 연구실로 향하는 엘리베이터를 탔다. 혜현의 손에 들린 시간표는 본래의 빳빳함은 찾아볼 수 없을 정도로 심하게 구겨져 있었다.

08.

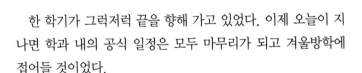

한 학기가 그럭저럭 끝을 향해 가고 있었다. 이제 오늘이 지나면 학과 내의 공식 일정은 모두 마무리가 되고 겨울방학에 접어들 것이었다.

혜현은 수강하는 강의의 과제를 끝내고, 송 교수의 호출에 다녀오는 길에 잠시 학과 건물 내 카페에 앉아 숨을 돌리는 중이었다.

이제 다섯 번째 시험 감독만 남아 있었다. 학비만 아니면 이런 꼴 저런 꼴 다 안 보고 그저 공부만 하면서 학교에 다녀도 되었을 텐데, 그놈의 장학금이 뭐라고.

카페라떼를 한 모금 마시며 혜현은 잠시 속 편한 생각을 하다가 쓰게 웃었다.

그나마 빡빡한 하루에 단 하나 기대가 되는 일은, 오늘 저녁엔 이준을 만나서 제대로 된 데이트를 할 수 있다는 것이었다.

부족한 잠을 카페인의 힘으로 며칠째 내리누르며 버티고 있었지만, 오랜만에 학교를 벗어나 그 누구의 눈치도 보지 않고 이준과 단둘이 달콤한 시간을 보낼 수 있다는 사실은 지칠 대로 지친 혜현에게 그나마 활력을 불어넣어 주었다.

며칠째 숙면을 취하지 못한 탓인지 눈이 뻑뻑했다. 혜현은 양 엄지손가락으로 두 눈을 지그시 눌렀다.

하루 1~2시간을 매일 시험 감독에 허비하고 있던 탓에 제대로 쉴 시간도 없었다는 사실이 다시금 화가 났다.

그래도 크게 분란을 만들지 않고 잘 참아 냈다. 방학을 해도 학교는 계속 나와야 하는 것이 대학원생의 일과였지만, 학과 조교와 마주칠 일은 별로 없을 것이었다. 그것만으로도 숨통이 트이는 기분이었다.

어느덧 시계는 혜현이 시험 감독을 하러 갈 시간이 거의 다 되었음을 일러 주고 있었다.

자, 이제 가 볼까.

반쯤 마신 커피를 든 채 혜현이 애써 천근만근 무거운 몸을 일으켰다. 시험 감독이 끝나면 바로 이준과 만날 수 있다는 생각만이 지금의 혜현을 버티게 했다.

학과 사무실에서 시험지와 답안지를 받아 강의실로 올라간 혜현은, 이미 강단에 서 있는 뜻밖의 사람을 보고 적지 않게 놀랐다.

전혀 예상치 못한 만남이었다. 혜현은 시계를 들여다보았다. 시험 시작까지는 아직 5분 정도의 시간이 남아 있었다.

"어떻게 된 거예요? 여긴 왜⋯⋯?"

"쉿. 이따가 이야기하자. 일단 손에 든 거 학생들에게 나눠 주고."

이준이 혜현을 향해 한쪽 눈을 찡긋했다. 혜현은 더 물어볼 새도 없이 학생들에게 답안지부터 배부하기 시작했다. 그사이 이준이 학생들에게 말하는 목소리가 들려왔다. 시험 감독에 들어간 조교들이 하는 의례적인 말이었다.

"보던 것 다 넣으세요. 곧 시험 시작합니다."

혜현의 머릿속엔 왜 말도 없이 이준이 이곳에 와 있는지 묻고 싶은 생각만 가득했다.

시험지와 답안지를 모두 나누어 준 혜현이 이준에게 속삭였다.

"여긴 저 혼자 있어도 돼요. 우린 이따 만나기로 했잖아요."

"할 일이 다 끝나서 여기로 온 거니까 괜찮아."

그래도⋯⋯.

혜현은 한마디 덧붙이려다가 그만두었다.

잘 알 수는 없었지만 그것이 이준의 마음이라면, 이준이 내켜서 그렇게 한 것이라면 더 이상의 토는 달지 않기로 했다. 보고 싶었던 얼굴을 조금 더 빨리 볼 수 있게 되었다는 사실에 은근히 기쁜 마음마저 들었다.

혜현이 시험을 치르는 학생들을 예의 주시하고 있던 그때였다.

이준이 한 학생의 시험지를 홱 낚아챘다. 정적을 가르는 소음에 시험을 치르던 학생들의 시선이 일제히 같은 곳으로 향했다.

혜현 역시 예상치 못한 이준의 행동에 얼떨떨한 표정으로 모두의 시선을 따랐다.

"학생은 0점입니다. 이 이상의 설명은 필요 없겠죠. 지금 나가도 됩니다."

문제의 주인공인 남학생은 이준의 얼굴을 보자마자 아차 싶은 얼굴로 주섬주섬 가방을 챙겨 밖으로 나갔다. 학생들은 별안간 일어난 일에 잠깐 동요하는 듯싶더니 곧 저마다의 책상 앞에 놓인 시험지에 열중하기 시작했다.

여전히 영문을 알 수 없는 표정을 하고 있는 혜현에게 이준이 다가와 속삭였다.

"나는 너에게 숨길 게 전혀 없어."

"......?"

전혀 생각지도 못한 말이었다. 순간 혜현은 시험 감독 중이라는 것도 잊고 그게 무슨 뜻이냐고 물어볼 뻔했다. 이준이 지금 이 시점에서 혜현을 향해 왜 이런 말을 했는지, 혜현은 도무지 알 수가 없었다.

"조금만 기다려 줘. 앞으로 1시간만."

그 말만을 남긴 채 이준은 강의실 뒤쪽을 향해 뚜벅뚜벅 걸어갔다. 강의실 맨 뒤에 멈춰 선 이준은 강단에 서 있는 혜현을 향해 지그시 웃어 보일 뿐이었다.

✻

서울의 밤을 비추는 불빛들이 한눈에 내려다보이는 곳에,

이준과 혜현은 마주 앉았다.

잔잔한 음악이 흐르는 테이블 위에는 생화가 꽂힌 화병이 놓여 있었다. 연말 분위기를 연출하려는 듯 곳곳에 크리스마스를 연상케 하는 장식이 눈에 띄었다.

한강변의 빌딩 맨 위층에 자리하고 있는 이 레스토랑은 야경이 멋진 곳이라고 입소문이 난 터라, 방문하는 사람들이 대기 명단에 이름을 올려놓고 하염없이 기다려야 할 정도로 인기가 많은 곳이었다.

두 사람이 이 레스토랑의 명당이라고 할 수 있는 창가 자리에 앉을 수 있던 것도 오늘을 위해 이준이 미리 예약해 둔 덕분이었다.

해방감을 만끽하기에 충분한 날이었다. 학과의 모든 공식 일정이 마무리되었고, 이준과 혜현도 덕분에 잠시나마 여유를 지닐 수 있게 되었다.

오늘은 이를 소소하게 즐기기 위해 한참 전부터 두 사람에게 약속된 날이었다.

그러나 둘 사이엔 마무리되지 않은 이야기들이 남았다. 이준은 혜현에게 말해야 할 것이 있었고, 혜현은 이준에게 묻고 싶은 것이 있었다.

결국 지금의 식사 끝에는 어떠한 목적을 지닌 대화들이 오갈 것이었다. 하지만 그로 인해 한껏 들떠야 할 감정을 해치고 싶지 않은 건 둘 다 마찬가지였다.

종업원이 주문한 음식을 테이블 위에 올려놓았다. 이 레스토랑에서 인기 많은 메뉴 중에 하나인 스페인 요리였다.

어디서부터 어떻게 말을 꺼내야 할까. 혜현은 음식을 먹을 생각도 까맣게 잊은 채 서빙된 요리를 가만히 바라보며 생각에 잠겼다.

"아까 그 녀석, 소매 속에 쪽지 같은 걸 숨기고 있더라. 고전적인 부정행위지."

시험 감독이 끝나고 이곳까지 오는 중에, 이준은 운전대를 잡은 채 혜현에게 말했다.

"그런 걸 조교가 제대로 잡지 못하면 나중에 학생들 사이에서도 말이 돌거든. 생각보다 영악한 애들이 꽤 많아."

이준은 계속 말을 이어 갔다.

"다섯 번째 시험 감독이면 꽤 피로가 쌓였을 거야. 그 교수님 시험 답안이 단답형이 많아서 컨닝 시도가 종종 있어. 그래서 도와주러 갔던 거고."

"그랬구나…… 고마워요."

"사실 네가 보고 싶었던 이유가 더 컸지만."

이준이 곁눈질로 혜현을 잠깐 바라보며 씨익 웃었다.

"그리고 혜현아."

정면을 향해 다시 시선을 고정시킨 이준이 말했다.

"꼭 해야 할 말이 있어."

"……네."

웬일인지 혜현은 더 묻지 않고 간결한 대답을 할 뿐이었다. 이준은 잠시 고개를 돌려 혜현을 바라보았지만, 혜현의 표정은 큰 변화 없이 담담하기만 했다.

혜현이 어떤 생각을 하고 있는지 아직은 알 길이 없었다. 그럼에도 불구하고 이준은 믿고 있었다. 자신이 어떤 말을 하든지 간에 혜현은 이준을 이해해 줄 것이다. 그것은 오만이 아닌, 애정과 신뢰로 쌓인 관계에서 얻을 수 있는 확신이었다.

아직 본격적인 이야기가 시작되기도 전이었다. 혜현은 주문한 요리가 차려진 테이블 앞에서 여전히 생각이 많은 얼굴로 가만히 앉아 있었다. 이준은 혜현의 앞 접시에 요리를 덜어 주며 말했다.

"배고플 텐데. 일단 먹자."

"이준 씨……."

"응?"

"혹시, 전에 비슷한 일 있었어요?"

전혀 예상치 못한 질문이었다. 의미를 알 수 없는 말에 이준이 되물으려는 사이, 혜현이 이어 말했다.

"그때…… 이준 씨가 휴학했을 때. 그것도 시험 감독 일과 관련이 있는 거예요?"

순간 이준은 머리를 세게 한 대 얻어맞은 것 같은 기분을 느끼고 말았다.

눈에 띄게 심각해지는 이준의 얼굴을 마주 대하고서야 혜현은 아차 싶었다. 이런 상황에서 혜현도 덩달아 심각한 표정을 하고 있다간 오늘의 데이트는 훗날에 기분 좋은 기억이 되지 못할 수도 있었다.

분위기를 부드럽게 만들어야겠다고 생각한 혜현은 과장되게 손을 내젓고서는 웃으며 말했다.

"참, 나도. 그게 중요한 게 아닌데. 혹시나 해서 물어본 거예요. 그냥 진짜 단순히 궁금해서 그런 거니까 이런 걸로 기분 나빠 하면 안 돼요. 화난 거 아니죠?"

"혜현아."

"와, 맛있겠다. 얼른 먹어요."

"……맞아. 내가 휴학한 이유."

이준이 또박또박 말했다. 혜현은 포크를 들려다가 도로 내려놓고 이준을 바라보았다.

"지금 생각하면 별일 아닌데, 그땐 학교까지 꼴 보기 싫어졌어. 교수가 되고 싶어서 대학원에 왔고, 차근차근 그 길을 밟아 나가고 있다고 생각했는데……. 한번 발이 걸리고 마니까 더 나아가기 싫어지더라."

이준은 쓸쓸하게 웃었다. 혜현으로 인해 끄집어내져 버린 그 때의 일은 아직도 이준에게 유쾌하지 않은 기억으로 남아 있었다.

✻

그 사건과 관련된 사람 중, 그 누구도 그 일이 그렇게까지 커질 줄은 몰랐을 것이다.

박사과정에 들어오고 나서, 이준은 죽 송 교수의 연구 조교를 맡고 있었다. 혜현과 다른 조교들이 그러했던 것처럼, 이준 역시 중간고사 시험 감독을 맡아 들어갔다.

여느 때였다면 특별한 사건이 일어났다고 볼 수도 없는 평범한 날이었다. 그러나 별것 아닌 작은 불씨로부터 시작된 그날은 이준을 송두리째 뒤흔들어 놓고 말았다.

시험 감독을 하고 있던 이준의 시야에 유독 거슬리는 한 학생이 있었다. 그 학생은 불안하게 필기구를 만지며 주위의 눈치를 살피더니, 일부러 팔로 필기구를 밀어 책상 밑으로 떨어뜨렸다.

이준은 심상치 않은 눈길로 그 학생을 계속 예의 주시하고 있었다.

이윽고 학생이 몸을 바닥 가까이로 숙여 필기구를 집어 들었다. 학생이 다시 상체를 똑바로 일으켰을 땐 이준이 이미 가까이 다가와 있는 상태였다.

"방금, 뭐죠?"

"……."

이준과 눈을 마주친 학생은 당황한 듯 시선을 피해 눈동자를 이리저리 굴렸다.

이준은 말없이 학생에게서 필기구를 낚아채고 학생의 발밑을 살폈다. 학생이 발로 밟고 앉아 있는 것은 수업의 주요 내용이 빼곡하게 적혀 있는 프린트물이었다.

"그거."

이준이 손가락으로 책상 아래를 가리켰다.

"분명 아까 가방 속에 보이지 않게 모두 넣으라고 말했을 텐데."

몇몇 학생들이 심상치 않은 분위기를 감지하고 이쪽으로 눈길을 주었다.

"모두 시험에 집중하세요."

이준은 학생들을 향해 또박또박 말하고는 문제의 학생에게 다시 시선을 돌렸다.

"그리고 학생은."

불안한 듯 머리를 긁적이고 있는 학생에게 이준이 분명한 목소리로 말했다.

"부정행위로 간주해서 0점 처리합니다."

학생은 일순간 머리를 얻어맞은 표정을 했다가, 곧 미간에 주름을 잡고 입술을 삐죽였다. 이준은 아랑곳하지 않고 학생의 답안지를 세차게 거두었다.

학생이 거칠게 문을 닫고 강의실을 나가는 동안에도 이준은 다시 한 번 더 시험에 집중하라고 말할 뿐이었다.

그 일은 그렇게 마무리되는 것 같았다. 적어도 이준의 생각에는 그랬다.

그러나 그날 저녁부터 이준의 핸드폰이 쉴 새 없이 울리기 시작했다. 메시지든 전화든 모두 비슷한 내용을 담고 있었다.

[야, 그 글 봤냐? 무슨 일이야?]

[선배. 이거 선배 이야기인 것 같아서 연락했어요. 봤어요?]

후배로부터 도착한 메시지에 담긴 링크는 학교 커뮤니티에 올라온 글이었다. 그 글은 이준을 정확히 지목하여 비난하는 문장들로 가득 차 있었다.

시험 시간에 필기구를 떨어뜨렸다는 것만으로 조교가 부정행위 취급을 했다며 억울함을 토로하는 그 게시물의 작성자를 짐작하는 것은 어렵지 않았다. 이준은 그 글을 보고도 일순간 비웃음을 한 번 흘렸을 뿐, 크게 개의치 않았다.

그러나 이미 사건은 이준의 생각과는 달리 걷잡을 수 없이 불거지고 있었다.

평소 조교들에게 불만을 가진 다른 과 학생과 더불어 이준 개인에 대한 악의를 지니고 있던 익명의 누군가들이 그 글에 댓글을 달며 순식간에 뜨거운 감자가 되었다. 문제의 글은 곧 일파만파 공유되면서 널리 퍼지고 말았다.

이준은 학부생들 사이에서도 유명 인사나 다름없는 인물이었다. 교내의 모두가 이준을 흘끔거리며 수군댔다.

「그 조교 이미 교수 자리가 내정되었다고 하던데? 무서운 게 없으니까 권력을 무기로 삼아 휘두르는 거지. 애먼 학생은 무슨 죄야.」

「조교들, 지들이 교수한테 스트레스 받는 거 다 학부생한테 푼단 말이 사실이었나 보네.」

「꼭 내세울 건 같잖은 백밖에 없는 것들이 아주 꼴값을 떤다니까.」

이미 그 글에서 나온 여러 말들은, 진위 여부를 가릴 새도 없이 이준을 향한 흉기로 돌변했다.

결국 교수들에게까지 이 이야기가 흘러들어 갔다. 학과 내에서의 이준의 평판도 흉흉해져 갔다. 그 누구도 앞서서 자신의 편을 들어 주지 않는다는 사실을 뼛속 깊이 깨달으며 이준은 절절히 환멸의 감정을 느꼈다.

어딜 가나 자신을 향해 쑥덕거리는 목소리쯤이야 무시하면 그만이었지만, 문제는 이준이 학교라는 공간에 질릴 대로 질린 것에 있었다.

김 회장의 N그룹이 마련해 놓은 전쟁터에서는 누군가를 밟고 올라가야만 살아남을 수 있었다. 그것에 내몰리기 싫어 찾아온 대학원에서도, 사람들은 여전히 누구 하나를 매장시키지 못해 안달이 난 것처럼 보였다.

어디서든 '인간적'이라는 단어가 실재한다고 여기고 살아온 이준은 자신이 한없이 순진했다는 것을 깨달았다. 더 큰 뒤통수를 맞기 전에 이곳에서 나오는 것이 맞을 거라고 여겼다.

"휴학이라고."

이준이 내민 휴학계를 받아 든 송 교수가 낮게 한숨을 쉬었다.

"이런 방식으로 문제가 해결될 것 같은가."

"……."

"자네가 옳다고 생각한 일을 했고, 그것이 사실과 다르지 않다면 자네가 잘못한 것은 없네. 곧 그 글에 대한 명백한 조사가 이루어질 걸세. 그래도 생각이 바뀌지 않을 것 같은가?"

"……네."

"그래. 자네 뜻이 그렇다면 어쩔 수 없지."

이준이 송 교수를 향해 인사를 하고 뒤를 돌아서려고 할 때, 송 교수는 이준을 향해 다시 입을 열었다.

"학교를 떠나는 것도, 다시 돌아오는 것도 오로지 자네의 몫이네."

송 교수의 말대로 문제의 글에 대한 진위 여부가 가려지는 조사가 시행되었다. 곧 해당 학생이 없는 사실을 부풀려 글을 작성했다는 것이 밝혀졌다.

학생은 징계를 받았고 그 일은 그럭저럭 마무리가 되었다. 그러나 사람들은 일단 퍼지기 시작한 가십거리가 사실에 기반

한 것인지 아닌지에는 큰 관심이 없었다. 해명은 소용이 없다는 것을, 이준은 뼛속 깊이 깨달았다.

역시 학교에서 사라지는 편이 옳겠다는 생각이 들었다. 송교수의 도장이 찍힌 휴학계를 받아 들고 학과 사무실로 향하던 이준은 이미 지칠 대로 지쳐 있었다.

그리고 그날, 학과 사무실 앞 복도에서 이준은 혜현과 스쳐 지나쳤다.

한 명은 학교를 떠나려고 했고, 한 명은 학교로 발을 들이기 위해 찾은 장소에서.

❅

꽤 긴 이야기였다.

이야기를 풀어내는 이준의 표정은 의외로 담담했지만 혜현은 알 수 있었다.

그런 그늘을 딛고 다시 이곳 한재대로 돌아오기까지, 이준은 꽤나 많은 고민 끝에 결심을 했을 것이었다.

이준이 쓸쓸히 웃으며 말했다.

"휴학을 하겠다고 마음먹었을 땐 거칠 것이 없었고, 오히려 속 시원했는데……. 가끔 궁금한 게 있긴 했어."

"어떤…… 거요?"

"휴학계를 내러 가던 그날, 나와 마주쳐 지나가면서 입학원서를 내러 가던 어떤 아가씨가 무사히 합격해서 석사과정에 들어와 있는지."

"……!"

이준은 기억했고, 혜현은 기억하지 못하던 순간.

이준은 알아보았고, 혜현은 미처 알아보지 못했던 그날의 마주침.

이미 그때부터 두 사람은 엮여 가고 있었을 것이다. 서로가 모르는 사이에, 서로의 생을 간섭할 수밖에 없는 인연이 되어.

"어떻게 보면, 너를 알아본 순간 이곳 한재대 대학원과는 참 어울리지 않는 사람이라고 생각했는데…… 그래도 대학원 소속이 되어 있다면, 꿋꿋하게 잘 버티고 있어 줬으면 했어. 그냥 내 막연한 생각으로."

혜현에게 눈길이 가기 시작했던 즈음의 이준은, 어쩌면 동질감이라는 감정을 느끼고 있었을지도 몰랐다.

낯선 여학생에 대한 호기심으로 시작된 감정에 점점 더 많은 것들이 더해졌고, 지금 이준에게 박혜현이라는 사람은 자신의 삶에 없어서는 안 될 사람이 되었다.

말 몇 마디로 겪었던 일과, 그로 인해 이준이 경험했던 감정들을 온전히 혜현에게 이해시키는 것은 불가능할지도 모른다.

그래도 이준은 혜현이 알아주기를 바랐다. 혜현에게 전해지길 바랐다.

너는 이 지긋지긋한 곳에서 상처받지 않기를. 상처받는 일이 일어난다 해도, 내가 네게 방패가 될 수 있기를.

"이준 씨."

이준의 말을 가만히 듣고 있던 혜현이 마침내 입을 열었다.

"난…… 이준 씨가 그 일로 많이 다쳤을 것 같아서, 그게 너무 마음이 아파요."

혜현의 목소리는 착 가라앉아 있었다.

"누구든 자신을 비난하는 목소리를 견디는 게 쉬운 일은 아니잖아요."

어느새 혜현의 목소리에는 약간의 분개도 담겨 있었다.

"누군가는 학교를 떠나야 했을 만큼 치명적인 일이었는데, 어떤 누군가는 남의 일이라고 단순 가십거리로 치부하는 게, 그게 너무 화가 나요."

그래서 혜현은 선희가 더욱 괘씸했다.

사실 선희뿐만이 아닐지도 모른다. 그것이 비틀린 일방적인 애정에서 비롯된 것이든, 자기가 지니지 못한 것을 소유한 사람에게 가지는 시기나 질투로 점철된 악의든 간에 이준에 대해 부정적인 감정을 지닌 사람들이 적지 않다는 것에 혜현은 꽤 충격을 받았다.

"보이지 않는 적들에게 무방비로 당하는 것보다, 적이 모습을 드러냈을 때가 방어하기가 훨씬 쉽잖아."

이준은 정말로 괜찮다는 듯 미소를 지었다.

"그런 사람들이 있다는 것을 인정하고, 실체를 겪고 나니까 오히려 더 편해졌어."

그리고 너와 함께 있잖아.

송 교수의 호출에 밤늦은 시각 한재대에 왔던 날. 혜현을 만나지 못했더라면 쉽게 복학을 결정하지 못했을지도 모른다. 그렇지만 이준이 다시 학교로 돌아오겠다고 결정한 것은 결국 송 교수 때문이기도 했다.

"송 교수님 덕분에 학교에 돌아왔고, 덕분에 너를 만났어. 그러니까 정말로 괜찮은 거야."

"이준 씨……."

혜현은 이준과 자신이 매우 다른 삶을 살아왔다고 생각했다. 지금은 이준과 함께 있고, 이준의 사랑을 믿으면서도 훗날 어느 시점에서는 그것이 이준과 자신을 갈라놓는 방해물이 될지도 모른다는 불안함을 늘 마음 한쪽에 꽁꽁 숨겨 두고 있었다.

혜현이 이방인인 채로 대학원에 들어와서 겪은 감정들을, 이준은 이해하지 못할 것이라고 속단하기도 했다.

이준은 어딜 가나 화제의 중심이 될 만큼 학과 내에서 주목받는 인물이었다. 그래서였는지 몰라도, 타 대학 출신으로 은근한 차별과 눈치를 체감하며 1년이 넘는 시간을 지내 온 자신이 경험한 것들을 이준이 모두 다 알아주는 것은 불가능할 것이라고 생각했었다.

그래서 혜현은 자신만의 섣부른 판단으로 이준을 가늠했던 것이, 그래서 이준의 상처를 들여다볼 생각은 전혀 하지 못한 것이 그 무엇보다도 미안했다.

혜현 자신도 모르게 이준에게 의지하려고 하고, 이준으로 인해 외로움을 달랠 수 있어서 다행이라고까지 여긴 적도 있었다.

이준 역시 혜현처럼 똑같이 외로운 감정을 견뎌 내고, 홀로 꿋꿋이 버티고 버티어서 지금에까지 와 있다는 것은 미처 깨닫지 못했었다.

나는 왜 이렇게 이기적일까.

그럼에도 이준을 사랑한다고, 그를 모두 이해한다고, 그와 끝까지 함께하겠다고 말할 자격이 있을까.

이준이 휴학한 이유를 분명하게 말하지 못했던 것은, 그것이 이준에게 상처가 되는 기억이었기 때문이다.

왜 조금 더 넓은 마음으로, 이준의 입장에서 전후 사정을 이해해 보려고 하지 못했을까. 끝없는 자책감이 혜현을 지배했다.

"혜현아. 모르겠어? 내가 결국 무슨 말을 하고 싶은지?"

"……."

이준의 눈을 제대로 바라보지도 못하는 혜현에게 이준이 부드러운 목소리로 말했다.

"네가 한재대에 들어와서, 그래서 우리가 만날 수 있었기에 지금의 내가 있어. 네가 아니었더라면, 나는 꾸역꾸역 학교에 돌아와서도 1년이나 묵은 말들이 언제 어디서 튀어나올지 몰라 전전긍긍했겠지."

"이준 씨."

"그런데 너와 함께 있다 보니까 그런 건 아무래도 상관없어졌어."

혜현의 눈동자가 촉촉해졌다.

"결국 나도 완전한 내 사람이 필요했던 거였는지도 모르지. 혼자 학교 다니는 건 정말로 재미없으니까. 그리고 난……."

이준이 갑자기 장난스러운 표정을 지었다.

"너와 같이 놀고 싶었어."

꽤 가라앉은 분위기를 만회해 보고자 덧붙인 말이 먹혔는지, 혜현은 시종일관 심각한 표정으로 이준을 바라보다가 쿡 하고 웃어 버렸다.

"이제야 웃네."

"놀고 싶다는 말에 그렇게 엄청난 의미가 담겨 있는 줄은 몰랐네요."

"웃으니까 예쁘잖아."

혜현의 얼굴빛이 발그레하게 물들었다.

혜현은 이준을 만나고서부터 부쩍 웃는 일이 많아졌다. 아니, 혜현은 오로지 이준으로 인해서 제대로 웃을 수 있는 법을 배운 것이나 마찬가지였다. 그는 결코 가볍지 않은, 적당한 진중함으로 혜현에게 웃음을 선사하는 사람이었다.

두 사람이 각자 몸소 체험해서 느낀 감정을 공유하게 된 경험은, 앞으로의 혜현과 이준이 나아갈 길에서도 든든한 지지대가 되어 줄 것이었다.

그랬기에 두 사람은 오래도록 오늘의 일을 기억하고 싶었다. 결코 한순간의 감정으로 이루어진 인연이 아님을, 서로가 서로에게 꼭 필요한 사람이라는 것을 다시 한 번 체감한 지금 이 순간이 영원히 각인되었으면 하는 이준과 혜현이었다.

그리고 이준은 더욱 깊어지는 확신을 가지게 되었다.

생이 끝나는 날까지, 혜현은 오로지 자신만의 사람이어야만 했다. 지금처럼 연인이라는 이름으로 함께 있는 것만으로는 충분하지 않았다. 두 사람이 더욱 강력하게 결속할 수 있는 장치가 필요했다.

이준은 그것만이 혜현을 지킬 수 있으리라 믿었다. 지금 한창 빛을 발하고 있는 혜현의 생기, 웃음, 가장 아름다운 모습이 영원히 혜현 안에 머물렀으면 했다. 그러기 위해서는 조금 무모할지라도, 결단을 내릴 때였다.

✻

회장실로 날아든 보고를 들은 김 회장은 깊은 생각에 잠겼다. 곳곳에 눈과 귀를 심어 둔 김 회장이었다.

그가 뒤늦게나마 학위를 받으려는 이유는 여러 가지였다.

대외적으로는 산학협력을 도모하고 학문적인 지식을 통해 기업을 성장시키려는 것이라고 말해 두었지만, 사실은 훗날 정치에 입문할 때를 대비한 물밑 작업이기도 했다. 돈과 학벌을 무시하지 못하는 나라의 수준을 맞추려면 어쩔 수 없는 일이었다.

그러나 김 회장의 아주 깊은 속내엔 작은아들 이준에 대한 콤플렉스 역시 그 이유 중 하나로 자리하고 있었다.

친아들이 아니라는 소문도 있었지만, 그런 건 애초부터 한 귀로 듣고 한 귀로 흘려보낼 정도로 김 회장 자신과 빼닮은 이준이었다. 어렸을 때부터 유약한 성정이었던 세준과 달리, 이준은 아버지를 무서워하면서도 당돌한 면이 있었다.

김 회장은 마치 거울을 보는 것 같은 이준에게 양가의 감정을 느끼곤 했다. 이준이 세준의 빈자리를 채워 주었으면 하는 마음 반, 얼른 세준을 찾아 이준이 하고 싶은 대로 내버려 두고 싶은 마음 반.

부자 사이가 언제 어디서부터 꼬이기 시작했는지는 몰라도, 김 회장은 그것이 단순 자신의 탓만은 아니라고 믿고 있었다.

아버지가 되어서 아들 녀석에게 먼저 손을 내미는 것도 결코 면이 서지 않은 일이었지만, 그래도 아들이기에 자신의 곁에 불러들이려고 할 때마다 번번이 이준은 엇나갔다.

그래서 더욱 괘씸했다. 그럼에도 김 회장은 이준을 완전히 쳐 낼 수가 없었다. 대놓고 아버지와 같은 삶을 살지는 않겠습니다, 하는 눈빛을 하며 자신을 바라보는 이준의 앞에서 김 회장은 때때로 벌거벗은 것과 같은 기분을 느끼기도 했다.

그 때문에 더욱 이준을 향해 윽박지르게 되는 것일지도 몰랐다. 이준을 볼 때면 김 회장 자신이 올바르다고 여겼던 30대 시절이 떠오르곤 했다. 그런 신념으로만 살 수 없다는 것을 세월의 축적으로 깊게 체득한 김 회장이었다.

그래서 김 회장은 이준 보란 듯이 학위를 수여받고 싶은 것일지도 몰랐다. 결국 네가 틀리고 내가 맞는 거야, 라고 우기고 싶은 늙은이의 고약한 심보라고 손가락질 받는대도 어쩔 수 없었다.

그런데 이를 실현하기 위한 수단으로 쏠쏠히 이용해 먹으려고 했던 박평재 교수에 대해 여기저기서 들려오는 말들이 심상치가 않았다.

방금 보고받은 내용도 박평재 교수에 대한 것이었다. 그렇다고 해서 그것이 김 회장이 계획한 일에 큰 걸림돌이 되지는 않을 테지만, 박평재 교수와의 첫 회동을 떠올리면 왠지 모를 분한 마음이 들기도 했다.

'그 교수 양반, 저도 도덕적으로 썩 깨끗하지 않은 주제에 어디서 고고한 척이야?'

박평재 교수에 대한 뒷말은 의외로 가정사에 관한 것이었다. 들려오는 소문 모두를 신뢰할 수는 없겠지만 외도의 전적이 있다는 것만은 확실한 것처럼 보였다.

교수직이라는 자리가 평판과 명예가 중요시되는 만큼, 가정사에 대한 지저분한 소문이 얽히는 것은 누구라도 꺼릴 것이다.

김 회장은 이를 박평재 교수의 약점으로 잡아 이용하기로 했다. 어차피 원하는 것만 얻으면 그 교수가 어찌 되든 김 회장과는 별로 상관없는 일이었다.

"그래, 최 실장. 박평재 교수에 대해서 좀 더 자세하게 알아봐. 혹시 숨겨 둔 또 다른 자식이 있을 수도 있지 않겠어?"

전화기에 대고 목소리를 내는 그의 얼굴에 알 수 없는 의미의 미소가 번져 가고 있었다.

❊

혜현은 사진관에 와 있었다. 대학원 입학원서를 낼 때 찍은 증명사진을 찾아 들었다가, 지금의 모습에 비해 미묘하게 풋풋하고 어린 모습에 피식 웃고는 다시 내려놓고 바로 사진관으로 향하기로 마음먹은 것이었다.

언뜻 보기엔 지금과 다를 것이 없는 것 같지만 왠지 모르게 사진 속 자신의 모습이 낯설기까지 했다.

혜현은 정면을 보고 웃으세요, 라는 사진사의 말에 허리를 꼿꼿이 세우며 자세를 바로잡았다. 긴 생머리를 귀 뒤로 넘기고, 눈썹이 보이게 가르마를 넘긴 혜현의 모습은 누가 봐도 여권 사진용 사진을 찍고 있다는 것을 알려 주고 있었다.

사진 촬영과 작업은 금방 이루어졌다. 혜현은 사진관 컴퓨터 모니터에 띄워진 자신의 모습을 확인하자마자 적지 않게 놀랐다.

집에 두고 나온 옛날 증명사진 정도를 예상하고 있던 혜현이었지만 그것과는 판이하게 달랐다. 웃을 듯 말 듯 무표정으로 찍힌 그때의 사진에 비해 지금의 사진은 크게 웃고 있지 않는데도 왠지 모를 생기가 넘쳐 보이는 것 같았다.

신기하다는 표정으로 모니터에 코를 박고 들여다보는 혜현을 향해 사진사가 웃었다.

"왜, 사진이 그렇게 잘 나왔어?"

"아, 저…… 하하."

민망함에 혜현이 뒷머리를 긁었다.

"이게 원본이니까 여기에서 후보정이 들어가는데, 아가씨 마음에 들면 이대로 뽑아도 되고."

"음…… 그대로 해도 될 것 같아요."

"그래. 아가씨가 워낙 예쁘니까 이대로도 충분하지 뭐. 그래도 아주 조금 손봐 줄게요. 티 안 나게."

능숙한 손놀림으로 사진을 리터칭하는 사진사를 혜현은 홀린 듯이 바라보았다. 이윽고 손에 쥐게 된 몇 장의 사진을 사진관을 나오고서도 들여다보고 또 들여다보았다.

볼수록 새로웠다. 매일 거울로 마주 대하는 얼굴이었지만, 카메라라는 제3의 매체로 담긴 자신의 모습은 처음 만나는 것 같은 기분이 들었다. 평소 사진 찍힐 일이 거의 없던 혜현이었기에 더욱 그러했는지도 몰랐다.

혜현은 사진을 들고 바로 구청으로 향했다. 여권을 발급받기 위해서였다. 학기가 끝나기 전, 이준이 즉흥적으로 꺼낸 '여행'이라는 단어만 듣고도 설레었던 혜현이다.

바쁜 일이 마무리되자마자 이준은 여행에 대한 구체적인 계획을 세우자고 하면서, 제일 먼저 여권을 만들기를 권했다.

일상에서 이준과 함께하는 것도 좋았지만, 특별히 그와 함께 비일상적인 날을 만들어 오래도록 간직하는 것도 멋진 일이 될 것 같았다.

이준의 논문도 슬슬 마무리가 되고 있는 참이고, 혜현이 맡고 있는 연구 조교의 일도 지금은 바쁘지 않을 때였다. 여러모로 함께 여행을 떠나기엔 적절한 시기였다.

"접수는 되셨고요. 3~4일 뒤에 다시 오세요."

여권 신청을 한 구청은 한재대학교 근처에 있었다. 혜현은 구청 직원의 말을 뒤로하고 길을 걷기 시작했다. 버스로 두어 정류장을 달려야 학교가 나왔지만, 오늘은 웬일인지 버스를 타는 대신 걷고 싶은 마음이 앞섰다.

바람은 한겨울인 만큼 꽤 매섭게 머리카락을 휘날리게 했지만, 뼛속까지 파고들 만큼 춥지는 않았다. 이준은 혜현에게 봄이 오기 전에 따뜻한 휴양지로 떠나자고 했었다.

'어디 가고 싶어? 세부? 보라카이?'

'음…… 어디가 좋아요?'

혜현은 이준이 말한 장소들에 대해 아는 것이 거의 없었다. 이준은 아차 싶은 표정을 했다가 금방 미소를 지어 보였다.

'천천히 생각해 보자. 천천히 찾고, 가장 마음에 드는 곳으로 떠나면 돼.'

봄은 아직 멀었지만, 혜현의 마음엔 훈기가 가득 차오르고 있었다.

다가오는 새해에는 이준과 함께할 수 있는 일이 더욱 많아질 것이다. 그것은 손을 뻗으면 흩어지는 신기루 같은 꿈이 아닌, 손을 뻗어 잡을 수 있는 분명한 현실로 다가올 것을 혜현은 믿어 의심치 않고 있었다.

❋

[여권 사진 찍었어요! ^-^v]

혜현이 보낸 메시지를 확인한 이준의 입가에 슬며시 웃음이 배어 나왔다.

사실 연말까지, 그리고 연초에도 이준의 앞에는 처리해야 할 일들이 꽤 많이 쌓여 있었다. 호영과 함께하던 일도 마무리해야 했고, 시간 강사로 맡은 과목의 성적 처리와 송 교수의 논문 마무리까지 완료해야 하는 이준이었다. 학기가 끝나 숨통이 트이는 것도 잠깐이었던 것이다.

그럼에도 불구하고 여행이라는 단어 한 마디에 어린아이처럼 설레던 혜현의 기대를 저버릴 수는 없었다.

어떻게든 시간을 쥐어짜 내면 혜현과 밀월여행을 떠나는 것정도는 가능할 것 같았다.

여권부터 만들라는 이준의 말에 주저 없이 사진을 찍고 구청에 다녀오겠다던 혜현이었다. 이준은 어쩌면 혜현이 자신이생각하는 것보다 더욱 더 둘만의 여행을 기다리고 있는지도 모르겠다는 생각을 했다.

혜현이 보낸 메시지에는 여권 사진도 포함되어 있었다. 일자로 그어진 단정한 입매가 눈에 띄었다. 이가 보일 정도로 환한 미소는 아니었지만 보는 사람으로 하여금 기분 좋아지게 하는 표정이었다.

전화해서 예쁘다고 말해 줘야지.

혜현의 번호를 누르고 있던 화면 위에 수신 전화를 표시하는 알림이 떴다. 김 회장이었다.

이준은 낮게 한숨을 쉬고 전화를 받았다.

"네, 아버지."

– 어디냐.

"학교입니다."

– 학기는 끝났겠지?

"……네."

– 시간 되면 당장 회사로 와라. 얼른.

뚝. 전화가 끊어졌다. 일방적인 통보였지만 김 회장의 말을 그대로 거역할 수는 없었다. 이준은 차를 몰아 N그룹 본사로 향했다.

회장실 문 앞에 도착하자 늘 대기하고 있는 비서 두 명이 이준을 향해 일어나 깍듯하게 인사했다. 이준이 왔다는 것은 이미 정문 앞 경비실에서부터 전해졌을 것이었다. 비서의 별다른 보고 없이 이준은 회장실의 문을 두드렸다.

"들어와."

이준은 문으로 들어서며 살짝 허리를 굽혔다.

"부르셨습니까."

"너, 박평재 교수랑 잘 아는 사이냐?"

또다시 그 이름이 나와 버렸다. 아무래도 김 회장은 박평재와 본격적으로 일을 도모할 작정인 것 같았다. 그 종착점이 김 회장의 학위 취득이라는 것을 이준은 어렵지 않게 알아차릴 수 있었다.

"……학교에서 개최된 학회에서 만나 뵙고, 식사 자리에서 이야기한 것이 다입니다."

"혹시 그 교수에 대해서 뭐 다른 말은 들은 게 없고?"

"없습니다."

"흐음."

김 회장이 미간을 찌푸렸다.

"분명 문제가 있는 인사인데, 계속 파면 뭐 하나 나올 것도 같은데 나름 꽁꽁 숨겨 뒀는지 도무지 찾을 수가 없단 말이야.

너는 학교 쪽에 인맥이 많을 테니, 네가 좀 알아보도록 해라. 박평재 교수에 대해서."

"……."

"왜 대답이 없는 게야."

"어떤 부분에 대해서 알아보라고 하시는 건지 잘 모르겠습니다."

물론 이는 사실이 아니었다.

이준은 내심 김 회장의 정보력에 놀라고 말았다. 이대로라면 박평재의 딸이 혜현이라는 것을 아는 것은 시간문제가 될지도 몰랐다.

박평재도 그렇게 애써서 외면하고, 혜현도 오랜 세월 동안 입을 꾹 다물고 있던 사실이 어떻게 수면 위로 올라와 김 회장의 귀에까지 흘러들어 가게 된 것일까.

김 회장이 생각보다도 더 무서운 사람이라는 것을 다시 한번 체감해 버린 이준이었다.

"말귀를 못 알아들어? 어떤 흠결이든 이 잡듯 잡아내란 말이야."

답답하다는 듯 김 회장이 목소리를 높였다. 이준은 날카로운 김 회장의 시선을 피해 재빨리 머리를 굴리기 시작했다.

김 회장은 약점을 빌미로 박평재를 쥐고 흔들 계획을 세우는 것이 분명했다. 어떤 일이든 자신이 원하는 것은 기필코 손에 쥐어야만 하는 김 회장이었다. 그랬기에 박평재의 약점을 찾는 데에 아마 심혈을 기울이고 있을 터였다.

정보를 습득하는 데엔 김 회장을 따라올 자가 없었다.

명확한 정보는 아닐지라도, 이미 박평재의 가정사에 관한 이야기들이 김 회장에까지 흘러들어 간 만큼 혜현의 존재가 언제까지나 비밀로 지켜질 수는 없는 일이었다.

앞으로도 김 회장은 박평재 교수와의 관계를 이어 가는 한편 이준을 이익을 챙기기 위한 하나의 방편으로 쓸 것이었다. 부자간의 교묘한 신경전에서 이준이 승기를 잡는 방법은, 길고 긴 고민 끝에 오로지 하나로 귀결되고 있었다.

먼저 선수를 쳐서, 박평재와 김 회장의 관계가 이준에 의해 좌지우지되도록 하는 것.

그리고 더불어 김 회장이 혜현을 인정할 수밖에 없도록 하는 것.

위험부담이 따르는 일이었다. 혜현에게 절대로 피해가 가지 않는 범위 안에서 최선의 방안을 찾아내야만 했다.

"……알겠습니다."

일단 지금은 한발 물러설 때였다. 이준 자신이 이런저런 해결책을 떠올리느라 애쓰고 있다는 것을 김 회장이 눈치채서는 안 될 일이었다.

회장실의 문을 닫고 나온 이준의 얼굴에는 그 어느 때보다도 복잡한 감정이 어려 있었다.

✳

혜현은 도심 한가운데에 자리 잡고 있는 대형 서점을 찾았다.

번잡한 곳을 그리 좋아하지 않지만, 서점 내에 은은하게 배어 있는 새 책 냄새를 맡을 때면 왠지 기분 전환이 되는 느낌이라 서점만은 시간 날 때마다 찾아가게 되는 혜현이었다. 특별한 일이 없는 날 오랜만에 만끽할 수 있는 여유라 더 기분이 좋아졌다.

한 학기 내내 학술서만 들여다보고 있던 터라 가볍게 읽을 수 있는 책을 찾고 싶었다. 자연스럽게 여행 서적이 있는 곳으로 발걸음이 옮겨졌다.

전에는 주의 깊게 들여다보지 않아서 잘 몰랐지만, 시중에 나와 있는 여행 서적은 그 종류가 생각보다 어마어마했다. 혜현이 난생처음 접하는 것 같은 도시와 나라의 이름도 적지 않았다.

예상치 못하게 맞닥뜨린 정보의 홍수 속에서, 혜현은 무작정 끌리는 제목의 책부터 집어 들어 책장을 넘겨 보고 있던 중이었다.

"어? 혜현 쌤?"

난데없이 자신을 부르는 목소리에 혜현은 책장에서 눈을 뗐다. 혜현의 앞에는 붉은색 목도리를 한 여자가 서 있었다. 누구였더라.

"윤수정이에요. 기억 안 나요?"

윤수정……. 한 번쯤 들어 본 이름 같기도 했지만 도무지 떠오르지 않았다. 자신에게 알은척을 해 온 상대에게 미안해서라도 얼른 생각해 내야 했지만 역부족이었다.

혜현은 세상에서 가장 미안한 표정을 지으며 기어들어 가는 목소리로 물었다.

"죄송해요⋯⋯. 누구시죠?"

윤수정이라고 자신을 소개한 여자는 어깨를 으쓱하며 아무렇지도 않다는 듯이 말했다.

"뭐 기억 안 날 수도 있죠. 세인대 박평재 교수님 조교예요."

"아⋯⋯!"

혜현은 그제야 여러 가지 일이 연쇄적으로 일어나 정신이 없었던 학술대회 날을 떠올렸다. 워낙 경황이 없기도 했고, 지금까지 수정의 얼굴을 기억하고 있기엔 그보다 더 큰일이 혜현을 덮쳤던 이유에서이기도 했다.

"정말 죄송해요. 제가 원래 기억력이 좀 나빠요."

"괜찮다니까요. 그나저나 이런 데서 다 만나네요? 신기하다."

혜현은 수정의 말에 수긍하며 고개를 끄덕였다.

"그러게요. 책 보러 오신 거예요?"

"이 근처에 볼일이 있어서 나왔다가 잠깐 들렀어요. 음⋯⋯."

수정은 핸드폰의 시계를 들여다보더니 혜현을 향해 말했다.

"쌤. 바쁘시지 않으면 요 근처에서 나랑 커피라도 마실래요?"

뜬금없을 정도로 갑작스러운 제안이었다. 아마 혜현은 수정이 지닌 친화력에 반도 못 미칠 것이었다. 그렇지만 웬일인지 불편하다거나 피하고 싶은 생각은 들지 않았다.

"네. 좋아요."

"아, 정말요? 그럼 가요."

수정은 활짝 웃으며 앞장서려다가 혜현을 향해 손짓했다. 혜현도 미소를 지어 보이며 수정과 함께 어깨를 나란히 한 채 걸었다.

잠시 뒤 혜현과 수정은 카페에 마주 앉게 되었다. 여기까지 오는 동안 수정은 잠시도 쉴 틈 없이 이런저런 이야기를 늘어놓았다.

"쌤, 몇 살이에요?"

"스물여섯이에요."

"어? 나돈데! 그럼 친구네. 말 놓자, 우리. 괜찮지?"

"네? 어…… 그래."

너무나도 빠른 전개였다. 혜현의 생활 반경에서 편하게 말을 놓을 수 있던 사람은 거의 없던 터라 지금의 반말이 영 적응이 되지 않았다.

전혀 예상치 못한 방향으로 흘러가는 지금의 상황이 우습기도 하고 신기하기도 해서 혜현은 수정 몰래 속으로 웃었다.

"거기도 종강했지? 학기말만 되면 조교가 죽어나는 건 어느 학교나 매한가지잖아. 너도 힘들었겠다."

"응, 그렇지 뭐."

처음에는 어색했지만 여러 번 말하다 보니 반말도 나름 입에 붙고 있었다. 수정은 아이스 아메리카노를 한 모금 마시며 말을 이었다.

"우리 교수님이 글쎄, 종강 이틀 전에 주관식 설문지 200장을 떠넘기는 거야. 돌리든지 내가 다 쓰든지 알아서 다 해 오라면서. 근데 설문 내용을 보니까 생판 남한테 가볍게 건네줄 수 있는 게 절대 아니더라. 딱 봐도 논문용이었어. 그걸 받아 드는 순간 진짜 때려치우고 싶었는데 꾹 참고 다 했다. 그거 하느라 이틀 밤을 새웠다니까. 조작 없이는 제대로 일을 할 수 가 없나 봐, 우리 교수님. 으휴. 그 논문 등재되면 내 지분도 20%쯤은 있을 텐데."

수정의 입을 통해 박평재의 이야기를 들을수록 혜현은 왠지 모르게 입맛이 씁쓸해졌다.

"학부생들이나 다른 사람들은 우리 교수님이 그런 사람인지 절대 모를 거야. 안 그래도 이번에 교수님이 무슨 기업이랑 협 약 맺어 와서 우리 과 학과장님이 은근 좋아하는 눈치더라. 조 교만 죽어나게 생겼지 뭐. 어디더라? 아, N그룹. N그룹이었 네. 맞아."

N그룹이라는 단어가 수정의 입에서 나오는 순간 혜현은 흠 칫 놀라 자신도 모르게 수정에게 되물었다.

"N그룹이라고?"

"응, N그룹. 꽤 큰 데 맞지?"

N그룹. 이준의 아버지가 회장으로 자리하고 있는 그곳이었 다. 혜현은 심장이 덜컹 내려앉는 기분을 느꼈다.

이준의 어머니에 대해서는 어느 정도 알고 있었지만, 아버 지에 대해서는 아무것도 모르는 혜현이었다. 그도 그럴 것이 아버지와의 사이가 그다지 좋지 않음을 언급했던 이준이었고, 아버지에 대해 '돈이 많은 분'이라고 일축해 버린 것이었다.

하필 N그룹이 박평재와 연을 맺게 된 것이 혜현은 못내 찜 찜했다. 물론 이번 일에 이준의 아버지가 직접적으로 관여했는지 아닌지는 확실하지 않았지만, 자신과 연관된 것 하나가 다시 박평재와 연결고리를 가지게 되었다는 것이 못마땅했다.

그렇게도 떨쳐 버리려고 했던 이름뿐인 아버지가 다시 자신의 생활 반경으로 스물스물 들어오는 것 같은 느낌이 혜현은 진저리가 나도록 싫은 것이었다.

"그런데 별 희한한 소문도 돌고 있지 뭐야."

"어떤 소문……?"

"사실 우리 교수님이 N그룹 아들을 사위로 들이려고 물밑 작업을 펼치고 있다는 거야."

혜현의 표정이 순간 얼어붙었다. 수정은 고개를 절레절레 흔들며 말을 이어 갔다.

"나는 교수님 바로 밑에 있는 조교니까 이런저런 말을 듣곤 하거든. 근데 그거 완전 웃기지도 않은 헛소리야."

"왜……?"

혜현이 착 가라앉은 목소리로 물었다.

"딸도 없는 교수님이 무슨 N그룹 아들을 사위로 들여? N그룹 아들을 며느리로 들인다는 말이 돌면 모를까. 교수님한테는 아들만 둘이거든. 그것도 대학생, 고등학생. 그러니 뜬소문이지, 뭐."

새로이 알게 된 혜현의 또 다른 가족관계.

어머니가 다른 동생들……이라고 해야 맞을까.

인연의 끈을 끊고서 각자 지낸 긴 세월 동안, 박평재는 새로운 가정을 이루며 혜현의 존재 따위는 아랑곳없이 살아왔을 것이다.

물론 그 긴 시간 동안 혜현은 철저히 혼자였다. 이제는 이름뿐인 아버지라는 것도 지워 버린 채 이미 죽은 사람으로 여기며 살기로 한 지 오래였다.

하지만 그녀가 모르는 박평재의 이야기를 들을 때마다, 어쩔 수 없이 심장이 얼어붙어 파지직 부서지는 것 같았다.

"갑자기 왜 그래? 어디 아파?"

하얗게 질려 있는 혜현의 얼굴을 수정이 걱정스러운 눈빛으로 들여다보았다.

"아니…… 괜찮아."

"얼굴에 핏기가 하나도 없어. 정말 괜찮은 거야?"

"……미안한데, 나 이제 가 봐야 할 것 같아. 갑자기 몸이 안 좋아져서."

"그래, 괜찮지 않을 줄 알았어. 일어나자."

혜현은 테이블을 짚으며 몸을 일으켰다.

"지하철 타고 가지? 역까지 같이 가자."

오늘 수정을 만난 것은 행운일까, 불운일까.

여유롭게 보낼 줄 알았던 하루가 수정의 입에서 흘러나오는 정보들에 무방비하게 깨어진 것 같은 기분이 드는 한편, 수정이 아니었으면 결코 알지 못했을 사실을 알게 되어 차라리 다행이라는 생각도 들었다.

혜현은 수정의 배웅을 받으며 지하철을 탔다. 마침 난 빈자리에 털썩 주저앉은 혜현은 눈을 감았다.

급격하게 피로가 몰려왔다. 이준에게 위로받고 싶은 하루였다. 혜현이 뜻밖의 사실에 놀랐던 것처럼 이준도 혜현과 함께 놀란 감정을 표현해 줄 것이다.

어쩌면 박평재와 N그룹이 어떤 방식으로 결연을 맺은 것인지 알아보는 수고를 한다고 자처해 줄지도 몰랐다.

'그렇게까지는 하지 않아도 되는데…….'

혜현은 몽롱한 정신 속에 끝없이 뻗어 나가는 생각의 줄기를 미처 붙잡지 못한 채 자기도 모르게 중얼거리고는, 그만 까무룩 잠이 들어 버렸다.

09.

"뭐라고요? 우리가 교수님 집안과 연을 맺는다고요?"

"지금 다들 파격적인 행보라고 난리예요. 김 회장님이 학문적인 분야에도 큰 관심이 있으신 줄은 미처 몰랐다고 말이에요. 그렇죠? 호호호."

"그러게나 말이에요. 호호호."

재계 인사 사모님들로만 이루어진 모임에서는 으레 속내를 감춘 채 겉만 번지르르한 인사말들이 오가기 마련이었지만, 난생처음 듣는 소리에 승주는 기가 막힐 뿐이었다.

언제 어디서부터 자신도 모르는 이야기들이 파다하게 퍼져 나갔는지 좀처럼 모를 일이었다. 지저분한 수준의 소문이 아니라 망신을 당하지는 않았지만, 겉으로는 화기애애하게 웃으며 다과를 즐기고 있는 저 여인네들이 속으로 무슨 생각을 하고 있을지는 좀처럼 알 수 없었다.

결국 승주는 애써 미소를 지으며 그에 화답할 뿐이었다.

"교수님 집안 아가씨라 얌전하고 참하다면서요. 우리도 누군지 몹시 궁금한데. 날은 언제로 잡을 예정이에요?"

들을수록 점입가경이었다. 승주는 속으로 끄응 한숨을 쉬었다.

지금 당장 승주가 이 자리에서 청첩장을 돌려도 이상하지 않을 분위기였다. 여기에서 그런 일이 없다고 잡아떼면 자신의 체면만 구겨질 것 같았다. 이럴 때는 모호한 말로 얼버무리는 것이 상책이었다.

"글쎄요. 차차 진행되고 있는 중이에요. 사람 일은 모르기도 하고요."

"어머머, 그게 무슨 말씀이세요. 이미 알 만한 사람들은 다 알고 있을 텐데."

한 사모님의 예리하게 파고드는 한 마디에 승주는 당황했지만 내색할 수는 없었다. 이런 자리에서 약점을 잡혀 봤자 좋을 건 하나도 없다는 걸 잘 알고 있는 승주였다.

"확실히 좋은 소식 들려 드릴 수 있을 때, 그때 다시 이야기를 드리는 걸로 하죠."

승주는 그 말만을 남기고 자리에서 일어섰다. 자신이 없는 자리에서 사모님들이 무슨 이야기를 쑥덕댈지 모르는 바는 아니었지만, 지금은 사정의 전후를 파악하는 것이 더 중요했다.

모임 장소를 나와 한달음에 집으로 달려간 승주는 현관에 들어서자마자 신발을 벗을 새도 없이 바삐 최 실장을 찾았다.

"최 실장, 자네는 아는 거 없어? 우리가 무슨 교수 집안 며느리를 들여? 그거 이준이 이야기가 맞긴 한 거야?"

– 예, 아마도…….

하, 승주는 기가 찬 듯 실소를 흘렸다. 기업가 사이에서 이런저런 소문이 도는 것은 하루 이틀 일은 아니었다. 자제들의 결혼이나 연애에 대한 이야기들도 종종 돌아다녔지만 대부분이 악의에 찬 헛소문이었다.

그러나 이번의 것은 조금 달랐다. 아니라고 애써 해명해야 할 만큼의 부끄러운 소문이 아니었던 것이다.

승주는 입술을 잘근잘근 씹으며 깊은 생각에 잠겼다. 이준이 만나는 박혜현이라는 아이의 존재를 누군가가 알아챈 것은 아닐까?

그러나 승주는 곧 고개를 저었다. 만일 그것이 사실이라면 이준의 결혼설은 지금과는 다른 형태로 사람들의 입에 오르내렸을 것이다.

승주가 남몰래 알아본 혜현은 연고도 없이 하루하루 근근하게 살아가는 가난한 학생일 뿐이었다. 그런 혜현이 갑자기 교수의 딸로 둔갑할 리가 없었다.

그렇다면 이준에게 혹시 다른 여자가 생긴 것일까.

이쪽이라면 차라리 환영이었다. 물론 아예 근거가 없는 뜬소문일 확률도 배제하지는 않았지만, 승주는 누군가에게서 흘러나온 말은 분명히 어떠한 목적을 가지고 있다고 믿는 편이었다.

길고 긴 생각 끝에 승주는 이천댁을 불러들였다.

"예, 사모님."

"그래, 최근에 이준이네 집 갔던 게 언제야?"

"저, 그게……."

이천댁은 쉽사리 대답을 하지 못하고 머뭇거렸다. 일전에 혜현과 맞닥뜨린 일이 있고 난 뒤, 이준의 눈치가 보여 이전처럼 이준의 집에 자주 가 보지 못하고 있던 탓이었다. 여기서 입을 잘못 놀렸다가는 이준과 자신 모두에게 불똥이 튈 것이었다.

"……정확히 기억은 안 나네요."

승주의 질문이 무슨 의도인지 파악하지 못한 이천댁은 조그마한 목소리로 대답했지만, 지금 승주의 신경은 그보다 다른 것에 곤두서 있었다.

"걔 말이야. 이준이가 만난다는 애. 아직도 둘이 만나는 눈치인가?"

"그건 제가 잘 모르겠는데……."

"어휴, 정말 머리 아프게. 대체 뭐가 진짜야. 정말 교수 딸내미랑 만나는 거 아니야?"

내 배 아파 낳은 아들이지만 정말 어디로 튈지 종잡을 수가 없다니까.

승주는 못마땅한 얼굴로 핸드폰을 찾아 들었다. 이준에게 전화를 걸기 위함이었다.

─ 예, 어머니.

웬일인지 통화 버튼을 누르고 얼마 지나지 않아 이준의 목소리가 들려왔다.

"이준이 너, 요즘 뭐 하고 다니는 거야. 내가 지금 무슨 소리를 듣고 왔는지 아니? 왜 엄마도 모르는 네 결혼 이야기를 남의 입을 통해서 들어야 되니? 아버지가 네 혼처에 예민하실 거라는 거 몰라?"

속사포처럼 쏟아지는 승주의 질문에도 이준은 가타부타 말이 없었다. 승주의 목소리는 더욱 더 높아져 갔다.

"너도 알지? 아버지가 정치에도 뜻이 있는 거. 이러쿵저러쿵 떠들고 싶은 입들이 그 바닥에선 가만히 있겠어? 그러니 제발 행동 조심해. 응? 교수 딸은 무슨 이야기야? 너 걔 말고 만나는 여자 있니?"

– 어머니.

"그래, 좀 속 시원하게 말 좀 해 봐. 답답해 죽겠다."

– 혜현이와 결혼하겠습니다.

승주는 순간 자신이 잘못 들었을 거라 생각했다.

아니, 기필코 그래야만 했다. 이준이 온전한 정신으로 그런 말도 안 되는 단어들을 입 밖에 꺼냈을 리 없었다.

"응? 이준아, 뭐라고? 엄마가 잘못 들었다."

– 결혼하겠습니다, 혜현이와.

"김이준!"

승주가 집이 떠나가라 핸드폰에 대고 있는 대로 고함을 질렀다. 이천댁은 고개를 절레절레 흔들며 양손으로 귀를 막았다.

"너, 당장 이리로 오지 못해?"

승주의 몸은 분노에 휩싸여 부들부들 떨리고 있었다.

결국 이준은 일을 벌이고야 말 태세였다. 조금 더 기를 쓰고 이준과 혜현을 떼어 놓지 못했던 것에 막심한 후회가 들었지만, 이미 늦고 말았다.

– 그러지 않아도 가려던 참이었습니다.

"너, 이준이 너……. 앞으로 나랑 평생 안 볼 작정이면 그렇게 해. 내가 이 집에서 널 어떻게 키웠는데, 내가 왜 지금까지 견디고 또 견디면서 이 집에 발붙이고 있었는데……. 어떻게 네가 이럴 수 있니……."

승주의 목소리에 울음이 섞이기 시작했다.

전화기 건너편의 이준은 이 모두를 묵묵히 듣고 있을 뿐이었다.

이준은 핸드폰을 쥔 채 한숨을 내쉬었다.

예상하지 못한 바는 아니었다. 쉽지 않은 길일 것이라는 것도 알고 있었다. 대뜸 폭탄을 던져 버렸으니 승주가 저렇게 반응하는 것도 무리는 아니었다.

이준이 혜현을 얻기 위해 지니고 있는 단 하나의 카드.

그것이 제대로 효과를 발휘할 수 있을지는 이준 스스로도 확신할 수 없었다.

그러나 때때로 그저 점잖은 방법만이 능사가 아닌 경우도 존재한다는 것을 이준은 잘 알고 있었다. 어쨌든 이준은 이 방법을 택했고, 그것이 잘 먹혀 들어가기를 바랄 뿐이었다.

이준은 김 회장의 집으로 들어섰다. 넋 놓은 듯 파리한 얼굴로 소파에 앉아 있던 승주는 아무 말도 없이 이준을 노려보며 입술을 깨물었다.

거실에는 승주 말고도 한 사람이 더 있었다.

"……아버지."

아직 저녁이 채 되기도 전이었다. 김 회장의 등장은 예상치 못했던 것이었다. 아마 승주가 이미 대강의 이야기를 김 회장에게 전했을 것이다.

혜현의 존재를 김 회장에게만큼은 끝끝내 숨기려 했던 승주도, 이번에는 이준의 편을 들어 주지 않았으리라 짐작했다. 이준은 일순간 당황했지만, 곧 애써 평정을 찾기로 했다. 여기까지 온 이상 뒤로 물러설 수는 없었다.

"말해 봐라."

"……."

"언제까지 입을 꾹 다물고 있을 거냐."

김 회장은 낮고 으르렁거리는 목소리로 말했다.

이준이 본격적으로 입을 열기 전까지는, 일단 애써 분노를 참고 있는 중이라는 신호와도 같았다. 이준은 마른침을 꿀꺽 삼키고는 입술을 뗐다.

"……박평재 교수에 대해서, 아버지가 알아 오라고 하신 것을 알아냈습니다."

김 회장은 더 참지 못하고 버럭 소리를 질렀다.

"뚱딴지같은 소리 집어 치워! 지금 그런 이야기를 하려고 널 불러들인 게 아니라는 것을 너도 잘 알지 않느냐!"

"박평재 교수가 돌보지 않은 전처소생 딸이 있다고 합니다."

"뭐야?"

순간 잔뜩 성나 있던 김 회장의 목소리가 180도로 달라졌다. 승주는 무슨 소리냐는 듯이 이준과 김 회장을 번갈아 보며 눈만 멀뚱멀뚱 뜨고 있을 뿐이었다.

"교수에게 도덕적인 결함은 치명적이니, 박 교수는 아마 그 사실이 드러나지 않게끔 고군분투하고 있을 겁니다. 하지만 이미 이 사실을 알고 있는 사람들이 더러 있습니다. 아버지도 대충은 들으셨을 테니 말입니다."

승주는 답답해 죽겠다는 얼굴로 김 회장을 바라보았다. 자신이 접한 알 수 없는 소문도 이상했는데, 이준의 결혼 상대에 대해 이야기해야 할 지금의 자리가 엉뚱한 방향으로 흘러가고 있었다.

그 와중에도 이준은 계속해서 말을 이어 갔다.

"아버지의 학위, 그리고 나아가 훗날의 정치 생활과 관련해 아버지가 힘 들이지 않고 박평재 교수를 이용할 수 있는 방법이 딱 하나 있습니다."

"이준아, 너 대체……."

승주가 더 참지 못하고 끼어들었지만, 승주는 채 말을 이어 나가기도 전에 김 회장에게 제지되어 버렸다.

"말해."

"결혼하겠습니다, 박평재의 딸과."

이준은 나지막한 소리로, 그러나 한 자 한 자 힘주어 또박또박 말했다.

이준의 이야기를 듣는 순간, 승주는 질끈 눈을 감아 버렸다.

이제 다 끝났다는 생각이 들었다.

그런 말도 안 되는 이야기를 지어 내 봤자 애초에 김 회장에게 먹힐 리가 없었다. 제가 만나는 보잘 것 없는 아이를 교수의 숨겨 둔 딸로 꾸며 내느라 이준도 꽤나 머리를 굴렸을 것이다.

그러나 그것이 무슨 소용인가. 함께 부부로 지내 온 세월이 길었던 만큼, 승주는 김 회장이 어떤 사람인지 잘 알고 있었다. 지금 승주는 김 회장의 입에서 이준을 향해 부자간의 연을 끊어 버린다는 말만 나오지 않기를 간절히 바랄 뿐이었다.

세 사람의 사이로 누가 불씨라도 던지면 바로 폭발할 것 같은 위태한 침묵 끝에, 마침내 김 회장이 입을 열었다.

"……네 녀석이 생각보다 꽤 머리가 잘 돌아가는구나."

승주가 전혀 예상치 못한, 뜻밖의 반응이었다. 승주는 김 회장이 무슨 생각을 하고 있는지 좀처럼 알 수 없었다.

승주는 재빨리 이준을 살폈다. 김 회장의 앞에 서 있는 이준의 표정에는 어떠한 미동도 없었다. 둘 중 한 명에게 무슨 말이냐고 재차 물어야 승주의 속이 시원할 것 같았지만, 지금의 분위기를 보아서는 일단 참는 것이 맞는 듯했다.

"그 아이를 좀 보아야 하겠으니 조만간 다시 부를 일이 있을 때까지 일단 돌아가 있도록 해라."

"여보……?"

겨우 목소리를 낸 승주의 부름에도 김 회장은 별다른 말을 하지 않았다. 이준은 김 회장을 향해 인사를 하고, 눈빛으로 애써 자신을 좇으며 설명을 해 달라는 표정의 승주에게도 가볍

379

게 고개를 숙인 채 김 회장의 저택을 나왔다.

모든 것이 이준의 계산대로 흘러가고 있었다. 김 회장이 혜현을 며느리로 받아들일 수밖에 없는 상황을 만드는 데엔 성공했다.

다만 이것에 대해 혜현에게 충분히 설명할 필요가 있었다. 그러고 나서 이준은 혜현에게 프러포즈를 할 계획이었다.

조용한 휴양지로 둘만의 여행을 떠나, 감시하는 눈도 시기하는 눈도 없는 곳에서 이준은 평생을 건 약속을 혜현에게 하고 싶었다.

그 어떤 것도 혜현에게 해를 입힐 수 없는 든든한 울타리가 되어 주겠다는 맹세를 하며, 혜현의 일생에서 제일 낭만적이고 꿈결 같은 시간을 선사해 주리라고 마음먹었다.

지금 이 순간, 눈에 사무치도록 보고 싶은 얼굴 역시 혜현이었다.

이준은 핸드폰을 꺼냈다. 지금이라도 당장 혜현을 만나고 싶었다. 그러나 이준이 혜현의 번호를 누르려는 사이, 액정화면에는 전화 수신을 표시하는 화면이 나타났다.

화면에 뜬 이름을 본 이준은 잠시 머뭇하다가 통화 버튼을 눌렀다.

"……네, 교수님."

발신인은 송 교수였다.

- 아, 그래. 전에 자네가 내게 줬던 논문 있지? 그동안 써 왔던 거 말일세.

"네. 무슨 문제라도……."

– 문제는 아니고, 관련해서 전달할 게 있으니 얼른 연구실로 오게.

"지금…… 말씀입니까?"

– 그렇네. 지금.

이미 해가 저문 시간이었다. 이준은 송 교수와의 회동이 그리 길어지지 않기를 빌며, 어쩔 수 없이 한재대학교 쪽으로 차를 몰기 시작했다.

✻

송 교수의 연구실에서 나오고 보니 벌써 밤이 깊어 가고 있었다.

이준은 혜현과 만나는 것이 오늘을 지나면 안 될 것 같다는 강한 기분이 들었다. 다급한 마음에 미리 연락할 생각도 못 한 채, 이준은 혜현의 원룸 건물이 있는 골목으로 차를 몰았다. 일분일초라도 빨리 혜현에게 알리고 싶은 마음만이 온통 이준의 이성을 지배하고 있었다.

이윽고 이준의 차는 혜현의 집 근처에 다다랐다. 이준은 차를 세우고 핸드폰을 들어 혜현의 번호를 눌렀다.

금방 통화가 되리라는 예상이 빗나가고, 전화는 한참 동안이나 응답이 없었다. 이준은 차에서 내려 혜현의 원룸 건물 앞으로 걸어갔다. 목을 길게 빼고 혜현의 방을 올려다보았지만 불은 꺼져 있었다.

잠든 건가. 이준이 고개를 갸웃하며 다시 전화기를 꺼내 든 그때였다.

"이준 씨……?"

익숙한 목소리였다. 이준은 반가운 마음에 얼른 뒤를 돌아보았다.

혜현이 코트 주머니에 양손을 넣은 채 이준을 바라보고 있었다.

웬일인지 자신의 집 앞에 있는 이준을 보고서도 놀라거나 반가워하는 기색 없이 무표정한 얼굴이었다.

평소와 달리 낯선 혜현의 모습에 이준은 뼛속까지 서늘해지는 느낌이었다.

"……혜현아."

"이준 씨."

보통 때였으면 이준을 보자마자 왜 왔냐고, 갑자기 무슨 일이냐고 말하며 밝게 웃었을 혜현이었다. 하지만 그녀는 여전히 곡선을 그리지 않은 입매로 이준을 향해 천천히 입을 뗐다.

"오늘은…… 이만 돌아가요."

그 말만을 남기고 혜현은 이준을 앞질러 발걸음을 옮겨 멀어져 갔다.

그 모습을 보는 순간, 이준은 심장이 에이다 못해 날카로운 것으로 몇 번이고 찌르는 것과 같은 통증을 느꼈다.

이준과 혜현을 몇 겹이고 둘러싸고 있던 방해물들 중 하나를 극복하고 당도한 길이었다. 한 발자국 더 가까워졌다고, 아니, 이제 더욱 질긴 끈으로 엮일 수 있다는 생각에 들뜬 기분이기까지 했다.

그러나 지금, 이준이 혜현과 함께 나눌 수 있을 거라고 믿었던 감정의 파장은 산산조각이 나서 허공에 흩어지고 있었다.

조금씩 작아지며 시야에서 벗어나려는 혜현의 작은 어깨는 흔들리고 있었다. 이준은 성큼성큼 걸어가 혜현을 잡고 돌려세웠다.

"무슨 일이야?"

"……."

혜현은 고개를 숙인 채 잠시 아무 말이 없었다.

혜현의 침묵을 견디는 시간은 마치 영겁과도 같았다. 이윽고 혜현은 눈물이 가득 고인 눈으로 이준을 올려다보았다.

혜현의 진갈색 눈동자에는 이준을 향한 원망의 빛이 가득 담겨 있었다.

그 눈동자를 마주 대하는 순간, 이준의 심장은 쿵 내려앉고 말았다.

"……이준 씨가 그 누구보다도 잘 알고 있었잖아요."

혜현은 떨리는 목소리로 천천히 말을 이었다.

"내가 얼마나 극복하려 했고, 또 얼마나 벗어나려 했는지…… 다 알고 있었으면서."

추위로 발갛게 물든 혜현의 두 뺨 위로 눈물이 쉴 새 없이 흘러내렸다.

"그랬던 이준 씨가…… 어떻게 나한테 그럴 수 있어요. 어떻게 그런 방식으로…… 내가 기필코 그 사람의 딸이어야만 하는 이유를 만들어 버린 거예요."

이준은 망치로 머리를 세게 얻어맞은 것 같은 느낌이 들었다.

383

혜현의 떨리는 목소리가 이어졌다.

"말해 줘요. 제발."

"혜현아……."

"이준 씨가 그런 거 아니라고, 말해 줘요……."

혜현의 흐느낌이 짙어졌다. 냉기 어린 아스팔트 바닥에 눈물방울이 겹쳐져 만들어진 회색의 자국들이 퍼져 나갔다.

혜현이 어디서 누구에게 무슨 말을 듣고 오는 길인지 물어보는 것조차 잊은 채, 이준은 그 자리에 얼어붙어 멍하니 서 있을 뿐이었다.

오로지 그를 통해야만 설명될 수 있는 일이었다. 단어 하나, 말의 뉘앙스 하나만 바뀌어도 전달되는 의미는 크게 달라져 버리기 마련이었다.

울고 있는 혜현을 대하고 있는 이 순간은 이준에게 고통 그 자체였다. 지금은 두 사람이 연인이 된 이래로 가장 최악의 상황이었다.

이준은 그 이유가 오로지 자신에게 있다는 사실을 뼈저리게 체감하고 있었다. 그러나 결코 인정하고 싶지 않았다.

버티고 서 있기 힘들 만큼 괴로운 감정이 이준의 전신을 감싸고 칭칭 옭아매었다.

나는 널 지키고 싶었어.

내 부모로 인해 네가 다칠까 봐 그게 가장 무서웠어.

그래서 일부러 소문을 흘렸어.

가십거리는 그 무엇보다 빠르게 퍼져 나가니까.

아버지가 남몰래 너에 대해 알아보고 너에게 손을 뻗기 전에, 내가 먼저 아버지에게 딜을 하는 것처럼 가장하기로 했어.

내가 너와 결혼하게 되면, 이미 퍼진 말처럼 사람들은 너를 교수의 딸로 알아보겠지.

그렇지만 사실 그 '교수'는 실체가 없어.

김 회장은 그 '교수'가 박평재인 것을 알지만 대놓고 말하지는 않아.

이 지점에서 박평재는 자신의 과거가 사람들에게 탄로 날까봐 시시각각 전전긍긍하며 아버지의 눈치만 살피겠지.

아버지로 하여금 너와 내가 결혼하는 편이 자신에게 유리한 상황이 될 거라고 믿게 하고자 일종의 트릭을 썼던 거야…….

정리되지 않은 말들이 온통 뒤죽박죽 뒤섞여 이준의 머릿속을 표류했다.

어떻게 전해야 할까, 어떻게 전해질 수 있을까.

"이준 씨가 이준 씨 아버지한테 직접…… 박평재 딸이 박혜현이라고 말한 거, 그거 아니죠?"

울음 섞인 혜현의 계속되는 질문에 이준은 힘없이 고개를 떨구었다.

'결혼하겠습니다, 박평재의 딸과.'

이미 입 밖으로 내뱉어 버린 말은 이미 그 자리에서 이준의 의지와는 상관없이, 각각 김 회장과 승주에게 저마다의 의미로 받아들여졌을 것이다.

자신이 혜현의 아픔과 상처를 이해하고 있다고 믿은 것은 어리석은 기만일지도 몰랐다.

이준의 가슴 깊숙한 곳에서부터 이를 비난하는 목소리가 들려왔다.

결국 너도 똑같아. 너도 혜현의 사정을 이용하려 한 거나 마찬가지잖아. 그렇게도 박평재와의 끈을 놓으려는 혜현과는 달리, 너는 오히려 그 연결고리를 김 회장에게 들이대고 말았지.

이준은 끊임없는 자기혐오에 휘말려 들어가고 말았다.

혜현은 자신의 시선을 피한 채 어두운 표정으로 침묵하는 이준을 눈물범벅이 된 얼굴로 올려다보다가, 이내 쓰게 웃었다.

"그렇겠죠……. 이해해요."

"……."

차라리 자신을 향해 혜현이 마음껏 소리를 지르고 화를 내는 편이 나을 것 같았다.

혜현의 표정, 혜현의 눈물, 혜현의 말 한 마디 한 마디가 비수가 되어 이준을 향해 날아들었다.

"최 실장이라는 분이…… 아까 이리로 찾아오셨어요."

"……!"

최 실장의 이름을 듣자마자 이준은 허탈해지고 말았다.

완벽하게 어긋난 타이밍이었다. 송 교수의 전화를 무시하고 바로 이곳으로 달려왔더라면, 자신이 혜현과 먼저 만날 수 있었다면…….

그랬다면, 적어도 최소한 지금보다는 상황이 나았을지도 몰랐다.

"이준 씨 아버지가 나를 만나고 싶어 한다는 말을 전했어요. 언제가 좋겠냐고 물으면서……. 그리고 이준 씨 이야기를 했어요. 그분의 말을 들으면서, 그분 앞에서 내가 무슨 생각을 한 줄 알아요?"

혜현은 쓸쓸한 표정을 지었다.

"그렇게 상황을 비틀고 꼬아야만 내가 이준 씨와 계속 만날 수 있는 거였구나. 평범하고 일상적인 방법으로는 힘든 거였구나…… 그걸 절실하게 깨달았어요."

"……그게 아니야."

여전히 괴로움에 가득 찬 이준의 목소리를 듣고도, 혜현은 조용히 고개를 가로저었다.

"이준 씨."

이준은 혜현의 다음 말을 기다리는 것이 두려웠다. 그러나 혜현은 이준이 가장 두려워하고 있었던 단어를 밖으로 꺼내 버리고 말았다.

"……난 이준 씨와 결혼할 수 없어요."

그 말의 의미를 인지한 순간 이준은 온 세상이 정지하는 것 같았다.

✻

"어휴, 이게 다 무슨 꼴이야?"

이준의 오피스텔에 들어선 호영은 기가 막힐 뿐이었다.

늘 먼지 한 톨 없이 깔끔하게 정돈되어 있던 거실엔 온갖 술병이 나뒹굴고 있었고, 몇 권의 책은 모서리가 찌그러진 채 바닥에 나뒹굴고 있었다.

"이 자식, 이렇게 독한 걸 얼마나 목에 들이부은 거야?"

호영이 거실 이곳저곳에서 발에 차이는 도수 높은 양주병들을 들여다보며 혀를 찼다.

이준의 침실로 들어서자마자 호영의 시야에 들어온 풍경은 더욱 가관이었다.

이준은 침대 한편에 쭈그려 엎드린 채 잠이 들어 있었다. 며칠 동안 면도도 하지 않았는지, 덥수룩한 수염이 지저분하게 자라 턱과 볼 언저리를 뒤덮은 모습은 처참하다는 생각까지 들 정도였다.

호영이 이준의 곁으로 한 걸음 다가서자 지독한 술 냄새가 훅 끼쳐 왔다. 호영은 한 손으로 코를 틀어쥔 채 거칠게 이준의 어깨를 쳤다.

"야, 김이준!"

"……."

호영의 부름에도 이준은 미동조차 하지 않았다.

"좀 일어나 봐라. 너 이 자식 거울은 봤냐? 지금 네가 얼마나 추한지 알고는 있어?"

이준은 겨우 눈을 반쯤 뜨고 호영을 잠시 바라보다가, 귀찮다는 듯 손을 휘휘 내젓고는 다시 이불 속으로 고개를 파묻었다.

세탁도 되지 않은 이불에서는 쿰쿰한 냄새가 났고, 평소 가는 주름 하나도 용인하지 않는 빳빳한 셔츠만을 입던 이준의 옷차림은 아무렇게나 흐트러져 있었다. 호영조차도 이렇게 무너진 이준의 모습은 처음 보는 것이었다.

"……그만 가라."

이준이 잔뜩 잠긴 목소리로 겨우 밀어낸 말에 코웃음을 치며, 호영이 볼멘소리로 투덜댔다.

"가긴 뭘 가. 핸드폰은 불통이지, 너희 어머니는 발을 동동 구르지, 송 교수님이 너랑 연락이 안 된다고 나한테까지 전화를 하시지 않나……. 미치려면 곱게 미쳐라. 여러 사람 힘들게 하지 말고. 그 말 하러 왔다."

"그러니까 할 말 다 했으면 가라고."

여전히 침대에 얼굴을 묻은 채 웅얼거리며 손만 내젓는 이준을 향해 호영이 더는 못 참겠다는 듯이 소리를 질렀다.

"이 속없는 자식, 겨우 여자 하나 때문에 이 모양이냐?"

어찌어찌 전후 이야기를 전해 듣고 겨우 사정을 파악하게 된 호영이었다. 이준에게 진지하게 만나는 여자가 있었다는 사실에도 놀랐지만, 김 회장 내외에게 결혼하겠다는 말을 했다는 것에 더욱 놀랐다.

이준은 그동안 여자 문제나 결혼에 대해서는 결코 진지한 적이 없었다. 이준의 외모와 집안 배경을 보고 다가오는 여자들도 꽤 많았지만, 이준은 그들과 제대로 된 데이트도 하기 전에 흥미를 잃고는 금세 내치곤 했다.

거기에다가 상대는 타 대학 출신 대학원 석사생이었다. 박혜현이라는 이름을 들은 것 같다. 너무나 평범해서 별 특징이라고 말할 것도 없는. 아, 조금 예쁘긴 했나…….

그래도 호영은 혜현이 결코 이준의 부모의 마음에 차지 않으리라는 것을 잘 알고 있었다.

그런데 이준이 이 지경이 된 것은 전혀 뜻밖의 이유였다. 청혼을 거절당한 쪽이 이준이라는 것이다. 김 회장을 감당하지 못한 여자 쪽에서 지레 겁먹었나 싶다가도, 이해가 되지 않는 것은 하나 더 있었다.

보통의 이준이라면 이렇게 술에 절어 집구석에 처박혀 있기보다는, 어떻게든 여자의 마음을 돌리기 위해 갖은 수를 썼을 것이었다.

늘 행동보다는 두뇌 회전이 더 빨라서 자신이 계획한 일은 빈틈없이 해내고야 마는 이준이었다. 누가 봐도 답이 나오지 않는 상황에서도 결코 포기할 줄을 모르는 녀석이기도 했다.

그런데 그런 녀석이, 자기가 결혼하고 싶은 여자 때문에 생을 놓은 것처럼 이러고 있으니 호영은 그저 답답하기만 했다.

호영의 닦달에 마침내 이준이 부스스 몸을 일으켰다. 까칠한 얼굴과 마구 헝클어진 머리를 한 이준을 보며 호영이 혀를 끌끌 찼다.

"그런 거지왕 같은 몰골로 여기 처박혀 있어 봐야 달라지는 거 하나 없다는 거 너도 잘 알잖아. 얼른 씻고 김이준 같은 김이준으로 다시 태어나서 뭐든 해 봐야지."

"……."

혜현이 떠난 후, 이준은 시간을 되돌리고 싶다는 생각만 수천 번을 했었다.

박평재고 뭐고, 그냥 혜현과 단둘이 도망가는 편을 택했으면 어땠을까.

멀리 휴양지로 떠나 영원히 돌아오지 않은 채 둘만의 세계를 만들고 평생 함께 사는 편이 더 행복하지 않았을까.

이준은 혜현이 홧김에 이별의 말을 고하지 않았으리라는 것을 잘 알고 있었다. 그래서 더욱 뼈에 사무치게 아팠고, 괴로웠고, 자신의 행동이 후회스러울 뿐이었다.

아버지로 인한 상처를 나름의 방법으로 극복하고, 하루하루 씩씩하게 잘 살아가고 있던 혜현에게 자신이 멋대로 날아든 불순물 같다는 생각을 좀처럼 지울 수 없었다.

혜현을 먼저 알아보고, 혜현에게 다가가고, 혜현을 자신의 사람으로 만들었던 것조차 이준 자신의 욕심 같았다.

"여자 하나 때문에 김이준이 무너지는 모습을 보다니, 내가 살날이 얼마 안 남은 건가 하는 생각도 했다고. 정신 좀 차려."

"……."

호영의 일침에도 이준은 그저 다시 파고든 현실을 잊고 독한 술만 욱여넣고 싶은 심정이었다.

"핸드폰도 좀 켜 놓고. 벌써 집어 던져서 박살 난 건 아니겠지?"

호영이 두리번거리며 이준의 핸드폰을 찾기 시작했다. 이윽고 호영이 찾아낸 이준의 핸드폰 액정 모서리에는 몇 개의 금이 가 있었다.

"내 이럴 줄 알았다. 성질머리하고는……."

호영이 전원 버튼을 길게 눌렀다. 이준은 화면에 빛이 들어오며 핸드폰이 켜지는 것을 멍하니 보고 있었다.

한때 혜현과 자신을 이어 주는 통로가 되었던 5인치 크기의 저 전자기기도 무용지물이 되었다. 순간 끓어오르는 분노를 참지 못해 힘껏 내던져 버렸다.

그동안 아무리 전화를 걸어도 받지 않았다. 그녀의 원룸에서도, 학교에서도, 그 어디에서도 그녀의 흔적을 찾지 못했다.

이준은 웬일인지 지우개로 싹 지워 버린 듯 사라져 버린 세준이 생각났다. 어떻게 하면 그렇게 아무도 모르는 곳으로 숨어 버릴 수 있는지 물어라도 보고 싶은 심정이었다. 아무리 찾아도 혜현의 발자취는 발견하지 못했다. 세준이 그러했던 것처럼.

그렇게 벌써 이곳에 틀어박힌 채 여러 날이 흘렀다. 시간이 어떻게 흘러가는지, 날짜가 어떻게 지나가는지 감각도 없어질 정도였다. 술을 마시고, 잠을 자고, 다시 일어나 술을 마시고 잠드는 일상의 연속이었다.

술기운에 혜현의 환영이 보일 때면 더욱 더 많은 술을 목구멍으로 집어삼켜 버렸다. 그렇게라도 혜현을 눈에 잡아 두고 싶은 이준이었다.

"야…… 이준아."

부팅된 이준의 핸드폰을 들여다보던 호영이 아까와는 다른 심상치 않은 목소리로 나지막이 이준을 불렀다.

"왜, 뭐가 와 있기라도 하냐."

"이거 봐 봐."

심드렁하게 묻던 이준이 호영의 말에 벌떡 몸을 일으켜 핸드폰을 뺏어 들었다. 혹시라도 혜현의 연락이 아닐까, 혹은 혜현의 행방을 알리는 연락이 아닐까.

이준의 눈이 휘둥그레졌다. 지금 그의 눈에 들어오고 있는 활자들은 분명 이준이 기다리고 고대하던 연락은 아니었다. 그러나 그를 움직이게 하기에는 충분했다. 호영조차도 심각한 얼굴로 이준을 바라보고 있었다.

그의 핸드폰으로 도착한 메시지는 간결하고도 믿을 수 없는 내용을 담고 있었다.

[김세준 이사의 거취가 확인되었습니다. 아마 조만간 다시 본가로 들어갈 것 같다는 정보를 입수했습니다.]

이준은 다급히 김 회장의 저택에 들어섰다. 평소의 이준처럼 머리며 옷매무새가 말끔해진 채였다.

드넓은 거실을 이리저리 초조하게 오가며 손톱을 뜯고 있던 승주가 이준을 발견하고는 눈물이 그렁그렁한 얼굴로 덥석 이준의 손을 잡았다.

"세준이가 온대. 큰일 났어."

"……큰일은 아니에요, 어머니."

"이제 끝났다. 다 끝이야."

"어머니."

이준이 나지막하게 말했다.

"그저 원래대로 돌아가는 거예요. 형이 사라지기 전처럼."

"나는 네가…….."

승주가 원망 어린 눈으로 이준을 향해 무어라 말하려다가 그만두었다.

왜 세준이 없는 사이 김 회장의 마음에 충분히 차도록 행동하지 않았느냐는 말을 하려고 했을 것이다. 그러나 승주도, 이준도 알고 있었다. 이제 와서 그런 말은 아무 소용 없었다.

이준이 김 회장의 후계자가 되기를 도모했던 승주의 꿈은 결과적으로 물거품이 되어 버렸다. 이준은 승주가 자신의 의사와는 관계없이 지닌 욕심에 동의하지는 않았지만, 어머니를 향한 안쓰러운 마음만은 어쩔 수 없었다.

솔직한 마음으로는 차라리 후련하기까지 했다. 세준이 다시 이곳으로 돌아오기만 한다면, 자연스레 김 회장의 관심과 기대가 오로지 세준에게로만 향할 것이었다.

이곳으로 오는 동안, 이준은 이미 김 회장의 시야에서 벗어날 때를 기회로 이용해 혜현을 다시 잡을 방도를 모색하고 있었다. 물론 실현가능성에는 확신이 없는 채였다.

그러나 이대로 아무것도 해결되는 것 없이 지속될 것 같은 일상에서, 뜻하지 않게 들려온 세준의 소식은 아이러니하게도 이준에게 생기를 가져다주는 계기가 되고 있었다.

"……아버지는 이번 봄부터 세인대학교에 석박사통합과정으로 들어가신다."

"……."

"그 애랑은 아직도니?"

혜현의 이야기를 해야 할 때마다 심장 부근이 시큰했다. 이준은 쓰게 웃는 것으로 대답을 대신했다.

"그래도 제 분수는 아는 애라 다행이구나."

심드렁한 승주의 목소리를 들으면서도 이준은 가슴이 아려

왔다. 하루빨리 혜현을 찾고 싶어 미칠 것 같았다. 사실 지금의 이준은 겉만 겨우 멀쩡해졌을 뿐 속은 여전히 곪아 가고 있는 상태였다.

이준은 김 회장 몰래 세준을 찾기 위해 심어 둔 사람들을 혜현을 찾는 인력으로 돌릴 예정이었다. 세준을 찾는 일을 맡겼던 강 씨에게는 이미 연락을 해 둔 상태였다.

처음에는 혜현이 자신에게서 어떻게 그렇게 쉽게 뒤돌아설 수 있는지 분노했다. 그다음에는 혜현에게 완전히 보여 주지 못한 자신의 믿음을 탓했다.

지금은 혜현이 그저 실망해서 잠시 떠나 있는 것이라고 굳게 합리화하는 중이었다. 돌아오게 될 사람은 언젠가 돌아올 것이었다. 그렇지만 마냥 기다리고 있지만은 않을 이준이었다.

이준이 이런저런 생각에 잠겨 있는 동안, 어느 사이엔가 최 실장이 승주와 이준에게로 다가와 있었다.

"지금…… 세준 도련님이 이리로 오고 계십니다."

"뭐라고? 그게 정말이야? 세준이 혼자? 바로 이곳으로?"

최 실장의 속삭임에 승주가 믿을 수 없다는 듯이 재차 되물었다.

"저도 방금 연락을 받은 참이라서 정확한 상황 파악은 하지 못했습니다만……."

그때 누군가가 현관문을 열고 들어오는 발소리가 들렸다. 세 사람은 일제히 같은 곳을 향해 고개를 돌렸다.

김 회장 저택의 현관에 서 있는 세준의 모습은 실종되기 직전 모습의 그대로였다. 이준과 세준의 눈이 마주쳤다. 그러나 이준의 시선은 자연스레 곧 세준을 따라 들어와 옆에 서 있는 두 사람에게 옮겨 갔다.

경악한 표정으로 세 사람을 번갈아 보던 승주의 시선이 어느 한 지점에서 멈추어 섰다.

세준의 손을 잡고 있는 아주 조그마한 여자아이. 이제 겨우 몇 마디 할 수 있을까 싶을 정도의 나이처럼 보이는 여자아이는 세준을 쏙 빼닮아 있었다.

그리고 세준과 함께 나란히 서 있는 여자의 눈동자를 그대로 닮은 모양의 눈을 지닌 채, 아이는 이준을 향해 배시시 웃었다.

세준이 혼자가 아닌 셋으로 돌아왔다는 사실은 김 회장 집안에 적지 않은 파장을 일으켰다.

승주의 입장에서야 세준이 누구와 결혼을 했든, 어떻게 아이를 가지게 되었든 크게 상관이 없었지만 김 회장은 달랐다.

그는 다시 나타난 세준을 반길 새도 없이 크게 노발대발했다. 누구보다도 신뢰하고, 언제까지나 자신의 뜻에 따라 줄 거라고 여겼던 아들이다.

김 회장은 세준이 자신이 정해 주는 대로 얌전하게 내조할 줄 아는 여자와 결혼을 하고, 무리 없이 자신의 뒤를 이어 N그룹을 맡을 것을 의심해 본 적이 없었다.

그랬던 아들이 말도 없이 사라졌다가 별안간 여자와 아이를 데리고 나타났다니. 김 회장 입장에서는 까무러치고도 남을 만한 일이었다.

놀란 건 이준도 마찬가지였다.

세준은 김 회장이 미리 정해 놓은 길에서 단 한 번도 벗어난 적이 없는 삶을 살아온 사람이었다.

이준은 돌연 자취를 감춘 세준을 떠올릴 때마다, 자신처럼 완전히 아버지를 벗어나지도 못하고 완전히 아버지의 사람이 되지도 못하는 사람이 될 바엔 차라리 세준처럼 되는 게 낫지 않을까 하는 생각을 몇 번이나 했었다.

그러나 김 회장을 떠나 자유를 찾았을 세준조차 다시 돌아와 버렸다. 이는 무엇을 의미하는 것일까. 칭얼대는 아이를 어르고 달래 주는 세준과, 아마 형수일 여자를 물끄러미 바라보고 있는 이준의 눈동자에 여러 복잡한 감정이 담겼다.

또한 세준의 등장은 남의 이야기를 하기 좋아하는 사람들이 안줏거리로 즐기기에 딱 좋은 소재였다.

온갖 상상의 나래가 담긴 여러 이야기들이 기업가 사이에 떠돌았다. 그 무수한 이야기들에도 세준은 별다른 입장을 취하지 않았다. 집을 구해 나갈 때까지 당분간 본가에서 며칠 지내겠다고 승주를 통해 전했을 뿐이다.

"어떻게 된 거야."

두 형제가 마주 앉은 건 실로 오랜만이었다. 세준이 먼저 근처 바에서 이준에게 한잔하길 청한 덕분이었다.

음식과 술을 주문하고 나서도, 어떻게 말머리를 꺼내야 할지 몰라 겨우 입을 뗀 이준의 물음에 세준은 피식 웃었다.

"그 질문, 벌써 몇 번째 받는지 모르겠다."

"언제부터였어?"

"영은이가 하린이를 낳은 건 2년 반 전. 내가 그 사실을 알게 된 건…… 그로부터 1년 후."

세준은 잠깐 침묵했다가, 이어 말했다.

"내가 두 사람을 지키기 위한 최선의 방법이었어."

아버지의 눈을 피해야만 했으니까.

세준이 입 밖으로 꺼내어 말하지 않은 속뜻을, 이준은 어렵지 않게 알아챌 수 있었다.

모두가 모르고 있었지만, 세준은 자신이 원하는 사람과 가정을 이룬 지 오래되었다.

늘 세준의 그림자를 밟으며 자라 왔고, 세준을 뛰어넘을 수 없다는 것을 은연중에 습득하며 자라 온 이준이었다. 세준은 그에게 늘 동경이자 부러움이자 시기의 존재였던 것이다.

이제는 익숙해질 법도 한 이준이었지만, 또다시 세준에 대한 설명할 수 없는 감정으로 창자가 꼬이는 것 같은 기분이 들었다.

한순간 짧은 판단으로, 그리고 아버지의 욕심으로 인해 비롯된 일로 혜현과 헤어져 버린 자신과 너무나도 대조되는 세준 때문이었다. 자신이 가지려다가 떠나보내 버린 것을, 세준은 움켜잡았기 때문이다.

"아버지를 훌쩍 떠나서 살다 보니까 그 어떤 일이 일어난다 해도 쉬사리 흔들리거나 위험해지지 않을 거라는 확신이 들었어. N그룹의 주요직이라니, 나도 언젠가 아버지처럼 손바닥 위에 올려놓고 굴릴 수 있는 것들을 많이 가지게 될 줄 알았지."

세준은 그사이 종업원이 내온 위스키를 한 모금 들이켰다.

"그런데 말이야. 소식이 끊긴 줄만 알았던 내가 사랑하는 여자가 아이를 낳은 채 숨어 살고 있다는 말을 들었을 때. 그땐 정말 눈에 아무것도 보이지 않더라. 아니, 마치 암흑 속에서 깨어나는 느낌이었어. 내가 그 두 사람을 겨우겨우 찾아냈을 때에야, 다시 삶을 살고 싶은 생각이 들었다. 그래서 그들과 함께하기로 한 거야. 그뿐이다."

이준은 잠자코 세준의 말을 듣다가 술잔을 기울여 한 모금 들이켰다.

"형은 참 대단한 사람이야. 나는 언제나 형을 따라가지 못했지."

이준이 씁쓸하게 웃었다.

"난 내 여자를 떠나보냈고…… 형은 아버지에서 벗어나 형수와 아이를 얻었고."

"……여자가 있었냐."

이준이 말없이 고개를 끄덕였다. 마저 남은 술을 입에 털어 넣은 세준은 또다시 피식 웃었다.

"뭘 망설여? 죽음만이 갈라놓을 인연임을 확신한다면, 당장 다시 잡아. 시간만 아까워."

"그 애가…… 숨어 버렸어. 영영 내가 알지 못하는 곳에서 꽁꽁 숨어 나오지 않을까 봐 너무 불안해."

이준이 양손으로 얼굴을 감싸 쥐었다.

"찾아 주기를 기다리면서 숨어 있을지도 모르지."

세준이 별거 아니라는 투로 말했다.

"……!"

이준이 눈을 크게 떴다.

"자세한 사정은 잘 모르지만, 두 사람을 힘들게 하는 문제가 두 사람 때문만이 아닌 다른 외부 요인에 있다면, 답은 너무 간단하잖아."

세준은 힘주어 말했다.

"그냥 다른 거 다 필요 없고, 내가 손에 어떤 걸 쥐었을 때 좀 더 사람답게 살 수 있을 것인가. 그것만 생각해."

"……그럼 형은 왜 다시 돌아온 거야?"

경우에 따라서는 뼈가 있는 말로 받아들여질 수 있으리라는 것을 뒤늦게 깨달은 이준이 아차 하는 표정을 지었지만, 예상외로 세준의 얼굴은 덤덤했다.

"하린이에게 할아버지, 할머니, 삼촌을 보여 주고 싶어서."

여전히 이해가 안 된다는 듯이 알쏭달쏭한 표정의 이준을 보며 세준이 풋 하고 웃었다.

"너도 알게 될 거야. 내 입장이 되면. 그러니까 얼른 다시 데려오기나 해. 네 여자."

✻

"아이고, 야야. 이제 그만 됐다. 밥 먹고 마저 해도 된다."

"괜찮아요. 배 안 고파요."

"국 식는다. 어서 오이라."

파란색 슬레이트 지붕의 집, 그 아래 좁고 가파른 계단을 타고 내려가면 바로 바다로 이어지는 남해의 한 시골 마을.

한 손에 조쇠라고 불리는 갈고리 같은 것을 들고, 바다 내음에 푹 절여져 정신없이 굴을 따고 있던 혜현을 향해 팔순 즈음의 노파가 소리쳤다.

"땡땡허니 배가 불러야 일도 잘 한다."

재촉하는 노인의 말에 못 이긴 듯 혜현은 툭툭 자리를 털고 일어나 쭉 기지개를 폈다.

노인과 마주 앉은 밥상 위엔 돌게와 두부를 함께 넣고 끓인 된장국, 톳나물 무침, 김치가 소담히 올라와 있었다. 특히 혜현의 앞에 놓인 밥그릇은 꾹꾹 눌러 담은 것이 한눈에 들어왔다.

"할머니, 이 밥 너무 많아요."

"아이고, 많기는! 다 묵으라. 그리 빼빼 말라 가지곤 못쓴다."

혜현은 어쩔 수 없다는 듯 된장국과 함께 밥을 푹 떠서 입에 넣고 오물거렸다.

"어째 우리 수정이보다 일을 잘한다, 서울 깍쟁이가."

"그럼요, 당분간 할머니 일 제가 다 할 거예요."

"그래도 사람은 있었던 곳에 있어야 하는 기다."

"제가 여기 있는 게 귀찮으셔서 그런 거죠?"

혜현이 장난기 어린 목소리로 물었다. 노인은 고개를 절레절레 흔들었다.

"누가 귀찮아서 그러나. 어린 아가가 아무 연고도 없는 곳에 와서 한시도 몸을 가만히 안 놔두는 걸 보면 모르나? 뭔가 힘든 일이 있었는 갑네, 딱혀서 그라지."

혜현은 아무 말 없이 노인을 향해 미소만 지어 보이고, 국을 한 숟갈 떴다.

그저 어디로든 벗어나고 싶었다. 좁고 어두운 자취방도 신물이 올라올 만큼 싫었다.

그 골목을 지나올 때면 이준의 차가 있을까 기대할지도 모르는 자신도 싫었다. 원래는 이준의 자리였다던, 연구실 책상도 꼴 보기 싫었다.

집도 학교도 싫어지니 갈 곳이 없었다. 전에 새로 발급해서 받아 두었던 여권이 눈에 들어왔다. 어디 먼 나라로 여행이라도 다녀올까 싶다가도, 통장 잔고와 생활비를 생각하니 꿈도 못 꿀 일이었다.

이준과 함께 여행을 갈 계획을 세울 때는 전혀 고려조차 하지 않고 있던 문제였다. 그래, 이게 박혜현이 처한 현실의 단면이지.

수정의 외할머니 댁으로 오게 된 것은 우연의 연속이라고밖에 설명되지 않았다. 장기 여행을 할 정도의 돈은 없었으므로, 혜현은 고속버스터미널에서 제일 빠른 시간에 출발하는 버스의 표를 끊었다. 행선지는 어디든 상관없었다. 그저 이곳을 벗어날 수만 있다면 어디든 괜찮았다.

서울에서 4시간을 넘게 달린 버스는 남쪽 끝에 당도했다.

남해의 바다는 겨울임에도 고요했다. 부둣가에서 수평선 저 멀리를 하염없이 바라보던 혜현은, 문득 이 순간을 사진으로 남겨 누군가에게 전송하고 싶다는 생각이 들었다.

핸드폰 카메라를 높이 들어 촬영 버튼을 누르고, 저장되어 있는 전화번호부를 쭉 내렸지만 숱한 이름 속에서 자신이 찍은 바다 사진을 아무렇지도 않게 받아들여 줄 이는 없었다.

애초에 우스운 생각이니 그만두자고 마음먹었을 때 '윤수정'이라는 글자가 눈에 들어왔다.

수정이라면 괜찮을지도 몰라. 사진 한 장 보내는 건데 뭐.

[그때 고마웠어. 난 지금 여기 와 있어.]

사진과 함께 수정에게 메시지를 전송하자 바로 답장이 왔다.

[어? 여기 우리 외할머니 댁 앞 바다인데? 대박! 너 거기 갔어?]

혜현이 먼저 말도 꺼내지 않았지만, 수정은 외할머니에게 말해 둘 테니 며칠 묵어도 괜찮다고 말해 주었다.

그렇게 얼결에 수정의 외할머니 댁에서 신세를 지게 된 혜현이었다.

뜻하지 않게 일어난 일이었지만 매일같이 노인을 도와 일을 하고 바닷가 마을을 산책하는 동안 마음이 한결 가벼워졌다. 지금은 이곳에 오기를 잘 했다고 생각하는 중이었다.

이준이 어떤 마음으로 박평재와 자신의 이름을 들먹여서 김회장을 설득하려 했는지, 혜현도 아주 모르는 바는 아니었다.

물론 그날 밤, 자신을 찾아온 최 실장에게서 들은 이야기들은 그 당시엔 충격의 연속이었다. 이준에게 실망한 마음도, 야속한 마음도 있었지만 그러면서도 한편으로는 자신이 박평재의 딸이기 때문에 벌어진 일들 같아서 미안한 마음도 있었다.

또한 혜현은 자신도 모르게 나온 결혼이라는 단어, 그리고 그를 위해 이준이 행해야 했던 많은 일들이 자신이 감당할 수 없는 차원의 그 무엇이라는 생각이 들어 덜컥 겁이 났다.

이준과 오래도록 함께할 수 있는 구체적인 형태의 미래가 다른 사람의 입에서 흘러나오는 것을 듣고 있자니, 좀 더 객관적이 된 탓도 있었다.

김 회장의 수단으로서 그 집안의 일원이 된다면, 그 안에서 과연 행복한 삶을 살 수 있을까. 아무리 이준이 동반자로 함께한다 해도.

어쩔 수 없이 나도 겁쟁이였어. 이렇게 도망칠 거였으면서, 어떻게 그 남자를 못 놓을 거라는 오만을 가지고 있었을까.

이준에게서 떠나고자 마음먹었을 때, 혜현은 마치 한쪽 다리를 잘라 낸 것과 같은 기분이 들었다. 이런 채로, 어떻게 계속 멀쩡한 척 살아갈 수 있을지 걱정이 앞섰다.

일상에서 자연스럽게 받아들이고 생활 반경 곳곳에 들어와 있던 이준을 벗어 내는 과정이 쉬울 리 없었다. 계속 쉬지도 않고 이준을 발신인으로 띄우는 핸드폰을 바라보는 것만으로도 고통스러웠다.

하루는 긍정이 넘치다가, 또 하루는 당장이라도 이준에게로 달려가고 싶은 충동을 참고 참으며 버티다가, 또 다른 하루는 툭 건드리기만 해도 홍수같이 눈물이 쏟아져 나오는 나날을 혜현은 견디고 또 견딜 뿐이었다.

혜현의 널뛰는 감정을 그저 관망하고만 있던 좁은 원룸은 혜현을 껴안아 포용하지 못했고, 혜현은 그곳에서 튕겨져 나올 수밖에 없었다.

수정의 외할머니 댁 앞에 펼쳐진 바다를 바라보고 있다 보면, 웬일인지 바다에 포옥 안기는 느낌이 들었다. 물에 담그면 손이 시릴 정도로 낮은 수온을 지닌 바다가 왠지 혜현에게는 담요처럼 온기를 가져다줄 것만 같았다.

그럼에도 불구하고, 혜현은 이 바다를 벗어난 곳에 있는 이준의 모습이 사무치도록 보고 싶었다.

지금 당장이라도 이준에게 달려가면, 그동안 아무 일 없었다는 듯이 이준의 품에 안길 수 있을 것도 같았다. 하지만 그 모두는 혜현의 욕심이라는 걸 스스로가 잘 알고 있었다.

어쩌면 이준은 자신이 생각하는 것보다 훨씬 잘 지내고 있을지도 몰랐다. 그 모습을 직접 두 눈으로 확인하게 될까 봐 두렵기까지 했다.

혜현은 알고 있었다. 언젠가 돌아가야 했다. 돌아갈 곳이 있다는 것이 안도감이 아닌 부담감과 불안함을 가져다줄 수도 있다는 것을 지금에서야 깨달았다.

먼저 돌아선 사람은 아프지 않을 줄 알았는데 아니었어.

그는 잘 지낼까. 많이 힘들어할까.

많이 아프지 않았으면 좋겠는데……. 진심으로.

혜현은 수평선을 따라 눈으로 직선을 그으며, 전해지지 않을 말들을 바다를 향해 중얼거렸다.

이곳의 밤은 온통 먹물을 뿌려 놓은 것처럼 새까맸다.

아무리 늦은 시각이더라도 완전한 어둠을 보기 힘든 서울과
는 대조적이었다. 혜현은 창문을 열고 하늘을 올려다보았다.

도시에서 별을 보기 힘든 것은 먼지나 공해가 아니라 불빛
때문이라더니. 수를 헤아릴 수 없을 정도로 많은 별들이 까만
하늘에 박혀 빛나고 있었다.

언제까지나 여기에 머물 수는 없었다. 미처 풀지 못한 문제
들을 외면해 보았자, 언젠가 더 큰 짐이 되어 혜현을 짓누를
것이었다.

매일 잠들기 전마다 내일은 서울행 버스를 타야겠다고 마음
먹고 잠들었다. 그럼에도 아침에 눈을 뜨는 순간, 이곳이 자신
의 자취방이 아니라 다행이라는 생각이 가장 먼저 드는 혜현이
었다.

이곳에 있으면 내일은 무슨 일이 일어날지 두려워하며 눈을
붙이지 않아도 된다는 것은 달콤한 안도감을 주었다. 그것이
혜현을 아직까지 이곳에 붙들어 두고 있는 힘일지도 몰랐다.

밤바람이 제법 거세게 불고 있었다. 혜현은 창문을 닫고 이
불 속으로 들어가 잠을 청했다.

얼마나 잠들었을까. 혜현은 어슴푸레한 방에서 다시 눈을
떴다.

해가 떠오르기엔 아직 이른 시각이었다. 오늘은 노인과 함
께 장에 가기로 한 날이었다.

할머니는 깨어나셨나? 혜현은 조심스레 미닫이문을 열고 방 밖으로 나왔다. 노인의 방에는 아직 불이 꺼져 있었다.

오래된 시골집이라 화장실이 밖에 있었다. 혜현은 외투를 걸쳐 입고 마루를 건너 마당 밖으로 나왔다.

순간 혜현은 믿기 힘든 것을 보았다는 듯 눈을 크게 떴다.

내가 헛것을 본 것일까.

저 멀리 희미하게 깜빡이고 있는 가로등만이 아직 완전히 밝아지지 않은 주변을 밝히고 있었다.

분명히 잘못 보았을 거라고 여긴 혜현이 몇 번이나 슥슥 눈을 비비고 보아도 마찬가지였다. 지금 혜현의 시야에 들어오는 것은 분명 이 자리에 실재하고 있었다.

이곳 풍경에 불쑥 끼어들어 우뚝 서 있는 자동차 한 대.

바로 이준의 차였다.

그럴 리 없잖아? 혜현은 세차게 고개를 흔들었다.

아직 잠에서 덜 깼나 봐. 그럼에도 발걸음은 자신도 모르게 차가 있는 쪽으로 향하고 있었다.

그리고 자동차 앞 유리를 통해 들여다보이는 그곳에…….

혜현은 자신도 모르게 아, 하고 탄식의 소리를 냈다.

이준이 운전석에 기댄 채 잠들어 있었다.

어떻게 여기까지 오고 만 거예요.

순간 왈칵 눈물이 솟으려고 했다.

규칙적으로 어깨를 들썩이며 머리를 기댄 채 잠든 얼굴을, 혜현은 그 자리에 한참이나 서서 바라보았다.

어둑해서 자세히 보이지는 않았지만, 한눈에 보기에도 살이 빠져 있는 얼굴이었다.

혜현은 앞 유리를 향해 손을 뻗었다. 차가운 유리의 감촉이 손끝을 타고 전해져 왔다.

이렇게 가까운 곳에 있으면서도, 직접 만질 수조차 없는 사람.

둘만의 애정과 믿음으로는 해결하기 벅찬 것들이 아직도 사방에 도사리고 있을 것이다. 마치 지금처럼 서로의 체온을 느낄 수 없는 유리벽이 혜현과 이준의 사이를 가로막고 있는 기분이었다.

주위가 조금씩 밝아 오기 시작했다. 해가 떠올라 주위의 사물에 낮은 그림자를 만들어 냈다.

앞 유리를 통해 바로 내리꽂히는 태양빛에 이준이 눈을 감은 채 얼굴을 살짝 찌푸렸다. 이준의 움직임을 보자 혜현은 흠칫했다.

그리고 천천히 눈을 뜨는 이준과 시선이 마주친 순간, 혜현은 그 자리에서 얼어붙어 버렸다.

혜현이 황급히 고개를 돌리는 것과 동시에 차 안에 있던 이준이 거칠게 운전석 문을 열고 나와 혜현과 마주 섰다.

겨우 이렇게 이준과 마주 보고 설 수 있게 되었다.

한 가지로 설명할 수 없는, 아니 몇 개의 감정이 뒤섞인 표정들이 서로의 눈동자를 통해 각인되었다.

"어떻게 여기까지……."

"박혜현."

겨우 입을 뗀 혜현을 이준의 음성이 가로막았다.

"……네가 어디 있더라도 난 결국 널 찾았을 텐데. 왜 그렇게 애태웠어."

"이준 씨, 나는…….."

"다른 건 다 필요 없어."

이준의 목소리가 촉촉하게 젖어 들었다.

"네가 원하는 것이 이런 곳에서 사는 것이라면, 그것도 좋아. 네가 있는 곳 어디든 나는 너를 찾아서 붙잡을 테니까."

혜현은 쓸쓸하게 웃었다.

"나는 아무것도 가진 게 없으니 다 버리고 살아도 괜찮지만, 이준 씨는 아니잖아요."

"아니."

이준은 단호한 목소리로 말했다.

"그동안 나도 절실하게 느낄 수 있었어. 네가 없으니까……
나도 그냥 아무것도 아니었던 거야."

혜현은 자신에게 모든 것을 걸겠다고 말하는 이 남자가 벅차기도 했고, 슬프기도 했다.

입가에는 미소가 지어지면서도 눈에서는 눈물이 줄줄 흘러내렸다.

혜현이 없으면 아무것도 아니라는 이준의 말.

그건 혜현도 마찬가지였다.

원래부터 텅 비어 있던 삶이었다. 이준이 그 안으로 들어왔기에 충만해졌고, 이준을 내보내는 순간 무섭도록 황폐하게 변해 갔다.

다시 자신을 향해 다가온 이준의 발걸음을 내친다면, 그렇게 메말라 버린 삶을 평생토록 껴안고 살아야 할지도 몰랐다.

그렇지만, 다시 이준의 삶 속으로 들어가면 어쩔 수 없이 끌어안아야 하는 것도 있었다.

"이준 씨 집안의 사람이 되면, 내가 내 생애에서 부정했던 것들을 어쩔 수 없이 받아들여야 돼요."

혜현은 박평재의 이야기를 하고 있었다. 그러나 이준은 고개를 저었다.

"아니야. 그러지 않아도 돼. 누군가의 며느리, 누군가의 숨겨 둔 딸……. 이제 그런 거 안 해도 돼. 그냥 김이준의 사람으로 있어 줘."

혜현을 지키고자 했던 일이 오히려 혜현을 무너뜨리는 것을 봐야만 했던 그 순간, 이준은 깨달았다.

자신이 얼마나 비겁했는지, 그리고 얼마나 욕심을 부리고 있었는지.

모든 걸 다 내버려 둔 채 떠났다가 가족을 데리고 나타난 세준을 보면서, 이준은 자신이 잘못 생각하고 있었다는 것을 뼈저리게 다시 확인할 수 있었다.

혜현은 눈물이 가득 고인 눈으로 말없이 이준을 바라보았다.

이미 이준을 이곳에서 보았을 때부터 혜현은 인지하고 있었다.

앞으로의 생에서도 이 남자를 벗어날 수는 없을 것이다.

자신이 홀로 상대하기엔 너무 거대했던 이준의 집안이었다. 한 교수의 숨겨 둔 친딸이라는 것을 이용해 권력으로 삼으려고 했던 김 회장. 여전히 자신을 탐탁지 않게 여기던 이준의 어머니.

혜현 혼자서 이 모두를 감당하기엔 역부족이라고 생각했다. 그러나 혜현은 미처 깨닫지 못하고 있었다.

그 모두를 맞닥뜨리는 건 혜현 혼자가 아니라는 사실을.

이 남자의 손을 잡기만 하면 되는데, 왜 그렇게 복잡하게 생각했을까. 왜 그리 실체 없는 것들에 지레 겁먹고 뒤로 물러서고 말았을까.

혜현이 아무리 내쳐도, 이준은 이미 혜현의 삶 깊숙이 얽어 들어가 뿌리를 내리고 있었다.

이제 결단을 내릴 때였다. 언제까지나 이렇게 불완전하게 결말을 열어 둔 채로 살 수는 없었다.

생각은 길었으나 마음을 먹는 것은 금방이었다.

혜현은 조용히, 그러나 분명한 목소리로 말했다.

"돌아갈 거예요."

아직 뜻을 알 수 없는 혜현의 말에 이준의 눈동자가 흔들렸다.

내가 그렇게도 진저리치며 떠나왔던 곳으로 돌아갈 거예요. 나의 자취방으로, 내 연구실 자리로. 그리고…….

"이준 씨랑 함께……."

당신과 함께라면 아무리 진창이어도 버틸 수 있으니까.

"이젠 다시는 도망치지 않고, 맞설 거예요."

이준의 얼굴에 감격의 빛이 천천히 번져 갔다.

이준은 혜현의 앞에 한 발자국 더 가까이 다가가 혜현의 볼을 부드럽게 감싸 쥐었다. 촉촉하게 젖어 든 둘의 입술이 포개지며 조금씩 움직였다.

두 사람의 머리 위로 밝게 떠오른 태양에 비친 바다의 물결이, 다시 맞닿은 두 연인을 축복해 주는 듯 고요하게 반짝이고 있었다.

10.

"뭐요? 입학을 하지 못할 수도 있다니, 그게 무슨 말입니까?"

김 회장이 책상을 쾅 내리치며 역정을 내는 중에도, 박평재는 태연하게 소파에 앉아 비서가 내온 차 한 모금을 들이켰다.

그런 박평재의 모습에 김 회장은 더욱 부아가 치밀어 올랐다.

이제 다 되었다고 생각한 일이었다. 새파랗게 어린 대학원생과 결혼하겠다고 난리를 치던 이준의 일도 유야무야 넘어간 것 같았고, 박평재에게 어떤 지저분한 가정사가 있든 간에 김 회장 자신은 세인대학교에 들어가기만 하면 그만이었다.

서로가 굳이 자세하게 풀어놓지는 않았지만 이미 김 회장과 박평재 사이에는 모종의 거래가 오간 것과 다름없었다. 그런데 박평재가 무슨 이유에선지 뻗대는 태도로 김 회장의 심기를 거스르고 있는 중이었다.

제가 박사고 교수면 다야? 가방끈 좀 길다고 어디서 유세를 떨어?

생각할수록 박평재가 괘씸한 김 회장이었다. 그러나 얻어 내야 할 것이 있는 아쉬운 입장이기도 했다. 겨우 화를 억누르고 한층 부드러워진 목소리로 김 회장이 말을 이었다.

"……아니, 어떤 사정인지 말씀을 해 주셔야 할 게 아닙니까. 세인대학교 산학협력 양해각서 체결도 코앞에 있는데 갑자기 이러시면…….."

"항간에 떠도는 소문, 김 회장님도 아십니까?"

박평재가 내뱉듯이 말했다.

김 회장은 아차 싶었지만 내색하지 않았다. 한편으로는 여전히 고상한 척 가장하고 있는 박평재가 가증스럽기도 했다.

곳곳에 심어 둔 눈과 귀가 많은 김 회장이었다. 이준이 만나다던 대학원생이 사실은 박평재의 숨겨 둔 딸이라는 사실도 이미 한참 전에 입수했다.

이준이 이 사실을 역으로 이용해 자신을 도발하려고 했던 것도, 김 회장은 이미 간파하고 있었다.

'고작 여자 하나 때문에 기껏 생각해 낸 게 그 정도라니. 아직 한참 멀었어.'

혀를 끌끌 차면서도 김 회장은 이준이 나름 머리를 썼다는 사실이 그리 거슬리지는 않았다.

결과적으로 그 여자애는 이준을 떠났고, 때문에 이준이 원하는 방향대로 흘러가지도 못했으니 김 회장의 입장에서는 아무래도 상관없었다.

어쨌거나 김 회장은 박평재와 그의 딸에 대한 사실이 세간에 드러나지 않도록 힘써 주고 박평재는 김 회장이 무사히 학위를 받을 수 있게 도와주면 그만인 셈이었다.

그런데 박평재가 어떤 믿는 구석이 있는지는 몰라도, 다시 슬쩍 한발을 빼 버린 것이었다. 일단 저 남자의 속내를 간파하는 것이 먼저였다. 김 회장은 허허 웃으며 말했다.

"아, 저희가 사돈지간이 된다는 소문 말씀입니까? 원래 기업가 사이에서는 자식들 혼사에 대해 이러쿵저러쿵 말이 많습니다. 별일 아닌 말들에 주식시장이 요동치기도 하니까요. 그런 것에 하나하나 신경을 쓰면 끝도 없는 법입니다. 교수님도 그냥 넘겨 버리시면 됩니다. 어차피 흘러갈 말들이니 말입니다. 하하."

"이상하지 않습니까? 회장님 자제분들은 모두 아드님이고 저 또한 아들 녀석만 둘인데 말입니다."

"아들만 있는 건 아니지 않습니까."

김 회장이 낮은 목소리로 박평재를 향해 속삭였다. 예상치 못한 공격에 그가 흠칫 놀란 것도 잠시였다. 그 역시 김 회장과 대적할 만큼 보통이 아닌 인물이었다.

박평재는 애써 평정심을 되찾으며 아무렇지도 않은 듯이 대꾸했다.

"무슨 말씀을 하시는지 도통 모르겠습니다."

"원래 부모자식간의 천륜은 아무리 끊으려고 해도 끊어질 수 없는 법이라고 합디다. 아무리 자식 녀석들이 속을 썩인다 한들 어쩌겠습니까? 내 피 섞인 것들을 내 손으로 내칠 수는 없더이다. 그게 부모의 도리가 아닌가 싶더군요. 하하. 아, 우리 큰아들 녀석 이야기입니다."

김 회장의 의미심장한 말에도 박평재는 끝끝내 동요하지 않았다. 이윽고 박평재는 찻잔을 거칠게 내려놓고는 소파에서 일어났다.

"회장님의 입학 건은 다시 검토해 보겠습니다."

"이보시오, 박 교수."

박평재가 날카로운 눈빛을 한 채 김 회장 쪽으로 시선을 돌렸다.

"편하게 갑시다. 뭘 그리 어렵게 사십니까."

"……."

사실 박평재는 처음부터 김 회장이 마음에 들지 않았다. N그룹의 총수와 연을 맺기로 한 건 순전히 자신의 입지를 공고히 다지기 위함이었다.

별안간 등장해 버린 혜현의 존재도 거슬리던 차에, 이제는 김 회장이 그를 빌미로 자신을 은근히 옥죄어 오고 있었다.

쥐뿔도 아는 것 없이, 돈놀이만 하는 작자인 주제에.

편법을 이용해 김 회장을 대학원 과정에 입학시키는 것은 여러모로 신경 쓸 일이 많았다. 알고 보니 김 회장이 큰소리쳤던 산학협력 체결도 허울만 좋은 것이었다.

박평재의 입장에서는 김 회장을 세인대학교에 불러들여 봤자 좋을 것이 없었다. 오히려 김 회장의 논문 통과를 위해 여러모로 손을 봐 둬야 할 것이 뻔했다.

그러나 이제는 김 회장을 무시할 수 없는 가장 중요한 이유가 생겨 버렸다. 혜현을 떠올리자 박평재의 미간이 찌푸려졌다. 어쩌면 두 집안 사이에 혼사 이야기가 오가고 있다는 소문도 김 회장 쪽에서 일부러 흘린 것일지도 몰랐다.

골치가 아팠다. 혜현의 존재가 완전히 드러나는 순간, 자신은 끝장나는 것과 다름없었다. 결국 박평재는 이를 바드득 갈면서도 일단 일보 후퇴하기로 했다.

"……알겠습니다. 다시 연락드리겠습니다."

"그럼 기다리겠습니다. 살펴 가시오."

회장실 문이 닫히고 박평재가 멀어져 가자, 김 회장은 코웃음을 쳤다. 네깟 게 아무리 날뛰어 봤자지.

"저, 회장님."

비서가 들어와 김 회장을 불렀다.

"무슨 일이야."

"그게……. 사모님 전화입니다."

"무슨 일로?"

대수롭지 않은 일이겠거니 싶어 건성으로 묻는 김 회장이었다.

"자제분 일 때문에……."

"누구?"

무슨 말이든 귓등으로 흘려 버리려던 김 회장의 신경이 비서의 다음 말에 집중되었다.

"둘째 자제분 일이라고 하십니다."

417

이준이 녀석 일이라니, 대체 뭐야.

김 회장은 회장실로 연결된 전화기를 귓가에 가져다 대었다.

— 여보……. 지금 집에 이준이가 와 있어요.

김 회장이 눈썹을 추켜세웠다.

— 그 애랑 같이 왔어요.

✳

"어떻게 여길……?"

현관으로 들어서며 자신을 향해 꾸벅 인사를 하는 두 사람을 보자마자, 승주는 아연실색하고 말았다.

다 끝난 이야기인 줄 알았다. 혜현이 떠났다는 말을 전해 듣고, 잠깐 나왔던 결혼 이야기가 흐지부지된 것에 안도했던 승주다.

방황하는 이준의 모습을 보면서도 다 한때의 일이겠거니 생각했다. 상황이 정리되면 이준에게 제대로 된 혼처를 찾아 주어야겠다고 마음먹고 있었다.

그런데 별안간 이준은 혜현과 함께 이 집에 찾아왔다. 둘의 얼굴에는 같은 종류의 감정이 흐르고 있었다. 일종의 비장함 같은 것이라고 해야 할까.

그 둘에게서 나오는 이야기들을 굳이 듣지 않아도, 승주는 알 것 같았다. 오늘의 방문이 어떤 의미인지를.

"일단, 들어와요."

승주는 여전히 혜현이 마음에 차지 않았다. 하지만 혜현이 여느 철없는 여자애들처럼 이준의 조건을 보고 함부로 덤비는 건 아니라는 사실 정도는 알 수 있었다. 그러기에는 혜현이 너무나도 맑은 눈동자를 하고 있었다.

살아온 세월이 길어지면 사람 보는 눈도 자연스레 길러지는 법이었다. 승주는 자신에게 인사하고 이천댁을 따라 소파에 앉는 혜현의 얼굴을 찬찬히 살펴보았다.

잘만 가르치면, 얌전히 이준을 내조하면서 그럭저럭 역할을 다 해낼 수도 있을 것 같았다. 그래도 이준에게는 턱없이 모자란 아이였다. 변변치 못한 집안이니 이준이 처가의 덕을 볼 일 같은 건 기대할 수도 없을 터였다.

"이준이와 헤어졌다고 알고 있었는데, 아닌가?"

승주는 혜현과 마주 앉자마자 바로 본론부터 꺼내 들었다.

"헤어진 적 없었습니다."

이준이 대답하며 혜현의 손을 잡았다. 혜현은 승주의 눈치를 살피며 슬그머니 이준에게서 손을 빼 무릎 위에 올려 두었다.

'얘들 좀 봐.'

기가 막혀 웃음이 나올 지경이었다. 승주는 턱짓으로 혜현을 가리켰다.

"학생이 대답해 봐요. 그쪽이 먼저 떠난 거 아닌가요?"

"말씀…… 편하게 하셔도 돼요."

마침내 혜현이 입을 열었다. 작지만 분명한 목소리였다.

"……그래. 학생이 이준이를 먼저 떠났다며?"

"그건……."

혜현이 긴장한 듯 잠시 혀로 입술을 축이고 말을 이었다.

"제가, 이준 씨 없어서는 안 될 것 같았어요."

우물쭈물하는 기색 없이 분명한 목소리였다.

"그래도 이준이에게서 떠났을 땐 나름 생각한 게 있었을 텐데."

여전히 미심쩍은 얼굴을 하고 있는 승주였다. 잠시 말없이 앉아 있던 혜현이 자세를 고치며 조심스럽게 입을 열었다.

"……제가 사라지면 모두 다 원래 자리로 돌아갈 수 있을 거라고 생각했어요. 어머님도, 아버님도, 이준 씨도요."

승주는 나지막이 말하는 혜현의 목소리에 자신도 모르게 집중하고 있었다.

"하지만 제가 없어진다고 해서, 이미 한 번 뒤흔들어진 상황이 아무 일 없다는 듯이 쉽게 멀쩡해질 수는 없다는 걸 깨달았어요. 제게서 시작된 일이니 제게서 마무리되어야 하는 것도 그렇고……."

혜현이 목소리에 힘을 주었다.

"이준 씨는 제게 함께하는 순간의 소중함을 일깨워 줬어요. 그걸 잃고 싶지 않았어요."

언제부터인가 승주는 꽤 흥미롭게 혜현의 면면을 지켜보고 있었다.

"하지만 네 욕심만으로 한 가족의 사이가 영영 틀어질 수도 있는데?"

"그건……."

예상치 못한 승주의 질문에 혜현이 잠시 망설이다가, 이내 답했다.

"그것 역시 제가 풀어 나가야 할 몫이라고 생각해요. 제가 다시 이 자리로 온 건…… 이준 씨뿐만 아니라 아버님, 어머님과의 연 역시 저버릴 수 없다고 생각했기 때문이에요."

내심 호오, 놀라는 승주였다.

생각보다 당돌한 구석이 있네. 얼굴은 꽤 반반한데 차림새는 또 소박하고.

세준과 함께 온 새 식구들은 집안에 활기를 불어넣어 주었지만, 아무래도 자신의 배를 앓아 낳은 자식의 경우와는 다를 수밖에 없었다. 세준의 경우에는 저들끼리 잘 살기만 하면 그만이었지만, 이준은 아니었다. 이준이 결혼할 사람은 승주의 며느리가 될 사람이기도 했다.

남편과 아들들 사이에서 오랜 시간을 지내 온 승주는, 이따금씩 자신에게도 딸이 있다면 어땠을까 하는 생각을 하곤 했다.

다른 여편네들처럼 함께 쇼핑도 하고, 공연도 보러 다니고, 가끔은 남편 흉을 보며 큭큭댈 수도 있는.

그래서 승주는 칙칙하기 그지없었던 이 집안에서 살가운 정을 나눌 수 있는 며느리를 은근히 바라 왔을지도 몰랐다.

여전히 혜현은 승주의 마음에 쏙 드는 며느릿감은 아니었다. 그런데도 혜현에 대한 말만 전해 들었을 때보다는 훨씬 너그러워져 있었다.

"이준이와 같이 여기 왔다는 건, 내가 생각하고 있는 그 이유가 맞니?"

"어머니."

"너한테 물은 거 아니야, 이준아."

불쑥 끼어든 이준의 말을 단호하게 쳐 낸 승주의 눈은 혜현을 향하고 있었다.

"학생. 아, 이름이 박혜현이라고 했나?"

"……맞습니다."

"그래. 혜현이가 대답해 봐."

"……."

혜현은 잠시 숨을 골랐다. 이준과 함께 이곳에 오는 데엔 적지 않은 용기가 필요했다. 지금은 그보다 더한 용기를 끌어모아야 할 때였다.

"이준 씨와…… 결혼하겠습니다."

마침내 말해 버렸다. 자신의 입으로.

생각했던 것보다도 술술 대답이 나와서, 혜현은 스스로에게 놀랍기까지 했다.

이토록 결혼이라는 단어가 주는 무게를 체감한 적은 없었다. '결혼'이라는 단어를 말하는 순간에도 과연 자신의 음성이 맞나 싶을 정도로 낯선 울림으로 느껴지기까지 했다.

혜현이 이준의 차를 타고 함께 서울로 올라오는 동안, 둘은 길게 대화하지 않았다. 진심이 통한 두 사람에게는 중언부언하는 언어들이 불필요했다.

다만 서로가 말하지 않아도 같은 생각을 하고 있었다.

둘 사이를 갈라놓았던, 아직까지도 해결되지 않은 미진한 문제들을 더 이상 외면할 수 없다는 것을.

무엇보다도 그 문제들과 정면으로 돌파하며 맞서야 하는 게 최우선이라는 사실을.

그래서 혜현은 지금 이 순간 이준과 함께 승주의 앞에 앉아 있게 된 것이다.

혜현의 말이 끝나고도 승주는 잠시 동안 미동조차 하지 않았다. 아주 천천히, 승주의 얼굴에 묘한 표정이 번져 나갔다. 혜현은 불안한 마음으로 승주의 말을 기다리고 있을 뿐이었다.

"우리, 까놓고 솔직히 말해 보자."

"……네?"

예상 밖의 말에 혜현이 놀라 반문했다.

"봐서 알겠지만, 그리고 나도 들은 것이 있어 알지만 혜현 학생이 우리 집안에 한참 못 미치는 건 사실이잖아."

"…….."

"참 더럽다 싶지? 그런데 객관적으로 보면 그래. 누구나 다 그렇게 말할 거야. 세상 그 어떤 아들 가진 엄마도 모두 번듯한 집에서 잘 자란 며느릿감을 원할 거야. 그렇지 않아?"

"어머니."

"너는 좀 가만히 있으라니까."

혜현이 고개를 푹 숙였다.

"그런데, 내 아들을 믿는 것도 세상 그 어떤 엄마들 모두 똑같거든."

혜현이 다시 고개를 들어 승주를 바라보았다.

"이준이가 혜현 학생 때문에 죽고 못 사는 것 같으니 별수 있나."

승주가 낮게 한숨을 쉬고는 이어 말했다.

"그래도 난 우리 이준이가 너무 아까워."

샐그러진 표정으로 승주가 툴툴댔다.

이준은 이것으로 되었다고 생각했다. 쾌재라도 부르고 싶었다. 어차피 어떤 대단한 집안의 딸을 혼처로 데려다 놓아도 어떻게든 약점을 찾아내서 마음에 안 든다고 할 승주였다.

"어머님……."

이번에는 혜현이 부르는 목소리였다. 승주는 손을 내저으며 기겁했다.

"벌써 어머님이야? 나 아직 너희 결혼하라고 말 안 했어."

"어머님, 사랑해요."

순간 모두의 이목이 혜현에게 집중되었다. 혜현은 자신이 무슨 말을 했는지도 모르는 표정으로 눈을 동그랗게 떴다.

낙담하게 될 것을 각오했던 발걸음이다. 어쨌든 인정받았다는 마음에 뛸 듯이 기뻤다. 감사해요, 고맙습니다, 잘 할게요 같은 말은 너무 식상했다. 최대한 단어를 고르고 골라 말한다는 것이 그만 '사랑해요'라는 단어가 튀어나와 버렸다.

일순간 흐른 정적을 깨뜨린 건 승주의 웃음소리였다.

"어머, 나 이준이한테도 사랑한다는 말 들어 본 적 없는데."

"아……. 죄송해요."

귀밑까지 빨개진 혜현이 겨우 작은 목소리로 말했다. 승주는 다시 풋 웃음을 터뜨렸다.

"저녁이나 먹고 가."

승주가 소파에서 몸을 일으켰다.

"회장님도 같이 뵙고 가고. 뭐라고 말하실지 나는 장담 못하지만."

나란히 앉은 이준과 혜현의 사이에 무언의 눈빛이 오갔다. 승주는 부엌으로 향하다가 마침 생각난 듯 혜현을 향해 돌아보며 말했다.

"그땐 미안했어. 진짜야."

＊

승주의 언질을 받고 귀가한 김 회장은 웬일인지 혜현을 보고도 버럭 화를 내지 않았다. 놀랍도록 차분한 어조로 꺼낸 김 회장의 첫마디는 뜻밖의 것이었다.

"양친은 무얼 하시는가."

예상 밖의 질문에 흠칫하는 것도 잠시, 혜현은 당황하거나 우물쭈물하는 기색 없이 또박또박 대답했다.

"어머니께서 오래전에 돌아가셔서, 외가 쪽 분들이 유년 시절 동안 거두어 주셨습니다. 아버지는……."

혜현이 잠시 숨을 골랐다. 김 회장의 시선이 마치 꿰뚫어 버릴 것처럼 혜현을 향한 채였다.

"살아 계시나, 소식을 알지 못합니다."

그 대답에 김 회장은 혜현이 보통내기가 아니라는 것을 간파했다. 겉모습은 보잘것없이 자라 온 태가 많이 났지만, 눈빛만은 총명하고 똑 부러지는 데가 있었다.

아무리 제 옆에 붙들고 마음대로 휘두르려 해도, 한번 튕겨 나가면 고무공처럼 제멋대로 굴러가 버리는 게 자식이라는 것을 세준을 통해서 깨달은 김 회장이었다.

하나부터 열까지 마음에 안 드는 짓만 골라서 하는데도, 완전히 내치고 아예 없는 존재인 것처럼 사는 것도 내키지 않았다.

그러기에 김 회장은 이미 늙어 있었다. 나이가 들수록 짙어지는 외로움은 갈퀴로 긁어모아 쌓아 두어도 남아도는 많은 돈으로도 채워질 수 없었던 것이다.

결국 사람으로 인한 공허감은 사람으로 채워질 수밖에 없었다. 그것을 너무 늦게 깨달아 버린 김 회장이었다. 그러나 김 회장 자신이 살아온 삶의 방식은 이미 견고하고도 깊게 뿌리를 내려 버렸다.

옳고도 어려운 방법을 알면서도 그르고 쉬운 방법을 찾는 것이 김 회장의 방식이었다. 이를 결국 고치지 못하는 건 나이 많은 사람의 고집일지도 몰랐다. 이준만큼은 자신의 이런 모습을 닮지 않았으면 했다.

그럼에도 여전히 김 회장의 눈에 이준은 천둥벌거숭이로 보일 뿐이었다. 이준이 결혼하겠다고 데려온 저 어린아이는 잘못이 없었지만, 언젠가 이준 때문에 원치 않는 가시밭길에 휘말릴지도 모르는 일이었다.

게다가 박평재가 감추기 급급한 전처소생의 딸이라니.

저 아이를 집안사람으로 들인다고 해서 박평재가 자신의 사돈이 되는 건 아니라는 것을 김 회장도 잘 알고 있었다.

김 회장은 호기심이 일었다. 그런 의뭉스러운 아비의 피를 이어받은 혜현이 과연 박평재를 어떻게 생각하고 있는지.

"부친의 소식을 모른다는 것은……."

김 회장의 말을 들은 혜현이 일순간 작게 동요했다.

"안 계시는 거나 마찬가지라고 생각한다는 뜻인가?"

잠시의 정적 끝에, 혜현이 분명한 목소리로 대답했다.

"그렇습니다. 그분도 저를 딸로 인정하지 않습니다."

이토록 아버지를 부정하는 자식이라니. 박평재가 모질게 내쳤을 시간들을 짐작할 만했다. 김 회장이 생각했던 것보다 훨씬 단단하게 성장한 아이였다.

그러나 이준의 혼처로서는 한참 부족한 게 사실이었다. 애초에 고려를 할 수준에도 훨씬 미치지 않는 조건을 지니고 있었다.

일단 조금 더 지켜보기로 할까.

"혜현이와 결혼하겠습니다."

김 회장은 이준의 말에 끝끝내 대답을 하지 않았다.

단번에 승낙을 받아 낼 거라는 기대는 하지 않았지만, 막상 현실과 제대로 부딪치다 보니 힘이 빠지는 것은 어쩔 수 없었다.

두 사람이 김 회장의 저택을 나온 것은 어느덧 밤이 깊어 가는 시각이었다.

높다란 담장의 대저택을 뒤로하고 이준과 함께 걸어 나오던 혜현은 그만 다리가 풀려 주저앉을 뻔했다.

"괜찮아?"

이준이 서둘러 혜현을 부축했다. 혜현은 이준에게 붙들린 채 얕게 한숨을 쉬었다.

"오늘 하루가 어떻게 지나갔는지도 모르겠어요."

두 사람에게는 너무 긴 하루였다. 사실 이준은 승주의 허락을 받아 내는 것보다, 김 회장을 설득하는 것이 몇 배는 더 어려운 일이라는 것을 각오하고 있었다. 그것은 혜현도 마찬가지였다.

풀이 죽어 버린 혜현을 보는 이준의 마음도 편치 않았다. 하지만 한편으로는 김 회장이 둘을 보자마자 내치지 않은 것만으로도 다행이라고 생각했다.

이준은 가볍게 혜현의 어깨를 토닥였다.

"괜찮아. 오래 걸리지 않을 거야."

"……내가 좀 더 나은 사람이라면 좋았을 텐데."

"그런 말 하면 진짜 화낸다."

"미안해요."

"또 그런다."

"그럼…… 고마워요."

"그거 말고."

이준이 혜현을 향해 한쪽 볼을 내밀었다. 혜현은 잠시 좌우를 살피더니 까치발을 들어 이준의 볼에 입을 맞추었다.

"이게 끝이야?"

"사랑해요."

"또."

"네?"

이준은 더 말하지 않고 혜현을 끌어당긴 채 조그맣고 앙증맞은 입술 위로 자신의 입술을 포갰다.

"이게 빠지면 서운하지."

혜현이 소리 없이 웃었다.

"아, 이제 살 것 같다."

"뭐가?"

"아까부터 여기에 뭐가 꽉 막힌 것 같았거든요."

혜현은 주먹을 쥐어 자신의 명치에 가져다 대었다.

"그런데 이상하게 다 내려간 기분이에요."

"내 키스 덕분에?"

짓궂게 묻는 이준을 향해 혜현이 눈을 가볍게 흘겼다.

"나는 멋대로 도망간 어떤 아가씨 덕분에 몇 날 며칠을 제대로 숨도 못 쉬고 지냈는데, 이 정도는 약과지."

혜현이 샐쭉한 표정으로 말했다.

"그 말을 몇 번이나 하는 거예요. 내가 얼마나 미안하단 말을 많이 했는데."

"다시는 그러지 말라고 말하는 거야."

"내가 이준 씨 떠나서 어디를 어떻게 가요."

멈춰 서서 이준을 마주 보던 혜현이 가만히 그의 허리를 두 팔로 껴안았다.

"이렇게 꼭 붙어서 안 떨어질 거예요…… 어엇! 이준 씨!"

혜현은 순간 위로 들어 올려진 자신의 몸에 당황했다. 이준이 혜현이 안긴 자세 그대로 힘을 실어 힘껏 안아 올린 것이다.

"오늘따라 왜 이렇게 더 예뻐 보이지."

"얼른 내려 줘요. 나 무섭단 말이에요."

"뭐가 무거워? 이렇게 말라 가지고는. 앞으로 삼시 세끼에 간식과 야식까지 야무지게 먹일 테니 각오해."

"나 내려갈래요."

어깨를 콩콩 때리며 바둥거리는 혜현을 아랑곳하지 않고, 이준은 차가 주차된 곳까지 안아 올린 채 걸어갔다.

"웃차."

조수석 문 앞에 다다라서야 혜현은 겨우 이준에게서 벗어날 수 있었다. 차 문을 열어 준 이준은 혜현이 올라타자마자 문을 잡은 채 그녀에게 한마디를 던졌다.

"오늘 밤…… 같이 있고 싶어."

어느새 이준의 얼굴은 사뭇 진지해져 있었다. 혜현은 이준의 그 말이 무엇을 뜻하는지 어렵지 않게 알 수 있었다. 얼굴이 달아오르는 것을 느꼈다.

"네가 떠난 동안 나를 그 무엇보다도 미치게 했던 건."

"……."

"더 이상 너를 내 손으로 느끼지 못할 것 같은 기분이었어."

그래서 오늘은 온몸으로 너와 교감하고 싶어.

이준은 초조하게 혜현의 대답을 기다렸다. 마침내 혜현이 조그마한 목소리로 말했다.

"……나도, 이준 씨와 같이 있고 싶어요."

이준의 얼굴에 부드러운 미소가 퍼져 갔다.

이윽고 이준의 차는 튕겨 나가듯이 김 회장의 담벼락을 따라 내달리기 시작했다.

❀

서울로 돌아온 뒤, 혜현은 빠르게 일상에 적응하도록 노력했다.

미처 할 일도 끝내 놓지 못하고 무작정 내려가 버린 혜현이었기에, 송 교수에게는 면목이 없었다. 그러나 송 교수는 연구실로 찾아온 혜현을 보자마자 한마디를 했을 뿐이다.

"누구와는 달리 생각보다 빨리 돌아왔구만."

머쓱함에 머리를 긁적이는 혜현에게 송 교수가 초대장 같은 것을 내밀었다.

"이따가 시간 맞춰 여기에나 다녀오게. 방명록에는 내 이름을 적으면 되네. 자네가 나 대신 참석하는 걸로 하지."

혜현은 별생각 없이 봉투에서 초대장을 꺼내 펼쳐 보았다. 그러나 거기에 적힌 글자들은 전혀 예상치 못한 것이었다.

박평재 교수 출판기념회.

눈에 들어오는 글자들이 어떠한 뜻인지 깨닫자마자 혜현은 도로 눈을 질끈 감아 버리고 싶은 심정이었다.

"교수님……."

"왜 그러는가?"

"……아닙니다."

이미 말도 없이 며칠간 사라진 전적이 있었다. 어떤 핑계를 대고서라도 결코 가고 싶지 않은 자리였지만, 가지 못할 것 같다는 말이 차마 입에서 떨어지지 않았다.

"내 생각에는 자네가 가 볼 만한 자리인 것 같은데. 아닌가?"

"……."

의미심장한 말이었다. 송 교수는 어디까지 알고 있는 것일까.

혜현은 아무런 대꾸도 못 한 채 송 교수를 향해 인사를 하고 그의 연구실을 나올 수밖에 없었다. 한 손에는 초대장을 움켜쥔 채였다.

초대장에 적힌 박평재 교수의 신간 제목은 《부모가 들려주는 인문학》이었다. 제목을 보자마자 혜현의 입가에서 실소가 흘러나왔다.

당신이 부모로서 자식에게 들려주고 싶은 인문학이라는 것에, 애초부터 나라는 존재는 고려된 적 없었겠지.

박평재는 인문학 강의 등으로 심심찮게 TV나 언론에도 자주 등장하고 있었다. 앞으로도 그는 대중들에게 인정받고, 학계에서 명망 있는 교수로 호의호식하며 잘 살아갈 것이었다.

혜현은 이제 자신의 삶에서 박평재를 끊어 내기로 마음먹었다.

이미 한 줌이나마 가지고 있던 친아버지에 대한 기대는, 이준을 떠나 있을 때 머물렀던 바닷가 마을에 모두 버리고 온 혜현이었다.

박평재는 한때 이준과 혜현을 어긋나게 한 원인 중 하나이기도 했다. 그것은 혜현이 박평재와 부녀지간이라는 굴레에 엮여 있었기 때문에 비롯된 것이다.

혜현이 이준을 떠났던 이유는 혜현 자신이 그 굴레에서 완전히 벗어나지 못했기 때문이다.

그러나 이제는 달랐다. 박평재의 그림자를 떨쳐 내고 스스로의 선택으로 이준의 손을 잡은 혜현이었다. 이준의 아버지 김 회장과 박평재가 어떻게 엮여 있든, 그 문제는 이준과 혜현을 뒤흔들 수 없을 것이었다.

학계에 있는 한 박평재와 이따금씩 마주치는 일은 피할 수 없을지도 몰랐다. 하지만 그럴 때마다 매번 신경을 쓴다면 오히려 박평재에게서 제대로 벗어나지 못할 것이다.

박평재는 그저 타 대학 교수로 대하면 그만이었다. 그에 대한 더 이상의 부연 의미는 없었다.

혜현은 핸드폰을 꺼내 이준에게 전화를 걸었다.

- 응, 혜현아.

"이준 씨. 이따 세인대학교에 가게 됐어요."

- 혹시 박평재 교수 출판기념회 때문이야?

"이준 씨도 알고 있어요?"

- 아버지한테 초대장이 왔다고 들었어.

"아……. 난 송 교수님 때문에."

- 교수님이 가라고 하셨군.

"네. 맞아요."

- …….

"……."

잠시 짧은 침묵이 이어졌다. 그 정적을 먼저 가른 건 이준이었다.

─ ……나도 학교니까 이따 같이 가자.

"이준 씨는 꼭 가지 않아도 되는 자리잖아요."

─ 아냐. 같이 가.

"난 괜찮은데."

─ 꼭 같이 가야 할 것 같아서 그래.

이준의 말이 의미심장하게 들렸다. 아마 혜현을 걱정하고 있을 것이다.

혜현은 이미 더 이상 박평재 때문에 동요하지 않기로 마음 먹은 지 오래였다. 그러나 이준의 마음 씀씀이는 고마웠다.

"그럼 그럴래요? 내가 이따가 연락할게요."

─ 그래. 이따 만나.

"이준 씨."

─ 응?

"고마워요."

전화기 너머에서 이준이 피식 웃었다.

─ 앞으로 그 말은 하지 않는 걸로 하자. 매번 그러지 않아도 돼.

"그래도……."

혜현이 쑥스러운 미소를 지었다.

─ 이따 차 가지고 인문학관 앞으로 갈게.

"네."

통화가 끊어졌다.

말은 괜찮다고 했어도, 혜현은 박평재의 얼굴을 봐야 한다는 게 영 개운치 않은 기분이었다. 그래도 이준 덕분에 아까보다는 한결 가뿐해졌음을 느꼈다.

혜현은 움켜쥐고 있던 초대장에 한 번 흘끗 시선을 던졌다.

그래. 이까짓 게 뭐라고. 이 사람이 뭐라고.

인문학을 들려주는 사람은 없었지만, 나도 이만하면 잘 살아왔는걸.

❀

"그럼 박평재 교수님의 저자 인사가 있겠습니다."

장내에 모인 사람들이 일제히 박수를 쳤다. 박평재는 미소를 띤 얼굴로 거듭 인사를 하며 단상에 올랐다.

박평재의 출판기념회가 열리고 있는 세인대학교 컨벤션홀.

작은 규모의 공간이 아니었음에도 제법 많은 숫자의 내빈들이 자리를 채우고 있었다. 심지어 몇몇 지역 언론사의 취재진들도 군데군데 눈에 띄었다. 혜현이 생각했던 것보다 더 큰 규모였다.

입구에 각양각색의 커다란 화환이 줄줄이 서 있는 것을 봤을 때부터, 혜현은 자신이 있을 만한 자리가 아니라는 것을 깨달았다. 초청받은 사람들도 지긋한 연령대가 대부분이었다. 아마 그중의 상당수는 교수일 것이다.

혜현은 이곳에 도착하기 전까지 박평재 말고도 이미 만난 적이 있는 사람과 다시 마주치게 될 것을 꿈에도 모르고 있었다.

그 사람의 얼굴을 보자마자 머리를 한 대 얻어맞은 느낌이었다.

아무리 오랜 시간이 흘렀더라도 혜현의 뇌리에 박혀 잊히지 않았던 것들.

자주색으로 칠한 손톱, 코를 틀어막을 정도로 짙은 향내.

여전히 화려한 옷차림과 진한 화장을 한 채, 주름살이 조금 늘어났을 뿐 그때와 별반 다름없는 얼굴로 웃고 있는 저 여자.

어쩌면 혜현은 저 여자를 어머니라고 부르는 삶을 살 수 있었을지도 몰랐다. 그랬다면 혜현의 인생은 지금에 비해 어떻게 달라졌을까.

이준은 자신의 옆에 앉은 혜현이 애써 태연한 척 가장하고 있다는 것을 알 수 있었다. 그녀의 시선이 몇 번이나 박평재의 부인에게 닿았다 이내 다시 다른 곳으로 향하는 것이 느껴졌다.

차라리 이곳에 오지 말자고 할 것을.

이준은 뒤늦은 후회를 하며, 박평재의 감사 인사가 끝나자마자 혜현과 함께 이곳을 빠져나가리라 마음먹었다. 이제 뷔페를 먹는 식사 자리가 이어질 것이다.

이윽고 다시 박수갈채를 받으며 박평재가 단상에서 내려왔다. 이준이 혜현을 향해 막 입을 떼려고 할 때, 혜현의 목소리가 들려왔다.

"아. 배고프다. 이준 씨, 우리 많이 먹어요."

"혜현아."

"보니까 맛있는 게 엄청 많아 보이던데요? 음식 가져올게요."

혜현은 그 말을 남긴 채 자리에서 일어나 음식이 있는 쪽으로 성큼성큼 걸어갔다. 이준은 어쩔 수 없이 혜현의 뒤를 따랐다.

접시에 온갖 음식들을 수북하게 담는 혜현을 이준은 걱정스러운 눈으로 바라보았다.

"정말 괜찮아?"

"뭐가요?"

여전히 한 손엔 접시를, 한 손에는 음식 집게를 쥔 채 혜현이 물었다. 어떠한 감정의 동요도 보이지 않는 얼굴을 한 채였다.

"……아니야."

어쩌면 이준 자신이 과민하게 반응하는 것일지도 몰랐다. 이준도 애써 대수롭지 않게 넘기기로 했다.

둘 사이를 비집고 난데없는 목소리가 들려온 건 그때였다.

"여긴 되게 젊은 친구들이네? 어떻게 왔어요?"

박평재의 부인이 한 손에 칵테일을 쥔 채 흥미로운 얼굴을 하고 있었다.

이준은 당황해서 급히 혜현을 살폈다. 혜현은 그 자리에 꼼짝없이 서서 여자를 바라보고 있었다.

"교수님과 학회에서 뵌 적 있는 대학원생들입니다."

이준이 얼른 대답했다. 여자는 짧은 웃음소리를 냈다.

"안 그래도 그럴 것 같긴 했어요. 그런데 우리 바깥양반이 초대장을 거기에까지 보냈나? 뭐 어쨌든. 와 줘서 고마워요. 이름이 뭐예요?"

"박혜현입니다."

이번에는 혜현이 빨랐다. 여자가 천천히 혜현 쪽으로 고개를 돌렸다.

꽤 오랜 시간 동안 여자의 시선은 혜현의 얼굴에 닿아 있었다. 이윽고 여자의 표정이 묘하게 일그러지는 것이 이준의 시야에 들어왔다.

"뭐라고?"

"박혜현이라고 합니다."

다시 한 번, 혜현이 분명한 목소리로 말했다.

여자가 쥔 칵테일 잔이 가늘게 떨렸다. 여자는 입술을 깨물며 혜현을 잠시 지그시 보다가, 누군가를 찾는 듯 장내를 눈으로 바쁘게 훑었다.

여자의 시선을 따라가던 이준은 곧 여자가 박평재를 찾고 있다는 것을 깨달았다. 박평재는 멀찍이서 몇몇 사람들과 환담을 나누고 있는 중이었다.

여자가 가까스로 평정을 되찾으며 혜현을 향해 말했다.

"잠깐 나 좀 볼까?"

접시를 손에 든 채 혜현이 여자를 향해 어깨를 으쓱했다.

"죄송하지만 제가 지금 막 식사를 하려던 참이라."

"어디서 말대꾸야? 여기서 큰 소리 내기 싫으니 당장 따라나와."

여자가 잇새로 으르렁거리는 목소리를 내었다. 더 이상 참을 수가 없어진 이준이 혜현을 가로막고 여자 앞에 섰다.

"말씀이 좀 지나치십니다."

438

"맹랑하게. 여기가 어디라고 와?"

앙칼진 목소리에 소란을 알아챈 듯, 주변의 몇몇 사람들의 시선이 이쪽에 집중되었다.

"여기서 당장 꺼지지 못해?"

"말씀이 너무 심하신 것 아닙니까?"

이준이 여자를 향해 목소리를 높였다. 소동이 일어난 것을 알아챈 사람들이 웅성대기 시작했다. 혜현은 얼굴이 달아오르는 것을 느꼈다.

혜현은 잠자코 있다가 가까운 테이블에 접시를 내려놓고는 이준의 앞으로 한 발자국 걸어 나와 여자의 앞에 마주 섰다.

"저는 별로 할 말이 없지만, 하실 말씀이 있으면 하세요."

"참 못돼 먹게도 컸구나."

여자가 코웃음을 쳤다.

"얘. 정신 차려. 우리 바깥양반은 너 자식으로 생각 안 해."

"나가자."

이준이 꼼짝 않고 서 있는 혜현의 팔을 잡아끌었다. 여기에 더 있어 봤자 혜현의 상처만 더 깊어질 게 뻔했다.

어느덧 장내의 사람들은 삼삼오오 무리지어 이쪽을 힐끔거리며 저마다 속닥이고 있었다. 하지만 여자는 주위의 반응을 알아채지 못한 채 혜현의 앞으로 한 걸음 다가섰다. 여자의 두 눈이 분개함을 참지 못하고 파르르 떨리고 있었다.

"이왕 온 거 내 말 끝까지 듣고 가지 그래?"

여자가 입술을 비뚤어뜨리며 말했다.

"네가 아무리 아버지라고 외쳐 봐야 소용없다고! 알겠니?

애초에 네 엄마한테도 정을 안 주는 분이었는데 너라고 오죽할까."

"그래서 멀쩡히 살아 있는 딸을 버린 거였나요?"

혜현이 가라앉은 목소리로 천천히 말했다.

생각지도 못한 심한 소리를 듣고 있는데도, 웬일인지 여자의 말은 혜현에게 큰 상처가 되지 않고 있었다.

여자의 입에서 나오는 것들에 대해서는 이미 다 알고 있었다. 아니, 알고 있었다기보다는 오랜 시간을 지나면서 체득했다고 보는 게 맞을 것이다.

가족이라는 이름으로 엮인 적도 없는 사람의 말 때문에 다칠 나약함이라면, 혜현이 박평재를 진정으로 떨쳐 내기로 마음먹은 것이 애초에 불가능했을지도 모른다.

어쩌면 지금의 이 상황은 확인 사살과도 같았다. 혜현의 삶 전체에서 늘 지긋지긋하게 따라붙었던 박평재. 비록 아버지라는 이름일지라도, 그게 허울뿐이라면 역시 잘라 내야 하는 게 맞다고 일깨워 주고 있었다.

피식, 여자가 비웃는 소리를 내고서는 말했다.

"알고는 있어서 다행이네. 응. 맞아. 우리가 널 버린 거야. 아니, 정확히 말하면 저 양반이 버린 거지."

"어머……."

사람들 사이에서 낮고 짧게 놀라는 목소리들이 나왔다.

"박평재 교수 사모님 아니야? 무슨 일이길래 이런 자리에서 큰 소리를 내?"

"설마, 그 소문이 사실이었던 건가 봐요."

"무슨 소문?"

"그, 왜…… 박평재 교수가…….."

이준은 아까부터 이쪽으로 향하는 숱한 시선들과 수군거림을 눈치채고 있었다. 더 있다가는 이곳에 모인 사람들이 혜현을 가지고 어떤 방식으로 입방아를 찧을지 모를 일이었다.

"뭐 해. 나가자니까."

이준은 혜현을 재차 잡아끌었다. 수군대는 목소리들도 문제였지만, 왜 혜현이 이 여자의 말을 모두 들으면서 하나하나 받아 주고 있는지 도통 이해할 수 없었다. 여자는 악의를 가지고 일부러 말에 가시를 세우고 있었다. 그런 여자의 말을 듣는 것 자체가 시간 낭비였다.

"정말 다행이네요."

혜현이 여자를 향해 미소를 지었다.

예상 밖의 반응에 여자가 잠시 움찔하며 주춤거렸다.

"외간 여자에 정신이 팔린 아버지는 저도 필요 없어요."

"뭐? 이게 미쳤나?"

이성을 잃고 한쪽 팔을 들어 올려 혜현의 **뺨**을 내리치려는 여자의 팔을 이준이 억세게 잡았다.

"폭력죄로 신고당하기 전에 그만하시죠."

"이것들이 쌍으로 미쳐 돌아가네. 지금 이 자리가 어떤 자리인 줄 알고 날뛰는 거야?"

"큰 소리를 내신 건 사모님이십니다!"

"이거 놔, 안 놔?"

여자가 이준에게 붙들린 채 버둥대며 악을 썼다. 어느새 장내의 모든 사람들의 시선이 세 사람에게 쏠려 있었다. 몇몇 사람들은 흥미로운 표정으로 촬영 버튼을 누른 핸드폰을 들어 올리기도 했다.

"이봐, 지금 이게 무슨 소란이야!"

시끄러운 소리에 박평재가 황급히 달려왔다. 박평재의 시선이 여자와 이준, 그리고 혜현에게 차례로 닿았다.

치밀어 오르는 감정들을 애써 억누르려는 듯이 박평재가 낮은 목소리로 말했다.

"당신……."

여자가 그제야 이성이 돌아온 듯, 박평재의 얼굴을 보며 아차 하는 표정을 지었다. 여자가 얼이 빠진 표정으로 천천히 주위를 둘러보았다. 얼굴이 금세 새빨개졌다.

"여보, 그게. 저……."

박평재를 비롯한 주변의 시선을 의식하고는 쩔쩔매는 여자를 보고 있자니, 혜현은 크게 웃고 싶은 심정이었다.

이 모든 촌극이 자신에게서 비롯되었다는 것은 분명했다. 내가 뭐라고 다들 이 난리를 치는 걸까. 그렇게 없애고 지우려던 자신의 존재가, 이제 여기 있는 수많은 눈과 귀에 의해 드러나 버린 심정은 과연 어떨까.

혜현은 왠지 속이 후련했다.

참 묘했다. 모두가 자신이 박평재의 딸인 것을 모르고, 박평재에게 외면당한 채 오랜 시간 살아오는 동안은 박평재에 대한 애증의 감정에 늘 허덕였었다.

이제 많은 사람들이 혜현의 존재를 알게 된 지금, 혜현은 비로소 완전히 박평재에게서 벗어날 수 있게 되었다.

성황리에 마무리되기를 바랐을 이 출판기념회는, 난장판이
되어 버렸다.

처음부터 불순물이었던 혜현은, 걷잡을 수 없는 파장을 일
으킨 장본인으로 뭇 사람들에게 주목받고 있었다.

혜현은 더 이상 이곳에 있을 필요가 없다는 것을 깨달았다.
하지만 그전에 한 가지 할 일이 있었다.

혜현은 박평재와 똑바로 마주 보고 섰다. 박평재의 얼굴은
이미 분노로 붉으락푸르락 변해 있었다.

"이제야 알았어요."

또박또박한 목소리로 혜현이 말을 이어 갔다.

"지금의 내가 이런 모습으로 있을 수 있던 이유는, 아버지가
날 내쳤기 때문에 가능했다는 걸 말이에요."

혜현의 말에 다시 장내가 술렁였다.

"지금 저 애가 하는 말 들었어?"

"숨겨 둔 딸이 있다는 게 진짜였나 봐……."

이 소동의 근원을 파악한 사람들이 낮은 목소리로 나누는
대화들은 이미 여기저기서 튀어나와 장내를 가득 메우고 있었
다. 박평재 역시 이런 분위기를 이미 알고 있었다. 그는 분노
로 일그러진 얼굴을 한 채 아무 대꾸도 하지 못하고 주먹만 불
끈 쥐고 있을 뿐이었다.

"출간 축하드립니다, 박평재 교수님."

교수님이라는 단어에 일부러 힘이 들어 간 목소리였다.

그 말을 마지막으로, 혜현은 찬물이 끼얹어진 것 같은 장내

를 뚜벅뚜벅 걸어 나갔다.

✳

"그게 사실이야?"

"그렇습니다."

최 실장의 보고를 받은 김 회장은 미간에 깊은 주름을 그리며 인상을 찌푸렸다.

"무슨 일이 있었길래 교수직이 위태하다는 말까지 나와?"

"박 교수 출판기념회 때 작은 소동이 있었나 본데……. 아마 그 때문인 것 같습니다."

"무슨 소동?"

짐짓 흥미로운 얼굴을 한 김 회장이었다.

"그때 참석했던 사람들이나 언론사 기자들이나 다들 입을 다물고 있어서 자세히는 알지 못합니다만……."

최 실장이 조그맣게 속삭였다.

"박혜현과 관련된 일이 터진 게 아닌가 추측이 됩니다."

"아니, 그게 어떻게?"

"그 출판기념회에 박혜현이 참석했다고 들었습니다. 둘째 도련님도 함께 가셨다는데요."

"이준이가?"

김 회장은 크음, 소리를 내며 턱을 괴었다.

일이 이렇게 된 이상, 김 회장이 대학원에 입학하는 연줄로서 박평재의 가치는 없어져 버렸다. 어차피 미적지근한 태도로

444

속을 뒤집어 놨던 사람이다. 대학원이야 또 다른 교수를 통해서 들어가면 그만이었다.

오히려 김 회장이 그의 도움으로 대학원에 입학하는 것이 확정되었다면, 박평재의 자리가 위태한 이상 김 회장에게까지 그 불똥이 튀었을지도 모르는 일이었다.

"나이가 들어서 그런가, 뭐 하나 내 뜻대로 매끄럽게 되는 게 없구먼."

역정을 낼 거라 생각하고 잔뜩 어깨를 움츠렸던 최 실장은 의외로 차분한 목소리의 김 회장에 어리둥절했다.

"그, 박혜현이라는 아이를 내가 한번 봐야겠어."

"네?"

"이준이가 결혼하겠다고 생떼를 부린 그 애 말이야."

"아, 예. 알겠습니다."

최 실장을 물린 김 회장은 깊은 생각에 잠겼다.

애초에 사람들은 박평재의 딸이 누구인지보다, 박평재에게 그런 이슈가 있다는 것에 더 흥미로워할 것이었다. 본디 지저분한 이야기를 담은 소문은 날개를 단 채 빠르게 퍼져도, 자세히 들여다보면 그 알맹이가 없는 경우가 많은 법이다.

내 생각보다 더 영리하고 심지가 곧은 아이일지도 모르겠군.

아버지에 대한 이야기에 휘말리지 않으면서도, 아버지에게 제대로 한 방 먹이는 수를 쓰다니 제법이란 말이지.

김 회장은 혜현이 했던 이야기를 떠올렸다.

아버지에 대해서 '살아 있으나 생사를 모른다'고 한 속뜻은,

박평재를 아버지로 생각하고 있지 않다는 말과 다름없었다.

박평재의 대내외적 평판이 추락한 이상, 혜현과 박평재가 서로를 부녀지간으로 인정하면 김 회장은 박평재와 사돈 관계를 맺게 되는 꼴이었다.

아버지가 박평재라는 아이를 며느리로 들이고 그를 이용하려 했던 계획은 수포로 돌아갔으나, 이제는 박평재와 상관없이 박혜현 그 자체에 관심이 생긴 김 회장이었다.

기업가 2세들의 결혼이란 애초에 잘 맞춰지도록 짜인 퍼즐과도 같았다. 비슷한 수준의 집안에 혼기가 찬 자식들이 있으면 자연스레 혼담이 오갔고, 별날 것 없이 평범하게 이루어지는 일이었다.

그 때문에 가끔 예상치 못한 집안과 연을 맺은 재벌가는 언론 등에서 종종 회자가 되며 대중들 이목을 끌기도 했다. 이를 잘 이용해서 기자들을 구슬리면 N그룹, 나아가 김 회장의 이미지 쇄신에도 도움이 될 것 같기도 했다.

대학원에 다닌다고 하니 아주 근본 없이 멋대로인 아이는 아닐 것이라는 짐작이 갔다. 김 회장은 잠시 끄응 하고 한숨을 내쉬었다.

✳

여느 때와 다름없다고 생각했던 어느 날.

혜현은 자신을 찾아온 낯익은 얼굴에 움찔했다.

전에도 이와 같은 상황을 겪은 적이 있었다. 이 사람의 입에서 이준의 이름이 나왔고, 박평재의 이름이 나왔고, 그리고 김 회장의 이름이 나왔다.

예상치 못했던 그 만남은 결국 혜현과 이준을 끝없는 오해 속에 휘말리게 했고, 둘은 험난한 시간을 견뎌야 했었다.

"최 실장님……."

"잘 지냈어요?"

"……."

최 실장은 잔뜩 긴장한 것처럼 보이는 혜현이 왠지 안쓰러웠다. 하지만 자신은 일개 피고용인일 뿐. 김 회장의 지시에 따르는 일밖엔 할 수 없었다.

"전에도 같은 일로 찾아왔죠. 회장님이 학생을 보고 싶어 해요."

"저기……."

"말해요."

회장님이 무슨 말씀을 하셔도, 저는 이준 씨와 헤어질 수 없어요.

입안에서 맴돌던 말들이 차마 입에서 떨어지지 않았다. 최 실장에게 말해 보았자 그가 할 수 있는 일이 무엇이 있을 것인가.

최 실장도 혜현의 속내를 알겠다는 듯이 딱하다는 표정으로 말했다.

"일단 나랑 같이 가요. 나도 회장님이 뭐라고 하실지 잘 몰라요. 너무 겁먹지는 않아도 돼요."

"……네."

최 실장과 혜현이 탄 차는 N그룹의 본사에 다다랐다. 높다 랗게 솟아 있는 건물을 보고 있자니 혜현은 벌써부터 주눅이 드는 것만 같았다.

최 실장과 함께 회장실 문 앞에 섰을 때는 이대로 도망가고 싶어지기까지 했다.

"혜현 학생."

문을 열기 전 최 실장이 혜현을 불렀다.

"화이팅이에요."

혜현은 최 실장을 향해 살짝 웃어 보이고는 회장실의 문손 잡이를 잡았다.

혜현이 들어서자 널따란 회장실이 한눈에 들어왔다. 책상 앞에 앉아 있는 김 회장과 눈이 마주쳤다. 혜현은 허리를 숙여 김 회장에게 인사를 했다.

"……안녕하세요."

"일단 앉아라."

생각했던 것보다 김 회장의 음성은 인자했다. 혜현은 응접 용 소파에 조심스레 앉았다.

"내가 널 왜 불렀는지 알겠느냐."

"잘…… 모르겠습니다."

꾸밈없이 솔직한 대답이었다. 사실 혜현이 이 자리에 오기 까지 꽤 많은 생각을 했으리라는 것을 김 회장은 짐작하고 있 었다. 이전의 최 실장과 만난 일이 있었으니 저대로 속을 꽤 태웠을지도 모르는 일이었다.

김 회장은 바로 본론으로 들어가기로 했다.

"전에 이준이와 결혼하겠다며 네 발로 찾아오지 않았느냐."

"그건……."

혜현은 잠시 목소리를 가다듬고 말을 이었다.

"맞습니다. 회장님께 허락을 받기 위해 찾아뵀습니다."

"결혼이라는 게 한낱 소꿉장난이 아니라, 집안과 집안의 결합이라는 건 알고 있겠지? 아무리 나이가 어리다고 해도."

"……."

대답할 말을 찾지 못한 혜현이 고개를 떨구었다.

"나는 오래 살았어. 그 오랜 세월 동안 내가 살아온 방식이 옳다고 생각했지."

김 회장의 눈동자는 어느새 먼 곳을 응시하고 있었다.

"내 자식들도 나처럼 사는 게 맞다고 생각했다. 내 기준에 따르면, 너는 이준이의 안사람이 되기에는 한참 모자란다. 그것도 알고 있느냐."

"……."

세상 사람들이 말하는 조건에 맞추자면 평범함에도 미치지 못하는 자신의 처지를, 그 누구보다도 뼈저리게 자각하며 살아온 혜현이었다.

김 회장의 말은 틀린 데가 없었다. 그래서 아무 말도 하지 못하는 자신이 답답했고, 답답할 수밖에 없는 현실이 서글펐다.

"그런데."

김 회장의 시선이 다시 혜현을 향했다.

"때때로 내 기준을 흐트리거나 뛰어넘는 사람들을 발견하곤 하지. 내 생각엔 네가 그런 사람들 중 한 명인 것 같구나."

"……!"

김 회장은 주의 깊게 혜현을 주시하고 있었다. 혜현은 어찌할 바를 몰라 고개를 숙여 발끝만 바라보고 있을 뿐이었다.

"고개를 들어라."

혜현과 김 회장의 시선이 마주쳤다.

"내가 할 말은 이제 웬만큼 한 것 같으니, 이제 네 말을 들을 차례다."

어떻게 몇 마디 말로 축약해서 말할 수 있을까.

이준을 만나고 혜현 자신의 인생이 어떻게 바뀌었는지.

왜 이준의 손을 다시 잡기로 마음먹었는지.

그리고 이준과 평생을 함께 하기로 한 각오가 얼마나 남다른지.

이대로 생각의 타래를 끊임없이 이어 나가다가는 끝도 없을 것 같았다. 그래도 분명하게 말해야 했다. 그를 위해 혜현 자신은 지금 이곳에 와 있는 것이었다.

"……이준 씨는 제가 저답게 살도록 해 주었습니다."

혜현의 말을 듣는 김 회장의 표정에는 미동조차 없었다.

"제가 이준 씨를 만나지 않았더라면…… 그전까지 살아온 대로의 삶을 계속 살았을 것입니다. 이준 씨 덕분에 물질적이나 외형적인 것이 아닌 인생의 큰 줄기가 변화했다고 믿고 있습니다. 그렇기에 이준 씨 말고는 제 평생의 동반자를 상상할 수가 없게 되었습니다."

혜현의 말이 끝나고도 김 회장은 말이 없었다.

몇 분이 지났을까. 김 회장이 어쩔 수 없다는 듯 입가에 옅은 미소를 그렸다.

"내가 너희를 더 어떻게 할 수는 없겠구나. 이준이도 너와 똑같은 말을 했던 걸 보면."

혜현으로서는 처음 보는 김 회장의 표정이었다. 그녀의 얼굴에 놀라움이 어렸다가, 점점 벅찬 낯빛으로 바뀌어 갔다.

"회장님……."

"둘 다 진심이니까 같은 말을 할 수 있었겠지. 이준이와 결혼해도 좋다."

드디어 허락을 받아 냈다는 안도감으로 긴장의 끈이 풀렸다. 혜현은 순간 감정이 북받쳐 눈물이 나올 것만 같았다.

"하지만 결혼을 한다고 해서 끝이 아니다. 앞으로가 더 쉽지 않을 거야."

"……알고 있습니다."

"네가 영리한 아이라고 믿고 있다. 모쪼록 우리 집안에 누가 되는 일은 하지 않아야 한다."

"명심하겠습니다."

혜현은 눈물을 참으며 대답했다. 김 회장의 말대로, 이준과 결혼하는 것은 또 다른 여정의 시작이었다. 전에 이준의 친구와 마주쳤을 때 들은 것과 비슷한 말들을 다른 사람들에게서 또 듣고, 그로 인해 상처받을 일이 일어날지도 몰랐다.

그래도 두렵지 않았다. 늘 혼자라고 생각했던 삶에 이준이 들어와 버린 이후로, 혜현은 그 무엇도 겁나지 않았다.

평생 함께할 사람이 있다는 사실이 이토록 든든하다는 것을 이준으로 인해 알게 되었다. 이준과 함께 걸어갈 길에 어떤 가시밭길이 펼쳐져 있더라도, 꿋꿋이 밟고 나갈 수 있을 거라 믿고 있었다.

❋

N그룹의 회장실을 나온 뒤 얼마 지나지 않아 이준의 집안사람들이 차례로 혜현을 찾아왔다.

혜현으로서는 대부분 낯선 사람들이었고, 그들이 혜현을 김 회장 집안의 사람으로 받아들이며 대하는 것이 영 어색하기만 했다. 그래서인지 최 실장이 찾아왔을 땐 왠지 모르게 반가운 감정마저 들었다.

최 실장이 혜현을 보며 빙그레 미소 지었다.

"축하드립니다."

"아…… 감사해요."

혜현은 쑥스러운 듯이 웃으며 대답했다.

"오늘 찾아뵌 건 사모님 호출 때문입니다. 타시죠."

최 실장이 뒷좌석의 차 문을 열어 주었다. 어느샌가 이전에 비해 최 실장의 말투 역시 깍듯해져 있었다. 아주 잠시나마 반가웠던 감정이 다시 낯설어졌다. 혜현은 여전히 적응이 되지 않는 기분으로 뒷좌석에 올라탔다.

최 실장과 혜현이 탄 차는 얼마 지나지 않아 김 회장의 저택에 도착했다. 별 생각 없이 차 문을 열려던 혜현을 최 실장이 황급히 저지했다.

"별것 아닌 것 같아도 이런 것부터 익숙해지셔야 합니다. 보는 눈들이 있으니까요."

혜현은 최 실장이 열어 주는 차 문을 통해 내렸다. 왠지 모르게 얼굴이 달아올랐다. 그러나 이것은 시작에 불과했다.

현관에 들어서는 혜현을 향해 이천댁이 환하게 웃었다. 역시 익숙한 얼굴이라서 마음이 놓였다. 그러나 이천댁을 보며 아까의 상황에서 어색하고 불편했던 마음이 조금이나마 풀어지려는 것도 잠시였다.

"아이고, 예비 작은 사모님 오셨네요!"

"네? 뭐, 뭐라고 하셨어요?"

전혀 예상하지 못한 호칭에 혜현은 순간 놀라 까무러칠 뻔했다.

"아유, 왜 그렇게 놀라세요? 맞는 말인데, 뭘."

혜현은 얕은 한숨을 쉬었다. 이준의 집에 들어오는 것은 생각보다도 더 어려운 일이었다. 앞으로 어떻게 적응해 나갈지 캄캄하기만 했다.

"혜현이 왔니?"

승주가 안방에서 나와 혜현을 반겼다.

"얘. 내가 그동안 얼마나 심심했는지 아니? 그래도 첫째네가 집에 있을 땐 아이 목소리라도 듣고 재롱이라도 보니까 좀 나았지, 걔네들마저 나가 사니까 집 안이 그야말로 적막강산이더라. 이준이는 매일 바쁜 척이라 얼굴 보기도 힘들고. 네 얼굴이라도 보니 그나마 숨통이 트인다."

혜현이 웃으며 말했다.

"그동안 잘 지내셨어요?"

"잘 지내긴. 아까도 말했잖니, 심심해서 죽는 줄 알았어. 오늘 나랑 맛있는 거 먹으면서 이야기나 하자고 불렀어. 괜찮지?"

"그럼요."

혜현은 순순히 대답했지만, 얼마 지나지 않아 거의 기계적으로 승주의 말에 대답하고, 맞장구를 치며 웃고 있는 자신을 발견했다.

승주는 혜현이 생각했던 것보다 더 수다스러웠다. 앞으로 꽤 피곤할 일이 많겠다 싶으면서도 한편으로는 승주가 안쓰럽기도 했다. 그동안 얼마나 외로웠으면 이럴까 하는 심정이었다.

이준을 만나기 전, 대학원 내에서 이야기를 나눌 상대가 없어 늘 입을 꾹 다물고 다니던 자신이 생각나기도 했다.

"그래서 내가 그쪽 여편네들한테…… 얘, 너 내 얘기 듣고 있니?

"네? 네. 그럼요."

"얘가 어디 정신을 팔고 있는 거야. 내가 얼마나 중요한 이야기를 하고 있는데. 역시 넌 내 성에 안 찬다니까."

"그러면 다음부터는 저 안 부르실 거예요?"

장난스럽게 묻는 혜현의 말에 승주가 샐쭉해졌다.

"얘는, 무슨 말을 그렇게 해?"

혜현은 슬며시 미소 지었다. 승주는 말끝마다 '그래도 넌 내성에 안 차'를 붙이곤 했다. 혜현도 처음에는 시무룩했지만 금세 그것이 승주의 성격과 말투라는 것을 알아차렸다.

"어머님, 저 이제 오후 수업 있어서 가 봐야 해요."

"어머, 벌써? 점심 먹은 지 얼마나 됐다고."

"다음에 또 찾아뵐게요."

"흥, 넌 내가 불러야 오잖니?"

"요즘 학교 일로 정신이 없어서 그랬어요. 이제부턴 자주 올
게요."

"얼른 식을 올려야지 원. 그래, 어쩔 수 없지."

승주는 잠시 시무룩해졌다가 무언가 생각난 듯 현관을 나서
는 혜현을 급히 불러 세웠다.

"애, 그런데 정말 대학원 그건 계속 다녀야 하니?"

혜현은 어쩔 수 없다는 듯 옅은 한숨을 쉬었다. 물론 이전에
도 숱하게 들은 말이었다. 그 때마다 혜현은 같은 말을 반복하
고는 했다.

"어머님, 이전에도 말씀드렸듯이 저는 박사과정까지 마치고
싶어요. 물론 이준 씨랑 아버님 어머님께 폐 끼치는 일 없게
하겠다고 약속도 드렸고요. 휴학을 하더라도 학교는 그만두기
가 어려울 것 같아요."

"그래그래, 알겠다. 널 누가 말리니."

승주는 졌다는 듯 손을 휘휘 내저었다. 혜현은 승주를 향해
꾸벅 인사를 하고 김 회장의 저택을 나왔다.

사실 승주에게 했던 말과는 달리, 오늘은 야간 수업만 있는
날이라 몇 시간의 여유가 남아 있었다. 혜현은 차로 태워다 주
겠다는 최 실장의 권유를 마다하고 바로 학교로 가는 버스를

탔다.

잠시 짬을 내어 이준과 만나기로 약속이 되어 있었다. 멀리서 이준의 차가 보이자 혜현의 발걸음이 날아갈 듯이 가벼워졌다.

이윽고 혜현이 차에 가까이 다가가자 이준이 차창을 내리고 혜현을 향해 손을 흔들었다. 혜현은 환히 웃으며 조수석에 올라탔다.

"집에 다녀오는 길이지?"

"네."

"어머니 수다 들어 주느라 고생했어."

"아니에요. 익숙해져서 괜찮아요."

이준이 핸들에 손을 얹은 채 피식 웃었다. 차는 교정을 빠져나가는 중이었다.

"나는 어머니가 그렇게 말이 많은지 처음 알았어. 그동안 얼마나 심심하셨을까."

"안 그래도 어머님이 이준 씨 얘기도 했어요. 뭔 말을 하고 싶어도 이준 씨가 자꾸 바쁘다고 하니까 얼굴 볼 시간도 제대로 없었다고. 그동안 너무 무심했던 거 아니에요?"

혜현의 농담 섞인 이야기에 이준은 헛기침을 했다.

"그게……."

"덕분에 요즘 어머님이 나한테 잘 대해 주시잖아요."

"아버지는 아직 좀…… 그렇지?"

혜현이 멋쩍게 웃으며 고개를 끄덕였다.

"사실…… 어머님보다는 많이 어렵긴 해요."

"그래도 요즘 아버지가 다짜고짜 버럭버럭 화내는 게 줄었다고 어머니가 그러더라."

이준이 말했다.

"아버지도 내색은 안 하지만 네가 퍽 마음에 드는 거야."

"설마요……."

이준이 고개를 절레절레 내젓는 혜현을 바라보며 지그시 웃었다.

"우리 부모님도 보통 분들이 아니라 힘들지?"

"괜찮아요. 그래도 이것저것 신경 써 주시고 계세요. 그런데 어디로 가는 거예요?"

"비밀이야."

이준이 운전하는 차는 어느새 시내에서 조금 떨어진 길을 달리고 있었다. 여전히 영문 모를 미소만 띤 채 앞만 보고 운전하는 이준이었다. 혜현은 이준을 향해 장난스럽게 눈을 흘기고는 열심히 차창 밖을 내다보았다.

"아, 여긴……!"

"이제야 알겠어?"

혜현이 고개를 끄덕였다.

"그땐 밤이라…… 낮에 보는 풍경은 좀 더 다르네요."

성곽길을 따라 달리는 오르막 도로 너머로 서울 시내 풍경이 펼쳐졌다. 이준과 혜현이 서로에게 진정으로 위로가 되었던 그 밤, 바로 그곳이었다.

한낮인데도 여전히 찾는 사람 없이 조용한 공간이었다. 둘은 차에서 내려 손을 잡고 산책로를 걸었다.

"이곳은 그대로네요."

아까보다 훨씬 밝은 표정으로 혜현이 말했다.

"그동안 너무 많은 일이 있어서 잊고 있었는데……."

"앞으로 질릴 때까지 자주 오자."

이준이 멈춰 서서 혜현을 마주 보고 가만히 그녀의 어깨를 잡았다.

"이제 함께할 수 있는 순간들이 더 많아질 테니까. 네가 좋아하는 것, 우리가 함께했던 것들……. 하나하나 오래도록 새겨지도록 앞으로도 계속 같이하는 거야."

혜현이 미소 지으며 고개를 끄덕였다. 이준은 혜현을 품에 안으며 속삭였다.

"……사랑해."

"나도 사랑해요."

"사실 이대로 죽을 때까지 함께라는 게 아직 실감이 잘 안 나."

"언제까지나 이준 씨 옆에 있을 거예요."

혜현이 이준의 품에서 떨어져 이준의 눈동자를 가만히 바라보았다.

내가 이준 씨 인생에 비집고 들어와 버린 것.

이준 씨가 내 삶에 갑자기 끼어들었던 것.

그건 모두 다, 서로가 지닌 삶의 무게를 나누어 지기 위해 간섭하며 들어올 수밖에 없던 이유일지도 몰라요.

지금까지도 그랬지만, 앞으로도 서로에게서 절대로 벗어날 수 없게 된 두 사람이었다.

이준과 함께하더라도 언제나 웃을 일만 가득한 삶을 살기는 어려우리라는 것을 혜현은 알고 있었다.

그래도 함께 걸어갈 수 있는 사람이 있다는 것은 굳건한 안정을 가져다주는 든든한 버팀목이 되어 줄 것이었다.

오후의 햇살이 두 사람을 따스하게 감싸 안았다. 고즈넉한 풍경 속에 나뭇잎을 간질이고 지나가는 바람만이 두 사람을 스쳐 지나갔다.

혜현과 이준은 오래도록 서로를 마주 보았다. 지금 함께 하는 순간을 단 1초라도 놓치지 않겠다는 듯이.

The End

에필로그

혜현은 번화가의 한 카페에 앉아 책을 읽고 있었다.

수정과 만나기로 약속이 된 날이었다. 이번 만남은 혜현이 먼저 수정에게 전화를 걸어 이야기를 꺼낸 것이었다.

혜현은 시간을 확인했다. 곧 만나기로 한 시간이었다. 일부러 약속 시간보다 조금 빨리 와 있었던 혜현이었다.

얼마 지나지 않아 수정이 카페에 들어와 혜현을 향해 손을 흔들었다.

"언제 와 있었어? 나 늦은 거 아니야?"

"아니야. 딱 맞춰 왔어."

수정은 혜현의 맞은편에 앉으며 장난스럽게 말했다.

"진짜 모범생인가 보다. 이렇게 시끄러운 곳에서 책이 다 읽혀?"

"그냥 꾸역꾸역 봤지, 뭐."

"요즘은 안 바빠?"

"넌 어때?"

"난 너무 한가해서 적응이 안 될 지경이야."

일상적인 대화를 나누고 있다고 생각하던 혜현의 얼굴에 한 줄기 의아함이 지나갔다.

"왜, 무슨 일 있어?"

"나 이번 학기부터 조교 안 하거든."

"……왜?"

"사실 이번 학기부터 그만두려 했는데, 교수님이 휴직했어."

"……!"

"말이 휴직이지 학교에서 등 떠민 거나 다름없다고 하더라. 뭐 학교에 밉보인 게 있나? 아무래도 다른 학교로 가거나, 아님 그것도 쉽지 않거나. 뭐 그렇대."

출판기념회에서 불거져 나왔던 일이 어떤 방식으로든 윗선에 흘러들어 간 모양이었다. 혜현은 내색하지는 않았지만 내심 통쾌했다. 그러면서도 왠지 뒷맛이 씁쓸한 것은 영문을 알 수 없는 일이었다.

"그건 그렇고, 넌 어때? 갑자기 밥을 다 사고."

"아, 나는……. 별거 아냐. 그때 너희 외할머니께 신세 진 것도 있고, 고마운 게 많아서 그렇지."

"내가 뭘 했다고 고마워. 그거 말고 뭐 있는 거 맞지?"

혜현의 얼굴이 붉어졌다. 이때를 놓치지 않는 수정이었다.

"맞구나! 뭔데."

"그게……."

혜현이 주저하다가 가방에서 무언가를 꺼내 수정에게 내밀었다.

"이게 뭐야? ……으악!"

갑자기 큰 소리를 낸 수정에게 혜현이 재빨리 손가락을 갖다 대었다.

"목소리 너무 커."

"아니, 이게 뭐야. 진짜야?"

수정이 믿을 수 없다는 듯 자신의 손에 들린 것과 혜현을 번갈아 바라보았다. 혜현은 쑥스러운 미소를 지으며 고개를 끄덕였다.

"세상에, 세상에. 진짜 어쩜 이럴 수가 있어. 나는 새까맣게 몰랐네."

"그냥 그렇게 됐어."

"신랑 김이준. 신부 박혜현……. 진짜 봐도 봐도 놀랍다. 내가 너한테 청첩장을 다 받아 보고."

수정은 고개를 절레절레 흔들며 청첩장을 보다가, 무언가 떠오른 게 있다는 듯 손뼉을 마주쳤다.

"아, 그렇네. 내가 둔했네."

"뭐가?"

"네가 울 할매 집에서 얼마간 지냈을 때, 날 찾아왔었어. 너 있는 곳 아느냐고."

"……이준 씨가?"

"그렇다니까. 나는 같은 대학원 사람이라길래 그냥 그런가

보다 하고 넘겼지. 남자 친구분일 줄은 몰랐다. 내가 이렇게 촉이 없을 줄이야. 진짜 축하해. 너무 잘됐다. 완전 잘생겼던데? 키도 훤칠하고."

혜현은 수정이 호들갑을 떨며 축하의 말을 건네는 게 기뻤고, 고마웠다.

사실 대학원 사람들을 제외하면 혜현이 청첩장을 건넬 사람은 거의 없다고 해도 무방했다. 아마 결혼식도 거의 이준 쪽 사람들로만 채워질 것이었다.

예상치 못한 곳에서 시작된 인연이지만, '친구'라고 부를 수 있는 사람이 수정이라는 것이 혜현은 퍽 다행스러웠다.

"그건 그렇고, 어떻게 된 거야? 언제부터 결혼 이야기가 나왔어?"

"음…… 그게."

"뭔데, 뭔데. 나 그거 다 듣기 전엔 집에 안 간다."

지난날을 떠올리며 슬며시 웃는 혜현이었다. 오늘의 이야기는 꽤 길어질 것 같았다.

✳

이준과 혜현의 결혼 소식은 대학원 내에서도 발 빠르게 퍼져 나갔다. 그중 몇몇은 두 사람을 향해 수군대며 의심의 눈초리를 보내곤 했다.

혜현은 아무렇지도 않은 척했지만, 사실 아예 신경이 쓰이지 않는 것은 아니었다. 이미 박사과정까지 한재대에서 끝마치기로 마음먹은 탓에, 대학원 내에서의 평판을 무시할 수 있는 입장이 아니었던 것이다.

"어머, 어머. 언제 그렇게 됐어?"

혜현이 연구실 사람들에게 청첩장을 전하자, 미경이 호들갑을 떨며 말했다.

"세상에, 나는 혜현 씨가 나보다 먼저 시집을 갈 줄은 몰랐네."

"그게…… 그렇게 됐어요."

혜현이 민망한 웃음을 지으며 말했다.

"아무튼 축하해. 사실……."

미경이 혜현 쪽으로 몸을 기울이더니 속삭였다.

"그동안의 혜현 씨 있잖아. 음……. 좀 불안하다고 해야 하나, 초조해하는 것 같다고 해야 하나? 그런 게 있었거든."

혜현은 어떤 표정을 지어야 할지 몰라 그저 어색하게 고개를 끄덕일 뿐이었다.

"그런데 이준 씨와 사귀고서 혜현 씨가 한결 편안해진 얼굴이더라고. 그래서 참 둘이 잘 만났구나 싶었어."

"아하……."

미경은 혜현의 어깨를 툭 치며 호탕한 웃음을 지었다.

"그리고 여기 사람들, 혜현 씨가 결혼하기에는 아직 좀 이른 감이 있으니까 다들 관심 가지는 거지 뭐. 상투적이긴 하지만 사랑에 국경도 없다는 말도 있잖아."

"네…… 감사해요. 하하."

혜현은 웃음으로 무마한 채 연구실을 빠져나왔다.

이제 대외적으로도 이준과 혜현의 결혼은 꽤 화제가 되고 있었다. 여성지 등에서도 N그룹 2세의 결혼을 지면으로 다루며 '20대 중반의 대학원생'이라는 설명으로 혜현의 정체가 오르내렸다.

이제 모든 상황이 이전과는 달라질 것이었다. 김 회장에게 결혼 승낙을 받던 날부터 이미 각오했던 바이긴 했다. 하지만 현실로 맞닥뜨리는 것은 어렴풋이 상상만 했던 것과는 차원이 다른 일이었다.

혜현은 옅은 한숨을 내쉬며 핸드폰을 꺼내 들었다. 지금 이 순간, 가장 먼저 생각난 사람. 그리고 가장 먼저 간절하게 목소리를 듣고 싶은 사람.

신호음이 울린 지 얼마 되지 않아 전화가 연결되었다.

— 응, 혜현아.

"이준 씨."

혜현은 이준의 이름을 불러 놓고 잠시 망설였다. 딱히 하고 싶은 말이 있다기보다는 심난해진 마음이 자연스레 이준의 번호를 누르게 한 것이었다.

— 무슨 일 있어?

"……아니요."

이준과 결혼을 결심하고, 이준의 부모에게 허락을 받아 냈을 때부터 마음을 굳게 다잡기로 한 혜현이었다. 사소한 일로 이준을 걱정하게 하기에는, 아직 둘이서 함께해 나가야 할 일들이 많았다.

"그냥, 보고 싶어서요."

건너편에서 피식 웃는 소리가 들려왔다.

– 연구실에 청첩장 전한 거지?

"……네."

둘에게 향하는 숱한 말들을 이준 역시 알고 있었다. 혜현이 그로 인해 혹시라도 마음을 다치는 일이 있을까 봐 늘 노심초사하는 이준이었다.

– 혜현아.

이준이 혜현의 이름을 나지막이 불렀다.

– 이제 너 혼자서 모든 걸 짊어지고 가지 않아도 돼.

"……."

– 우리 그러려고 결혼하는 거야. 네가 힘들 때 언제든 제일 먼저 기댈 수 있는 사람이 확실하게 나일 수 있게.

이준의 말 한마디만으로도 응어리진 마음이 어느덧 풀리기 시작했다. 혜현은 조용히 미소 지으며 대답했다.

"……알아요."

– 힘든 거 있으면 꽁꽁 숨겨 두지만 말고 모두 말해야 해.

"그럼요."

– 이따가 송 교수님 같이 뵈러 가자. 연락할게.

"그래요."

서로가 굳이 말하지 않았지만 주례는 송 교수에게 부탁하기로 암묵적인 동의가 되어 있었다.

이준과 혜현이 함께 청첩장을 들고 송 교수의 연구실을 찾자, 그는 별일도 아니라는 듯 예사로운 말투로 말했다.

"비슷한 두 사람들끼리 늘 붙어 다니는 걸 본 사람이 몇인

467

데. 결국 때의 문제였던 것 아닌가?"

이준과 혜현은 동시에 쑥스러운 표정을 지었다.

"내가 이런 것을 물어봐도 되는지 조심스럽네만……."

송 교수가 혜현을 보며 말했다.

"부친과의 일은 해결이 된 건가."

혜현은 쉽게 대답하지 못한 채 머뭇거렸다.

그것은 생각보다 사람들의 입에서 오르내리는 말들이라는
게 무섭다는 것을 절실히 깨달은 계기가 된 사건이기도 했다.

박평재의 출판기념회에서 있었던 일들은 잠시 동안 온갖 추
측만 무성한 채 암암리에 퍼지다가, 점점 무수한 살이 붙여져
결국 공공연한 비밀이 되었다.

세인대학교는 박평재를 휴직 처리하며 학내에서 들끓는 여
론을 잠재우려 했지만, 한번 과열된 분위기를 무마시키기는 어
려운 모양이었다.

혜현은 그 일이 있고 난 뒤 박평재와 마주친 일이 없었다.
이제 그는 가족이라는 이름은 물론, 앞으로 혜현의 인생에서
없는 것과 마찬가지인 사람이 될 것이었다.

"……지금까지 살아온 인생에서 달라지는 것은 단지…… 이
사람과 함께하는 것뿐이라고 스스로 여기고 있습니다."

"그렇겠지."

송 교수가 고개를 끄덕였다.

"이해하네. 자네가 이전에 박 교수와 몇 번 마주쳤을 때에도
내 심상치 않다고 생각은 했네만."

송 교수는 자신의 앞에 있는 두 사람의 어깨를 토닥이며 빙

그레 웃었다. 늘 깐깐하다고 여겨 왔던 송 교수에게서 좀처럼 볼 수 없는 모습이었다.

"자네들은 잘 해낼 거야. 둘이 뭉치면 앞으로 더 큰일을 벌일 꼴통들이 되겠구먼."

✻

— 얘. 오늘은 이불 사러 가야 돼. 그렇게 학교에서만 있을 시간이 없다니까?

"네, 어머니. 지금 갈게요."

혜현은 승주의 전화를 받으며 핸드폰을 귀에 댄 채 바쁘게 인문학관 계단을 내려갔다.

혜현과 함께 혼수를 보러 다니는 것을 낙으로 즐기고 있는 승주였다. 혜현은 학교 일과 밀린 과제에 정신없는 하루하루를 보내고 있었지만 이를 내색할 수는 없었다.

"어머니, 저 지금 출발하면…… 엇."

건물의 출입문을 열고 나가려던 혜현은 자신의 앞을 가로막고 선 사람들에 잠시 멈칫했다. 남자 1명과 여자 1명. 처음 보는 얼굴들이었다. 남자가 목에 건 커다란 카메라는 혜현을 향하고 있었다.

"박혜현 씨, 맞으신가요? 여기 대학원생?"

"네……?"

그들 중 여자가 말을 걸어왔다. 다짜고짜 질문 공세를 하는 낯선 사람에 혜현이 어리둥절하는 사이, 승주의 목소리가 핸드폰을 타고 흘러나왔다.

– 혜현아, 왜 그래?

"N그룹의 김이준 씨와 결혼하는 상대, 맞죠?"

– 이게 무슨 소리야? 혜현이 너, 누구랑 있어?

혜현은 당황한 채 자신 앞에 선 이들을 힐끔거리며 핸드폰에 대고 속삭였다.

"모르겠어요……. 학교 건물을 나오는데 갑자기 다가와서……."

– 전화 얼른 스피커폰으로 바꿔 봐.

"네? 네."

혜현은 어리둥절한 채 핸드폰을 눌렀다.

– 당신들 애 데리고 지금 뭐 하고 있는 거야!

혜현이 통화 설정을 바꾸자마자 승주의 목소리가 쩌렁쩌렁 울렸다.

– 내 허락 없이 혜현이에 대한 기사 한 줄이라도 써 보기만 해!

"어…… 저기…… 사모님이신가 보네요."

여자가 곁눈질로 카메라를 든 남자를 힐끔거렸다. 남자는 여자의 눈치를 살피더니 슬그머니 카메라를 내려놓았다.

– 나를 통하지 않고 애한테 먼저 접근하는 저의가 뭐야? 당신들 어디 소속이야?

"아, 그게…… 실례가 많았습니다."

여자는 그 말만을 남기고 남자와 함께 쏜살같이 사라져 버렸다. 혜현은 멀어지는 그들을 멍하니 바라보다가, 핸드폰 스피커를 타고 흘러나오는 승주의 목소리에 정신을 차렸다.

- 내가 그래서 네가 학교에 있는 게 불안하다니까. 네가 거기서 한 마디라도 했으면 그 작자들이 무슨 소설을 써 댈지 모를 일이었어. 아휴.

"걱정 끼쳐 드려서 죄송해요, 어머니. 일단 지금 그쪽으로 갈게요."

- 그나저나 정말 학교는 계속 다닐 거니?

결혼 이야기가 나오고 본격적으로 결혼 준비를 시작하면서 부터, 승주는 은근히 혜현이 학교를 그만두기를 바라는 눈치였다. 물론 혜현은 그럴 생각이 없었다. 웬만하면 이준 부모님의 뜻에 따르고 있었지만, 그것만큼은 혜현에게 있어서 양보할 수 없는 문제였다.

"저, 어머니. 말씀드렸듯이······."

- 그래. 알았다, 알았어. 얼른 오기나 해라.

전화가 끊어졌다. 혜현은 발걸음을 재촉해 승주와 만나기로 한 백화점으로 향했다. 학교에서 그리 멀지 않은 곳이었다.

승주가 들이는 혼수들은 대부분 혜현으로서는 상상해 본 적도 없는 엄청난 금액대였다. 처음에는 입이 떡 벌어졌지만 이런 일이 몇 번 반복되다 보니 어쩔 수 없이 혜현도 적응이 되어 버린 것도 있었다.

"내가 너 예뻐서 돈 쓰는 줄 아니? 이준이가 쓸 것들이라 그렇지."

말은 그렇게 해도 승주는 어느덧 혜현과 함께 다니며 이것 저것 물건을 고르는 데에 혜현의 의견이나 취향을 여러 번 물어 오곤 했다.

471

혜현은 승주의 마음 씀씀이가 고마웠다. 며느리는 딸이 될 수 없고, 시어머니는 엄마와 같이 될 수 없다지만 승주와는 더 가까워지고 싶었다. 어머니의 부재가 큰 혜현에게 승주는 어느덧 의지할 수 있는 어른 중 한 명이 되고 있었다.

✳

이것저것을 바쁘게 준비하는 사이 시간은 빠르게 흘렀다.

어느덧 결혼식이 내일로 다가왔다. 혜현은 벌써부터 긴장되고 초조한 마음에 한숨도 못 잘 것 같은 불안한 마음이 일었다.

혜현은 가구들이 정리되어 텅 빈 자신의 자취방을 둘러보았다. 이제 내일이면 이곳과도 작별하게 될 것이었다.

좁지만 혜현이 마음 놓고 유일하게 몸을 누일 수 있었던 곳이다. 하지만 이준을 만나고서부터는 혼자만의 방보다 온기를 나눌 수 있는 사람이 때때로 더 큰 안식처가 되어 준다는 것을 알았다.

혜현은 불을 껐다. 아직 잠들기에는 이른 시간이지만 억지로라도 눈을 붙여야 했다. 그러나 졸음이 오기는커녕 점점 눈만 말똥말똥해져 어느덧 천장의 벽지 무늬를 세고 있었다.

그때 혜현의 핸드폰이 요란하게 방 안을 울렸다. 혜현은 여전히 누운 채 어둠 속에서 반짝이는 핸드폰을 집어 들었다. 눈을 비비고 들여다본 액정은 발신인으로 이준을 띄우고 있었다.

"이준 씨."

— 벌써 자?

"자려고 눕긴 했는데 잠이 안 와서."

— 나는 설레서 한숨도 못 잘 것 같은데.

혜현이 피식 웃었다.

"우리 둘 다 초췌하게 식장 들어가면 어떡해. 이준 씨도 오늘은 일찍 자요."

— 혜현아.

"네?"

— 뭐 잊은 거 없어?

혜현이 고개를 갸웃했다.

"글쎄요……."

— 난 잊어버린 게 있었더라고.

"그게 뭔데요?"

— 일단 문 좀 열어 볼래?

혜현이 황급히 몸을 일으켰다.

"뭐, 뭐예요? 설마 지금 집 앞이에요? 미리 말도 안 하고 이렇게 여길 오면……."

— 어차피 결혼하면 아침저녁으로 볼 얼굴이잖아.

"그래도……."

문을 노크하는 소리가 들려왔다. 혜현은 옅게 한숨을 쉬고 자리에서 일어나 불을 켜고 부스스해진 머리를 손으로 연신 빗어 넘겼다.

"내가 결혼식 전날이라서 넘어가는…… 어?"

혜현은 눈을 비비며 문을 열다가 자신에게로 내밀어진 붉은 장미꽃 다발에 놀라 이준을 바라보았다.

"이게…….."

꽃다발을 받아 든 혜현의 눈동자가 커졌다.

"내가 제일 중요한 것을 미처 못 했더라."

"……."

"앞으로 네 인생에 있을 모든 날을 빛나게 해 줄게."

"이준 씨……."

"나와 결혼해 줄래?"

이준은 한쪽 무릎을 꿇고 벨벳 케이스를 열었다. 반지 중앙에 박힌 다이아몬드가 영롱하게 반짝였다. 혜현의 얼굴이 천천히 감동으로 물들어 갔다.

"이거…… 프러포즈 맞죠?"

"결혼식 전에 제대로 해 주려고 했는데, 워낙 정신이 없어서 자꾸 뒤로 밀리다 보니 일정을 못 맞췄어. 이대로 결혼식 해 버리면 안 되겠다 싶어서 오늘이라도 달려온 거야."

"그게 무슨 말이에요?"

영문을 모르겠다는 혜현의 표정에 이준은 씨익 웃었다.

"사실 내가 준비한 진짜 프러포즈는…… 이거였어."

이준이 재킷 안주머니에서 무언가를 꺼냈다. 항공사의 로고가 새겨져 있는 봉투였다. 혜현은 설마 하며 이준이 내미는 봉투를 받아 들어 열어 보았다. 이준과 자신의 영문 이름이 적힌 항공권이었다.

"이거…….."

"여권 만들자고 한 지가 벌써 꽤 됐는데, 아직 제대로 된 여행도 하지 못했잖아, 우리."

"……."

혜현의 눈에 서서히 눈물이 차올랐다.

"프러포즈 여행으로 계획했던 게 허니문이 되어 버린 셈이
지만."

이준은 꽃다발과 항공권을 쥔 채 눈물범벅이 된 혜현의 왼
손을 잡고 반지를 끼워 주었다.

"네가 세상에 상처받고 다칠 때, 나서서 막아 줄게. 단 한 순
간이라도 나로 인해 슬퍼지는 일은 없도록 할게. 나는 앞으로
언제나 네 행복이 최우선인 삶을 살아갈 거야."

"……너무 멋있는 말만 하는 거 아니에요?"

혜현은 눈이 그렁그렁한 채 이준의 말을 듣다가 문득 울고
있는 자신을 의식한 듯 눈물을 닦으며 농담조로 말했다.

"이제 내일이면 오직 한 사람만을 위한 멋진 남자가 되는데
이 정도야."

이준은 그 말만을 남기고 혜현의 뺨을 감싸 쥐며 입을 맞추
었다. 그렇게 두 사람만의 전야제가 깊어 가고 있었다.

✻

정신을 차려 보니 웨딩드레스를 입고 신부대기실에 있었다.

사실 틀린 말은 아니었다. 전날 어떻게 잠들었는지도 기억
이 나지 않는데, 눈을 떠 보니 승주가 보낸 사람들이 혜현을
찾아와서 기다리고 있는 중이었다.

그 사람들에게 휩싸여 허둥지둥하는 사이, 메이크업과 헤어 손질을 받고 눈부신 백색 드레스를 입고 있었다.

결혼식장은 하객뿐만 아니라 취재진들 역시 인산인해를 이루고 있었다.

재벌가의 평범한 연애결혼, 거기에다가 그 상대가 학생이라는 사실은 기삿거리로 쓰기에 좋은 소재였다. 로비에서 수많은 인파를 대하는 승주의 얼굴은 이미 반쯤 혼이 나가 있는 것처럼 보였다. 반면 하객들을 맞는 이준의 얼굴은 시종일관 웃음기를 머금고 있었다.

"자식, 결혼하는 게 그렇게 좋냐."

세준이 이준의 어깨를 툭 치며 장난 섞인 핀잔을 주었다.

"지금 내 기분으로는 뭐라도 할 수 있을 것 같아."

"너, 네 새끼 생기면 지금보다 열 배는 더 날아가고 싶은 기분일걸? 그건 아직 모르지?"

한 방 먹었다는 표정이 된 이준을 보며 세준이 싱긋 웃으며 인파 속으로 사라졌다.

기업가의 결혼인 만큼, 워낙에 많은 하객들이 몰려 장내가 정리되는 데에도 한참이 걸렸다.

"이제 곧 식이 시작될 예정입니다. 하객 여러분들은 모두 착석해 주시기 바랍니다."

사회를 맡은 호영이 마이크에 대고 말했다. 장내를 메운 사람들이 저마다 자리에 앉았다. 이곳에 하객으로 자리한 사람들 중 대부분은 혜현을 궁금해했다. 재벌 2세와 결혼하게 된 평범한 집안의 주인공이 누구일지 다들 내심 호기심을 가지고 있는 눈치였다.

이준은 이런 분위기에 대해서도 혜현에게 미리 일러 주었다. 신부대기실에 앉아 있던 혜현은 긴장으로 가슴이 터질 것 같았지만 애써 진정하려 노력하는 중이었다.

"신부님, 이쪽으로……."

직원이 혜현을 식장 쪽으로 안내했다. 어느덧 입장할 순서가 된 것 같았다. 혜현은 직원의 도움을 받아 떨리는 마음으로 한 걸음씩 내디뎠다.

그리고 자신을 보며 환하게 미소 짓는 이준을 마주했다.

"어때?"

"긴장돼 죽겠어요."

"괜찮아. 내 손만 잡고 있으면 돼."

"……다음은 신랑 신부 동시 입장이 있겠습니다."

호영의 멘트에 둘은 손을 꼭 붙잡았다. 맞잡은 손의 온기를 느끼자마자 혜현은 팽팽했던 긴장의 끈이 딱 풀리는 것 같았다. 자신의 손을 꽉 쥔 이준의 커다란 손은 생각보다 따스했다. 혜현은 이준을 올려다보며 말없이 미소를 지었다.

자신을 바라보며 웃는 혜현의 모습을 보자마자 이준은 심장이 멎을 것만 같았다. 지금 이 순간 이준의 눈에 들어온 혜현의 아름다움은, 그 어떤 수식어를 갖다 붙여도 모자를 만큼 찬란했다.

"신랑 신부, 입장!"

혜현은 이준의 손을 잡고 버진로드를 따라 조금씩 발걸음을 움직이기 시작했다. 수많은 하객들이 일제히 혜현을 향해 시선을 고정했다.

순백색 웨딩드레스를 입은 혜현을 향해 여기저기서 감탄사가 터져 나왔다. 그러나 지금 혜현이 느낄 수 있는 건 하객들의 반응이 아닌 자신의 발걸음에 맞추어 함께 걷고 있는 이준뿐이었다.

앞으로도 두 사람의 앞에 무엇이 있든 간에 이렇게 함께 걸을 수만 있다면.

혜현은 그것만으로도 충분하다고 생각했다. 불분명한 미래는 이준으로 인해 선명해질 것이었다.

이준은 혜현에게 조용히 속삭였다.

"사랑해."

세상에서 가장 행복한 날에 듣는, 이제부터 완전히 내 남자가 될 사람의 밀어는 그 무엇보다도 달콤했다.

"나도 사랑해요."

이윽고 주례를 맡은 송 교수 앞에 멈추어 선 이준과 혜현은 마주 보며 미소를 지었다. 더 많은 말은 필요하지 않았다. 지금 여기 함께 서 있는 순간은 앞으로 두 사람에게 펼쳐질, 그어느 것과도 바꿀 수 없는 보석같이 빛나는 날의 시작을 알리는 성대한 개막이었다.

작가 후기

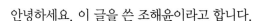

안녕하세요. 이 글을 쓴 조해윤이라고 합니다.

혜현이와 이준이가 사랑하고 성장하는 여정에 함께해 주셔서 감사드립니다.

따뜻하고 무해한, 그리고 서로에게 위안이 되는 사람들의 로맨스를 그리고 싶다는 일념하에 쓰기 시작한 글이었습니다. 외로움으로 점철된 혜현의 인생에 이준이 나타나면서 겪는 변화와 더불어, 굴곡진 가정사가 있지만 결국 서로로 인해 성장하는 이준과 혜현의 이야기를 담고 싶었습니다. 주위의 방해와 그로 인한 오해는 있을지언정, 결국 서로를 향한 굳건한 애정과 신뢰가 두 사람을 더욱 단단하게 만든다는 것 또한 표현하고 싶었습니다.

미숙함이 많아 이 글을 처음 시작한 뒤 꽤 오랜 시간이 지나서야 책이 나오게 되었습니다. 이에 대해 죄송한 말씀을 전합니다. 그래도 오랫동안 추운 계절을 지냈을 혜현에게도 봄이 왔으면 하는 마음으로 마무리를 지을 수 있었던 것 같습니다. 미처 글에 담지는 못했지만, 혜현이는 원하던 대로 박사과정에 들어가고 언젠가 교수가 되어 있지 않을까요. 그 옆엔 아마 혜현이를 응원해 주는 이준이 함께 있겠죠. 귀여운 아이들도 함께 말입니다.

언제나처럼 저를 믿어 주시고 든든한 지원군이 되어 주셨던 부모님, 사랑하고 감사합니다. 글을 쓰겠다는 말에 군말 없이 격려해 주신 마음에 보답하며 살겠습니다.

그리고 이 글이 책으로 만들어지기까지 정말 많이 고생하시고 애써 주신 이은정 편집자님께 깊이 감사드립니다. 더불어 로크미디어 로맨스팀 관계자분들, 예쁜 표지를 만들어 주신 디자이너님께도 깊은 감사를 드립니다.

제 글이 독자님들께 곧 다가올 여름을 선선하게 적시는 바람처럼 다가가길 바라며, 앞으로 더욱 나아진 글로 정진하는 작가가 되겠습니다.

조해윤 드림